प्रेम न बाड़ी ऊपजै

उपन्यास

प्रेम न बाड़ी ऊपजै

मिथिलेश्वर

वाणी प्रकाशन ग्रुप

भारतीय ज्ञानपीठ

वाणी प्रकाशन : भारतीय ज्ञानपीठ की पुस्तकों के एकमात्र प्रकाशक एवं वितरक

राष्ट्रभारती लोकोदय ग्रन्थमाला : ग्रन्थांक 578

सजिल्द पहला संस्करण : 1995
सजिल्द दूसरा संस्करण : 2005
सजिल्द पाँचवाँ संस्करण : 2010
सजिल्द छठा संस्करण : 2012
सजिल्द सातवाँ संस्करण : 2016
सजिल्द आठवाँ संस्करण : 2026

वाणी प्रकाशन : भारतीय ज्ञानपीठ की पुस्तकों के एकमात्र प्रकाशक एवं वितरक

वाणी प्रकाशन
4695, 21-ए, दरियागंज, नयी दिल्ली-110 002
दूरभाष : 011-23273167, 23275710
ईमेल : sales@vaniprakashan.in
www.vaniprakashan.com

ISBN : 978-93-5775-525-2

मूल्य : ₹ 495

प्रेम न बाड़ी ऊपजै
(उपन्यास)
मिथिलेश्वर

PREM NA BAADI UPAJAI
(Novel)
by Mithileshwar

आवरण : गोबिन्द प्रसाद
मुद्रक : आर. टेक ऑफ़सेट प्रिंटर्स, दिल्ली-110 032

रेणु के नाम
जो मेरी पत्नी, प्रेमिका और सहायिका—तीनों
एक साथ है ।

इसे रचते हुए

'प्रेम न बाड़ी ऊपजै' मेरा तीसरा उपन्यास है—'झुनिया' (1980) और 'युद्धस्थल' (1981) के बाद । इस बीच आप पाठकों के पत्र मुझे लगातार मिलते रहे हैं कि दूसरे उपन्यास के बाद मेरा तीसरा उपन्यास कब आ रहा है । अब जब कि अत्यधिक विलम्ब से मेरा यह तीसरा उपन्यास प्रकाशित हो रहा है, आप पूछ सकते हैं कि दूसरे उपन्यास 'युद्धस्थल' के बाद इस तीसरे उपन्यास की रचना में इतना लम्बा अन्तराल क्यों हुआ ? दरअसल, इस बीच मैंने अनेक कहानियों की रचना की । मेरे कई कहानी-संग्रह आये । लेकिन चाहते हुए भी अपना यह तीसरा उपन्यास मैं शीघ्र पूरा नहीं कर सका ।

वैसे इस उपन्यास की रचना वर्ष 1980 में ही मैंने शुरू कर दी थी, 'युद्धस्थल' की समाप्ति के तत्काल बाद । यहाँ यह बात मैं स्पष्ट कर देना चाहता हूँ कि 'झुनिया' और 'युद्धस्थल' का प्रकाशन 1980 एवं 1981 में अवश्य हुआ है, लेकिन उनकी रचना तो कुछ वर्ष पूर्व ही मैंने कर ली थी··· । तब मैं स्वतन्त्र-लेखन करता था । लेकिन वर्ष 1981 में राँची विश्वविद्यालय में शिक्षक नियुक्त हो राँची चला गया । स्वतन्त्र-लेखन से नौकरी में आने और अपने सृजन-क्षेत्र आरा से राँची चले जाने के बाद नयी व्यवस्था और नयी समस्याओं के बीच अपने पिछले दोनों उपन्यासों की तरह इस उपन्यास को अबाध गति से मैं पूरा नहीं कर सका । इसके बाद यू. जी. सी. का टीचर फेलोशिप एवार्ड मुझे प्राप्त हुआ, जिसके अन्तर्गत शोध-कार्य में मैं लग गया, जो मेरे एकेडेमिक कैरियर का अनिवार्य हिस्सा था । फिर अपने सृजन-क्षेत्र आरा में वापसी के लिए अन्तर्विश्वविद्यालय स्थानान्तरण में लग गया । इस बीच विभिन्न पत्र-पत्रिकाओं के आमन्त्रण पर कहानी-लेखन का फुटकर कार्य मैं करता रहा, लेकिन उपन्यास जैसी बड़ी रचना पर सृजन की प्रेरणा और विषयगत दबाव-आवेग महसूस करते हुए भी कार्य नहीं कर सका । कहने की आवश्यकता नहीं कि कहानी-लेखन की तरह कम समय में, फुटकर रूप में तथा छोटे फलक पर किया जानेवाला कार्य उपन्यास-लेखन का कार्य नहीं होता है । मेरे जैसे लेखक के लिए तो कदापि नहीं होता, इसीलिए जब स्थानान्तरित होकर अपने सृजन-क्षेत्र में मैं वापस आया और अपनी प्रथम पुत्री

शोभा की शादी से निवृत्त हुआ तो अपने इस उपन्यास को पूरा करने में जुट गया । इसका कथाबीज तो मेरे मन में था ही, समय के अन्तराल ने उसे पका-तपा कर मेरे सर्जक मन के और अधिक अनुकूल बना दिया था, जिसकी प्रस्तुति मैं सहज रूप से कर सका··· । यहाँ इस बात का पैना अनुभव मुझे हुआ है कि नौकरी के साथ लेखन-कार्य को रख कर हम समुचित न्याय नहीं कर सकते हैं, लेकिन हम भारतीय लेखक इस बिन्दु पर विवश-लाचार हैं ।

इस उपन्यास को रचते हुए जिन तथ्यों से मुझे रू-ब-रू होना पड़ा और सृजन के जिन क्षणों से गुज़रना पड़ा उसने इसकी रचना के बारे में आपसे दो शब्द कहने के लिए मुझे प्रेरित किया है, रचना के साथ-साथ रचाव के क्षणों से आपको अवगत कराने के लिए··· ।

मैं आपको यह बता देना चाहता हूँ कि लेखक बहुधा वही नहीं लिखता जो उसके अपने जीवन में घटता है । अपने जीवन से परे यथार्थ को पकड़ना भी उसके लिए कम महत्त्वपूर्ण नहीं होता । यह ठीक है कि अपनी आपबीती में वह ज्यादा रमता है तथा उसे प्रामाणिक रूप दे सकने में भी सफल होता है । लेकिन पारिवारिक और सामाजिक घटनाओं तथा मूल्यों का दबाव और प्रभाव भी उसके ऊपर कम नहीं होता। कभी-कभी तो उस दबाव और प्रभाव का असर आपबीती से भी ज़्यादा तल्ख़ और तीखा होता है । इस सन्दर्भ में आपबीती को जगबीती बनानेवाले लेखक के लिए यही वह बिन्दु होता है, जहाँ जगबीती को आपबीती की तरह प्रस्तुत करने में ही उसकी सफलता निहित होती है । यह उसकी सफलता का ही परिणाम होता है कि उसके निजी जीवन के अनुभवों और दायरों से उसकी कृतियों का अनुभव-संसार और दायरा कई गुणा अधिक होता है । 'प्रेम न बाड़ी ऊपजै' नामक मेरे इस उपन्यास की सफलता भी इसी पर आधारित है, जिसके एकमात्र निर्णायक आप प्रबुद्ध पाठक ही हैं··· ।

मैं आपको जानकारी दे दूँ, मैंने कभी प्रेम किया नहीं या दूसरे शब्दों में यूँ कहूँ कि कभी किसी लड़की से मुझे प्रेम हुआ ही नहीं । इसके पीछे ग्रामीण समाज के तत्कालीन उसूलों के तहत छोटी उम्र में ही मेरी शादी का हो जाना रहा है । प्रेम करने या होनेवाली उम्र में अभी मैं पहुँचने ही वाला था कि अपने ग्रामीण समाज द्वारा दाम्पत्य-सूत्र में बाँध दिया गया । यहाँ बेझिझक मैं यह स्वीकार करना चाहूँगा कि रेणु ही मेरी पत्नी, प्रेमिका और सहायिका तीनों है । अपने कुछ प्रबुद्ध पाठकों और आलोचकों के जिस प्रश्न का उत्तर मैं तब नहीं दे सका था, अब दे रहा हूँ कि इसी वजह से कविता की उम्र में मैं कहानी की बुज़ुर्गियत के समीप खड़ा हुआ और रस-रोमांस के स्थान पर सामाजिक यथार्थ और शोषण का चित्रण करता रहा । हालाँकि इसके मूल में मेरे जीवन की तत्कालीन परिस्थिति भी नियामक रही है, जिसने

मेरे प्रथम दौर के लेखन को काफ़ी हद तक प्रभावित किया है···। लेकिन इसका अर्थ यह नहीं कि मैंने प्रेम को जाना ही नहीं । प्रेम को मैंने जिस रूप में जाना है, प्रेम के बारे में जो कुछ पढ़ा है तथा समाज में घटनेवाली प्रेम-कथाओं का जिस तरह मुआयना किया है, उससे मुझे बेहद रोचक, विचारोत्तेजक और अजीबोगरीब अनुभव हासिल हुए हैं । अपने उसी अनुभव में आपको साझीदार बनाने के लिए मैंने 'प्रेम न बाड़ी ऊपजै' नामक इस उपन्यास की रचना की है ।

इस उपन्यास को लिखते हुए अनेक सवाल मुझे परेशान करते रहे कि प्रेम करनेवाले युवक-युवती जब पति-पत्नी बन जाते हैं तो उनके बीच का प्रेम तिरोहित क्यों होने लगता है ? शरीर के आकर्षण और धरातल पर उपजा प्रेम शरीर के मिलन के साथ समाप्त क्यों हो जाता है ? मेरे उपन्यास का नायक रूपेश और नायिका शकुन्तला श्रीवास्तव उर्फ़ मोनालिसा प्रेम के प्रबल आवेग में उन्मुक्त और निर्बन्ध मिलन के लिए पारिवारिक और सामाजिक दायरों को उलाँघ कर एक-दूसरे से जा मिलते हैं । लेकिन जीवन के यथार्थ से रू-ब-रू होते ही अपने प्रेम की प्रबलता और उसके तूफ़ानी आवेग को जाता हुआ महसूस करते हैं । दरअसल, इसे आप मेरे लेखन-कर्म की विशेषता समझें या विवशता, मैं प्रेम को यथार्थ से काटकर देख ही नहीं सकता । प्रेम ही क्यों, किसी भी विषय को यथार्थ की आँच में पकाकर ही मैं उसका वास्तविक स्वरूप जानना चाहता हूँ और तब उसे पाठक के सामने रखता हूँ । इस क्रम में सोने में मिले राँगे की तरह विषय की वायवी, हवाई और भ्रामक धारणाएँ स्वतः जल जाती हैं और विषय सोने की तरह अपने मूल रूप में दमकते हुए सामने उभर आता है । मैंने कोशिश की है कि मेरे इस उपन्यास में भी इसी भाँति प्रेम अपने वास्तविक रूप में सामने आ सके, ताकि ठगने, छलने और किसी को भुलावा देने में उसका उपयोग नहीं किया जा सके···।

अपने अब तक के जीवन में कई प्रेमियों को मैंने निकट से देखा है और अभी भी अपने समीप ऐसे दर्जन भर प्रेमियों को जानता हूँ, जिन्होंने अपनी चहेती लड़की तक पहुँचने के लिए न सिर्फ़ प्रेम की दिव्यता में जलने का सफल अभिनय किया, बल्कि अपने आस-पड़ोस को सच्चे प्रेमी होने की प्रतीति भी करायी । लेकिन बाद में उस लड़की को पाने और उसे भोगने के बाद उसके साथ जीवन-निर्वाह के नाम पर कन्नी काटते या बहानेबाज़ी करते पाये गये । इनमें से अपवाद स्वरूप कुछ ने अपनी चहेती से शादी भी की । लेकिन जैसा कि होता है, शादी के बाद उनके प्रेम का वह मायावी संसार भी बिखरता चला गया । इसके अतिरिक्त अधिकांश ने तो अपने माँ-बाप की इच्छा और दहेज को सर्वोपरि मान किसी अन्य लड़की से शादी कर ली। दोनों ही स्थितियों में प्रेम का छलावा रूप ही सामने आया । दूसरी स्थिति का अनुभव तो मुझे ज्यादा कड़वा प्रतीत हुआ । प्रेम के नाम पर किसी लड़की को बर्बाद कर

अन्य लड़की से शादी रचानेवाले लड़के अपने पिछले प्रेम-प्रकरण की बात चलने पर ऐसे बिदकते हैं, जैसे पाँव कीचड़ में सन गये हों । यह मेरे लिए दुःखद आश्चर्य का विषय है कि हमारे समाज में ऐसे ही प्रेमी-युवाओं की संख्या बढ़ती जा रही है, जिन्होंने प्रेम को लड़की फँसाने और अपनी कामेच्छा की पूर्ति का एक अचूक फ़न्दा समझ रखा है । मेरा कथा-नायक रूपेश कैसा है और उसे कैसा होना चाहिए, अब तो वह आपके सामने है । कथा की यथार्थ माँग के समक्ष मेरा कोई वश भी तो नहीं ! वह जैसा बन गया या उसने जैसा किया वह कथा के यथार्थ (समकालीन यथार्थ) का हिस्सा ज्यादा है, मेरे रचनाकार की कल्पना का भाग कम । मेरी कई रचनाओं के साथ ऐसा हुआ है कि मैंने सोचा कुछ है और हो कुछ गया है··· । कथा की स्वाभाविक माँग को ठुकराना या नज़रअन्दाज़ करना अपने सृजन-कर्म के साथ मुझे विश्वासघात करने जैसा लगता है ।

मैंने पढ़ा है, सुना है और आये दिन दृश्य माध्यमों से प्रचारित होते हुए भी देखा है कि प्रेम जाति-पाँति, ऊँच-नीच और बड़े-छोटे का भेदभाव नहीं मानता । लेकिन 'प्रेम न बाड़ी ऊपजै' रचते हुए मैंने महसूस किया है कि व्यवहार के धरातल पर ये बातें सही नहीं हैं । यह बात हममें से किसी से छिपी नहीं है कि नौकर के साथ, दर्जी के साथ, बंजारे (नेटुये) के साथ या ट्यूशन पढ़ाने वाले मास्टर के साथ भागी, पृथक् वर्ग और पृथक् संस्कार की लड़की, उसके साथ एडजस्ट नहीं कर पाती है । चन्द दिनों के बाद ही उनके संस्कार और वर्गीय चरित्र एक-दूसरे से टकराने लगते हैं। प्रेम के आवेग में अपने मुहल्ले में बाहर से भाग कर आयी एक ऐसी लड़की को अपने प्रेमी पति से रोज़ पिटते देख, मैं आहत हो जाता हूँ । काश ! यह लड़की भागने से पूर्व प्रेम के यथार्थ से अवगत होती···!

मेरा नायक रूपेश उच्चवर्गीय अभिजात्य परिवार का लड़का है और नायिका मोना मध्यवर्गीय शिक्षक परिवार की लड़की । उम्र के वसन्ती बयार और रूप के मादक आकर्षण में नदी की बाढ़ की तरह बाँध तोड़ कर प्रेम में वे बह तो जाते हैं । लेकिन किनारा पाते ही अपने मूल रूप में लौटने लगते हैं, जहाँ एक-दूसरे के वर्गगत गुण-दोष और संस्कारगत भिन्नताएँ न चाहते हुए भी आड़े आने लगती हैं । यहाँ इस कहावत को मैंने सिद्दत के साथ चरितार्थ होता हुआ महसूस किया है कि ''लायक ही सो कीजिए ब्याह, बैर और प्रीति··· ।''

पहले मैं जानता था कि प्रेम नायक और नायिका दोनों को समान रूप से व्यथित करता होगा तथा उसके सुख-दुःख के वे समान रूप से ही भागी होंगे और एक-दूसरे के प्रति उनका समर्पण भी एक जैसा ही होगा । लेकिन कई प्रेमी-युगलों के जीवन के अनुसन्धान के बाद मैं इस निष्कर्ष पर पहुँचा हूँ कि नर और नारी अपनी प्राकृतिक एवं संरचनात्मक भिन्नता की तरह, प्रेम के प्रति अपनी आस्था और पकड़ में भी

भिन्नता रखते हैं । नारी अपनी अतिशय कोमलता, नैसर्गिक संवेदनशीलता एवं अपनी सामाजिक स्थिति के चलते नर की तुलना में प्रेम को कहीं अधिक गहरे में जीती है। नर की तरह उसका प्रेम छलावा या सिर्फ़ बाह्य दिखावा मात्र ही नहीं होता, आवश्यकता पड़ने पर वह प्रेम के नाम पर अपने को उत्सर्ग भी कर देती है । प्रेम की सूक्ष्मता एवं आदर्शवादिता को कुछ हद तक मूर्त रूप प्रदान करने में महिलाएँ ही कारगर हो पाती हैं । ज़ाहिर है, मेरी नायिका मोना भी इस बिन्दु पर रूपेश से पृथक् होती गयी है । सम्भव है, मुझ पर यह आरोप भी लगाया जाय कि मध्य वर्ग से आने की वज़ह से रूपेश की अपेक्षा मोना के प्रति मेरी सहानुभूति अधिक है । लेकिन सच्चाई यह है कि ऐसा मैंने जानबूझ कर नहीं किया । सृजन की आवश्यकता और यथार्थ की माँग के अनुसार अगर ऐसा हुआ तो इसमें मैं कर ही क्या सकता था ?

इस उपन्यास की रचना के दौरान मेरे सामने जो सबसे बड़ा प्रश्न खड़ा हुआ वह यह कि इसका अन्त क्या हो ? प्रेम-कहानियों का जो अन्त होता है और विभिन्न कथाओं तथा दृश्य-माध्यमों से उसे जिस रूप में प्रचारित किया जाता रहा है, क्या वह वास्तविक अन्त होता है ? क्या उस अन्त ने हमारे साथ ठगी का काम नहीं किया? हमारे बीच एक मोहक भ्रम नहीं फैलाया···? मुझे यह कहने में हिचक नहीं कि ऐसी प्रेम-कथाओं ने ही आज के लड़कों को मजनूँ बनाने और लड़कियों को घर से भाग जाने के लिए उकसाया है···। स्कूल-कॉलेज से लेकर हमारे सामाजिक सम्बन्धों को विकृत और विरूप बनाने का कार्य ऐसी ही प्रेम-कथाओं ने किया है । यहाँ मेरा उद्देश्य बालिग युवक-युवतियों या नर-नारी के समुचित देह-सम्बन्ध को नकारना नहीं, प्रेम के प्रपंच का पर्दाफ़ाश करना है । दैहिक-ज़रूरत और दैहिक सम्बन्ध की विज्ञानसम्मत अनिवार्यता का मैं समर्थक हूँ । लेकिन प्रेम की दिव्यता, अमरता और व्यापकता की आड़ में यह सम्बन्ध स्थापित करना मुझे व्यभिचार करने जैसा लगता है—ठगी, लूट और धोखेबाज़ी की तरह···! प्रेम में असफल हुए या रोके गये युवक-युवती प्रेम का यह असली स्वरूप न समझ ही आत्महत्या कर बैठते हैं । मेरे जानते प्रेम में होनेवाली आत्महत्याएँ प्रेम के छलावा रूप की भयानक परिणति के सिवा और कुछ नहीं होतीं···! ऐसे युवाओं की पकड़ में प्रेम का रोमानी सूक्ष्म और लोकगाथात्मक रूप ही होता है । उसके यथार्थ पक्ष से वे अनभिज्ञ ही रहते हैं···।

विश्व की अमर प्रेम-कथाओं में कुछ तत्त्व समान रूप से हम पाते हैं कि नायक-नायिका समस्त भौतिक कष्टों एवं आपदाओं को सहते हुए तथा अपने मार्ग में आनेवाली तमाम कठिनाइयों एवं बाधाओं से जूझते हुए भी एक-दूसरे को पाने तथा एक-दूसरे के साथ जीवन-निर्वाह के क्रम में अन्त तक एक-दूसरे का दामन थामे रहते हैं । लेकिन क्या ऐसा अपने आस-पड़ोस में भी हम देख पाते हैं ? हम जिस भौतिकवादी युग में जी रहे हैं और सम्बन्धों तथा मूल्यों को लेकर इस युग का जो दृष्टिकोण बन

गया है, क्या वह उन प्रेम-कथाओं से मेल खाता है ? प्रेम के प्रबल आकर्षण में आज के युवक-युवतियों को पति-पत्नी बनने में जितनी देर नहीं लगती, उससे कम ही देर में उनके बीच तलाक़ के पेपर भी आ जाते हैं । यह इस युग का सत्य है, इससे इनकार नहीं किया जा सकता…! न ही इस नाम पर प्रेम को बरी ही किया जा सकता…!

मैं प्रेम के उस उदात्त पक्ष और आदर्श तथ्य को नज़रअन्दाज़ करना भी नहीं चाहता, जहाँ अन्त एक-दूसरे के साथ, एक-दूसरे के लिए या एक-दूसरे की प्रतीक्षा में अपने को उत्सर्ग कर देने से लेकर समर्पित भाव से मृत्युपर्यन्त अविचल, एकाग्र और एकनिष्ठ रूप में व्यतीत होता है । लेकिन ऐसी घटनाएँ सैकड़ों-हज़ारों के बीच कहीं एक-दो घटती हैं—अपवाद स्वरूप ही । हमारे आम सामाजिक जीवन की प्रतिनिधि घटना वे नहीं होतीं… । पर मैं यह नहीं कहता कि ऐसी घटनाओं को लेखकीय आदर्श नहीं बनाया जा सकता… । सृजन में तो अक्सर 'आम' की अपेक्षा ऐसी 'ख़ास' घटनाएँ ही अधिक सफल, श्रेष्ठ और कारगर साबित होती हैं… । किसी रचना का ऐसा अन्त ग्राह्य और रुचिकर भी होता है… ।

लेकिन इससे पृथक् समकालीन यथार्थ का प्रखर हिस्सा बनकर एक दूसरा अन्त भी सामने आता है कि प्रेम के नाम पर भोगा या प्राप्त किया हुआ सुख, एक क्षण विशेष या अवसर विशेष का ही सुख होता है, एक उम्र विशेष का मादक और नाज़ुक प्राप्तंव्य । लेकिन बाद की ज़िन्दगी की ज़रूरतों और अनिवार्यताओं में उसकी कोई अहम भूमिका नहीं रह जाती । अपने सम्बन्धियों, मित्रों एवं परिचितों के बीच मैं कुछ ऐसे युवक-युवतियों को अच्छी तरह जानता हूँ, जो अपनी तरुणाई में कॉलेज से लेकर मेरे इस छोटे शहर तक अपने प्रेम-प्रसंग को लेकर विख्यात थे । उनमें से किसका किसके साथ प्रेम चल रहा है, से लेकर कौन किसके साथ कहाँ पकड़ा गया तक की ख़बरें प्रचारित होती रहती थीं । तब प्रेम की धुन में दीवाने इन युवक-युवतियों को इन टीका-टिप्पणियों की कोई परवाह नहीं होती थी । न वर्जनाएँ और बन्दिशें उन्हें रोक ही पाती थीं । उनमें से एक-दो को छोड़कर अन्य की शादियाँ अन्य के साथ हुईं । आज वे युवक-युवती सम्भ्रान्त स्त्री-पुरुष और बाल-बच्चेदार हैं । अपने पिछले प्रकरण पर अब वे बातचीत तक करना नहीं चाहते, जैसे वह उनकी ज़िन्दगी का झूठ या भूल-भुलैया वाला अंश हो… । अपनी वर्तमान पत्नी, बच्चों, रोटी-दाल की समस्या और सामाजिक प्रतिष्ठा की भावना ने उन्हें ज़्यादा ठोस, व्यावहारिक और यथार्थवादी बना दिया है । कहने की आवश्यकता नहीं कि उनका यह सच ही हमारे समाज के बहुसंख्यक वर्ग का सच है । किसी भी यथार्थवादी रचना के अन्त के लिए ऐसा सच कम महत्त्वपूर्ण नहीं होता । कई दृष्टियों से तो यह सच सर्वथा उपयुक्त और प्रासंगिक समझा जाता है ।

पर इससे अलग एक तीसरा अन्त भी होता है । अपनी प्रकृति से बेहद भावुक

और अतिशय संवेदनशील युवक-युवती या तो प्रेम की दिव्यता की निस्सार परिणति देख या प्रेम में धोखा खा, फिर किसी और से प्रेम नहीं करते, न ही यथार्थ की लीक पकड़ व्यावहारिक जीवन का मार्ग ही अख्तियार करते हैं । वे आजीवन कुँवारा बन या तो मन्दिरों-मठों की शरण गहते हैं या समाज-सेवा में अपने को लगा देते हैं । आजीवन कुँवारा बने रहकर समाज-सेवा में लगे कुछ व्यक्तियों को जानने के लिए मैं उनका निकटस्थ बना । उनके जीवन के अनुसन्धान के बाद मुझे यह निष्कर्ष हासिल हुआ है कि उनका वह परिवर्तित सच उनके व्यक्तिगत प्रेम के समाजगत रूपान्तरण का ही सच है । ऐसे लोगों की संख्या भी सैकड़ों-हज़ारों में एक-दो ही होती है । लेकिन यह अन्त भी कम प्रभावशाली और ज़ोरदार नहीं होता । व्यक्ति से समाज, बूँद से समुद्र और राई से पर्वत की तरह किसी रचना के लिए ऐसा अन्त भी उसकी लोकप्रियता और स्तरीयता का प्रमुख घटक बन जाता है···।

लेकिन क्या अन्त मंज़िल पर पहुँच कर ही होता है ? चौराहा और मोड़ अन्त का पर्याय नहीं हो सकता ? फिर सदियों से चले आ रहे अन्त की परिकल्पना क्या आज भी उसी रूप में समीचीन है? अक्सर लेखक द्वारा किया गया अन्त इस विवाद का विषय भी बनता है कि ऐसा क्यों हुआ ? ऐसा क्यों नहीं हुआ ? ख़ास कर किसी नाज़ुक मसले पर आधारित कृति का अन्त ? ज़ाहिर है, अब आप बना-बनाया अन्त भी नहीं चाहते ! किसी न किसी रूप में अन्त में अपनी भागीदारी खोजते हैं । मैंने भरसक कोशिश की है कि मेरे इस उपन्यास का अन्त आपकी रुचियों एवं इच्छाओं के अनुकूल बन सके तथा यह आपके विचारों को ध्वनित कर सके···। अपने इस प्रयास में मैं कितना सफल और विफल हो पाया हूँ, यह तो अब आपके सामने है···। मैंने तो आपसे प्राप्त विषय पर अपने उपन्यासकार मन की व्यथित कर देनेवाली प्रतिक्रिया से आपको सिर्फ रू-ब-रू करना चाहा है ।

उपन्यास तैयार होने पर मूल पाण्डुलिपि से साफ़ प्रति तैयार करना भी मेरे लिए एक समस्या थी । मूल पाण्डुलिपि के प्रत्येक पृष्ठ को मैंने इतनी बार लिखा था और उसमें इतना काट-छाँट किया था कि मेरे सिवा उसे कोई पढ़ नहीं पाता । कोई भी टाइपिस्ट उसकी साफ़ प्रति तैयार नहीं कर सकता था । मैं स्वयं साफ़ प्रति तैयार करूँ, यह कार्य सृजन की तरह मेरी तन्मयता का कार्य नहीं होता है, सिर्फ़ समय-साध्य और बोरियत भरा कार्य बन कर रह जाता है, क्योंकि जो भी संशोधन, परिवर्तन करना होता है, वह मैं मूल पाण्डुलिपि में ही कर चुका होता हूँ । अब सिर्फ़ उसे साफ़ काग़ज़ पर उतार देना रहता है···।

लेकिन मेरी पुत्री विभा (एम. ए. हिन्दी) एवं रम्भा (बी. एस-सी. प्राणिशास्त्र) ने अपना अद्भुत सहयोग प्रदान कर इस जटिल कार्य को आसान बना दिया । अपने अध्ययन एवं गृह-कार्यों के बीच समय निकाल कर प्रतिदिन वे मेरे साथ मेज़ पर आ

जुटती थीं । उनके अथक प्रयास और वास्तविक सहयोग से ही इसकी साफ़ प्रति शीघ्र तैयार हो सकी । मैं उन्हें धन्यवाद देने या उनके प्रति आभार प्रकट करने जैसे चलताऊ शब्दों का प्रयोग करना नहीं चाहता । वे मेरी आत्मजा हैं । मेरा सब कुछ उन्हीं का है । उनके स्वस्थ, सुखी, सफल और सार्थक जीवन के लिए मेरी अशेष शुभ-कामनाएँ उनके साथ हैं ।

इस उपन्यास को आपके सामने प्रस्तुत करते हुए इस वक़्त मुझे कबीरदास की ये पंक्तियाँ बरबस याद आ रही हैं—

"छिनहि चढ़ै छिन ऊतरै, सो तो प्रेम न होय ।
अघट प्रेम पिंजर बसै, प्रेम कहावै सोय ।।"

"अकथ कहानी प्रेम की, कछू कही ना जाइ ।
गूँगे केरी सरकरा, जो बैठे मुसकाइ ।।"

"कहना था सो कह दिया, अब कुछ कहना नाहिं ।
एक रही दूजी गयी, बैठा दरिया माँहि ।।"

—**मिथिलेश्वर**

महाराजा हाता, कतिरा,
आरा (बिहार)

प्रेम न बाड़ी ऊपजै

उपन्यास

प्रेम के बारे में आप बहुत कुछ जानते होंगे । अनेक प्रेम कहानियाँ आपने पढ़ी होंगी। प्रेम को लेकर आपके मन में कोई अच्छी-ख़ासी धारणा भी होगी । लेकिन पिछले कुछ समय से मैं यह समझ नहीं पा रहा हूँ कि प्रेम क्या होता है ? पहले आपकी तरह मेरे मन में भी प्रेम का महत्त्व अकाट्य था । प्रेम को मैं शाश्वत, चिरन्तन, दिव्य, अतुलनीय एवं सर्वाधिक महत्त्वपूर्ण घटक मानता था । लेकिन अपनी दीदी के जीवन की घटनाओं को देखने तथा उन्हें जानने के बाद मैं प्रेम पर नये सिरे से विचार करने के लिए बाध्य हो गया हूँ । सच तो यह है कि अपनी दीदी के बारे में अच्छी तरह जान चुकने के बाद मेरे मन में प्रेम के अस्तित्व के प्रति ही संशय पैदा हो गया है । मेरा खयाल है, दीदी की कहानी जान चुकने के बाद आपकी धारणाओं में भी परिवर्तन आएगा और प्रेम के बारे में आपने जैसा सोच रखा है, शायद वह वैसा आपको नहीं लगे । अपने इसी चिन्तन में आपको भागीदार बनाने के लिए दीदी की यह कथा प्रस्तुत कर रहा हूँ ।

सबसे पहले मैं दीदी से आपका परिचय करा दूँ, उनका नाम शकुन्तला श्रीवास्तव है । वे हम सभी भाई-बहनों में सुन्दर और तेजस्वी हैं । हम भाई-बहनों की कुल संख्या चार है— दो भाई और दो बहन । लेकिन दीदी जैसा अनुपम सौन्दर्य और तेज़ बुद्धि हममें से किसी के पास नहीं । वे हम सभी भाई-बहनों में बड़ी हैं । प्रतिष्ठा की दृष्टि से भी पिताजी और माँ के बाद घर में उन्हीं का स्थान है । पिताजी ने तो दीदी की सुन्दरता को लक्ष्य कर उनका नाम मोनालिसा रख दिया है । हम सभी भाई-बहन भी उन्हें मोना दीदी ही कहते हैं । उनकी सहेलियाँ भी इसी नाम से उन्हें सम्बोधित करती हैं । शकुन्तला श्रीवास्तव तो सिर्फ़ उनके सर्टिफिकेटों पर लिखा जाने वाला निर्जीव नाम भर रह गया है । वे आस-पड़ोस, रिश्ते-नाते और अपने हर जानने-वालों के बीच मोना के नाम से ही जानी जाती हैं । मैं आपको बता दूँ, मेरे पिताजी एक कॉलेज-शिक्षक हैं । वे उच्च शिक्षाप्राप्त, आधुनिक जीवन में विश्वास करनेवाले और प्रगतिशील विचारों के व्यक्ति हैं । पिताजी के दृष्टिकोण के मुताबिक़ मेरे घर का माहौल भी संकीर्णताओं से ऊपर, बिल्कुल खुला हुआ है । सम्बन्धों के मामले में कहीं कोई वर्जना नहीं । जहाँ आम घरों में कुँवारी लड़कियों के साथ लड़कों का सम्बन्ध अनुचित माना जाता है, वहाँ पिताजी की दृष्टि में इस सम्बन्ध में कोई दोष नहीं । पिताजी की मान्यता है कि वर्जनाओं और परम्परा-पोषित रूढ़ियों से विकृतियों और कुकर्मों को जितना बढ़ावा मिलता है, उतना खुलेपन और उन्मुक्तता से नहीं ।

रोक लगा देने से इच्छाएँ समाप्त नहीं होतीं, बल्कि और बढ़ती हैं और ग़लत दिशा की ओर प्रस्थान करती हैं। पिताजी ने सम्बन्धों के मामले में वर्जनाहीन जीवन-मूल्यों को ही स्वीकार किया है । शायद यही कारण है कि बचपन में लड़कियों के साथ-साथ अनेक लड़कों ने भी दीदी से दोस्ती की थी जो उनके स्कूली जीवन में खूब चली थी।

लेकिन स्कूल की पढ़ाई समाप्त कर जब दीदी कॉलेज में पहुँची थीं तो अनायास उनके दोस्तों की संख्या में भारी वृद्धि हो गयी थी । कॉलेज के प्रायः अधिकांश सहपाठी दीदी से दोस्ती करने के लिए आगे बढ़ने लगे थे । उन दिनों दीदी खूब बातूनी और हाज़िर जवाब थीं । कॉलेज-प्रांगण में बराबर लड़के-लड़कियों के बीच घिरी रहतीं और किसी विषय पर लेक्चर झाड़ रही होतीं । दीदी का सान्निध्य पाने के लिए उनके कुछ सहपाठी हमारे घर भी आने लगे थे । उन्हीं सहपाठियों में रूपेश भी था । रूपेश ने सभी सहपाठियों से आगे बढ़कर दीदी से इतनी गहरी दोस्ती की कि अन्य सभी दोस्त किनारे छूट गये और दीदी रूपेश की होकर रह गयीं ।

रूपेश एक बड़े बाप का बेटा था । उसके पिता नगर के विख्यात चिकित्सक थे। साथ ही प्रदेश के मुख्यमन्त्री के कुछ खास प्रिय पात्रों में से भी । उनके यहाँ धन-दौलत और जी-हुजूरी में तैनात सेवकों की कोई कमी नहीं । हमारे परिवार के रहन-सहन से रूपेश के परिवार का रहन-सहन ज्यादा अच्छा था । उस अकेले पर जितना खर्च पड़ता था उतने में हमारे पूरे परिवार का भरण-पोषण होता था । रूपेश एक खूबसूरत मारुति कार में कॉलेज जाता था और उसी से घर लौटता था । दीदी से दोस्ती के बाद अक्सर कॉलेज जाते समय वह अपनी कार लेकर हमारे यहाँ आ जाता और दीदी को साथ लेकर कॉलेज जाता । फिर कॉलेज से लौटते वक़्त दीदी को हमारे घर छोड़ते हुए वापस होता । अवकाश के दिनों में तो अक्सर वह हमारे यहाँ ही आ जाता और दीदी के कमरे में बैठ कर उससे घण्टों बातें किया करता । दीदी के साथ उसकी दोस्ती से पिताजी खुश थे । माँ भी खुश थीं । रूपेश नेक़ और व्यवहारकुशल युवक था । दीदी से छोटे हम सभी भाई-बहनों को अपने सगे भाई-बहनों की तरह ही स्नेह देता । हमारे माँ-पिताजी को अपने माँ-पिताजी की तरह आदर करता । पिताजी कभी-कभी उससे बातें भी किया करते थे । उन्हीं दिनों पिताजी को माँ के साथ एकान्त में बतियाते हुए भी मैंने सुना था—"रूपेश अच्छा लड़का है। मोनालिसा के लिए ऐसा ही जीवन साथी चाहिए…।"

दीदी और रूपेश एक-दूसरे के साथ अच्छी तरह घुलमिल सकें, इसकी पूरी छूट माँ और पिताजी की ओर से थी । उन दिनों मेरे घर-परिवार, टोला-पड़ोस, दीदी के कॉलेज और परिचित युवकों के बीच 'प्रेम' शब्द की चर्चा शुरू हो गयी थी । उस वक़्त मैं सयाना हो गया था और 'प्रेम' के बारे में काफ़ी कुछ पढ़ भी चुका था । प्रेम-साहित्य के अध्ययन का ही यह परिणाम था कि दीदी और रूपेश के चेहरे और व्यवहार में उस हाव-भाव की तलाश मैं करने लगा था, जिसका उदय प्रेम के बाद हो

जाता है । प्रेम का सैद्धान्तिक पक्ष जान चुकने के बाद उसका व्यावहारिक रूप देखने की रोमांचक जिज्ञासा और उतावली मेरे अन्दर बलवती हो गयी थी । इस सत्य से अवगत हो चुकने के बाद कि दीदी और रूपेश के बीच प्रेम चल रहा है, वे दोनों जहाँ एकान्त में बतिया रहे होते, वहाँ जाने की मेरी हिम्मत नहीं होती । फिर भी उनके बीच चल रहे प्रेम-संवादों को सुनने का लोभ मैं संवरण नहीं कर पाता । अपने संवादों में अक्सर ही वे दोनों एक-दूसरे को विश्वास दिलाते कि वे सदैव एक-दूसरे का साथ देंगे, कि वे एक-दूसरे के लिए ही बने हैं, कि जन्म-जन्मान्तर तक वे एक-दूसरे का हाथ थामे रहेंगे, कि दुनिया की कोई भी शक्ति एक-दूसरे से उन्हें अलग नहीं कर पाएगी, कि एक-दूसरे के अभाव में अब वे जी ही नहीं सकते··· आदि-आदि ।

दीदी के साथ रूपेश की घनिष्ठता जैसे-जैसे बढ़ने लगी थी, वैसे-वैसे वह अपना ज्यादा समय उनके साथ गुज़ारने लगा था । कॉलेज में तो दीदी के साथ रहता ही, घर पर भी दीदी के कमरे में डटा रहता । इसके अतिरिक्त सिनेमा जाने, पार्क में घूमने, नदी के किनारे टहलने··· कहीं भी वह अकेले नहीं जाता । दीदी को साथ ले लेता । हालाँकि माँ ने चुपके से दीदी को इस बात के प्रति सतर्क भी कर दिया था कि शादी से पहले रूपेश के साथ कहीं भी रात न गुज़ारना और न एक हद से आगे ही बढ़ना···। माँ ने अत्यन्त गोपनीय ढंग से यह बात दीदी को समझायी थी । मुझसे मेरे छोटे भाई-बहन को इसकी भनक तन नहीं । लेकिन मैं सब कुछ जान गया था। दरअसल, प्रेम के बारे में मैंने जो कुछ पढ़ा था, वह मेरे घर घटित हो रहा था, इसीलिए पूरे मन और उत्साह के साथ दीदी और रूपेश से सम्बन्धित बातों की टोह में लगा रहता था···।

मैं देख रहा था, दीदी रूपेश के साथ अपने कमरे में दस बजे रात तक बातें किया करती थीं, लेकिन कभी उसके साथ रात नहीं गुज़ारती थीं । उसके साथ घूमने के लिए भी वे जाती थीं, तो शाम घिरते ही घर लौट आती थीं । माँ की चेतावनी के प्रति वे पूरी तरह सतर्क थीं । माँ और पिताजी के सुझाव के अनुसार दीदी ने रूपेश के साथ अपनी शादी की बात भी की थी । लेकिन रूपेश ने यह कहकर बात स्थगित कर दी थी कि उसकी बड़ी बहन अभी कुँवारी है । जब तक उसकी शादी नहीं हो जाती, अपनी शादी के लिए वह पिता से कैसे कहेगा ? दीदी के माथे पर हाथ रखकर उसने शपथ खायी थी कि अपनी बड़ी बहन की शादी होते ही वह उनसे शादी कर लेगा । उसकी इस बात से माँ-पिताजी के साथ-साथ हम सभी भाई-बहन भी अवगत थे । उसके साथ दीदी की भावि शादी की कल्पनाएँ हम अक्सर ही किया करते थे। हमारा खयाल था, दीदी के साथ निरन्तर गहराते उसके प्रेम से उसके घर के लोग भी अवगत होंगे । लेकिन हमारी सोच ग़लत थी । उस दिन यह जानकर हमारे मन को ज़बर्दस्त झटका लगा था, जिस दिन उसके चिकित्सक पिता ने हमारे पिता को अपना नौकर भेजकर अपने यहाँ बुलवाया था और डाँट लगायी थी, ''आपकी

बेटी मेरे बेटे को बिगाड़ रही है…!''

उन्होंने अपनी प्रतिष्ठा और पैसे के रोब में मेरे पिताजी के ऊपर यह आरोप भी लगाया था, ''आप जानबूझ कर यह सब कर रहे हैं ताकि मेरे बेटे से अपनी बेटी की शादी कर सकें…।''

उन्होंने स्पष्ट कहा था, ''आपकी हैसियत हमारे यहाँ रिश्ता करने की नहीं… आप किसी भी तरह हमारे अनुकूल और हमारे स्तर में नहीं आते…! मैं समझ नहीं पा रहा हूँ कि ऐसा करने की हिम्मत आपने कैसे की ?''

इसके अतिरिक्त भी डॉक्टर साहब ने काफ़ी कुछ कहा था । मोना दीदी के साथ रूपेश के प्रेम-सम्बन्ध की पूरी जानकारी किसी ने उन्हें दे दी थी । मेरे पिताजी तो अपने स्वभाव के मुताबिक़ कुछ देर तक शान्त हो चुपचाप सुनते रहे थे । लेकिन जब बातें असह्य हो गयी थीं, तब वे भी फट पड़े थे, ''आरोप तो मुझे आपके ऊपर लगाना चाहिए था कि आपका लड़का मेरी लड़की को बहका रहा है । लेकिन उल्टा चोर कोतवाल को डाँटे की तरह अपना दोष आप मेरे माथे मढ़ने लगे…। कसूर मेरी लड़की का नहीं, आपके लड़के का है । मेरी लड़की कभी आपके यहाँ नहीं गयी । आपका लड़का अक्सर मेरे यहाँ आता है । अपनी बेटी का सहपाठी जान, मैं उसे भगाता नहीं और यह हमारे यहाँ का कल्चर भी नहीं । आप अगर सब कुछ जानते हैं तो अपने लड़के को क्यों नहीं रोकते ? मैं अपनी लड़की की शादी उसकी इच्छा के विरुद्ध अपनी मर्जी से कभी नहीं करूँगा । लड़के के बाप होने का जो अर्थ आपने लगा रखा है, वह अर्थ मैंने कभी नहीं लगाया…। मैंने अपने बच्चों को पूरी स्वतन्त्रता दी है और मुझे खुशी है कि उसी अनुपात में वे अनुशासित और कर्तव्यनिष्ठ हैं । उनको लेकर मुझे किसी से कोई गिला-शिकवा नहीं है । लेकिन आप जब अपने लड़के पर कड़ी नज़र रखते हैं, तब भी वह आपकी पकड़ से बाहर है, इस पर आपको विचार करना चाहिए…!''

मेरे पिताजी की बातें डॉक्टर साहब को कड़वी लगी थीं । उन्हें अपना अपमान महसूस हुआ था । इसके लिए उन्होंने अपनी बेरुखी और नाराज़गी भी प्रकट की थी, कुछ-कुछ धमकी भरे शब्दों में । लेकिन पिताजी ने इसकी तनिक भी परवाह नहीं की। अपने सिद्धान्तों के साथ समझौता करना उन्हें हरगिज़ पसन्द नहीं । इस तरह की धमकियों का सामना वे पहले भी दो-तीन बार कर चुके थे ।

उस दिन संयोगवश पिताजी जब डॉक्टर साहब के यहाँ से घर आये तो रूपेश हमारे यहाँ ही था । पिताजी ने उससे उसके पिता के साथ हुई बातचीत का खुलासा किया था और कहा कि जब उसके पिता नहीं चाहते तब वह मोनालिसा से सम्बन्ध न बढ़ाये ? असल में पिताजी ने उसे तौलने के लिए ही ऐसा कहा था । इसके बाद रूपेश ने अपने चिकित्सक पिता के ऊपर जो आग उगलना शुरू किया तो फिर देर तक आग उगलता रहा । उसने साफ़ शब्दों में कहा, ''मेरे पिता ठीक आदमी नहीं।

लिसा के साथ मेरे प्रेम की जानकारी जब से उन्हें मिली है, वे इसके विरोध में उठ खड़े हुए हैं । मेरी शादी वे अपने ही जैसे किसी सम्पन्न और विशिष्ट घराने में करना चाहते हैं । लेकिन मैं उनकी एक नहीं सुननेवाला···।''

उसने हमें यह भी बताया कि अपने पिता को वह स्पष्ट रूप से कह चुका है, ''मैं सिर्फ़ लिसा से ही शादी करूँगा, किसी और से नहीं । लिसा मेरी ज़िन्दगी है··· मेरा अभिन्न··· मेरा सर्वस्व । मेरे लिए घर-परिवार और सारा संसार एक ओर और लिसा एक ओर···!''

रूपेश ने जब यह बात कही थी, उस समय माँ-पिताजी और हम सभी भाई-बहन तो थे ही, मोना दीदी के साथ उनकी सहेली अनुपमा भी थी । रूपेश की यह बात हम सबों को बहुत अच्छी लगी थी—अत्यन्त सुखकर । मैंने तो मन ही मन जी भरकर रूपेश की तारीफ़ की थी—प्रेमी हो तो ऐसा···!

उस घटना के बाद दीदी और रूपेश का प्रेम सहसा दुगुने वेग से बढ़ गया था। मुझे यह सब देखकर अपना पढ़ा सार्थक लगने लगा था । मैंने पढ़ रखा था कि प्रेमी-प्रेमिका के बीच अवरोधक की उपस्थिति के बाद प्रेम में स्वाभाविक वृद्धि हो जाती है । अपने और मोना दीदी के प्रेम के बीच अवरोधक बननेवाले अपने पिता के प्रति विद्रोह व्यक्त कर रूपेश दीदी के मन में कहीं गहरे तक उतर गया था । फलस्वरूप झिझक, संकोच और सारी औपचारिकताओं से मुक्त वे तहे-दिल से उसे प्यार करने लगी थीं···।

इधर मेरे घर की यह स्थिति थी और उधर मेरे छोटे शहर में तो जैसे भूचाल आ गया था । दीदी ने प्रेम क्या कर लिया, दुनिया का आठवाँ आश्चर्य घटित कर दिया था···, चाहे-अनचाहे सबका ध्यान इस ओर ही खिंच आया था । शुरू में तो दो-चार लोगों को मैंने खरी-खोटी सुनायी । लेकिन मैं किस-किस से झगड़ता ? सारे शहर की जुबान पर यही बात थी । एक तो प्रेम । उस पर भी मोना दीदी जैसी रूपसी और नगर के प्रमुख चिकित्सक का बेटा । फिर बात छुपे भी तो कैसे ? शहर के मनचले छोकरों के प्रचार के लिए इससे बढ़िया मसाला और क्या हो सकता है ! इसमें नमक-मिर्च मिला वे खूब कहानियाँ गढ़ा करते । दीदी के कॉलेज में दीदी और रूपेश को लेकर दीवारों पर प्रेम के नारे लिखे जाते । कुछ शरारती छोकरे दीदी को सुनाकर रूपेश से उनका नाम जोड़ते हुए फब्तियाँ भी कसते । लेकिन यह बात मुझे ठीक नहीं लगती । मैं आज तक यह नहीं समझ सका कि प्रेम कोई और करता है, लेकिन दर्द किसी और को क्यों होता है ? शायद यह भी प्रेम का ही कोई रहस्य है···।

मैं देख रहा था, दीदी के व्यक्तित्व में आकस्मिक रूप से परिवर्तन होते जा रहे थे । असल में जब से रूपेश से उन्हें प्रेम हुआ था, उनके स्वभाव में तब्दीलियाँ शुरू हो गयी थीं । वे बहुत प्रफुल्लित जान पड़ने लगी थीं—गुलाब की खिली पंखुड़ियों की तरह तरो-ताजा और भरी-भरी···। एकान्त उन्हें अच्छा लगने लगा था । प्रकृति

के सान्निध्य में रहना उन्हें रुचिकर प्रतीत होता था । चाँदनी रातों में चुपके से छत पर चढ़ जातीं । फिर चाँद और तारों को देर तक निहारा करतीं । वर्षा की फुहारें जब शुरू हो जातीं तो जहाँ हम सभी कमरे में आ छिपते, वहाँ दीदी कमरे से बाहर निकल खड़ी हो जातीं । माँ और पिताजी डाँटते, "सर्दी लग जाएगी, निमोनिया हो जाएगा···।" लेकिन वे नहीं मानतीं । वर्षा के पानी में भींगते वक़्त उनके चेहरे पर सुख और सन्तोष की झलक दिखाई पड़ती । इसके अतिरिक्त जिस किसी दिन रूपेश नहीं आता वे उद्विग्न-सी जान पड़तीं—ग़मगीन और चिन्तातुर···। साथ ही अनुपमा से अपने मन की व्यथा कहती हुईं ।

मेरे पिताजी के साथ रूपेश के पिता की जिस दिन टकराहट हुई थी, उसी दिन से दोनों पिता-पुत्र के बीच तनाव की स्थिति कायम हो गयी थी । रूपेश के पिता इस बात की पूरी कोशिश करने लगे थे कि रूपेश हमारे यहाँ न आये और दीदी से न मिले । लेकिन वह नहीं मानता था । इस सम्बन्ध में अपने पिता की डाँट उसे आये दिन सुननी पड़ती थी । उसके पिता गुस्से में आकर कभी-कभार ज़बर्दस्ती कुछ समय के लिए उसे हाऊस अरेस्ट भी कर लेते । तब दीदी की विचित्र हालत हो जाती । रूपेश की एक-दो दिनों की हल्की जुदाई भी जैसे उनके लिए असह्य हो : वे गुमसुम बनी व्यग्रता में छटपटाती जान पड़तीं । हम कुछ पूछते तो तुनक जातीं। माँ-पिताजी के बहुत आग्रह के बाद वे दो-चार कौर मुँह में डालतीं, अन्यथा बिना खाये ही रह जातीं । एकदम उदास, बेचैन और सूनी आँखों से अपने कमरे की खिड़की के पास बैठी अपलक रूपेश की राह निहार रही होतीं···। इस स्थिति में दीदी मुझे अमर प्रेम-कथाओं की महान् नायिकाओं की तरह लगतीं—एकदम उनकी प्रतिछवि । वही मनोदशा । वही प्रक्रिया । प्रतीक्षा में उसी तरह की बेकली, उसी तरह की छटपटाहट । वियोग की वेदना में तपता-जलता चेहरा···।

दूसरी तरफ़ रूपेश की स्थिति भी उनसे कम गम्भीर नहीं होती । दीदी से प्रेम के बाद उनके बिना वह रह ही नहीं पाता था । उनकी जुदाई में वह बेसुध हो जाता। अपने आप का भी उसे ख्याल नहीं रहता । बाल-दाढ़ी बढ़ जाते, बनवाने की याद नहीं···। हाथ-पाँव के नाखून लम्बे-लम्बे हो जाते । आँखों में बराबर नशे की जैसी लाली छायी रहती । योगी-यति की तरह किसी धुन में चौबीसों घण्टे जलता नज़र आता । मैं छिपे रूप में उसकी इस स्थिति का मुआयना किया करता । वह दूर से ही अपने बँगले की बालकनी में पागलों की तरह इधर से उधर टहलता नज़र आता —एकदम अशान्त, खिन्न, बेचैन; कभी इधर देखता, कभी उधर···। वह मुझे अपने पठित चरित्रों की तरह सच्चा प्रेमी लगता । प्रेम की दुनिया के अमर नायकों की गरिमा से मण्डित···।

आप अन्दाज़ लगा सकते हैं, प्रेम-साहित्य का अध्येता मेरा मन दीदी और रूपेश की यह स्थिति देख कितना विह्वल हो उठता होगा ! आपने अनुभव किया होगा,

प्रेमी-प्रेमिका की कहानी पढ़ते वक़्त जब प्रेमी-प्रेमिका एक-दूसरे से जुदा होते हैं तो आपका मन इस बात के लिए अधीर हो जाता है कि कब वे एक-दूसरे से आ मिलें। उनको अलग करनेवाली शक्तियों के खिलाफ़ आपका मन आक्रोश से भर जाता है । मेरी स्थिति भी बिल्कुल वैसी ही हो गयी थी । इस स्थिति में मैंने यह निर्णय लिया कि मात्र तटस्थ दर्शक बनकर अब नहीं रहूँगा । दीदी और रूपेश के सहायतार्थ कुछ करूँगा । इसके बाद उन दोनों की जुदाई के वक़्त उन दोनों के पत्रों को एक-दूसरे तक पहुँचाने की भूमिका मैंने शुरू कर दी । हालाँकि जिस वक़्त यह कार्य मैंने शुरू किया, उस वक़्त इस कार्य लायक मेरी उम्र नहीं थी । प्रेम-पत्रों को एक-दूसरे तक पहुँचाने वाली छोटी आयु मैं पार कर चुका था । फिर भी झिझक-संकोच छोड़ इस कार्य में पूरे मन से लग गया । रूपेश तो अपना पत्र बेझिझक मुझे थमा देता था । लेकिन दीदी को संकोच का अनुभव होता था । तब मैं उन्हें समझाता कि प्रेम करना कोई ग़लत नहीं । सही अर्थों में किया गया सच्चा प्रेम तो सदैव सराहनीय होता है। जिसने प्रेम किया, वह अमर हो गया । प्रेम करने का सौभाग्य सबको प्राप्त नहीं होता। लड़के-लड़कियाँ कई जगह साथ-साथ पढ़ते हैं, साथ-साथ रहते हैं । लेकिन प्रेम किसी ख़ास जोड़ी विशेष के बीच ही होता है…।

मेरी बातों से दीदी का संकोच टूट जाता और वे सहज हो अपना पत्र मुझे थमा देतीं । साथ ही मुझे खूब स्नेह देतीं और दुलारतीं भी । चूँकि दीदी के प्रेम के प्रति मेरी पूरी सहानुभूति थी और उनके प्रेम को सफल बनाने के लिए सहयोगी की भूमिका भी मैं अदा करने लगा था, इसीलिए शीघ्र ही घर में उनका सर्वाधिक प्रिय और विश्वासपात्र मैं बन गया था ।

मैं आपको याद दिला देना चाहता हूँ कि प्रेम के जिस यथार्थ से मैं आपको परिचित करानेवाला हूँ, उसकी शुरुआत अभी नहीं हुई है । अभी तो दीदी और रूपेश का मात्र परिचय प्रस्तुत कर रहा हूँ और इस परिचय के दौरान ही उनसे सम्बन्धित प्रारम्भिक बातों को आपके समक्ष उजागर कर देना लाज़िमी समझता हूँ…।

हाँ, तो दीदी और रूपेश के बीच मिलन और जुदाई के दृश्य शुरू हो गये थे—बिल्कुल अमर प्रेम-कथाओं की तरह…। रूपेश के चिकित्सक पिता पूरी तरह अवरोधक की भूमिका में आ गये थे । जब रूपेश उनकी लाख कोशिशों के बाद हमारे यहाँ आने से रुक नहीं सका तब वे अपने आदमियों को हमारे यहाँ भेज कर इस बात के लिए हमें बाध्य करने लगे कि हम अपने यहाँ से उसे निर्ममतापूर्वक डाँटकर भगा दें । जिस काम में वे खुद हार चुके थे, अब हमें अपना मुहरा बनाकर उसमें

सफलता हासिल करना चाहते थे । लेकिन हम उतने मूर्ख नहीं, जितना उन्होंने सोच रखा था । पिताजी ने स्पष्ट शब्दों में कह दिया, ''हम रूपेश के साथ दुर्व्यवहार नहीं करेंगे··· न ही यह नैतिक दृष्टि से उचित है और न ही व्यावहारिक दृष्टि से । हमारे यहाँ की यह संस्कृति भी नहीं है । रूपेश बालिग और सयाना लड़का है । अपना भला-बुरा सोचने का अधिकारी वह स्वयं है···।''

पिताजी अपने तर्क पर अडिग रहे । डॉक्टर साहब द्वारा भेजे गये लोग उन्हें विचलित नहीं कर सके । लेकिन डॉक्टर साहब इतने से ही कब माननेवाले थे । उनका ध्यान तो दहेज की मोटी रकम, अच्छे परिवार के साथ सम्बन्ध, प्रतिष्ठा में और वृद्धि आदि बातों की ओर लगा था । प्रेम-सम्बन्धों की ऊष्मा की अनिवार्यता पर विचार करने की उन्हें फ़ुर्सत कहाँ ! दीदी के साथ अपने पुत्र के बढ़ते प्रेम सम्बन्ध को देखकर तो अब वे जल्द से जल्द कहीं दूसरी जगह उसकी शादी कर देना चाहते थे । उनकी इच्छा के मुताबिक़ उनके स्तर के अनेक लड़कीवाले आगे भी बढ़ आये थे । कुछ लड़कीवाले अपनी लड़की की शादी की गरज़ में यहाँ तक तैयार थे कि हमारे परिवार को ठिकाने पर ला देने की बात भी कह चुके थे । लेकिन रूपेश डॉक्टर साहब के लाख प्रयास के बाद भी तैयार नहीं हो पा रहा था । फिर भी डॉक्टर साहब एक लड़कीवाले से साँठ-गाँठ कर रूपेश को वहाँ जबरन भिजवाने लगे थे, ताकि वह लड़की उसका ध्यान मेरी दीदी से हटाकर अपनी ओर आकृष्ट कर सके···।

मुझे अच्छी तरह याद है, ये दिन दीदी और रूपेश की ज़िन्दगी के सबसे दुःखद और वियोगपूर्ण दिन थे । रूपेश के ऊपर जो कुछ घटित हो रहा था या जिस तरह दीदी से उसे अलग रखा जा रहा था, यह सब सुन-सुनकर दीदी आधी होती जा रही थीं । खाना-पीना तो उन्होंने जैसे छोड़ ही दिया था । एकान्त में बैठकर रूपेश की तस्वीर को निर्निमेष दृष्टि से निहारते रहने और आँसू बहाने के सिवाय उनके पास कोई और काम नहीं रह गया था । माँ और पिताजी दीदी को सान्त्वना देते तथा धैर्य से काम लेने को कहते । मैं दीदी के समीप बैठकर उन्हें घण्टों समझाता, ''यह स्थिति बहुत अधिक दिनों तक ठहरनेवाली नहीं दीदी ! आखिर कितने दिनों तक डॉक्टर साहब रूपेश को रोककर रखेंगे ? भला प्रेम को इस दुनिया में कोई रोक सका है ? सच्चे प्रेम की विजय सदियों से होती आयी है । बीच-बीच में आनेवाली ये अड़चनें सच्चे प्रेम की परीक्षा लेती हैं और उसे और अधिक निखारती हैं । वह प्रेम ही क्या जिसे वियोग और वेदना की आग में तपाकर चमकाया नहीं गया···! रूपेश सच्चा प्रेमी है । वह मरते दम तक तुम्हें नहीं छोड़ेगा···। तुम्हें इस तरह अधीर हो अपना स्वास्थ्य नहीं खराब करना चाहिए । वह आएगा तो तुम्हारे स्वास्थ्य की यह हालत देख बहुत दुखी हो उठेगा । मैं प्रतिदिन छिपकर तुम्हारे बारे में उसे बता आता हूँ कि दीदी बहुत अच्छी हैं और तुम्हें याद करती हैं । जिस दिन तुम्हारा समाचार मैं उसे नहीं देता, उस दिन वह एकदम बेचैन बना रहता है । तुम्हारा समाचार जानने के बाद ही शान्त

होता है । एक दिन भूल से मेरे मुँह से यह निकल गया कि दीदी का स्वास्थ्य ठीक नहीं । बस, उसने प्रश्नों की झड़ी लगा दी—क्या हुआ लिसा को ? क्यों हुआ? कैसे हुआ ? अब तक तुम सबों ने इलाज क्यों नहीं कराया··· आदि-आदि । उस दिन शायद वह कुछ खा भी नहीं सका । कटी डाल की तरह अपने बिस्तर पर गिरकर चिन्ताओं में डूब गया । उसे देखकर ऐसा लगा कि दुनिया की सबसे बड़ी विपत्ति उसके ऊपर टूट पड़ी हो··· इसीलिए तुम्हें उसका ख्याल करते हुए अपने स्वास्थ्य को ठीक रखना चाहिए दीदी !''

और मैं दीदी को समझा-बुझाकर उन्हें खिला-पिला सकने में सफल हो जाता था। हालाँकि ऐसा उनकी सहेली अनुपमा के सहयोग से ही मैं कर पाता था । अपनी सहेली अनुपमा की बात वे नहीं टाल पाती थीं । इसके बावजूद उनके चेहरे की रंगत नहीं लौटती और उनकी उदासी भी खत्म नहीं होती । लगता, जैसे किसी गम्भीर बीमारी ने उन्हें दबोच लिया हो कि दो-चार दिन में ही वे हिल उठी हैं ।

मैंने पढ़ा है, प्रेमी के ऊपर जब प्रहार होता है तो उसके निशान प्रेमिका के बदन पर उभर आते हैं । लेकिन मुझे यह बात बराबर काल्पनिक और मनगढ़न्त लगती थी । भला यह कैसे सम्भव हो सकता है कि मार किसी और को पड़े और दर्द से कोई और कराहे ? लेकिन दीदी की वर्तमान स्थिति देख उपर्युक्त कथन की सच्चाई के प्रति मेरा मन आश्वस्त होने लगा था । मैं देख रहा था, दीदी से न मिलने देने के लिए रूपेश को जिस मानसिक और शारीरिक यन्त्रणाओं के बीच क़ैद किया गया था, उसकी पीड़ा का एहसास सीधे-सीधे दीदी को हो रहा था । यह रहस्य जान चुकने के बाद मैं अचम्भित रह जाता था कि जिस किसी दिन रूपेश के ऊपर घेरे-बन्दी सख्त होती थी, उस दिन अपने आप दीदी ज्यादा पीड़ित और दुःखी नज़र आने लगती थीं, जबकि इसके बारे में किसी ने उन्हें कुछ भी बताया नहीं होता था । प्रेमी के सुख-दुःख का भान प्रेमिका को स्वतः हो जाता है, यह जानकर मेरा मन रोमांचित और उत्साहित हो जाता था । कहने की आवश्यकता नहीं कि प्रेम के प्रति मेरे मन में अपार श्रद्धा पैदा होने लगी थी । प्रेम की इस विलक्षणता के आगे मैं नतमस्तक था ।

उधर रूपेश भी बिना किसी के बताये दीदी की परिवर्तित स्थिति से अवगत होने लगा था । एक दिन मैं छिपकर जैसे ही उसके पास पहुँचा, वह मुझे देखते ही कहने लगा, ''सुनील ! सच-सच बताना, लिसा की तबीयत आज ख़राब है न ? आज उसने कुछ भी नहीं खाया···। रात से ही मेरा मन कह रहा है, लिसा बेचैन है···।''

रूपेश मोना दीदी को लिसा ही कहता था । मैंने उसे आश्वस्त किया, ''नहीं···। दीदी की तबीयत तो ठीक है । वे अच्छी हैं और उन्होंने कहा है कि आप ठीक से रहिएगा···।''

मैं बिल्कुल झूठ बोल गया । उसके दुःख को मैं और अधिक बढ़ाना नहीं चाहता था, जबकि स्थिति एकदम वैसी ही थी, जैसी उसने महसूस की थी । मैं आश्चर्य में

पड़ गया था कि अनदेखे-अनसुने यथार्थ को उसने महसूस कैसे कर लिया ? और वे बातें मुझे याद आ गयी थीं कि प्रेमी-प्रेमिका के बीच जब प्रेम गहरा जाता है तब वे एक-दूसरे से चाहे कितनी ही दूर क्यों न रहें, प्रेम सूक्ष्म रूप लेकर एक-दूसरे के मन में एक-दूसरे के सुख-दुःख की प्रतीति कराता रहता है । शायद इसीलिए प्रेम को अशरीरी और अलौकिक भी कहा जाता है । दीदी और रूपेश का प्रेम अब इसी भावभूमि पर पहुँच रहा था, यह मेरे लिए असाधारण महत्त्व की बात थी ।

मैं देख रहा था, जो लड़की रूपेश का ध्यान अपनी ओर आकृष्ट कर रही थी, उसके सारे नाज-नखरे धरे रह जाते थे···। रूपेश के ऊपर उसका कोई असर नहीं होता था । घेरेबन्दी के अन्दर रूपेश अपने घर या उस लड़की के घर जहाँ भी होता था, मैं किसी न किसी से जानकारी लेता रहता था । वह लड़की खूब सज-सँवर कर रूपेश के समीप आती थी । उसका ध्यान अपनी मधुर बातों में आकृष्ट कर उससे प्यार जताती थी । लेकिन रूपेश की खुली-अधखुली आँखों में तो दीदी की तस्वीर नाच रही होती थी । तन से उस लड़की के पास होकर भी मन से वह वहाँ नहीं रह [illegible] था । उस लड़की के हिस्से में उसका निर्जीव शरीर ही आता था । काफ़ी [illegible] के बाद उस लड़की ने अपने पिता से साफ़ कह दिया, "इस लड़के से मैं शादी नहीं करूँगी···यह पागल है···!"

लेकिन रूपेश एक बड़े बाप का बेटा था । उसके साथ अपनी लड़की ब्याहने की तमन्ना शहर के अनेक सम्पन्न लोगों को थी, इसीलिए अब एक दूसरे परिवार से बातचीत शुरू हो गयी थी । पर दूसरे परिवार की लड़की पारखी और समझदार थी। शीघ्र ही उसने अपना निर्णय दे दिया— "ऐसे लड़के के साथ नहीं बँधूगी···। यह किसी और को दिल दे चुका है···।"

रूपेश के पिता की आशाओं पर निरन्तर पानी फिरता जा रहा था । एक सामान्य शिक्षक-परिवार की लड़की से अपने लड़के की शादी करना डॉक्टर साहब को अपना अपमान लगता था । उन्हें लगता जैसे फूलों की सेज से वे कीचड़ में धँसने जा रहे हों । इसीलिए दीदी और रूपेश के प्रेम के समक्ष निरन्तर हारते हुए भी उसे खण्डित करने की योजनाओं में लग जाते थे । जब मुझे यह पता चला कि रूपेश की रुग्ण-मानसिकता के इलाज़ के लिए डॉक्टर साहब ने बाहर के दो मशहूर मनःचिकित्सकों को बुलाया है, तो मैं बहुत उत्सुक और जिज्ञासु हो जानकारी लेने लगा था । प्राप्त जानकारी के अनुसार मनःचिकित्सक रूपेश को छोटी-छोटी सरस कहानियाँ सुनाते । एलबम में क़ैद एक से एक मनमोहक तस्वीरें दिखाते । टेप से सुन्दर-सुन्दर गीत सुनाते । उसके मनोनुकूल बातें करते हुए अपने रास्ते पर उसे ले आने की कोशिश करते । लेकिन होता वही, जिसका विश्वास मुझे था । वह सब कुछ देखता-सुनता। सारी बातें मानता । लेकिन दीदी को भूलने या उनसे अलग होने की बात पर खफ़ा हो जाता । अपने प्रेम पर वह एकदम डटा हुआ था । हार मानकर मनःचिकित्सक

लौट गये । उनकी टिप्पणी थी, "शुरू में इलाज किया गया होता तो लड़का रास्ते पर आ जाता । अब मर्ज़ बहुत पुराना हो गया है···।"

घेरेबन्दी के अन्दर रूपेश को खाने-पीने, ऐशोआराम और मनोरंजन की सारी सुविधाएँ उपलब्ध थीं । वर्जनाएँ थीं तो सिर्फ़ इसी बात की कि वह मेरे यहाँ न आये और दीदी से न मिले । दरअसल, डॉक्टर सहब ने उसे 'हाउस-अरेस्ट' कर रखा था। मैं लक्ष्य करता था कि विवाहेच्छुक लड़कियों के नाज़-नखरे और मनःचिकित्सकों के इलाज़ से मुक्ति पाने के बाद अपने एकान्त समय में रूपेश खिड़की के पास खड़ा हो या तो कोई विरहात्मक गीत गा रहा होता या पेण्टिंग्स के माध्यम से कोई तस्वीर बनाने लगता । अलग-अलग कार्डों पर बनायी अपनी पेण्टिंग्स को उसने कमरे की दीवारों पर चिपका दिया था । काफ़ी ग़ौर करने पर मैं पाता था कि बहुत कलात्मक ढंग से प्रायः हर पेण्टिंग्स में दीदी के अलग-अलग अंगों—उनकी बड़ी-बड़ी आँखें, गुलाबी होठ, सुन्दर नासिका, कमर तक लहराते बाल, मांसल उभार, नाजुक हाथ-पाँव आदि को चित्रित किया गया था । मुझे पहली बार रूपेश की चतुरता को देख खुशी हुई थी । मेरी नज़र में वह एक आदर्श प्रेमी ज़रूर था, लेकिन वह इतना चतुर भी है, यह मैंने पहली बार जाना था । अगर किसी एक ही पेण्टिंग्स में वह पूरी दीदी को प्रस्तुत करता तो शायद डॉक्टर साहब उसे कमरे में रखने भी नहीं देते । किन्तु इतनी बारीकी से दीदी के अलग-अलग अंगों को उसने उजागर किया था कि डॉक्टर साहब कुछ समझ नहीं पाये थे । वे तो मन ही मन खुश होते जा रहे थे कि मोनालिसा की ओर से उनके बेटे का ध्यान अलग होकर पेण्टिंग्स की ओर लगता जा रहा है । लेकिन काश वे पेण्टिंग्स की कलात्मक बारीकियों को समझ पाते···! स्थूल सत्य को पहचानने वाले पेण्टिंग्स की सूक्ष्मता को जान भी तो नहीं पाते ! उनकी नज़र में उन पेण्टिंग्स में मोनालिसा का कहीं कोई नामोनिशान नहीं था । लेकिन मेरी नज़र में उन पूरे पेण्टिंग्स में सिर्फ़ दीदी ही थीं—अपनी पूरी कोमलता एवं लुभावने सौन्दर्य के साथ विराजमान !

यहाँ मुझे एक और आश्चर्य का भान हुआ । अपने यहाँ आने की वजह से रूपेश की रुचि और गुण से हम परिचित थे । हमारी जानकारी में तो वह गीत गाना और पेण्टिंग्स बनाना जानता ही नहीं था । साफ़ कह देता था, "भाई, मुझे गीत गाना नहीं आता और पेण्टिंग्स की कला तो मेरे लिए अबूझ कला है···।"

लेकिन मैं देख रहा था, वही रूपेश अब सुन्दर गीत गा रहा था और कलात्मक पेण्टिंग्स बना रहा था । लगता था जैसे इन दोनों कलाओं में उसे महारत हासिल हो। यहाँ अपने प्रति उत्पन्नमतित्व से मैं शीघ्र ही यह जान गया कि प्रेम का ही यह चमत्कार है । प्रेम में ही कविताएँ फूटने लगती हैं और चित्र बनने लगते हैं । कर्कश गला भी सुरीला हो जाता है और मीठे बोल फूट पड़ते हैं । इस सम्बन्ध में दीदी में भी पैदा हुई अनेक कलात्मक रुचियों को मैं देख रहा था । मुझसे मेरे छोटे भाई

अनिल की पेण्टिंग्स में गहरी दिलचस्पी थी । दीदी से छोटी बहन प्रीति खूब अच्छा गाती थी । अपने सुरीले कण्ठ के चलते स्कूल में पुरस्कृत हो चुकी थी । लेकिन दीदी को इन दोनों में कोई रुचि नहीं थी । कविताएँ पढ़ना, सज-सँवर कर रहना, सहेलियों के बीच बातें बनाकर हँसते-हँसते लोटपोट हो जाना, यही सब उन्हें अच्छा लगता था । लेकिन रूपेश से प्रेम के बाद अनिल की पेण्टिंग्स को वे खूब ग़ौर से निहारा करती थीं । प्रीति को अपने कमरे में बैठाकर उसे खूब गवातीं । फिर स्वयं भी गीत गाने और पेण्टिंग्स बनाने की ओर उन्मुख हो गयीं । हमें यह देखकर सुखद आश्चर्य हुआ था कि बिना किसी पूर्व अभ्यास के वे बहुत अच्छा गाने लगी थीं । शायद पिताजी कारण समझते थे, इसीलिए दीदी को गाते देख मुस्करा उठते थे । मैं भी इस रहस्य को जानने लग गया था, इसीलिए अन्दर-ही-अन्दर जानकार होने के सुख का अनुभव करने लगा था···। प्रेम की महानता के प्रति मेरा मन यहाँ पुनः श्रद्धावनत हो गया था ।

मैं आपको बता दूँ, दीदी और रूपेश की सहज-सामान्य प्रेम-कथा समय के अनुसार तथा प्रेम की प्रकृति के तहत अब यहीं से कुछ परिवर्तित होनी शुरू हो गयी थी । हालाँकि यह परिवर्तन उनके प्रेम को घटानेवाला नहीं, बढ़ानेवाला ही साबित हुआ था···। जैसाकि आप जान चुके हैं, रूपेश बहुत सीधा-सादा लड़का था—एकदम आज्ञाकारी पुत्र । पिता के सामने कभी मुँह नहीं खोलता था । मन में चाहे जो बात रहती थी, पर पिता के सामने भीगी बिल्ली बना रहता था । शायद इसीलिए उसके पिता ने उसे क़ैद कर रखा था । और यही बात हमें खटकती थी । यह कैसा प्रेमी है कि प्रेम करना तो जानता है, लेकिन प्रेम के बुनियादी तत्त्व विद्रोह की तनिक भी आग इसमें नहीं ! स्थिति कहाँ से कहाँ पहुँच गयी है और यह गूँगा बना बैठा है ! हालाँकि उतावलेपन में हम यह सब सोच रहे थे, जबकि हर कुछ समयानुसार ही होता है । लोहे को हम गरम करते हैं, पर वह पिघलता तभी है जब तापक्रम के उस बिन्दु पर पहुँच जाता है, जहाँ पिघलना उसकी नियति होती है । रूपेश भी धीरे-धीरे उस स्थिति तक पहुँच गया था जहाँ अब और सहना और अनुशासित रहना उसके वश की बात नहीं रह गयी थी । उसकी परम्परित चुप्पी टूट गयी थी । हुआ यह कि एक दिन डॉक्टर साहब मोना दीदी का नाम लेकर उन्हें बेहया, वेश्या आदि घिनौने शब्दों से लांछित-अपमानित कर रहे थे कि रूपेश बीच में ही गरज उठा, ''ख़बरदार जो लिसा को कुछ और कहा···मैं उसके नाम पर अब एक गाली भी बर्दाश्त नहीं करूँगा···!''

तो तू क्या कर लेगा ? जुबान लड़ाता है···उस रण्डी की पक्षधरता करता है···?'' —यह कहते हुए डॉक्टर साहब रूपेश के समीप पहुँच गये और ग़ुस्से में उसके ऊपर हाथों से प्रहार करने लगे । वे उसे पहले की तरह निरा बच्चा ही समझते थे । अक्सर उनके प्रहार के वक़्त रूपेश माथा झुकाकर चुपचाप सह जाता था । यही शिक्षा उसे मिली थी । उस दिन भी अगर किसी दूसरी वज़ह से डॉक्टर साहब प्रहार करते तो वह मौन होकर सह लेता । लेकिन बात मोना दीदी की थी और प्रेम का विद्रोही स्वरूप जाग गया था, इसीलिए प्रत्युत्तर में उसने पिता को कसकर धक्का दिया कि वे पास ही रखी मेज के पास लड़खड़ाकर गिर गये तथा मेज के पाये से लगकर उनका माथा फूट गया । फूटे माथे से खून बह चला । डॉक्टर साहब के यहाँ कुहराम मच गया । रूपेश तो अपने पिता का माथा फूटते ही घेरेबन्दी तोड़कर विजेता की तरह बाहर निकल गया । लेकिन डॉक्टर साहब की पत्नी, लड़की, अमले-आदमी सभी जुट गये । डॉक्टर साहब चिल्ला रहे थे, ''पकड़ो उसे··· मेरा रिवाल्वर दो···मैं उसे गोली से उड़ा दूँगा···ऐसा नालायक लड़का रहे या न रहे, कोई फ़र्क़ पड़ने वाला नहीं··· ।''—वे क्रोध में आग-बबूला हो गये थे । उनकी पत्नी ने उन्हें किसी तरह समझा-बुझाकर शान्त किया··· । फिर उनकी मरहम-पट्टी शुरू हो गयी । फोन पर सूचना पाते ही नगर के उनके मित्र-चिकित्सक तत्क्षण आ धमके । यह सुनकर कि डॉक्टर साहब का माथा फट गया है, उच्चपदस्थ उनके अनेक शुभचिन्तक भी जुट आये ।

उक्त घटना की जानकारी के बाद लोग अपने-अपने तरीक़े से डॉक्टर साहब को सुझाव देने लगे कि अपने लड़के को रास्ते पर ले आने के लिए उन्हें अब और क्या-क्या करना चाहिए । वे लोग ऐसे-ऐसे नुस्खे बता रहे थे, जिसको अपनाकर प्रेमी-प्रेमिकाओं को निश्चय ही एक-दूसरे से अलग किया जा सकता है । लेकिन कुछ लोगों का कहना था कि जब वह उस लड़की पर रीझ गया है तो उसी के साथ उसकी शादी कर दी जाए । हालाँकि ऐसे लोग दो-एक ही थे । डॉक्टर साहब के परिचित-मित्र, जो उनकी मानसिकता से अवगत थे, ऐसी बात कभी नहीं कह सकते थे । उनके नये परिचितों में से ही एक-दो व्यक्तियों ने यह बात कही थी । लेकिन डॉक्टर साहब के यहाँ का माहौल इस बात के बिल्कुल प्रतिकूल था, इसीलिए कहनेवालों ने भी इस बात को फिर आगे नहीं बढ़ाया । अब तक उक्त घटना पर टिप्पणी करते हुए प्रायः सबों ने यह बात कही कि मोनालिसा के घरवालों के इशारे पर ही यह घटना हुई है, अन्यथा रूपेश तो बिल्कुल अनुशासित और आज्ञाकारी पुत्र है ।

आप सोच सकते हैं, डॉक्टर साहब के शुभचिन्तक मित्रों ने ऐसी टिप्पणी क्यों की । असल में वे तो यह जान रहे थे कि डॉक्टर साहब अपने पुत्र को छोड़ेंगे नहीं। अन्ततः स्वीकार करेंगे ही । इसीलिए उनके पुत्र को निर्दोष करार देकर सारा दोष उन सबों ने हमारे परिवार पर ही थोप दिया । मैं समझ नहीं पाता हूँ कि चापलूसी का यह कौन-सा रास्ता है । ऐसे लोग जो सच कह नहीं सकते, जीवन में कभी सच

का पक्ष लेंगे, यह कदापि सम्भव नहीं । पता नहीं, डॉक्टर साहब-को उनकी बातें सच लगती थीं या चापलूसीपूर्ण, यह तो वे ही जानें ! मुझे तो वे लोग डॉक्टर साहब के मित्र नहीं, शत्रु ही जान पड़े··· !

इधर दूसरी तरफ़ रूपेश अपने बाप का माथा फोड़कर जब शाम के धुँधलके में हमारे यहाँ पहुँचा तो हमने कुछ असमंजस का अनुभव ज़रूर किया, लेकिन एक विजेता के रूप में उसका स्वागत भी किया । वह हमारा प्रिय तो था ही, प्रेम में विद्रोही होकर और अधिक प्रिय हो गया था । असल में अन्याय सहनेवाले आदमी के प्रति हमारी सहानुभूति ज़रूर रहती है, लेकिन जब वह अन्याय का प्रतिकार करता है, तब वह हमारी श्रद्धा का पात्र बन जाता है । दोनों रूप में हम उससे जुड़े रहते हैं । लेकिन दूसरा जुड़ाव ज्यादा जीवन्त और उत्साहवर्द्धक होता है । इस घटना के बाद रूपेश के साथ अब हम दूसरा जुड़ाव ही महसूस करने लगे थे ।

और दीदी ! जो महीनों से उसकी प्रतीक्षा में सूखती और गलती चली गयी थी, उसे देखते ही भली-चंगी हो उठी थीं । उनके अन्दर जाने कहाँ की शक्ति और कहाँ का उत्साह आ गया था । पहचान में ही नहीं आ रही थीं कि यह वही दीदी हैं जो मुखड़ा उदास किये, रो-रोकर अपनी आँखें दुखाया करती थीं । क्षणभर में ही वह इतना बदल जाएँगी, हममें से किसी ने नहीं सोचा था । मुझे यह सब बिल्कुल करिश्मे जैसा ही लग रहा था । दीदी एकदम पहले की तरह खिली हुई और हरी-हरी दिखने लगी थीं । यहाँ एक बार फिर प्रेम की अलौकिक शक्ति से मैं साक्षात्कार कर रहा था··· ।

मैं बहुत खुश था । माँ-पिताजी, भाई-बहन सभी खुश थे । मैंने पिताजी को माँ से यह कहते हुए भी सुना, ''लड़का जब ठीक है तब बाप का विरोध कोई अर्थ नहीं रखेगा । लड़के की इच्छा के आगे बाप को झुकना ही पड़ेगा··· ।''

जवाब में माँ ने अपनी शंका व्यक्त की थी, ''अभी कुछ भी कहा नहीं जा सकता। इसका बाप हमारे यहाँ रिश्ता करने को हरगिज़ तैयार नहीं होगा ।''

इस पर पिताजी ने माँ को समझाया, ''समय के अनुसार सब ठीक हो जाएगा। परिस्थितियों के प्रतिकूल कहाँ तक कोई आचरण अपना सकेगा ! धारा के अनुकूल ही बहा जा सकता है, प्रतिकूल बहनेवालों को मुँह की खानी पड़ती है··· ।''

उस दिन रूपेश पूरी रात हमारे यहाँ ही ठहर गया था । इससे पहले वह कभी हमारे यहाँ रात नहीं गुजारता था । हालाँकि हमारे मन में यह शंका भी बनी हुई थी कि उसे ढूँढ़ते-ढूँढ़ते डॉक्टर साहब के आदमी हमारे यहाँ आ न जाएँ । तब हम और मुसीबत में पड़ जाएँगे । वैसे इस मुसीबत से अब हम भागनेवाले नहीं थे । लेकिन वैसा कुछ भी नहीं हुआ । रूपेश ने हमें आश्वस्त कर दिया था कि अपने पिता के भेजे आदमियों से वह सलट लेगा । हमारे परिवार के ऊपर कोई आँच नहीं आने देगा··· ।

उस रात शुरू में रूपेश काफ़ी देर तक दीदी से बतियाता रहा । ऐसा लग रहा था जैसे उन दोनों को एक-दूसरे से इतना कुछ कहना है, जिसका कोई अन्त नहीं··· । लेकिन चूँकि रात गहरा गयी थी, इसीलिए न चाहते हुए भी दीदी और रूपेश के बीच हमें उपस्थित रहना पड़ा । पहले प्रीति गयी । फिर अनिल । इसके बाद मैं । दीदी को दी गयी वह गोपनीय चेतावनी कि शादी से पहले रूपेश के साथ उसे रात नहीं गुज़ारनी है, अपनी जगह पर बरकरार थी, इसीलिए माँ-पिताजी के निर्देशानुसार हम उनके बीच उपस्थित थे । रूपेश का बिस्तरा मेरे कमरे में लगा दिया गया था । लेकिन उसकी और दीदी की बात समाप्त ही नहीं हो रही थी कि उन्हें एक-दूसरे से अलग किया जाए, जबकि परिवर्तित समय के अनुसार उस चेतावनी को और सख्त कर दिया गया था । इस स्थिति में हमारी उपस्थिति हमें स्वयं बोझिल बनाती जा रही थी । कुछ देर बाद प्रीति वहीं सो गयी । अनिल भी ऊँघने लगा । मैं अकेला दीदी और रूपेश की बातों के बीच सिर्फ़ हाँ-हूँ भरता रहा । हालाँकि मैं महसूस कर रहा था, मेरी उपस्थिति उन दोनों को खटक रही थी । मुझे भी वहाँ उपस्थित होना अच्छा नहीं लग रहा था । लेकिन माँ-पिताजी की चेतावनी के चलते मैं विवश था। यहाँ मैं यह समझ नहीं पा रहा था कि उन्मुक्त विचारों के पिताजी इस बिन्दु पर वर्जनाओं के पक्षधर क्यों थे···?

दीदी और रूपेश सारी रात बतियाते रहे । अपने बीच उपस्थित होने के चलते कभी-कभी वे उपेक्षापूर्ण दृष्टि से मुझे घूरते भी । लेकिन उनकी उपेक्षा सहकर भी मैं चुपचाप उन दोनों के बीच बना रहा··· ।

सुबह एकदम तड़के रूपेश चला गया । अभी माँ-पिताजी एवं छोटे भाई-बहन जगे भी नहीं थे । रूपेश के जाने के बाद दीदी अपने बिस्तरे पर लेटकर ऊँघने लगीं। पर मैं तो अपराध-बोध से ग्रसित था । अपने कमरे मैं बैठकर सोचने लगा कि पिताजी ऐसा क्यों कर रहे हैं ? जल्दबाज़ी में मैं यह सोचने को कतइ तैयार नहीं था कि पिताजी ग़लत कर रहे हैं, क्योंकि पिताजी को लेकर मेरे मन में इस बात का विश्वास दृढ़ हो गया था कि वे ग़लत कर ही नहीं सकते । उनके सिद्धान्त, तर्क, जीवन-दृष्टि सबका मेरे ऊपर बहुत प्रभाव था । मुझे यह स्वीकारने में तनिक भी संकोच नहीं कि जीवन को समझने की परिष्कृत दृष्टि मुझे पिताजी के विचारों से ही मिली है, इसीलिए पिताजी को ग़लत करार देने की हिमाक़त मैं नहीं कर सकता । लेकिन उनकी यह बात मेरे लिए पहेली बन गयी थी कि दीदी और रूपेश के बीच सच्चे प्रेम के रहते हुए भी विवाह से पहले देह के धरातल पर उन्हें न मिलने देने के प्रति वे क्यों सतर्क थे ? किस यथार्थ को लक्ष्य कर वे ऐसा कर रहे थे ? क्या उनके प्रेम पर उन्हें भरोसा नहीं था ? क्या विवाह को वे प्रेम से अधिक विश्वसनीय और महत्त्वपूर्ण मानते थे? हालाँकि इस बात से मेरा मन इनकार नहीं करना चाहता था कि जरूर किसी महत् उद्देश्य की प्राप्ति के लिए ही पिताजी ऐसा कर रहे हैं··· । लेकिन वह महत् उद्देश्य क्या

है, इसे जानने के लिए मेरा जिज्ञासु मन बेचैन हो गया था । इस सन्दर्भ में पिताजी ने हम सभी भाई-बहनों को इस बात की छूट भी दे रखी थी कि हमारे मन में कभी किसी बात को लेकर द्वन्द्व या शंका हो तो हम निःसंकोच उनसे पूछ लिया करें । वे अन्यथा नहीं लेंगे और अपनी जानकारी के मुताबिक समाधान प्रस्तुत करेंगे । लेकिन यह प्रसंग ऐसा था कि चाहकर भी मैं उनसे पूछ नहीं सका··· ।

अन्ततः पिताजी की 'स्टडी' में बैठकर मैंने नये सिरे से प्रेम-साहित्य का अध्ययन शुरू कर दिया । मैं इस सत्य से अवगत था कि अध्ययन के चलते ही पिताजी की दृष्टि इतनी परिमार्जित हुई है । अभी भी वे जितना पढ़ते थे, उतना हम नहीं पढ़ पाते थे । इसीलिए प्रेम-साहित्य के अध्ययन से ही मैं यह जान जाना चाहता था कि दैहिक धरातल पर प्रेमी-प्रेमिका का विवाह से पहले मिलन उचित क्यों नहीं ? पति-पत्नी बनकर ही देह का मिलन जायज़ क्यों है ? लेकिन काफ़ी अध्ययन के बाद भी मैं कोई समाधान नहीं पा सका । प्रेम-साहित्य के अध्ययन से यही निष्कर्ष निकला कि प्रेम में देह वर्जित है । दैहिक सम्बन्ध के बाद प्रेम जाता रहता है । वह तो सूक्ष्म, अशरीरी और भावनाओं में जीवित रहनेवाला होता है··· । पर यह परिभाषा मेरे गले के नीचे नहीं उतर पाती थी । देह से अलग हटकर प्रेम को जिलाया जाए, यह मुझे बिल्कुल असम्भव लग रहा था । एक निहायत काल्पनिक और रोमानी परिभाषा । देह के धरातल पर ही प्रेम उपजता है । फिर देह से उसे काटकर कैसे जिलाया जाए ? रूपेश ने दीदी से ही प्रेम क्यों किया ? मुझसे क्यों नहीं किया ? क्या इसके मूल में दीदी की नारी-देह नहीं है ? अगर ऐसा नहीं होता तब फिर प्रेम नर-नर के बीच भी घटित हो जाता, नर-नारी के बीच ही क्यों घटता ? अब तक के विश्वविख्यात प्रेम प्रकरणों की जोड़ियाँ नर-नारी की जोड़ियाँ ही हैं, नर-नर की नहीं । प्रेम में अगर सिर्फ़ मन की ही भूमिका होती, तन की नहीं तो बात समझी जा सकती थी । लेकिन देखा यह गया है कि प्रेमी के मन के साथ-साथ उसका तन भी उस दिशा में चलायमान रहता है । दीदी और रूपेश अगर मन के धरातल पर ही एक-दूसरे के प्रेम को जी लेते तो फिर एक-दूसरे से मिलने के लिए क्यों तड़पते ? इस स्थिति में देह की सीमा से उन्हें परे रखना मुझे उचित नहीं जान पड़ता । जहाँ तक मैं समझता था, प्रेम की सार्थकता तन और मन के साथ समग्र रूप से एक-दूसरे को पाने में है । यह क्या कि प्रेम में जलते-तड़पते रहें और एक-दूसरे के प्रति दैहिक दूरी बनाये रखें । यह तो भ्रामक और हवाई बात होगी, जिसे सिर्फ़ महसूस किया जा सकता है, यथार्थ के धरातल पर जिया नहीं जा सकता··· । यह परिभाषा अच्छी होगी अपनी बला से, मेरे जानते यह कतई प्रासंगिक नहीं । लोगों को भरमाने में इसकी भूमिका हो सकती है, सन्तुष्ट करने में नहीं । रही बात शादी की, तो वह तो एक सामाजिक रीति है । जब मन ने एक-दूसरे को स्वीकार कर लिया, तब फिर शादी से पहले और शादी के बाद क्या ? ऐसा करना तो रूढ़ि पर आधारित सामाजिक प्रथाओं को बढ़ावा देना

है। पिताजी जहाँ एक ओर जीवन के स्वाभाविक विकास को अवरुद्ध करनेवाली रूढ़ियों को तोड़ते जा रहे थे, वहीं शादी नामक इस रूढ़ि को अपना समर्थन क्यों दे रहे थे ? हालाँकि उस वक़्त मैं इतना समझ गया था । लेकिन बाद में जब परिवर्तित यथार्थ से मेरा साक्षात्कार हुआ तो सारी बातें समझ में आ गयीं । तब मन ही मन मुझे इस बात के लिए अफसोस भी हुआ कि अपनी अनुभवहीनता और दृष्टि के कच्चेपन के चलते मैं पिताजी को दोष दे रहा था । दीदी और रूपेश की प्रेम-कहानी के साथ आगे तक पहुँचने के बाद मैं इस तथ्य से अवगत हुआ हूँ कि अध्ययन से परिपूर्ण और वैचारिक दृष्टि से समर्थ होने के बाद भी व्यावहारिक अनुभव के अभाव में कई बार हमारे निर्णय ग़लत हो जाते हैं । उस वक़्त मेरे साथ भी ऐसा ही हुआ था ।

हाँ, तो मैं बता रहा था कि अपने बाप का माथा फोड़कर रूपेश पुनः हमारे यहाँ आने लगा था । घेरे-बन्दी और रुकावटें सब खत्म हो गयी थीं । स्थिति एकदम पहले की तरह बन गयी थी । चूँकि दीदी और रूपेश बी. ए. आनर्स की परीक्षा दे चुके थे, इसीलिए फिलहाल उनका कॉलेज जाना बन्द था । रिजल्ट के बाद एम. ए. में दाखिला लेकर ही वे कॉलेज जाते, पर इसमें अभी पर्याप्त समय था, इसीलिए उन दोनों का मिलन-स्थल हमारा घर ही बना रहा । डॉक्टर साहब के साथ पिताजी की जिस दिन टकराहट हुई थी, उसी दिन उन्होंने दीदी को मना कर दिया था कि रूपेश से मिलने उसके घर या कहीं अन्यत्र न जाया करें । इस स्थिति में रूपेश ही अब अक्सर हमारे यहाँ आ जाता । वह लगभग ग्यारह बजे के आसपास पहुँचता और पूरी दोपहरी मेरे यहाँ गुज़ारने के बाद रात नौ बजे तक ठहरता, फिर वापस हो जाता । वह अक्सर दिन का खाना खाकर ही आता । फिर भी हमारे यहाँ उसे कुछ न कुछ खाना ही पड़ता । माँ उसे बिना कुछ खिलाये जाने नहीं देती—कभी फल, कभी मिठाइयाँ, तो कभी पकौड़ियाँ··· ।

माँ के इस स्नेह का उसके ऊपर अच्छा असर भी था । वह नियमतः आते और जाते वक़्त माँ के पाँव अवश्य छूता था । भले ही किसी दिन पिताजी के पाँव छूना भूल जाए लेकिन माँ के पाँव छूना तो वह कभी नहीं भूलता था ।

उन दिनों सुबह नहा-धोकर जब दीदी सजने-सँवरने लगतीं तो मुझे स्मरण हो आता कि रूपेश के आने का समय हो गया है । दीदी को तो जैसे उसके आने के एक-एक पल की प्रतीक्षा रहती थी । उसके आने तक वे पूरी तरह सज-सँवर चुकी होती थीं, जैसे उसके आगमन के नियत समय का पूर्वाभास हो उन्हें ।

दीदी स्कर्ट-ब्लाउज, सलवार-कमीज़, पैण्ट-शर्ट, मैक्सी, साड़ी किसी भी पोशाक में अच्छी लगती थीं । लेकिन हरे रंग का सूट उन पर विशेष फबता था । रूपेश को भी इस सूट में वे ज्यादा जँचती थीं, इसीलिए दीदी हरा सूट ही अक्सर पहनती थीं । हरा सूट, माथे पर हरी बिन्दी, हरा दुपट्टा और पाँवों में हरा सैण्डिल···। सचमुच इस रूप में दीदी अद्भुत लगतीं ! अनुपम ! अद्वितीय ! रूपेश जब दीदी के साथ उनके कमरे में बातचीत कर रहा होता तब माँ-पिताजी की इच्छा के अनुसार कमरे का दरवाज़ा खुला ही रहता था । उस वक़्त हम जाने-अनजाने उस कमरे में आते-जाते थे या बाहर से घूमकर निरीक्षण कर लिया करते थे । इसी बीच एक दोपहरी मैंने पाया कि उस कमरे का दरवाज़ा अन्दर से भिड़ा है । उस समय माँ-पिताजी एक कार्य में व्यस्त थे तथा प्रीति और अनिल पढ़ रहे थे । मैं तत्क्षण खिड़की के पास पहुँच गया । पहली खिड़की मुझे बन्द मिली । लेकिन रूपेश और दीदी दूसरी खिड़की बन्द करना भूल गये थे । असल में दूसरी खिड़की कोने में पड़ती थी । उधर शायद ही कोई जाता था ।

मैं दूसरी खिड़की के पास जाकर देखने लगा । कमरे के अन्दर दीदी और रूपेश एक-दूसरे के आलिंगन में बँधे, बेसुध पड़े थे । पहली बार मैंने उन्हें इस रूप में देखा था । यह दृश्य मेरी आखों को बहुत अच्छा लगा । एक क्षण तक मैं अपलक उसे निहारता रहा । लेकिन वहाँ खड़ा रहना मुझे अपराध-बोध जैसा लगा । न चाहते हुए भी वहाँ से चल पड़ा । अपने कमरे में आकर बैठ गया । लेकिन पिताजी की चेतावनी अन्दर-ही-अन्दर मन को मथती रही । यहाँ एक तरफ़ मन ने यह कहा कि पिताजी को आगाह कर देना चाहिए, वहीं दूसरी तरफ़ पिताजी के सामने इस सत्य के बयान में अभिव्यक्ति के स्तर पर मैं अपने को असमर्थ महसूस करने लगा । फलतः चुपचाप नहीं बैठा रहा । जिस दृश्य को देखकर मैं आया था, उसे समझ नहीं पा रहा था कि सही समझूँ या ग़लत ? सच या झूठ ? सब कुछ मुझे अजीब आश्चर्य और रहस्य से भरा लग रहा था, जो अभिव्यक्ति और निर्णय से परे था···।

इस बीच अचानक जाने कैसे पिताजी को इसकी भनक मिल गयी और उन्होंने इसे स्वयं देख लिया । वे इस मामले में अत्यधिक सतर्क थे । फिर क्या था ! आवाज़ देकर दीदी को उन्होंने अपने कमरे में बुलाया और रूपेश के जाते ही उन पर बिगड़ उठे कि उन्होंने उनके द्वारा दी गयी स्वतन्त्रता का दुरुपयोग क्यों किया । उन्होंने अपनी सख्त नाराज़गी व्यक्त की । उन्होंने हिदायत दी थी कि शादी से पहले तक धैर्य और संयम से रहना है···। उन्माद में बहना उचित नहीं । उन्माद में बहने का परिणाम कभी अच्छा नहीं होता । लेकिन दीदी भूल कर बैठीं, इस पर भविष्य में इसकी पुनरावृत्ति न होने की कड़ी चेतावनी उन्होंने दी ।

मैंने अनुभव किया, पिताजी की बातें दीदी को अच्छी नहीं लगीं । उन्होंने मुँह से तो कुछ नहीं कहा । परन्तु पिताजी के आदेश व सुझाव पहले वह जिस तरह

माथा झुकाकर ग्रहण कर लेती थीं, उनके व्यवहार से वैसा नहीं लगा । पहली बार उनके चेहरे पर पिताजी के प्रति आक्रोश का भाव मैंने महसूस किया । इस बिन्दु पर अपने को मैंने धर्म-संकट में फँसा अनुभव किया । पूरी तरह न इस ओर ही और न उस ओर ही ।

बाद में जो कुछ घटित हुआ, उसके आधार पर मैं आपको बता देना चाहता हूँ कि मेरे घर दुर्घटना की शुरुआत उसी दिन से हुई थी । इधर दोपहर में दीदी के ऊपर पिताजी की डाँट पड़ी और उधर शाम को सब्जी खरीदने जब मैं शहर में निकला तो मेरे दोस्त रहमान ने एक अप्रिय षड्यन्त्र से मुझे आगाह किया, जिसे जानकर मैं चिन्तित हो गया··· ।

दरअसल, हमने सोचा था कि माथा फूट जाने के बाद डॉक्टर साहब पराजित हो शान्त हो गये हैं । ठोकर लगने के बाद उन्हें ज्ञान हो गया है कि सच्चे प्रेम को खण्डित नहीं किया जा सकता । इसलिए अब अड़चनें पैदा करना उन्होंने बन्द कर दिया है । लेकिन यह हमारी भूल थी । अपने माथे के इलाज के बाद दीदी और रूपेश के प्रेम को खत्म करने के लिए कुछ षड्यन्त्रकारी योजनाओं को कार्यरूप देने में वे लगे थे । सम्भवतः इन योजनाओं में दीदी का अपहरण और उनकी हत्या भी थी ।

रहमान मेरा घनिष्ठ मित्र था, जो डॉक्टर साहब की छोटी बेटी डिम्पल को ट्यूशन पढ़ाने जाता था । डॉक्टर साहब के यहाँ की सारी बातों की जानकारी गोपनीय ढंग से मुझे उसी से प्राप्ति होती थी । मेरी ही तरह उसके मन में भी रूपेश और दीदी के प्रेम के प्रति सहानुभूति थी । मैं उससे कुछ भी छिपाता नहीं था, परिणामतः वह भी डॉक्टर साहब के यहाँ टोह लेता रहता था और जोखिम उठा कर भी मुझे सब कुछ बता देता था ।

रहमान से सूचना मिलने के बाद मैं जल्दी-जल्दी सब्ज़ी ले घर की ओर भागा । उस समय रूपेश मेरे ही यहाँ था । माँ-पिताजी के साथ बालकनी में बैठकर वह चाय पी रहा था । पहुँचते ही मैंने बिना रहमान का जिक्र किये सारी बात कह सुनायी। बस, मेरे परिवार के ऊपर एक सर्द मायूसी छा गयी । सभी के चेहरे उदास और ग़मगीन हो गये । मौत की तरह खौफ़नाक सन्नाटा पूरे घर में व्याप्त हो गया । पिताजी पूरी चाय भी नहीं पी सके । वे मौन हो कुछ देर तक सोचते रहे । उनकी यह स्थिति देख मुझे और कष्ट हुआ । डॉक्टर साहब की ग़लत लड़ाई ने उन्हें इस तरह सोचने के लिए बाध्य कर दिया था । वे तरीक़े से लड़ने में विश्वास करते थे। कोई रास्ते से पिताजी से टकराये तो उन्हें खुशी होती थी । मेरे जानते सही रास्ते पर लड़नेवाले अपनी जोड़ के वे अव्वल लड़ाकू थे । लेकिन डॉक्टर साहब ने पैंतरा बदल दिया था । तरीक़े से लड़ना बन्द कर षड्यन्त्रों और साज़िशों के माध्यम से वे विजय हासिल करना चाह रहे थे··· ।

इससे पहले कि पिताजी इस विषम परिस्थिति में कुछ कहते, रूपेश ने आगे बढ़ कर दृढ़ शब्दों में हम सबको आश्वस्त किया कि उसके जीते जी यह सब कदापि सम्भव नहीं । उसने दीदी के माथे पर हाथ रख कर यह शपथ ली कि अपने पिता के इन षड्यन्त्रों को वह विफल कर देगा तथा इन घृणित योजनाओं के लिए उन्हें करारा जवाब देगा ! अपने पिता पर आक्रोश व्यक्त करते हुए उस दिन वह उसी क्षण लौट गया कि देखता हूँ वह कैसे षड्यन्त्र रचते हैं···! इस बार उन्हें अच्छा सबक नहीं सिखा दिया तो फिर सच्चा प्रेमी नहीं ।

रूपेश का यह उग्र रूप और लड़ने की उतावली देख पिताजी ने उसे रोकने की कोशिश की कि जल्दबाजी में कुछ भी करना ठीक नहीं । सोच-समझ कर, विवेक से काम लेते हुए षड्यन्त्रों को घटित न होने देने के लिए संयम और धैर्य रखते हुए सक्रिय होना चाहिए···। लेकिन रूपेश कब रुकने वाला था ! अपने पिता के खिलाफ़ तो उसकी आँखों में खून उतर आया था । वह उसी क्षण दनदनाते हुए चला गया।

दूसरे दिन रहमान से मुझे पता चला कि रूपेश ने अपने घर काफ़ी उपद्रव खड़ा किया था । किसी हमलेवर की तरह अपने घर में प्रवेश कर उसने चीज़ों को इधर-उधर फेंकना और तोड़ना शुरू कर दिया था । अपने ड्राइंग रूम के शीशे की दो खिड़कियाँ क्रोध में उसने चकनाचूर कर दी थीं । उसका यह रौद्र रूप देख घर के सभी लोग डर गये थे । एक क्षण के लिए डॉक्टर साहब भी उसे देखकर हक्का-बक्का खड़े रहे थे । फिर वह डॉक्टर साहब के साथ उलझ गया था । तू-तू, मैं-मैं के बाद गाली-गलौज़ करते हुए वह लपक कर डॉक्टर साहब के पास पहुँच गया था । अगर उसकी माँ और घर के नौकरों ने बीच-बचाव नहीं किया होता तो फिर एक दुर्घटना और हो गयी होती । इसके बाद दूसरे दिन मेरे यहाँ आने पर रूपेश का पुनः हार्दिक स्वागत किया गया । माँ उसके लिए नरम-नरम सुवासित कचौड़ियाँ बनाने में लग गयीं । दीदी उस पर अपने प्यार की वर्षा करने लगीं । अनिल और प्रीति उसे पूरा आदर देने लगे। वे दोनों उसके अगल-बगल सटकर बैठ गये । मैंने भी उसको शाबाशी दी, ''सीधे अँगुली घी नहीं निकलता । समय के अनुसार टेढ़ा होना ही पड़ता है ।'' लेकिन पिताजी एकदम मौन बैठे रहे । उस घटना पर उन्होंने कोई प्रतिक्रिया व्यक्त नहीं की···।

कुछ क्षण बाद रूपेश ने अपनी एक गोपनीय योजना हमारे सामने रखी । अपने पिता से निपटने के लिए वह शहर के कुख्यात गुण्डों का सहारा लेना चाहता था । इस सम्बन्ध में खर्च करना और सम्पर्क साधना भी उसने शुरू कर दिया था···। लेकिन मेरे पिताजी ने उसे मना कर दिया । पिताजी के अनुसार किसी भी स्थिति में असामाजिक तत्त्वों का सहारा लेना उचित नहीं होता···। उनके द्वारा समस्या का हल जितना नहीं होता, उससे अधिक दूसरी समस्याएँ पैदा हो जाती हैं । कमजोरी लक्ष्य कर वे नाजायज फायदा उठाने लगते हैं और फिर कहीं का रहने नहीं देते···। छल,

प्रपंच और धोखे का सामना न्यायोचित तरीक़े और नैतिक बल से ही किया जा सकता है ! यही माध्यम टिकाऊ, विश्वसनीय और प्रामाणिक भी होता है तथा सर्वसुलभ भी···। भले ही इस माध्यम से सफलता देर से हासिल हो, लेकिन निश्चित सफलता मिलती है ।

पिताजी के अनुसार न्यायोचित मार्ग पर ही हम डटे रहे, इस नैतिक बल के साथ कि आखिर हमने कुछ ग़लत तो किया नहीं है । लेकिन हमारे यहाँ षड्यन्त्रकारी हमला हो ही गया । जब वह हमला हुआ उस वक़्त लगभग रात के बारह बज रहे थे । हमारे मुहल्ले के लोग प्रायः सो गये थे । उस शाम रूपेश हमारे यहाँ आया था, लेकिन जल्द ही चला गया था । उसके जाने के कुछ घण्टे बाद हमला हुआ । मेरे घर सभी लोग गहरी नींद में थे । सिर्फ़ अकेला मैं अपने कमरे में जगा था । असल में बैंक की प्रतियोगिता-परीक्षा का मैं उम्मीदवार था । परीक्षा शीघ्र होनेवाली थी, जिसकी तैयारी में मैं लगा था । इसी वक़्त अचानक सन्नाटे को तोड़ते हुए दरवाज़े पर किसी गाड़ी के आकर रुकने की ध्वनि हुई । खिड़की से झाँककर मैंने देखा, एक जीप मेरे दरवाज़े आ लगी थी, जिसमें से पुलिस की वर्दी में कुछ लोग नीचे उतर रहे थे । मैं भय से सिहर गया । इस रात मेरे दरवाज़े पुलिस···। मैंने दौड़कर माँ-पिताजी को जगाया । मेरी आवाज़ सुन माँ-पिताजी के साथ दीदी, प्रीति और अनिल भी जाग गये । इधर मैंने वस्तुस्थिति से उन्हें अवगत किया, उधर आगन्तुकों ने दरवाज़ा पीटना शुरू कर दिया । डॉक्टर साहब के षड्यन्त्र का अनुमान लगाते हुए इस स्थिति में पीछे के दरवाज़े से दीदी को लेकर भाग जाने के लिए मैं सक्रिय हो गया । लेकिन पिछले दरवाज़े के पास भी हमलावरों में से कुछ मौजूद थे। वे मेरे पूरे मकान को घेरे खड़े थे कि हम कहीं से भागने न पायें । पिताजी तो एक क्षण के लिए किंकर्त्तव्यविमूढ़ बने रहे । फिर हमारे और माँ के रोकने के बाद भी वे नहीं माने और दरवाज़ा खोलकर सामने खड़े हो गये ।

दरवाज़ा खुलते ही पुलिस की वर्दी में लगभग दस-ग्यारह व्यक्ति हमारे ड्राइंग रूम में घुस आये । पिताजी ने अपनी शिष्टता का परिचय देते हुए उन्हें बैठाया । वे बैठ गये । उनमें से अधिकांश ने शराब पी रखी थी, जिसकी दुर्गन्ध का एहसास हमें साफ़-साफ़ हो रहा था । उनके चेहरे भी आम पुलिस के चेहरों से भिन्न और अपरिचित लग रहे थे । पिताजी ने विनम्रता के साथ उनके आगमन का कारण पूछा । इस पर उनमें से एक ने कहा, ''हम आपकी लड़की शकुन्तला श्रीवास्तव उर्फ़ मोनालिसा को गिरफ्तार करने आये हैं ।''

इस पर पिताजी ने पुनः सवाल किया, ''किस कसूर की वजह से ?''

इस बार उसने कुछ अटकते हुए से जवाब दिया, ''आपकी लड़की असामाजिक तत्त्वों के साथ मिली हुई है··· गोपनीय रहकर जिले में होनेवाले कई बड़े उपद्रवों का उसने संचालन किया है··· कानून की नज़र में वह मुजरिम है···।''

पिताजी ने फिर पूछा, "सबूत ?"

उसने कहा, "गुप्तचर विभाग ने हमें ख़बर की है ।"

पिताजी ने फिर सवाल किया, "किस क़ानून के अन्तर्गत आप लोग गिरफ्तार करने आये हैं ?"

उसने कहा, "आन्तरिक सुरक्षा कानून के अन्तर्गत ।"

इस पर पिताजी ने कहा, "गिरफ्तारी के लिए जो आदेश आपको मिला है, मैं उसे देखना चाहूँगा ।"

लेकिन इस बार उस व्यक्ति ने कोई जवाब नहीं दिया । वह कुछ विचलित-सा जान पड़ा, जैसे उसकी चोरी पकड़ ली गयी हो । वह अपने एक दूसरे साथी का मुँह ताकने लगा । अब उसका दूसरा साथी बोल उठा, "नहीं, हम आपको आदेश नहीं दिखा सकते···।"

पिताजी ने पूछा, "क्यों ?"

उसने जवाब दिया, "क्यों क्या ? ऐसे ही । उस आदेश को हमें गोपनीय रखना है···।"

पिताजी ने कहा, "यह गैर-कानूनी है । मैं शकुन्तला का पिता हूँ । मुझे यह जानने का पूरा अधिकार है कि किस अभियोग में और किसके आदेश से उसे गिरफ्तार किया जा रहा है ?"

इस बार वह दूसरा व्यक्ति भी पिताजी के सामने निरुत्तर होता-सा जान पड़ा । अब मुझे स्पष्ट लग गया कि ये पुलिस नहीं, पेशेवर गुण्डे हैं । शायद पिताजी को मुझसे पहले ही इसका भान हो गया था । उन्होंने पुनः कहा, "मैंने लॉ का अध्ययन किया है··· आप लोग ग़ैर-कानूनी ढंग से गिरफ्तार करना चाहते हैं···!"

असल में पिताजी चाहते थे कि वे अपना रहस्य स्वयं प्रकट कर दें, ताकि दूसरे स्तर से वे उनसे निबट सकें और यही हुआ । अब उनमें से एक तीसरा व्यक्ति, जिसकी आँखें शराब के नशे से कुछ ज्यादा लाल थीं, खड़ा होते हुए बोल उठा, "आप ज्यादा पूछताछ और बकझक न करें··· सीधे मन से उस लड़की को हमारे हवाले कर दें···।"

पिताजी ने कहा, "यह तो ज़ोर-ज़बर्दस्ती है··· आप पुलिस के आदमी हैं···हम आपसे ऐसी अपेक्षा नहीं करते···।"

इस पर एक चौथा बोला, "ज्यादा काबिल बनता है···बात से नहीं मानेगा···लात का देवता मालूम पड़ रहा है···।"

फिर पाँचवाँ बोला, "लड़की जल्दी हमारे सुपुर्द करो नहीं तो ठीक नहीं होगा···।"

फिर छठा बोला, "यह राजी से नहीं सुनेगा···घर में घुसकर लड़की को पकड़ ले चलें ।"

माहौल गरम हो गया । इस पर पिताजी ने उन्हें शान्त करते हुए कहा, "ठीक

है···अब मैं समझ गया, डॉक्टर साहब ने आप लोगों को भेजा है, लेकिन मैंने यह सुन रखा है कि आप लोग किसी शरीफ की इज्जत बर्बाद नहीं करते··· डॉक्टर साहब आप लोगों से ग़लत काम करा रहे हैं । मैंने इस शहर में किसी का कुछ भी नहीं बिगाड़ा है···जितना हो सका है, लोगों की मदद ही की है···वक़्त आने पर डॉक्टर साहब की अपेक्षा आप लोगों के लिए मैं ज्यादा मददगार साबित हो सकता हूँ ।''

पिताजी की इस बात ने उनमें से एक को प्रभावित किया । उसने सबों को शान्त कराया और पिताजी से कहा, ''मैं आपको वचन देता हूँ कि आपकी लड़की के साथ दुर्व्यवहार नहीं किया जाएगा···। हम उसे फिर यहाँ सकुशल छोड़ जाएँगे···।''

इस पर पिताजी ने कहा, ''यह कतई अच्छा नहीं होगा··· लड़की के साथ सिर्फ़ उसकी और उसके घर परिवार की ही नहीं, पूरे समाज की प्रतिष्ठा जुड़ी होती है···आप लोग भी उस दायरे से बाहर नहीं हैं···।''

इस बार वह व्यक्ति चुप हो गया । कुछ असमंजस-सा महसूस करने लगा । सम्भवतः वह पिताजी का पुराना शिष्य था । बेरोजगारी के दंश ने उसे असामाजिक तत्त्वों के गिरोह में ला खड़ा किया था, ऐसा पिताजी ने हमें बाद में बताया था । लेकिन उसके कुछ अन्य साथियों ने मोर्चा सँभाल लिया, ''ज्यादा कानूनी बनता है··· हम यह सब सुनना नहीं चाहते । कहाँ है वह लड़की ? ले चलो, पकड़ो उसे, गाड़ी में बैठाओ ।''

इस पर पिताजी अड़ गये । उन्होंने कहा, ''हम आपसे लड़ने और मुकाबला करने की न तो स्थिति में हैं और न पक्ष में । लेकिन अपना उत्सर्ग करने के लिए हम पूरी तरह तैयार हैं···जब तक हमारे शरीर में प्राण का एक क़तरा भी शेष रहेगा···हम अपनी बच्ची को नहीं जाने देंगे···।''

पिताजी की यह बात सुन हम सभी उत्तेजित हो उठे । हमारे जीते-जी दीदी को कोई नहीं ले जा सकता ।

पिताजी की इस निष्ठा और निर्भीकता का असर उन लोगों पर भी हुआ । वे कुछ विचलित-से जान पड़े । अगर वे चाहते तो पिताजी को मार सकते थे । लेकिन जाने उनकी वाणी में ऐसा क्या था कि वे उन्हें मार नहीं पा रहे थे···। वैसे इस बीच दीदी मेरे पीछे आ गयी थीं और मुझे किनारे कर आगे बढ़ जाना चाहती थीं, ताकि पिताजी पर होनेवाले वार को वे अपने ऊपर ले सकें···। लेकिन मैंने उन्हें रोक रखा था । यहाँ मुझे लग रहा था कि इनका उद्देश्य मुझे मारना नहीं, डॉक्टर साहब के आदेशानुसार दीदी का अपहरण मात्र था । शायद पिताजी ने भी इसे लक्षित कर लिया था । लेकिन हमारे प्राणोत्सर्ग की निष्ठा देख वे निर्णय और अनिर्णय के बीच झूलते नज़र आये···। इसी बीच अचानक मेरे दरवाज़े पर पुनः एक मोटर साइकिल के आकर रुकने की तेज़ आवाज़ ने हम सबका ध्यान उधर केन्द्रित कर दिया । मोटर साइकिल सवार तेज़ी से उतरकर अन्दर आ गया । हमलावरों के आने के बाद से

मेरे घर का दरवाज़ा खुला ही था । शायद अपने भागने की सुविधा के लिए उन सबों ने दरवाज़ा खुला छोड़ रखा था । उक्त आगन्तुक भी पुलिस की वर्दी में ही था । उसने आते ही हमलावरों के गिरोह के नेता लगनेवाले व्यक्ति के कानों में कुछ कहा। बस उस व्यक्ति के चेहरे का भाव तत्काल बदल गया । उसने कुछ झेंपते हुए से पिताजी से कहा, ''आपकी इच्छा के अनुसार अब हम आपकी लड़की को नहीं ले जाएँगे··· हमें दुःख है कि हमने आपको कष्ट दिया···।''

फिर आँखों का संकेत दे अपने साथियों के साथ वह तत्क्षण हमारे यहाँ से नौ-दो ग्यारह हो गया···।

उनके जाने के बाद एक खौफ़नाक सपने से पुनः यथार्थ में लौट आने जैसा एहसास हमें हुआ···। हम बर्बादी और तबाही के कगार तक पहुँच कर बच गये थे। हमारे मन में यह तीव्र जिज्ञासा पैदा हो गयी थी कि वे क्यों लौट गये ? वह कौन था जो आकर संदेश दे गया ? ऐन मौक़े पर सन्देश किसने भेजा था ? उस सन्देश में क्या था ? यह तो ज़ाहिर था कि पिताजी के उत्सर्ग की निष्ठा और नैतिक बल के प्रभाव मात्र से ही वे नहीं लौटे थे । इस सन्दर्भ में पिताजी ने अपना अनुमान व्यक्त किया कि जरूर रूपेश की वजह से ही यह संकट टला है । इस घटना की सूचना उसे मिल गयी होगी । फिर उसी ने इसका काट प्रस्तुत किया होगा···। इस पर माँ ने कहा, ''जैसे हुआ हो, मेरे तो प्राण ही निकले जा रहे थे । भय से मेरे पाँव अभी भी काँप रहे हैं···।''

प्रीति और अनिल के चेहरे भी भय से उड़े हुए थे । वे कुछ भी बोल नहीं पा रहे थे । शंकित दृष्टि से इधर-उधर ताक रहे थे और माँ से चिपके हुए बैठे थे । दीदी मेरे करीब बैठी थीं । आतंक की घनी परतें उनके चेहरे पर चढ़ आयी थीं । वे चिन्तामग्न हो एकटक सामने देखे जा रही थीं— खिड़की से बाहर रात के अन्तिम पहर के सूनेपन और अन्धकार को । और मैं पिताजी के चेहरे को देख रहा था । उनके चेहरे के परिवर्तित भावों को पढ़ रहा था । साथ ही विगत घटना को याद कर आतंकित भी होता जा रहा था ।

रात बीतती जा रही थी । हम सब चिन्ताओं में खोये थे । मैं महसूस कर रहा था कि माँ, पिताजी, अनिल, प्रीति और दीदी सब के सामने एक ही चिन्ता उमड़-घुमड़ रही थी कि अगर वे अपहरण करने में सफल हो पाते तो···? तो फिर मेरे परिवार के लिए यह सबसे बड़ी और भयानक दुर्घटना होती ! शायद इसकी क्षतिपूर्ति हम कभी नहीं कर पाते !

रात अभी शेष थी । अगर हम चाहते तो अपने-अपने कमरों में जाकर सो सकते थे । लेकिन इतनी हिम्मत भी उस वक़्त हमारे अन्दर नहीं बची थी । एक ही पास बैठ-कर चिन्तातुर और ग़मगीन हो हम रात गुज़रने की प्रतीक्षा करने लगे थे । शायद माँ को हमारा मौन अखर रहा था, इसलिए उन्होंने मौन को तोड़ते हुए पिताजी से

पूछा, ''अब क्या होगा ?''

''कुछ नहीं । जो होने वाला था वह हो चुका ।''

''वे सब कौन थे ? किसका पत्र पाकर लौट गये ?''

''इसका ठीक-ठीक पता बाद में चलेगा । सम्भव है, रूपेश आये तो कुछ बताये।''

''रूपेश को अपने यहाँ आने से मना कर दिया जाए । मोना की शादी कहीं दूसरी जगह कर दी जाएगी । डॉक्टर ठीक आदमी नहीं । वह कब क्या कर देगा, कुछ कहा नहीं जा सकता ।''

''रूपेश हमारे-तुम्हारे रोकने से नहीं मानेगा । और उसे मना करना भी उचित नहीं । मेरे जानते अभी उसका कोई दोष नहीं । जिस तरह हम-तुम परेशान हैं, उसी तरह वह भी परेशान है ।''

''तब फिर क्या होगा ? कोई रास्ता निकालो ?''

''समय के अनुसार सब ठीक हो जाएगा । आनेवाले समय की प्रतीक्षा करो। ऐसे मौकों पर घबराना और धीरज खोना उचित नहीं···।''

अचानक इसी बीच दरवाज़े पर पुनः किसी के आने की आहट हुई । फिर दस्तक की आवाज़ आयी और पुकारे जाने की भी । रूपेश की आवाज़ पहचान हमने तेज़ी से दरवाज़ा खोल दिया । हम तो उसकी प्रतीक्षा में ही थे । लेकिन यह देख कर हम आश्चर्य में पड़ गये कि रूपेश हक्का-बक्का खड़ा था । वह हाँफ रहा था । शायद दौड़ते हुए ही आया था । उसके बाल बिखरे थे । चेहरे पर हवाइयाँ उड़ रही थीं । उसने अन्दर प्रवेश करते हुए ही पूछा, ''कुछ हुआ तो नहीं ? गुण्डे-बदमाशों ने किसी के साथ दुर्व्यवहार तो नहीं किया ?''

हमें पिताजी का अनुमान सही लगा । रूपेश जानता है । उन्हें लौटाने की भूमिका उसी ने अदा की है ।

पिताजी ने रूपेश की घबराहट लक्ष्य कर उसे आश्वस्त करते हुए कहा, ''हम बिल्कुल ठीक हैं । वे आये और चले गये । हमारे साथ कोई खास अभद्र व्यवहार नहीं किया···।''

लेकिन माँ बीच में ही बोल पड़ीं, ''अभद्र व्यवहार क्यों नहीं किया ? वे सब ज़ोर-ज़बर्दस्ती पर उतारू थे । मोना के अपहरण के लिए आये थे···। हमारे तो प्राण ही सूख गये थे··· हे भगवान्···!''

''ऐसा न कहें माँ ! मेरे जीते जी यह सब कदापि सम्भव नहीं ।''

रूपेश ने माँ को सान्त्वना देते हुए अपने पिता के षड्यन्त्र की कथा कह सुनायी कि जैसे ही उसे यह सूचना मिली कि उसके पिता ने लिसा के अपहरण के लिए गुण्डों को भेजा है तो उसने उसी क्षण अपने कमरे की खिड़की से रिवाल्वर निकाल कर फायर करना शुरू कर दिया···। धमाके की आवाज़ सुन सभी लोग उसके कमरे में

जुट आये । तब उसने अपने पिता से दो टूक शब्दों में कहा—मुझे पता चल गया है कि लिसा के अपहरण के लिए आपने गुण्डों को भेजा है । अगर तत्काल आप उन्हें वापस नहीं बुलाते हैं तो या तो इस रिवाल्वर से मैं आपका खून कर दूँगा या स्वयं को गोली मार लूँगा··· । अब मैं देर तक प्रतीक्षा भी नहीं करूँगा···। इसके बाद प्रारम्भ में उसके पिता ने उसे समझाने का प्रयास किया । लेकिन उसके दृढ़ निश्चय और आक्रामक इरादे को देख वही किया, जैसा वह चाहता था···।

रूपेश से प्राप्त जानकारी के बाद हमारी जिज्ञासा शान्त हो गयी । अन्दर का भय भी जाता रहा । लेकिन चेहरे पर तत्काल पहले वाली सहजता नहीं लौटी । रूपेश इसे लक्ष्य कर रहा था और इसीलिए हमें लगातार सान्त्वना देता जा रहा था। अवसर अनुकूल देख मेरे मुँह से हठात् निकल गया, "सुना है, आपके पिताजी मेरे पिताजी के ट्रांसफर में लगे हैं, ताकि हम दूर चले जाएँ···?"

यह सुन "ऐसा हरगिज नहीं होगा !" उसने कहा, "अब कुछ भी करने की उनकी हिम्मत नहीं । मैंने उन्हें साफ़ कह दिया है, लिसा के परिवार को अब और उन्होंने तंग किया तो वह उन्हें किसी लायक नहीं छोड़ेगा ।"

इस सम्बन्ध में रूपेश ने हमें बताया कि उसकी माँ उसके पक्ष में आती जा रही हैं । सम्भव है, वे पिता को भी राजी कर लें । उसकी ये बातें हमें बहुत अच्छी लगीं—मरुस्थल में प्राप्त ठण्डे जल के किसी सोते की तरह । वैसे प्रेम का महत्त्व तो प्रेम-साहित्य के अध्ययन से ही मेरे अन्दर स्थापित हो गया था । लेकिन उसे मूर्त रूप देकर रूपेश ने उस महत्त्व को और बढ़ा दिया था ।

उन दिनों रूपेश को लेकर मैं अक्सर सोचता कि उसके सामने कैसे-कैसे विघ्न उपस्थित हो रहे हैं, कितनी अड़चनें और समस्याएँ आ रही हैं । लेकिन प्रेम के मार्ग से वह तनिक भी विचलित नहीं हो रहा है । अगर दीदी से उसका प्यार सच्चा नहीं होता, तो एकाध झटके में ही काफ़ूर हो जाता··· । अपने प्रेम के लिए अपने प्राणों की बाज़ी लगाने पर भी वह तैयार है··· । अपने पिता को गोली मारने की धमकी दे चुका है । वैभव में पला उसके जैसा लड़का, जिसका लालन-पालन फूलों की सेज पर हुआ है, प्रेम के मार्ग में हर तरह का कष्ट सहने को तैयार है···।

रूपेश के व्यक्तित्व में आया यह असाधारण परिवर्तन मेरे जानते प्रेम की ही देन था । प्रेम की उस अलौकिक शक्ति का रूप था, जिसने हर असम्भव को सम्भव बनाना शुरू कर दिया था । मुझे यह सब बहुत सुखकर लगा था—सुखकर और प्रीतिकर ।

जैसा कि मैं आपको बता चुका हूँ, मेरे यहाँ प्रारम्भ से ही रूपेश की इज्जत की जाती रही थी । लेकिन प्रेम की अग्नि-परीक्षाओं में उत्तीर्ण होने के बाद तो हम उसे पूजने लगे थे । हमारे लिए वह महान् हो गया था । ख़ास कर मेरी नज़र में उसकी महानता और बढ़ गयी थी । प्रेम की शक्ति के बारे में मैंने जैसा पढ़ रखा था, वैसा

ही देख रहा था—अद्भुत ! अभूतपूर्व !! अलौकिक !!! हमें लग रहा था, दीदी और रूपेश का प्रेम अब गन्तव्य तक पहुँच कर रहेगा । प्रतिरोधी या प्रतिगामी शक्तियाँ हारती जा रही हैं । वे दीदी और रूपेश के प्रेम को स्वीकार कर लें, हमें अब इसी की प्रतीक्षा थी । इस स्थिति में रूपेश का अधिकांश समय अब हमारे यहाँ ही बीतने लगा था । दीदी के चेहरे की रौनक पुनः लौट आयी थी । अनुपमा से अपना आह्लाद व्यक्त करते हुए वे इठलाती-सी जान पड़ती थीं । हालाँकि इस सबके बावजूद पिताजी अपने निर्णय के प्रति दृढ़ थे कि शादी के पहले दीदी और रूपेश को एक सीमा के अन्दर ही रहना है । अपने इस निर्णय के प्रति पूरे घर को उन्होंने सतर्क और चौकस कर दिया था तथा दीदी को कड़े शब्दों में आगाह भी किया था कि इस सीमा का अतिक्रमण नहीं होना चाहिए··· । साथ ही रूपेश को भी परोक्ष रूप से उन्होंने यह जता दिया था कि शादी पूर्व के सम्बन्धों की मर्यादा का उसे उल्लंघन नहीं करना है ।

पिताजी की यह बात उस वक़्त मैं नहीं समझ सका था । सच तो यह है कि उस वक़्त यह बात मुझे नागवार लगी थी । दीदी और रूपेश के प्रेम के बीच से डॉक्टर साहब का आतंक इधर जैसे ही समाप्त हुआ, पिताजी का आतंक कायम हो गया था । मैं तो इस प्रतीक्षा में था कि डॉक्टर साहब के आतंक की समाप्ति के बाद उन दोनों का प्रेम अपनी सहज-स्वाभाविक ऊँचाई को प्राप्त करेगा, जिसे देखने और जानने की जिज्ञासा मेरे मन में बनी हुई थी । किन्तु पिताजी का आतंक अब आड़े आ गया था ।

डॉक्टर साहब के आतंक की वजह तो मुझे साफ़-साफ़ समझ में आ रही थी कि वे दीदी से रूपेश की शादी के पक्ष में नहीं थे । लेकिन अपने पिताजी के आतंक की वजह मैं नहीं समझ पा रहा था । क्या पिताजी को दीदी और रूपेश के प्रेम पर भरोसा नहीं ? उनकी स्वतन्त्रता पाकर ही तो उनका प्रेम यहाँ तक पहुँच पाया है ! अगर डॉक्टर साहब की तरह उनका दृष्टिकोण भी संकुचित और रूढ़िवादी होता तो उनका यह प्रेम-सम्बन्ध कभी नहीं गहराता । पर उन्हें यहाँ तक पहुँचाकर पिताजी अब रोकने क्यों लगे थे ? उन्हें सीमाओं में रहने के लिए क्यों मज़बूर कर रहे थे ? प्रेम तो सीमाहीन होता है । क्या उन्हें इस बात की आशंका है कि दीदी को सम्पूर्णता से प्राप्त कर लेने के बाद रूपेश उनसे शादी से कतराने लगेगा । मेरे जानते यह तो कभी हो ही नहीं सकता । यह बिल्कुल असम्भव है । पिताजी की तरह वे भी व्यग्रता से इस अवसर की प्रतीक्षा में थे कि शीघ्र दाम्पत्य-सूत्र में बँध सकें । विभिन्न मन्दिरों में एक-दूसरे के साथ जीने-मरने और जन्म-जन्मान्तर तक साथ निभाने की कसमें वे खा चुके हैं । कोर्ट-मैरेज के लिए भी वे तैयार हैं । लेकिन पिताजी ने ही उन्हें रोक दिया है कि अभी और प्रतीक्षा करने की ज़रूरत है । उनके अनुसार उफान पर पहुँची यह स्थिति सामान्य होगी ही । असल में पिताजी की दृष्टि में डॉक्टर साहब से कट कर रूपेश दीदी के साथ अपनी स्वतन्त्र गृहस्थी बसा लेगा, यह असम्भव जैसा है ।

या तो रूपेश और दीदी में से दोनों या एक भी जीविकोपार्जन के लिए सक्षम हो जाएँ या फिर डॉक्टर साहब उनके प्रेम को स्वीकार कर लें, तभी उनकी शादी की जा सकती है । लेकिन फिलहाल दोनों में से एक भी स्थिति अनुकूल नहीं, इसीलिए पिताजी द्वारा निर्धारित सीमाएँ बरकरार थीं । किन्तु उस वक़्त मैं इसके पक्ष में नहीं था…।

मेरे यहाँ चलने वाली प्रेम-कहानी ने यहीं से अब एक नया मोड़ लिया था । दीदी और रूपेश के प्रेम ने अपने मार्ग में आनेवाली पिछली बाधाओं को तो प्रायः समाप्त ही कर दिया था, पिताजी के निर्णय को अब ध्वस्त और निर्मूल करने पर वह तुल गया था । उन दिनों उनके प्रेम का आवेग मुझे बाढ़ के पानी की तरह प्रतीत होता था, जो अपने सामने पड़नेवाली हर चीज़ को बहा ले जाने में समर्थ है । मेरे जानते यह वह स्थिति थी, जब अपने दोनों के बीच तीसरे की उपस्थिति उनके लिए असह्य हो गयी थी । वे नहीं चाहते थे कि जहाँ वे दोनों प्रेम-लीन हों, वहाँ तीसरा आये । किन्तु पिताजी की चेतावनी के मुताबिक हम वहाँ उपस्थित हो ही जाते थे। हालाँकि हमें साफ़ महसूस होता था, हमारी उपस्थिति उन्हें कतई अच्छी नहीं लगती थी । वे विचलित हो जाते थे । फिर घृणा और हिक़ारत भरी दृष्टि से हमारी उपेक्षा करने लगते थे । पर हम तो मज़बूर थे…।

मैंने कहीं पढ़ा था कि प्रेम की तीव्रता में लोक-मर्यादा का भी ध्यान नहीं रहता। प्रेम इस तरह बेसुध बना देता है कि लौकिक चेतनता जाती रहती है । शायद यह इसी का परिणाम था कि हमारी उपस्थिति में ही रूपेश दीदी के कोमल हाथों को अपने हाथों में लेकर सहलाने लगता । वे एक-दूसरे से बिल्कुल सटकर बैठ जाते तथा हमारी ओर से माथा घुमा अपने प्रेम के आदान-प्रदान में लग जाते । इसके अतिरिक्त अगर पहरेदारी में हमसे तनिक भी गफ़लत हो जाती तो वे दोनों आलिंगनबद्ध हो जाते। असल में प्रेम करनेवालों की पहरेदारी कोई क्या करेगा ! उनके ऊपर तो सिर्फ़ एकाकार होने की धुन सवार रहती है ।

पिताजी के पास ख़बरें पहुँचने लगी थीं । दिन भर में तीन-तीन, चार-चार बार एक ही तरह की ख़बरें…। वे दीदी को सख्ती से समझाने लगे थे । जब भी उन्हें सूचना मिलती, दीदी को तत्क्षण अपने कमरे में बुलाते और एकान्त में देर तक उन्हें समझाते ।

मैंने कई बार खिड़की से झाँककर देखा, पिताजी की बातें दीदी चुपचाप सुन लेतीं। लेकिन फिर रूपेश के पास पहुँचते ही सब कुछ भूल जातीं । इस पर पिताजी पुनः अपने कमरे में बुलाकर उन्हें डाँटते-समझाते तो वे सुबक-सुबक कर रोने लगतीं। उनकी मासूम रुलाई से क्षण भर के लिए पिताजी भी विचलित हो जाते ।

जैसा कि मैं आपको बता चुका हूँ, अपने पिता को परास्त कर रूपेश अधिकतर अब मेरे ही यहाँ रहने लगा था । इस सन्दर्भ में अपने मित्र रहमान से मुझे यह सूचना भी मिल चुकी थी कि डॉक्टर साहब ने अपने एक शुभचिन्तक के परामर्श के अनुसार

रूपेश को मेरे यहाँ आने और रात में ठहर जाने की भी छूट दे दी थी । इस परार्मशदाता के अनुसार ऐसा करने से बाद के दिनों में लड़की के प्रति उसका आकर्षण जाता रहेगा··· और सम्भव है, उसका मोहभंग भी हो जाए···!

उस दौरान मेरे यहाँ अक्सर रहते हुए रूपेश अपने ऊपर होने वाले खर्च से अधिक व्यय कर देता था । हालाँकि इसके लिए पिताजी उसे मना करते । हम भी उसके पक्ष में नहीं थे । लेकिन वह मानता ही नहीं था । वह जिस रात हमारे यहाँ रुकता, उसके सोने की व्यवस्था मेरे कमरे में होती । लेकिन रात दस-ग्यारह बजे तक वह दीदी के कमरे में ही डटा रहता । वहाँ से हटने का नाम ही नहीं लेता । यह कहते हुए कि रात काफ़ी हो गयी है, मैं उसे अपने कमरे में जबरन ले आता । लेकिन उसे सोते हुए मैंने कभी नहीं देखा था । प्रेम नींद पर भी विजय पा लेता है, रूपेश और दीदी इसके जीवन्त उदाहरण थे । दिन भर के थके-माँदे हम शाम होते ही ऊँघने लगते । लेकिन दीदी और रूपेश की आँखों को झपकते हुए मैंने कभी नहीं देखा था···। इस स्थिति में अब यह अक्सर होने लगा था कि जब हम नींद में सो जाते तो रूपेश और दीदी अपने-अपने कमरों से निकल गलियारे में एक-दूसरे के बाहुपाश में बँध जाते । फिर जब हमारी नींद खुलती तो हम खाँसकर या पैर से आवाज़ कर उन्हें वस्तुस्थिति का ज्ञान कराते और एक-दूसरे से अलग होने का संकेत करते···। हालाँकि ऐसा करते हुए मैं आन्तरिक कष्ट का अनुभव करता । अन्दर से आहत हो जाता । लगता, जैसे पिताजी ठीक नहीं कर रहे हैं···। दीदी और रूपेश का आलिंगनबद्ध स्वरूप मुझे अत्यन्त मोहक, हृदयग्राही और प्यारा लगता । कभी-कभी तो मैं देर तक अपलक इस स्वरूप को निहारा करता । मुझे ऐसा प्रतीत होता जैसे धरती और आकाश एक-दूसरे से मिल रहे हों । जैसे सृष्टि का सारा सौन्दर्य निचोड़कर एक जगह एकत्रित कर दिया गया हो ! मुझे वह स्वरूप सौन्दर्य का बेजोड़ मिसाल प्रतीत होता—अनुपम, अद्वितीय···! सम्भवतः ऐसे ही स्वरूप की प्रेरणा से अजन्ता, ऐलोरा एवं खजुराहो की मूर्ति-कला का विकास हुआ हो···। लेकिन पिताजी की चेतावनी याद कर न चाहते हुए भी उनकी तन्द्रा भंग कर उन्हें अलग हो जाने के लिए बाध्य करता···।

तब दीदी अपने कमरे में चली जातीं और रूपेश मेरे कमरे में आ जाता । लेकिन फिर जैसे ही मैं सो जाता, पुनः वे गलियारे में जा पहुँचते । उनके ऊपर तो जैसे नशा-सा छा गया था । वे चौबीसों घण्टे एक-दूसरे की भुजाओं में बँधे रहना चाहने लगे थे । इस स्थिति में दीदी के कमरे में अनिल और प्रीति के बिस्तरे लगा दिये गये थे । लेकिन वे बच्चे क्या पहरेदारी करें ! रात गहराते ही नींद में खो जाते । तब पहरेदारी पर अकेला मैं बचा रह जाता । हालाँकि इस बीच कभी-कभी माँ या पिताजी भी घूम कर निरीक्षण कर लिया करते थे ।

एक रात पिताजी ने स्वयं रूपेश और दीदी को गलियारे में आलिंगनबद्ध पाया।

उस वक़्त मैं नींद में सो गया था । अनिल और प्रीति भी सोये थे । लेकिन पिताजी की तेज आवाज़ सुन हम सब जाग गये ।

"मोना !"—पिताजी ने पहली बार इतनी तेज़ आवाज़ में दीदी को पुकारा था। हम सबके कान भी खड़े हो गये थे । रूपेश दीदी से अलग हो माथा झुकाये मेरे कमरे में आ छिपा था । दीदी भी अपने कमरे में जाकर छिप जाना चाहती थीं । लेकिन पिताजी ने अपने कमरे में आने का सख्त आदेश उन्हें दे दिया था । हम सब सुन रहे थे, पिताजी दीदी को खूब डाँटे जा रहे थे । अन्य दिनों की अपेक्षा वे ज्यादा कड़ाई से पेश आ रहे थे—

"तुम मेरी सबसे बड़ी सन्तान हो···अपने सभी बच्चों से अधिक स्नेह मैंने तुम्हें दिया है···तुम्हारे व्यक्तित्व के सर्वांगीण विकास के लिए ही मैंने तुम्हें पूरी स्वतन्त्रता दे रखी है···लेकिन तुम उसका दुरुपयोग कर रही हो···जिस बात के प्रति मैं तुम्हें अनेक बार सतर्क कर चुका हूँ···बार-बार तुम उसी रास्ते पर चली जा रही हो···। मेरी चेतावनी और आगाह करने का कोई असर नहीं··· मैं तुम्हें कैसे बताऊँ कि शादी से पहले यह सब बिल्कुल अनुचित और नाजायज है··· तुम्हारे भले के लिए ही मैं कह रहा हूँ··· इस बार तुम्हें खबरदार किये दे रहा हूँ···भविष्य में अगर फिर तुम्हें इस स्थिति में देखा, तो जितनी स्वतन्त्रता दे रखी है, उतनी ही पाबन्दियाँ लगा दूँगा···। ग़लत और अनैतिक कार्य को मैं बढ़ावा नहीं दे सकता और बर्दाश्त भी नहीं कर सकता···।"

पिताजी के इस परिवर्तित रुख को देख दीदी रोने लगी थीं । वे रोते हुए ही अपने कमरे में आयी थीं और देर तक रोती रही थीं । रूपेश का भी चेहरा उतर गया था और वह मायूस लगने लगा था । बाद में दीदी को रोते-सुबकते देख उसका चेहरा आक्रामक हो उठा था । उसकी आँखें लाल-लाल हो चली थीं । उसके व्यवहार और बोलचाल में ग़ुस्सा झलकने लगा था । मेरे मन में तरह-तरह की आशंकाएँ उठने लगी थीं कि कहीं पिताजी से वह झगड़ न पड़े । फिर तो अनर्थ हो जाएगा···।

लेकिन, उस दिन वह पिताजी से नहीं झगड़ सका । हालाँकि उस दिन वह मेरे यहाँ रुका भी नहीं । मेरा ख्याल था कि अगर वह और कुछ देर तक रुका रहता तो ज़रूर उसका गुस्सा विस्फोट करता । किन्तु रात्रि के अन्तिम पहर में ही वह चला गया । अन्य दिनों की तरह हमें जाने की सूचना भी नहीं दी, जबकि अक्सर ही हमारे यहाँ से जाते हुए स्नेहपूर्वक हमें सूचित कर दिया करता था । उस दिन दीदी को भी अपने जाने की सूचना उसने नहीं दी । धड़धड़ाते हुए चला गया ।

रूपेश के जाने के बाद हम चिन्तित हो उठे । कहीं हमसे बदला लेने के उद्देश्य से ही तो नहीं गया है ? यह भी हो सकता है कि पिताजी के व्यवहार से आहत हो वह हमारे यहाँ अब आये ही नहीं । दीदी को छोड़ दे । लेकिन यह कैसे हो सकता है ? दीदी के लिए उसने बड़ी-बड़ी कठिनाइयों का सामना किया है । बहुत कुछ झेला-सहा है । उनको वह छोड़ नहीं सकता है ।

दूसरे दिन रूपेश दोपहर के बाद हमारे यहाँ आया । वह खिन्न और उदास जान पड़ा । हममें से किसी से भी उसने बातचीत नहीं की । सीधे दीदी के समीप चला गया और देर तक उनकी कानाफूसी होती रही···। अपनी खिड़की से उनकी कुछ बातें मैं सुन सका । रूपेश दीदी से कहे जा रहा था, ''कल तुम्हें जिस तरह अपमानित किया गया, उसे देख कर मेरा खून खौल उठा है···मैं अपना अपमान सह सकता हूँ पर तुम्हारी इतनी बेइज्जती बर्दाश्त नहीं कर सकता···। मैं तुम्हारे पिताजी से इसका बदला लेकर रहूँगा··· कुछ भी करने से पहले तुम्हें सूचित कर देना मैंने उचित समझा है···हालाँकि तुम्हारे पिता पहले ऐसे नहीं थे··· हमारे प्रेम में उन्होंने कभी अड़ंगा नहीं लगाया था··· अब अचानक उन्हें यह क्या होता जा रहा है···? अपने पिता से मैं उन्हें बिल्कुल अलग समझता था ··· पूरे मन से उनकी इज्जत करता था ··· लेकिन अब वे मेरे पिता की ही शक्ल में तब्दील होते जा रहे हैं··· उनके रवैये से मेरा मन बेहद क्षुब्ध है···।''

इस पर दीदी ने उसे समझाते हुए कहा था, ''हमारा प्रेम कोई रोक नहीं सकता···हम हर स्थिति में साथ-साथ जिएँगे और साथ-साथ मरेंगे··· लेकिन जल्दबाज़ी में पिताजी को लेकर तुम अभी कोई निर्णय न लो···! हमारे प्रेम में उनका पर्याप्त सहयोग है···उनके चलते ही हम स्वतन्त्र होकर प्रेम में बँध सके हैं···! अब वे क्यों हमें दूर रखना चाहते हैं, यह मैं भी नहीं समझ पा रही हूँ ? पर इसे समझने का प्रयास कर रही हूँ । वे कहते हैं कि शादी से पहले का सम्बन्ध नियन्त्रित और मर्यादित रहना चाहिए···हमारा संग-साथ, बातचीत, प्रेम-व्यवहार वे नहीं रोकते··· सिर्फ़ शादी से पहले का देह-सम्बन्ध उनकी दृष्टि में वर्जित है । मैं उनकी इस दृष्टि को जानने की कोशिश कर रही हूँ···।''

यह सुन रूपेश ने कहा था, ''मैं तो स्वयं व्यग्रता से शादी के लिए अनुकूल स्थिति की प्रतीक्षा कर रहा हूँ···तुम्हारे बिना अब एक पल भी मुझसे रहा नहीं जाता ।''

इसके बाद की उनकी बातें मैं नहीं सुन सका । किसी कार्य के सिलसिले में माँ उनके कमरे में पहुँच गयी थीं । बस, उन्होंने अपनी बातों का विषय बदल दिया था।

उस शाम प्रीति जब रूपेश के सामने चाय-नाश्ता लेकर गयी तो उसने नहीं लिया। इसके तत्क्षण बाद वह चला गया । जिस तरह आते वक़्त हममें से किसी से उसने बातचीत नहीं की थी, उसी तरह जाते वक़्त भी दीदी को छोड़ कर हममें से किसी से उसने कोई बातचीत नहीं की । मुझे लग रहा था, इस रूप में पिताजी के प्रति अपनी नाराज़गी वह व्यक्त कर रहा है । लेकिन उसका यह परिवर्तित व्यवहार मुझे अच्छा नहीं लगा ।

उस रात देर तक मुझे नींद नहीं आयी । रूपेश अपनी जगह सही है और पिताजी भी अपनी जगह सही···। इस स्थिति में कोई दुर्घटना न हो जाए, इसके लिए अब मुझे ही कुछ करना चाहिए । दीदी से रूपेश ने जिस तरह की बात की है, उसके अन्दर भावी उपद्रव की सूचना छिपी है । प्रेम की आक्रामकता को किसी चीज़ से

परहेज़ भी तो नहीं । जब विकल्प के रूप में उसने रिवाल्वर चुन लिया है, तब वह किसी ओर भी मोड़ सकता है । कल तक अपने पिता के सीने को उसने निशाना बनाया था, अब मेरे पिता के सीने को भी बना सकता है, इसीलिए समय रहते हुए मुझे यह सब रोकना होगा···। लेकिन कैसे, मैं समझ नहीं पा रहा था । पिताजी को ही अपना निर्णय बदल देने के लिए समझाऊँ, यह मेरे वश की बात नहीं···। वे अनुभवी और दूरदर्शी हैं । इस स्थिति में अपने मित्र रहमान से विचार-विमर्श के बाद मैं इस निष्कर्ष पर पहुँचा कि मुझे रूपेश को ही समझाना चाहिए। शायद वह मेरी बात मान जाए···।

दूसरी सुबह रूपेश मेरे यहाँ काफ़ी विलम्ब से पहुँचा । मैं तो उसी की प्रतीक्षा में था । पर वह पिछले दिन की तरह ही मेरी उपेक्षा कर सीधे दीदी के पास बढ़ चला···। किन्तु मैं रास्ता रोककर खड़ा हो गया, "भाई साहब, क्या मुझसे नाराज़ हैं···? मैंने वैसा कुछ भी तो नहीं किया···! मैं आपकी व्यथा समझता हूँ, ··· पर मैं कहीं से भी दोषी नहीं हूँ···।"

रूपेश ने मेरी इस बात पर माथा उठाकर मेरी ओर देखा । उसके चेहरे की खिन्नता और उदासी कुछ कम हो चली थी । मैंने पुनः कहा, "मैं आपसे कुछ बात करना चाहता हूँ··· मौन और संवादहीन स्थिति से किसी समस्या का समाधान नहीं निकल सकता···मैं आपको कैसे विश्वास दिलाऊँ कि मैं पूरी तरह आपके साथ हूँ···!"

इस बार उसके होठों पर मुस्कराहट की एक लकीर उभर आयी । फिर वह मुझसे लिपट गया । मुझे लगा, वह भी शायद इस आत्मीयता की प्रतीक्षा में था···।

अब मैं उसे अपने कमरे में लेते आया । फिर हमारी बातें शुरू हो गयीं । प्रारम्भ में उसने पिताजी के प्रति अपना आक्रोश व्यक्त किया, "मेरा और लिसा का पिताजी ने बहुत अपमान किया है । वे बराबर हमारे पीछे लगे रहते हैं, जैसे हम चोर-उचक्के हों और कोई षड्यन्त्र करते हों । हमारे प्रेम पर उन्हें विश्वास नहीं···। उसकी गहराई की थाह वे लगा ही नहीं सकते···। अगर यही बात थी तो पहले हमें इतनी छूट क्यों दे रखी थी ? पिताजी के परिवर्तित रवैये से मैं बहुत दुःखी हूँ । उनके जैसे समझदार व्यक्ति से मुझे ऐसी अपेक्षा नहीं थी···।"

रूपेश की बात सुनने के बाद मैंने उसे शान्त करते हुए समझाना शुरू किया था, "भाई साहब, आप ऐसा न सोचें··· पिताजी को समझने की कोशिश करें···उनका उद्देश्य दीदी से आपको अलग करना नहीं···सच तो यह है कि उनकी दी गयी स्वतन्त्रता के चलते ही आप दीदी से प्यार कर सके···आप दोनों का प्रेम देखकर वे बहुत खुश होते हैं···ऐसे पिताजी से हठात् नाराज़ होना या उन्हें दोषी करार देना वाजिब नहीं । वे तो सिर्फ़ इतना ही चाहते हैं कि शादी से पहले शारीरिक सम्बन्ध ठीक नहीं । ···उनकी यह उक्ति अभी मैं भी नहीं समझ पा रहा हूँ···फिर भी मेरे मन में इस बात का पक्का विश्वास है कि आप दोनों के भले के लिए ही उन्होंने यह निर्णय लिया होगा ।

देखिएगा, वक़्त आने पर सब कुछ स्पष्ट हो जाएगा।''

मेरी बात से पिताजी के प्रति उसकी नाराज़गी कम होती जान पड़ी । इसी तरह मैं देर तक उससे बतियाता और पिताजी के बारे में उसे समझाता रहा । अपनी जानकारी के तहत पिताजी की सारी अच्छाइयों को मैंने उसके सामने प्रस्तुत कर दिया था । शायद यह मेरे प्रयास का ही प्रतिफल था कि वह सहज हो गया, बिल्कुल पहले की तरह···। उसकी यह सहजता मुझे अच्छी लगी थी । मेरा सारा तनाव जाता रहा था । भावी संकट भी टल गया था । रूपेश भी उस दिन ज्यादा प्रसन्न जान पड़ा था । खुशी में मुझे लेकर मण्डी चला गया था । और ढेर सारी मिठाइयाँ व फल खरीद कर साथ लेते आया था । हमने पहले की तरह फिर खुशियाँ मनानी शुरू कर दी थीं । रूपेश ने पहले की ही तरह पुनः माँ और पिताजी के पाँव छुए थे । उसने पिताजी से क्षमा-याचना भी की थी और कहा था कि भविष्य में अब वैसा कुछ नहीं होगा···।

रात में रूपेश पूर्वतः मेरे कमरे में सोया । हम काफ़ी रात गये तक बातचीत करते रहे । फिर मुझे नींद आने लगी । पिछली रात के तनाव के बाद मैं थका था, इसलिए जल्द ही सो गया···। मेरी नींद रात के अन्तिम पहर में खुली । मैंने देखा, रूपेश अब तक जगा था । लेकिन वह कहीं गया नहीं था । वादा-अनुसार बिस्तरे पर ही था । खिड़की से बाहर दीदी के कमरे को एकटक देख रहा था ।

बाथरूम जाने के बहाने मैं कमरे से बाहर निकला । दीदी के कमरे की खिड़की से उनका भी मुआयना किया । वे भी अब तक जगी थीं । उनके लम्बे-लम्बे बाल तकिये पर बिखरे थे । रूपेश की पसन्द के अनुसार हरे रंग के सलवार-समीज़ में वे थीं । वे भी टकटकी लगाये मेरे कमरे की ओर ही देख रही थीं, जहाँ रूपेश सोया था···। रूपेश की भाँति उनकी आँखों में भी प्रतीक्षा, आतुरता और बेचैनी झलक रही थी । साथ में विवशता से उपजी एक ऐसी करुणा, जिससे साक्षात्कार के बाद मैं मर्माहत हो उठा । मुझसे वहाँ खड़ा नहीं रहा गया । अपने कमरे में लौट आया । यहाँ भी रूपेश की आँखें मुझे आहत करने लगीं । तब पुनः आँख मूँदकर मैं बिस्तरे पर पड़ गया । लेकिन इसके बावजूद उन दोनों की आँखों की चुभन मैं महसूस करता रहा··· तब तक, जब तक कि भोर न हो गयी···।

दूसरी रात फिर हम साथ-साथ सोये । मैं चाहता था कि अपने साथ रूपेश को भी सुला दूँ, इसीलिए उसका ध्यान बदलने का प्रयास करता रहा । लेकिन जब नींद की खुमारी मेरे ऊपर चढ़नी शुरू हुई तो बातचीत बन्द कर मैं सो गया···।

इस बार मेरी नींद आधी रात के बाद खुली । मैंने देखा, रूपेश बिस्तरे पर नहीं है । सोचा, बाथरूम गया होगा, जल्द लौट आएगा । हालाँकि मन में शंकाएँ भी उठने लगी थीं ।उन शंकाओं को यह सोचते हुए मैं दबा रहा था कि अब रूपेश ऐसा नहीं करेगा । उसने पिताजी के समक्ष वादा किया है तथा पिछली भूल के लिए क्षमा-

याचना भी की है ।

काफ़ी देर तक मैं प्रतीक्षा करता रहा । लेकिन वह नहीं लौटा । मेरे मन की शंकाएँ बलवती होने लगीं । कमरे से निकल अब मैंने उसकी खोज शुरू की । सबसे पहले दीदी के कमरे में झाँक कर देखा । वह वहाँ नहीं था और दीदी भी वहाँ से गायब थीं । अब मेरी शंकाएँ दृढ़ हो गयीं । मैं इधर-उधर उन्हें ढूँढ़ने लगा । इस स्थिति में गलियारे के बाद की बालकनी के समीप पहुँचते ही मेरे क़दम ठिठक गये। बालकनी के अँधेरे में दीदी और रूपेश एकाकार नज़र आये—पूरी तरह एक-दूसरे के आलिंगन में बद्ध··· । यह देखकर कहाँ मुझे क्रोधित होना चाहिए था कि फिर वे अपने वादे से मुकर गये···लेकिन न जाने उनके उस आलिंगनबद्ध स्वरूप में ऐसा क्या था कि मैं चाह कर भी क्रोधित नहीं हुआ···उस नैसर्गिक सौन्दर्य के सामने मेरा सारा क्रोध जाता रहा । उस अप्रतिम सौन्दर्य को कुछ क्षण तक मैं अपलक निहारता रहा। मैं यह भूल गया कि मैं पहरे पर हूँ । फिर जब कर्तव्य-बोध का ज्ञान हुआ तो सोचने लगा कि इनकी तन्द्रा भंग कर इन्हें अलग करना चाहिए । मैं समझ नहीं पा रहा था कि इन्हें क्या हो गया है कि पिताजी की डाँट-फटकार के बाद भी नहीं माने । दीदी इस बात के लिए राज़ी हो गयी थीं कि दुबारा ऐसा नहीं करेंगी । रूपेश ने तो मेरे सामने ही वादा किया था और अपनी पिछली गलती के लिए क्षमा-याचना भी की थी। लेकिन फिर··· ।

मैं चाहता था कि दीदी और रूपेश की वादा-खिलाफ़ी के प्रति मेरे मन में गुस्सा पैदा हो और मैं कर्तव्यपथ की ओर अग्रसर हो जाऊँ । लेकिन ऐसा नहीं हुआ । मैं जब भी खाँस कर, छींक कर या उन्हें पुकार कर उनकी तन्द्रा भंग करने को सोचता कि मुझे अपराध-बोध जैसा लगता··· । वे मुझे बहुत विवश नज़र आते ! ऐसा लगता, जैसे जानबूझ कर नहीं, अनजाने में उनसे यह सब हो रहा हो··· । ये अपने को रोक सकने में असमर्थ हो गये हों··· ।

मैं दीदी और रूपेश को अच्छी तरह जानता था । उनकी समझदारी से भली-भाँति परिचित था । न सिर्फ़ ये पढ़ने-लिखने में ही अव्वल थे, बल्कि अपनी बातों पर डटे रहना भी जानते थे । लेकिन प्रेम और मिलन के आवेग ने बातों और वादों को परे ढकेल दिया था, जैसे इन्होंने कोई वादा ही न किया हो··· । ऐसे बेसुध प्राणियों को क्या डाँटना··· ।

मैं चाह कर भी उस रात उन दोनों को अलग नहीं कर सका । पिताजी के प्रति मैं अन्याय कर रहा हूँ, इसका एहसास मुझे हो रहा था । लेकिन इस बिन्दु पर आज मैं हार गया था । बालकनी के अँधेरे में खड़े इस मूक जोड़े ने अपनी स्निग्धता से मुझे पराजित कर दिया था । मैं भारी क़दमों से अपने कमरे में आया । फिर बिस्तरे पर लेट कर उनके पक्ष में ही सोचता रहा कि ईश्वर करे, पिताजी निरीक्षण में न आयें, अन्यथा सबसे पहले पहरेदारी के प्रति लापरवाह होने के चलते वे मेरी ही ख़बर लेंगे।

फिर वादाखिलाफ़ी के लिए दीदी और रूपेश पर इस तरह नाराज़ होंगे कि उनकी एक नहीं सुनेंगे···। शायद इसी चिन्ता में उस रात मैं सो नहीं सका । लेकिन मेरी कामना सफल हुई···। उस रात पिताजी निरीक्षण के लिए नहीं आये । सुबह दिन चढ़े तक मैं सोता रहा । इस बीच रूपेश जा चुका था । नींद खुलने के बाद मैं समझ नहीं पा रहा था कि मैंने जायज किया या नाजायज ! एक ओर अपराध-बोध और दूसरी ओर उपकार-भाव से मैं दिन भर असन्तुलित रहा । कभी लगता, ठीक किया···कभी लगता, गलत ।

तीसरी रात फिर वही घटना···। नींद खुलने के बाद पाया, रूपेश कमरे से बाहर है । मैंने निर्णय किया, उन तक नहीं जाऊँगा । वे होश-हवास खो चुके हैं । ऐसे लोगों को छेड़ना कतई मुनासिब नहीं···। जब तक वे मुझे विवश लाचार नहीं लगे थे, तब तक हस्तक्षेप किया था । अब तो उनकी विवशता और लाचारी मेरे सामने स्पष्ट हो गयी है । अब वे स्वयं अपने वश में नहीं रह गये हैं । इस स्थिति में उन्हें डाँट-फटकार कर, समझा-बुझाकर या डरा-धमकाकर एक-दूसरे से अलग नहीं किया जा सकता···।

इधर मैं ऐसा सोच रहा था और उधर पिताजी निरीक्षण के लिए अपने कमरे से बाहर निकल आये थे । अपनी पुरानी आदत के मुताबिक़ थोड़ी देर बाद वे निरीक्षण करने पहुँचे थे । फिर सब कुछ उन्होंने अपनी आँखों से देख लिया था । इस पर पहले उन्होंने मुझे डाँट लगायी । तबीयत ख़राब होने का बहाना मैं बनाता रहा । लेकिन वे नहीं माने। उन्होंने डाँटते हुए मुझसे कहा, ''तूने भी मुझे धोखा दे दिया··· शायद तू भी समझ रहा है कि मैं ग़लत कर रहा हूँ··· लेकिन बाद में तुमको सब पता चलेगा··· जानबूझकर तुम्हारी की गयी लापरवाही को मैं समझता हूँ । मैं तुमसे सख़्त नाराज हूँ···।''

इसके बाद माँ को उन्होंने जगाया । और फिर तेज आवाज़ में दीदी को पुकारा—''मोना !'' उनकी आवाज़ पूरे घर में गूँज गयी । दीदी और रूपेश तो जैसे सोते से जगे । होश में आने के बाद वे शर्म और ग्लानि महसूस करने लगे । अपने कपड़े ठीक करते हुए छिपने की जगह तलाशने लगे । लेकिन अब छिपने की गुंजाइश कहाँ? पिताजी ने रंगे हाथों उन्हें पकड़ लिया था ।

मैं भयभीत हो गया था । न जाने क्या होगा ? पिताजी का चेहरा गुस्से से लाल हो उठा था । मुझे लग रहा था, आज वे नहीं मानेंगे । अवश्य विस्फोट करेंगे । दीदी और रूपेश की आज खैर नहीं···। लेकिन वैसा कुछ भी नहीं हुआ, जिसकी मुझे आशंका थी । पिताजी ने अपना संयम और सन्तुलन नहीं खोया । दीदी और रूपेश को अपने पास बुला कर उन्होंने गम्भीरता से पूछा, ''तुम दोनों तो अपने वादे से मुकर गये··· अब मैं तुम्हारे बारे में निर्णय लेने के लिए स्वतन्त्र हूँ···।''

यह सुन रूपेश माथा झुकाकर नाखून से ज़मीन खुरचने लगा और दीदी सुबकने

लगी । रोते हुए ही उन्होंने पिताजी के पाँव पकड़ लिये—''हमें माफ़ कर दीजिए पिताजी ।''

पिताजी ने उन्हें अलग करते हुए कहा, ''सवाल तुम्हें माफ़ करने का नहीं । अंवज्ञा, अनुशासनहीनता और विश्वासघात का है । मुझे दुःख है कि जो कुछ मैं कह रहा हूँ, तुम दोनों उसे समझने की कोशिश नहीं करते हो । मेरा उद्देश्य तुम्हें अलग करना नहीं, सदा के लिए एक-दूसरे से तुम्हें जोड़े रखना है···।''

यह सुन रूपेश ने याचनाभरी आँखों से पिताजी की ओर देखा, जैसे उसकी आँखें कह रही हों, ''जब हम दोनों को एक-दूसरे से जोड़े रखने के लिए ही आप ऐसा कर रहे हैं तो आपकी हर बात शिरोधार्य है···।''

शायद पिताजी ने उसकी आँखों की भाषा समझ ली थी । उन्होंने उसे समझाना शुरू किया था, ''मोना से शादी करने के लिए अब तक मैंने तुझे बाध्य नहीं किया था । लेकिन अब बाध्य कर रहा हूँ । तुम और मोना जिस रूप में पाये जा रहे हो, वह पति-पत्नी का रूप है, प्रेमी-प्रेमिका का नहीं । पति-पत्नी होकर ही उस रूप में रहा जा सकता है और सम्बन्धों का निर्वाह किया जा सकता है । मैंने मोना को प्रेम करने और अपनी मर्जी के अनुसार जीवन-साथी चुनने की पूरी छूट दे रखी है । तुम दोनों की घनिष्ठता मुझे अच्छी लगी है । तुम्हारी घनिष्ठता बनी रहे, इसके लिए सम्बन्धों की सीमाओं को तुम्हें समझना चाहिए । बालिग बच्चों के कार्यों में हस्तक्षेप करना मुझे उचित नहीं जान पड़ता । लेकिन मैं देख रहा हूँ, तुम दोनों ग़लत दिशा की ओर प्रस्थान कर रहे हो ।''

''हम नहीं भटकेंगे पिताजी···! एक-दूसरे से कभी विलग नहीं होंगे ।'' भावुकता में रूपेश बोलने लगा था । वह पिताजी को विश्वास दिलाना चाहता था कि सीमाहीन रहकर भी हम पूर्वतः एक-दूसरे से जुड़े रहेंगे···।

इस पर पिताजी ने कहा, ''मैं तुम्हारी भावनाओं की कद्र करता हूँ । लेकिन यथार्थ के अनुकूल आचरण करना ही ठीक होता है । भावनाएँ और यथार्थ के रास्ते अलग-अलग होते हैं । इनमें सामंजस्य स्थापित करने के लिए ही सम्बन्धों का निर्माण किया गया है तथा उनकी सीमाओं का निर्धारण हुआ है । प्रेमी-प्रेमिका और पति-पत्नी की सीमाओं में प्रवेश करने से पहले उनके सम्बन्धों को अंगीकार करना नैतिक और सामाजिक दोनों दृष्टियों से शुभ होता है । इसकी उपेक्षा करना अपने आप को धोखे में रखना है ।''

पिताजी की बातें रूपेश की समझ में आ गयी थीं । उसने अपनी स्थिति स्पष्ट की, ''लिसा के साथ जल्द से जल्द शादी करने के लिए मैं बेचैन हूँ । माँ को तो राजी कर लूँगा । लेकिन पिताजी फिलहाल किसी भी तरह राज़ी नहीं । मैं वक्त की प्रतीक्षा कर रहा हूँ । अंकल के पास विदेश भेजने या आई. ए. एस. बनाने के चक्कर में पिताजी ने मुझे सामान्य नौकरियों से जुड़ने ही नहीं दिया । अब मैंने सामान्य-नौकरी

से भी अपने को जोड़ने का प्रयास शुरू कर दिया है···। कहीं व्यवस्थित होते ही लिसा के साथ शादी कर अपनी नयी दुनिया बसा लूँगा । अपने रूढ़िवादी पिता के साथ नहीं रहूँगा···।''

इस बार पिताजी ने पुनः समझाया, ''ठीक है, तुम्हारी योजना सफल हो ! मेरी शुभकामनाएँ तुम्हारे साथ हैं । लेकिन जब तक ऐसा हो नहीं पाता है, तब तक तुम दोनों को संयमित और अनुशासित होकर ही रहना है, यह मेरी इच्छा है··· मेरा आदेश है··· और मेरी चेतावनी भी है ! इसके बाद फिर मैं कोई फ़रियाद सुनना नहीं चाहूँगा···।''

उस रात इतना समझाने के बाद पिताजी ने उन दोनों को अपनी हिरासत से मुक्त कर दिया था । अभी सुबह होने में देर थी । पिताजी से मुक्त होने के बाद दीदी अपने कमरे में चली गयीं और रूपेश मेरे कमरे में आ गया । अपने-अपने बिस्तरों पर हम पसर गये । लेकिन हमारे बीच कोई बातचीत नहीं हुई । बिस्तरे पर पड़ते ही रूपेश न जाने किस चिन्ता में डूब गया । मैं तो पिताजी की बातों को याद कर-कर के उत्साहित और उद्वेलित होता जा रहा था । पिताजी ने आज अपना पक्ष स्पष्ट कर दिया था । दीदी और रूपेश के शारीरिक मिलन का वे क्यों विरोध करते हैं, इस सन्दर्भ में मेरी जिज्ञासा भी शान्त हो चली थी और कुछ नया रहस्योद्घाटन भी हुआ था···।

लेकिन पिताजी की दलील स्पष्ट होते हुए भी मेरे जिज्ञासु मन को सन्तोषजनक उत्तर नहीं मिल पा रहा था । तब आख़िर प्रेम है क्या ? देह के धरातल पर उपज कर देह-सुख से उसे वंचित क्यों रखा जाए ? प्रेम सम्बन्धों को नहीं मानता । प्रेमी-प्रेमिका और पति-पत्नी के सम्बन्ध उसे सीमाओं में नहीं बाँध सकते । वह सीमाओं से परे है । मैंने कहीं पढ़ा था, प्रेम लीक पर नहीं चलता । संयम और अनुशासन को नहीं मानता । उसके लिए कुछ भी असम्भव नहीं । वह नयी व्याख्या गढ़ता है। नया इतिहास बनाता है । जहाँ तक मन और तन का सवाल है, यहाँ भी वह कोई बन्दिश नहीं मानता··· मन के साथ-साथ तन का पूर्ण समर्पण ही उसका प्राप्य होता है···। इस बिन्दु पर पिताजी की बातें मेरे मन को पूरी तरह सन्तुष्ट नहीं कर पाती थीं। हालाँकि उनकी बातों पर मैं जैसे-जैसे विचार करता जाता था, वैसे-वैसे और गहरे में धँसता जाता था । असल गहराई में पहुँच कर भी जब मैं कोई निर्णय नहीं ले सका तो अपना सारा अध्ययन और अनुभव मुझे बौना जान पड़ने लगा । मुझे लगा, प्रेम को समझने के लिए अभी मुझे वर्षों प्रतीक्षा करनी होगी···।

सुबह होने तक मैं चिन्तन में डूबा रहा । रूपेश सुबह एकदम तड़के ही चला गया । मुझे लगा, रात में जिस तरह पिताजी ने उसे पकड़ा और समझाया, उससे वह बहुत लज्जित है । शायद इसीलिए मेरे यहाँ से कूच कर गया···।

उसके जाने के बाद मैंने देखा, दीदी के चेहरे पर अवसाद की रेखाएँ उभर आयी थीं । साथ ही उनकी आँखें मुझे लाल और सूजी हुई जान पड़ीं । शायद रो-रोकर

ही उन्होंने अपनी आँखों को इस रूप में कर दिया था। उस दिन रोज़ की अपेक्षा वे हमसे कतराती जान पड़ीं…। शायद रात वाली घटना का असर हो…। उन्हें इस रूप में देखना मुझे अच्छा नहीं लगा। मेरा ख़्याल था, दीदी और रूपेश को समझा चुकने के बाद पिताजी सहज हो गये होंगे! लेकिन ऐसी बात नहीं थी। उनके चेहरे पर भी तनाव की सघन रेखाएँ मैंने देखीं। वे गम्भीर और चिन्ताग्रस्त जान पड़े। अपने मन की भड़ास निकालने के बाद तो आदमी हल्का हो जाता है, लेकिन वे और गम्भीर क्यों हो गये हैं? शायद क्रोध की जगह संयम का सहारा लेने के चलते ही। उनके मना करने के बाद भी दीदी और रूपेश जिस रूप में पाये गये, उस पर तो उन्हें आक्रोश में फट पड़ना चाहिए था। लेकिन उन्होंने संयम प्रदर्शित किया। आक्रोश की स्वाभाविक अभिव्यक्ति को रोक दिया। शायद वही आक्रोश तनाव का जाला बन उनके चेहरे पर बिखर गया हो। या यह भी हो सकता है कि इस घटना से उन्हें कोई दूरगामी संकट नज़र आ रहा हो। कुछ भी हो सकता है। मैं सिर्फ़ अनुमान लगा सकता था। इस विषय में उनसे पूछने की मेरी हिम्मत नहीं थी।

दोपहर ढलने लगी थी। लेकिन रूपेश नहीं आया। मुझे लगा, पिछली बार की तरह कुछ समय बाद वह लौट आएगा। लेकिन वैसा नहीं हुआ। शाम हुई। रात हुई। सुबह हुई। लेकिन वह नहीं आया। एक दिन। दो दिन। तीन दिन। वह नहीं आया। बिना किसी सूचना के लगातार तीन दिनों तक उसका न आना मेरे घर के लिए असाधारण बात थी। दीदी की बेचैनी बहुत बढ़ गयी थी। ठीक उन दिनों की भाँति जब मेरे यहाँ आने से रूपेश को रोकने के लिए उसे 'हाउस अरेस्ट' किया गया था। इस स्थिति में हममें से किसी से कुछ न कह कर वे एकान्त में अपनी पीड़ा अनुपमा से व्यक्त करती हुई नज़र आतीं, जैसे दोस्ती पारिवारिक सम्बन्धों से भी ऊपर की चीज़ हो…।

इधर माँ के मन में भी तरह-तरह की शंकाएँ उठने लगी थीं, जिसकी जानकारी पिताजी के साथ उनकी बातचीत के दौरान मैं पाता था। माँ को इस बात का डर था कि इतना आगे बढ़ चुकने के बाद अगर रूपेश मोना को छोड़ देगा तो फिर क्या होगा उसका? कहाँ की रहेगी वह? दीदी के साथ वह जल्द से जल्द शादी कर ले, माँ इसके लिए चिन्तित और व्यग्र थीं। लेकिन परिस्थिति की प्रतिकूलता के आगे माँ का कोई वश नहीं था। इस बिन्दु पर हम सभी अनुकूल स्थिति की प्रतीक्षा कर रहे थे। हालाँकि मेरी चिन्ता दीदी और माँ से अलग थी। मुझे डर था कि पिताजी से नाराज़ रूपेश कहीं कुछ कर न ले या उनसे बदला लेने के लिए आक्रामक न हो उठे! लगातार तीन दिनों तक उसका न आना इस आक्रामकता की तैयारी भी हो सकती है! पिछली बार जब वह नाराज़ हुआ था तो बहुत मुश्किल से मैं उसे रास्ते पर ले आया था। इस बार उसे कैसे रास्ते पर ले आऊँगा, कुछ भी समझ नहीं पा रहा था। इन्हीं क्षणों में दीदी ने अपना विश्वास-पात्र समझ मुझसे आग्रह किया,

"रूपेश का समाचार ले आ सुनील...मुझे डर है कि उसने कुछ कर तो नहीं लिया...या उसकी तबीयत तो खराब नहीं हो गयी...?"

माँ ने भी मुझसे कहा, "रूपेश का पता लगाओ । मोना की ज़िन्दगी का सवाल है । उन दोनों के सम्बन्ध काफ़ी आगे तक बढ़ चुके हैं...।"

लेकिन इस सन्दर्भ में पिताजी ने कुछ भी नहीं कहा । उनके चेहरे पर तनाव के चिह्न पूर्वतः बने हुए थे ।

संयोग अच्छा था । रूपेश को ढूँढ़ने मुझे नहीं जाना पड़ा । चौथे दिन सुबह वह स्वयं आ गया । मैंने देखा, उसका चेहरा सहज था । उसने पूर्वतः अपनी बाँहों में मुझे भर लिया । एक क्षण तक मुझे अपनी आँखों पर विश्वास नहीं हुआ । पिछले वाक़ियात वह भूल कैसे गया ? उसकी नाराज़गी कहाँ चली गयी ? शायद तीन दिनों के समय के अन्तराल ने उसकी नाराज़गी हर ली हो । बहुधा ऐसा होता है कि जिस समस्या का समाधान हम नहीं कर पाते, समय का अन्तराल उसे कर देता है...। लेकिन उसने मुझे बताया कि वह देवघर गया था—बाबा वैद्यनाथ का दर्शन करने...। उसने सुना है कि उनके दर्शन से मनोकामना पूर्ण होती है । वह अच्छी तरह उनका दर्शन कर और प्रसाद ले वापस आया है । उसने बैग से प्रसाद के रूप में लाये बाबा धाम के प्रसिद्ध पेड़े मुझे दिये । यह जान चुकने के बाद कि वह बैद्यनाथ धाम से हो आया है, दीदी, माँ, प्रीति, अनिल सबने उसे घेर लिया । उसने सबको पेड़े दिये...। सिर्फ़ पिताजी ही अपने कमरे से बाहर नहीं आये । वहीं पड़े रहे । लेकिन वह स्वयं वहाँ चला गया । उसने पिताजी के चरण-स्पर्श किये तथा प्रसाद स्वरूप उन्हें पेड़े भेंट किये । फिर देवघर की यात्रा तथा वहाँ की प्राकृतिक छटा और मनोरम स्थलों का ज़िक्र उसने विस्तार से किया । हम सब सुनते रहे ।

उस दिन वह दोपहर तक हमारे बीच घिरा रहा । फिर दोपहर के बाद शाम तक दीदी से बतियाता रहा । इसके बाद रात होने पर नियमतः मेरे कमरे में चला आया। यहाँ पुनः उसने देवघर-यात्रा के अपने संस्मरणों का बयान प्रारम्भ कर दिया । काफ़ी रात गये तक हम जगे रहे, न चाहते हुए भी उसकी बातें मैं सुनता रहा । फिर हुंकारी भरते हुए ही न जाने कब सो गया ।

मेरी नींद खुली तो सुबह हो चुकी थी । घर के सभी लोग अपनी दिनचर्या में लग चुके थे । बिस्तरे से उठते हुए मैंने भी अपनी दिनचर्या प्रारम्भ कर दी । हालाँकि इस बीच बराबर मैं सोचता रहा कि रात मेरी नींद नहीं खुली । पता नहीं, दीदी और रूपेश ने पुनः पिताजी की वर्जनाओं का पालन किया या नहीं ? लेकिन घर की सहजता को देखते हुए मुझे यह लग रहा था कि कुछ भी नहीं हुआ है । मैं सो गया था तो क्या...और लोग तो जगे होंगे ? कुछ हुआ रहता तो अवश्य पता चल जाता !

दूसरी रात पुनः हम साथ-साथ सोये । पुनः रूपेश रात गये तक अपनी बात कहता रहा । फिर कब मुझे नींद आ गयी, पता नहीं चला । दरअसल, घर की

सहजता से मैं तनावमुक्त था और इसीलिए जल्द ही नींद की गिरफ्त में आ जाता था। इस बार पुनः मेरी नींद खुली तो सुबह हो गयी थी ।

तीसरी रात फिर हम साथ-साथ सोये । इस बार मेरी नींद आधी रात के बाद ही खुल गयी । मैंने देखा, रूपेश कमरे में नहीं है । मेरा मन आशंकित हो उठा । ज़रूर रूपेश और दीदी को फिर दौरा पड़ा है···।

मैं अपने कमरे से निकल पड़ा । लेकिन यह क्या ! आलिंगनबद्ध दीदी और रूपेश के समीप मेरे पहुँचने से पहले ही पिताजी वहाँ जा पहुँचे आये थे । फिर पिताजी की तेज़ आवाज़ पूरे घर में गूँज गयी—"मोना !" माँ, प्रीति, अनिल सब जग गये। पिताजी के कमरे में दीदी और रूपेश पुनः अभियुक्त के रूप में बुलाये गये। उनके उपस्थित होने पर काफ़ी समय तक पिताजी ने कुछ नहीं कहा । सिर्फ़ उन दोनों की ओर ताकते रहे । उनकी आँखें अंगारे बरसा रही थीं । फिर अन्त में निर्णयात्मक स्वर में उन्होंने कहा, "अब तुम दोनों को समझाने से कोई फ़ायदा नहीं··· तुम दोनों को अलग करना ही होगा···नशे की स्थिति में रहने वालों के ऊपर अनुशासनात्मक कार्रवाई करनी ही पड़ती है···।"

पिताजी ने दीदी और रूपेश को तत्काल कोई दण्ड नहीं दिया । दण्ड देने का सिर्फ़ संकेत किया, जिसके बारे में सोच-सोचकर मेरा मन आतंकित होने लगा । मैंने देखा, दीदी और रूपेश के चेहरे भी घबराहट और भय से उतर गये थे । लेकिन पिताजी ने हमें देर तक अनिश्चयात्मक स्थिति में नहीं रहने दिया । शाम होते ही उन्होंने अपने निर्णय को अंजाम दे दिया कि दीदी उनके कमरे में सोयेंगी । अपने और माँ के बिस्तरों के बीच दीदी का बिस्तरा उन्होंने लगवा दिया। दीदी को पहली बार एक कड़ी सज़ा उन्होंने दी—सीमाओं की सख्त घेरेबन्दी की सज़ा ।

पिताजी के इस निर्णय से अवगत होने के बाद दीदी और रूपेश ने एक साथ पीड़ा और अपमान का अनुभव किया । उनके चेहरे के परिवर्तित भाव मुझसे छिपे नहीं रह सके । लेकिन इस निर्णय को स्वीकार करने के सिवाय उनके लिए कोई दूसरा रास्ता भी तो नहीं था । अपना मौन प्रतिकार प्रदर्शित करने के लिए उन्होंने रात का खाना नहीं खाया । तबीयत खराब होने का बहाना बना दिया । लेकिन इससे पिताजी के निर्णय में कोई फ़र्क़ नहीं आया ।

उस रात सदैव की भाँति रूपेश अपने बिस्तरे पर मुझे जगा नज़र आया । शायद दीदी भी जगी ही होंगी । इस स्थिति में मुझे भी नींद नहीं आ रही थी । मैं सोच रहा था कि क्या करूँ ? पिताजी मेरे आदर्श चरित्र थे तो दीदी और रूपेश के प्रेम के समक्ष भी मैं नतमस्तक था । इस स्थिति में अपने को धर्म-संकट में पड़ा महसूस कर रहा था । अन्ततः यह सोच कर मैं अपने मन को शान्त कर सका था कि शायद बीतते समय के अनुसार सब कुछ सहज हो जाए···। किन्तु बाद के दिनों में भी मैं देख रहा था, पिताजी के चेहरे से तनाव की रेखाएँ मिट नहीं रही थीं । मेरे जानते

अपनी कोमल प्रकृति के खिलाफ़ कठोर आचरण उन्होंने शुरू कर दिया था, इसीलिए वे ज़्यादा परेशान होते जा रहे थे…।

इधर दीदी और रूपेश के चेहरे पर भी दुःख और विरह की वेदना घनी होती जा रही थी । असल में खिड़की से तारे गिन-गिनकर या छत को निहारकर वे कितनी रातें बितायें…? उनके अन्दर असन्तोष बढ़ता गया था, जिससे उनकी सहजता समाप्त होती चली गयी थी । हमारे प्रति अपनी नाराज़गी और मूक विद्रोह अपने दैनिक क्रिया-कलापों में वे प्रकट करने लगे थे ।

उस समय की उनकी रातों ने मुझे भी बहुत सताया है । मेरी नींद जब भी खुलती, रूपेश को तपस्या करते पाता । फिर अपने कमरे के निकट पिताजी के कमरे का मुआयना करता । वहाँ दीदी तपस्यारत होतीं । दोनों की चाह भरी आतुर उनींदी आँखें…। मैं कट कर रह जाता…। पर उनकी तरह मैं भी विवश-लाचार था । चाह कर भी उन्हें नहीं मिला सकता था ।

हमने पाया, इस सख़्ती के बावजूद कई रातों तक उन दोनों ने संयम का परिचय दिया । मिलन के नशे को हद से गुज़रने नहीं दिया । पिताजी का यह तरीक़ा अचूक साबित हुआ । पिताजी ने समाधान ढूँढ़ लिया था । अब दीदी और रूपेश निर्धारित सीमाओं का अतिक्रमण नहीं करेंगे…। अपनी पहरेदारी के प्रति हमारी मुस्तैदी भी शिथिल पड़ गयी थी । अब वैसा कुछ होने वाला नहीं था…। लेकिन यह हमारी भूल थी । शायद हमारी चौकसी को शिथिल बनाने के लिए ही उन्होंने ऐसा किया था, ताकि उस शिथिलता से वे फ़ायदा उठा सकें और ऐसा ही हुआ…।

अचानक एक रात माँ और पिताजी ने आकर मुझे जगाया कि मोना उनके कमरे में नहीं है । आँख खुलने के बाद मैंने पाया, रूपेश का बिस्तरा भी खाली है । हमने उन दोनों की खोज शुरू की । लेकिन घर में वे कहीं नहीं मिले । अब चिन्तित और बदहवास हो हमने घर से बाहर निकलने वाले दोनों दरवाज़ों का मुआयना किया । लेकिन दोनों दरवाज़े पूर्वतः बन्द थे । तब वे कहाँ गये ? अगर बाहर निकले तो कैसे निकले ? हमारे चेहरे पर हवाइयाँ उड़ने लगीं । काटो तो हमारी देह में खून नहीं । माँ अनाज रखनेवाले ड्रमों का ढक्कन उठाकर देखने लगीं । कपड़ों का ट्रंक, आलमारियाँ सब जगह छान मारीं । लेकिन उनमें वे कहाँ ? ड्रम, ट्रंक और आलमारियों में भला वे छिप पाते ? किन्तु बदहवासी में माँ सब जगह ढूँढ़ रही थीं…।

इस दौरान मुझे लगा, शायद छत के रास्ते वे बाहर पहुँचे हों । उस वक़्त तक छत पर जाने की सीढ़ी भी नहीं बनी थी । बाँस की पुरानी सीढ़ी टूट गयी थी और सिमेण्टेड सीढ़ी बनाने के लिए पिताजी पैसे जुटा रहे थे…। इस स्थिति में छत पर जाने के लिए कमरे की खिड़की की सलाखों को पकड़कर दीवार के सहारे रोशनदान को पकड़ना और फिर छत के छज्जे से लटकते हुए ऊपर छत पर चढ़ना होता था, जो काफ़ी कष्टकर था । फूल जैसे रूपेश और दीदी ऐसा कर पाएँगे, यह असम्भव

था···। फिर भी मेरे मन में यह बात उठ रही थी कि छत पर देख लिया जाए ! शायद पिताजी भी इसी दिशा में सोच रहे थे, इसीलिए मेरे कहने से पहले ही वे बोल उठे—"छत पर भी देख लेना चाहिए···सम्भव है, छत के रास्ते ही वे कहीं गये हों···।"

अब छत पर मुझे चढ़ाने की तैयारी शुरू हो गयी। खिड़की की सलाखों और रोशनदान के सहारे छत पर चढ़ना जोखिम भरा था, इसीलिए मेरे कमरे के अन्दर से चौकी निकाली गयी। चौकी पर एक बड़ा-सा टेबुल रखा गया। फिर टेबुल के ऊपर कुर्सी रखी गयी। अब मैं चढ़ने लगा। माँ और पिताजी चौकी-टेबुल पकड़ कर खड़े हो गये। लेकिन जैसे ही कुर्सी पर चढ़ मैंने छत का मुआयना किया, वहाँ दीदी और रूपेश को एक-दूसरे से लिपटे पड़े देख एक क्षण के लिए सुखद, किन्तु भयमिश्रित आश्चर्य से अभिभूत और हतप्रभ रह गया···। उस चाँदनी रात में खुले आकाश के नीचे उनके उस एकान्त मिलन के दृश्य से असीम सुषमा और अजस्र स्नेह प्रवाहित हो रहा था। उस क्षण मेरी वाणी जैसे अवरुद्ध-सी हो गयी। इच्छा हुई कि पिताजी से साफ़ कह दूँ, यहाँ वे नहीं हैं। लेकिन जाने किस कर्तव्य-बोध के तहत मेरे मुँह से स्वतः निकल गया—"वे यहीं हैं···!"

किन्तु हमारी इस खोज़ से बेख़बर वे इस तरह बेसुध और लीन थे कि उन्हें हमारी उपस्थिति का भान तक नहीं हुआ। एक-दूसरे की भुजाओं में वे ऐसे बँधे थे जैसे अजन्ता, ऐलोरा और खजुराहो की तराशी हुई मूर्तियाँ हों···। लेकिन पिताजी की तेज़ आवाज़ ने इस बार फिर उनके ऊपर वज्रपात किया, उन्हें ऐसा लगा जैसे स्वर्गिक आनन्द का मोहक संसार किसी तिलिस्म की तरह क्षण भर में ही बिखर गया हो···। वे भय से चिहुँक कर अलग हो गये और काँपने लगे। उन्हें ऐसा प्रतीत हुआ कि वे आसमान में टँग गये हों। अब जायें तो कहाँ जायें ? छिपें तो कैसे छिपें ? हमने किसी तरह सहारा देकर उन्हें छत से नीचे उतारा। उतरते हुए वे थर्रा रहे थे और बुरी तरह घबरा रहे थे···। दीदी रोते हुए आश्चर्य प्रकट करने लगीं कि वे छत पर कैसे पहुँच गयीं ? रूपेश ने भी विस्मय जाहिर किया कि उसे छत पर किसने चढ़ाया? दोनों स्वयं अपना माथा धुनने और स्वयं को कोसने लगे। इस दौरान दीदी ज़ार-बेज़ार हो रोती भी जा रही थीं। लेकिन मैं प्रेम की इस विलक्षण और अदृश्य शक्ति को देख मुग्ध था। यहाँ प्रेम के एक और महत्त्वपूर्ण पक्ष से मैं अवगत हुआ था।

किन्तु पिताजी का संचित संयम अचानक उस दिन टूट गया था। वे कड़े शब्दों में दीदी की ओर मुखातिब हुए थे, "बेशर्म, तुझ पर विश्वास करके मैं कहीं का नहीं रहा··· तूने अन्ततः मुझे धोखा दिया ही···मैं कैसे तुझे समझाऊँ कि प्रेम में देह का सम्बन्ध व्यभिचार बन जाता है···पति-पत्नी होकर ही इस व्यभिचार को 'दाम्पत्य जीवन की आचार-संहिता' में बदला जाता है···लेकिन तुम्हारे भेजे में तो कूड़ा भरा है···मेरी बात समझ आये भी तो कैसे ?"

पिताजी ने दीदी को खूब कड़ी डाँट लगायी। जवाब में दीदी सिर्फ़ रोती-सुबकती

रहीं और रोते हुए ही यह कहती रहीं, "मुझे क्या हो गया है···मैं कुछ भी समझ नहीं पा रही हूँ···मैं छत पर कैसे चली गयी···।"

दीदी को डाँटने के बाद पिताजी रूपेश की ओर मुड़े थे, "मैंने मोना से प्रेम करने के लिए तुम्हें पूरी स्वतन्त्रता दी थी । पर तुमने मेरी स्वतन्त्रता का मखौल उड़ा दिया! प्रेम के दायरे में तुम मनमानी करते रहे ! आज मैं तुम्हें यह स्पष्ट कर देना चाहता हूँ कि तुम जो कर रहे हो वह सरासर अनुचित, अनैतिक और ग़लत है । देह की प्राप्ति प्रेम का अभीष्ट नहीं, पति-पत्नी के सम्बन्धों का अभीष्ट होता है । मेरे विचार में प्रेम पति-पत्नी के सम्बन्धों तक पहुँचने का सिर्फ़ मार्ग भर होता है । जो मार्ग को मंज़िल मान लेते हैं वे रास्ते में ही भटक जाते हैं···। गन्तव्य तक नहीं पहुँचते···। तुम दोनों भटक चले हो, इसीलिए आज से तुम्हें अपने घर से तब तक के लिए निष्कासन दे रहा हूँ जब तक मोना से शादी के लिए तुम अनुकूल स्थिति में नहीं आ जाओ···।"

हममें से किसी ने भी नहीं सोचा था कि पिताजी इतना सख़्त दण्ड देंगे रूपेश को। वह तो सकते में आ गया । दीदी के होश उड़ गये । एक क्षण तक तो हम सभी अवाक् रहे । इस बीच रूपेश का स्वाभिमान भी जागने लगा था । शायद अपने प्रेम की अवहेलना देख वह तिलमिला गया था—उस प्रेम की, जिसे वह सर्वथा पवित्र, महान् और अपनी सबसे महत्त्वपूर्ण निधि मानता था । पिताजी की बातों से अपमानित और तिरस्कृत उसका प्रेमी मन नाग की तरह फुँफकारने लगा था । फिर वह एक क्षण के लिए भी हमारे यहाँ नहीं रुका । माँ कहती रह गयीं कि अभी रात है, सुबह चले जाना । लेकिन वह उसी वक़्त दनदनाते हुए चला गया ।

मैं आपको बता दूँ, पिताजी द्वारा रूपेश के निष्कासन के बाद मेरे यहाँ की शान्ति जाती रही थी । पिताजी के कठोर अनुशासन के बावजूद दीदी में आश्चर्यजनक रूप से परिवर्तन हो गया था । दीदी का यह परिवर्तित रूप देख कर हमें अपनी आँखों पर विश्वास नहीं हो रहा था कि यह वही दीदी हैं, जो पिताजी के डाँटने पर रोने-सुबकने लगती थीं तथा विनम्रता के साथ क्षमा-याचना करती थीं । अब तो इसके बिल्कुल विपरीत वे पिताजी से जवाब-तलब करने लगी थीं कि उन्होंने रूपेश को इस तरह अपमानित क्यों किया ? जब यही करना था तो फिर उसे इतनी छूट क्यों दी थी ? उसे बेइज़्ज़त कर उन्होंने अच्छा नहीं किया है··· उन्हें ऐसा हरगिज़ नहीं करना चाहिए था···। अपनी सिद्धान्त-बाज़ी के चलते उसे वे न तो जीने देना चाहते हैं और न मरने देना··· आखिर वे चाहते क्या हैं···?

इस स्थिति में पिताजी के पास से दीदी को पकड़कर मैं उनके कमरे में लाता।

वे ग़ुस्से में अनाप-शनाप बक रही होतीं । लोटपीट कर एक ही बात कहतीं कि आखिर वे चाहते क्या हैं···?

मैं महसूस कर रहा था, रूपेश के प्रति अपनी चरम आसक्ति और प्रेम के सघन आवेग में ही दीदी यह सब बोल रही थीं, अन्यथा पिताजी का प्रतिकार तो दूर, उनसे जुबान लड़ाने की हिम्मत भी कभी नहीं हुई थी उन्हें···।

मैंने दीदी को समझाना शुरू किया था कि वे पिताजी को ग़लत न समझें । उन्हें प्रेम करने की स्वतन्त्रता पिताजी ने ही दी थी । रूपेश के साथ उनकी शादी के लिए वे पूरी तरह तैयार हैं । उनकी मंशा एक-दूसरे से जोड़ देने की है । ऐसे पिताजी को लेकर जल्दीबाज़ी में कुछ और सोचना ठीक नहीं होगा । शादी से पहले शरीर के स्तर पर कुछ सोचकर ही वे उन्हें अलग रख रहे हैं···। हमें उन्हें समझने की कोशिश करनी चाहिए···। मेरे जानते वे जो कुछ भी कह रहे हैं, हमारे भले के लिए ही कह रहे हैं ।

मैंने अनुभव किया, मेरी बातों से दीदी का ग़ुस्सा जाता रहा । मुझे इस बात को लेकर खुशी हुई कि दीदी को शान्त करने में मैं सफल हो पाया । हालाँकि वे शान्त तो हो गयीं, लेकिन सहज नहीं हुईं । रूपेश को मेरे यहाँ से निष्कासन दे दिया गया था, इस बात को स्मरण कर वे सहज नहीं हो पातीं । एक बार उन्होंने मुझसे कहा भी, ''रूपेश का इतना अपमान मैं कैसे सह गयी सुनील··· समझ नहीं पाती हूँ···। उसे इस घर से निकाल दिया गया और मैं यथावत् बनी हुई हूँ···।''

मैं उन्हें सान्त्वना देता, ''आप दोनों शीघ्र ही दाम्पत्य-सूत्र में बँध जाइएगा । फिर कभी अलग होने की नौबत ही नहीं आएगी । सम्भवतः उनकी सहेली अनुपमा ने भी उन्हें यही समझाया था ।

मैं देख रहा था, हमारे समझाने से दीदी कुछ नियन्त्रण में ज़रूर आ जाती थीं । लेकिन पिताजी के प्रति अपनी बेरुखी से वे मुक्त नहीं हो पा रही थीं । जिस दिन से रूपेश मेरे यहाँ से गया था, उसी दिन से दीदी ने पिताजी से बोलना बन्द कर दिया था । बाक़ी समय में माँ, प्रीति और अनिल से भी वे कम ही बोलती थीं । तटस्थ और उदासीन बनी रहतीं । पर पूरे घर में एक मैं ही था, जिससे वे खुलकर बात करतीं । कहने की आवश्यकता नहीं कि मैं पूरे मन से उनके साथ था । शायद उन्होंने भी इसे लक्ष्य कर लिया था, इसीलिए अपने घर में मैं एकमात्र व्यक्ति था जो उनका विश्वासपात्र बन गया था ।

दूसरी तरफ पिताजी के चेहरे से भी चिन्ता और उलझन की रेखाएँ खत्म नहीं हो पा रही थीं । ऐसा लगता, जैसे कोई जटिल गुत्थी सुलझाने में वे लीन हों···। कॉलेज से लौटने के बाद पहले अक्सर अपने कमरे में या तो वे अध्ययन कर रहे होते या किसी पत्रिका के लिए कुछ लिख रहे होते । अनेक विषयों पर उनके कई लेख प्रकाशित हो चुके थे । अपने कमरे के आधे भाग में पुस्तकों एवं पत्रिकाओं का

अच्छा संग्रह कर रखा था उन्होंने । अपने उस संग्रह के बीच वे खोये रहते । लेकिन इधर कुछ भी लिखते-पढ़ते हुए वे नज़र नहीं आते थे । अक्सर उद्विग्न स्थिति में टहलते या कहीं ग़मगीन होकर विचार करते जान पड़ते । माँ उनकी एकाग्रता तोड़ने और चिन्तन का विषय जानने के लिए प्रयास करतीं । लेकिन वे कुछ बताते नहीं । उनके चेहरे को देखने से लगता कि किसी समस्या का समाधान ढूँढ़ने में वे लगे हों। दीदी और रूपेश को लेकर शायद वे एक ऐसे मोड़ पर पहुँच आये थे, जहाँ खुद के अपने निर्णय को लेकर ही वे असमंजस में पड़ गये थे । मुझे लगता, पिताजी अपने विचारों का शायद पुनर्मूल्यांकन कर रहे थे । हमारे व्यक्तित्व के सर्वांगीण विकास और परिष्कृत ज़िन्दगी के लिए हमें जो स्वतन्त्रता और उन्मुक्तता प्रदान कर उन्होंने एक नया प्रयोग किया था, अब उस बिन्दु पर वे हारने लगे थे । या सम्भव है, मेरे इस अनुमान के विपरीत कोई और बात हो··· । मैं ठीक-ठीक जान नहीं पाता था । सिर्फ़ अनुमान लगा रहा था ।

पिताजी द्वारा मना कर दिये जाने के बात सचमुच रूपेश ने मेरे यहाँ आना बन्द कर दिया था । कुछ समय तक तो उसके न आने की बात हम टालते रहे । लेकिन जब समय अधिक व्यतीत होने लगा और इसी बीच होली का त्योहार भी गुज़र गया तो दीदी की स्थिति गम्भीर हो गयी । रूपेश के जाने के दिन से ही उनकी दिनचर्या गड़बड़ा गयी थी । वे न तो समय पर बिस्तरे से उठती थीं, न समय पर नहाती थीं, न समय पर खाती थीं । हमारे आग्रह के बाद नाश्ता या खाने के रूप में कुछ ले लेती थीं और दिन भर या तो अपने कमरे की खिड़की से सड़क को निहारा करती थीं या अपनी सहेली अनुपमा से गुपचुप किया करती थीं । शायद अपनी व्यथा वे खुलकर उसे ही सुनाती थीं । मेरे जानते हमारे पड़ोस में रहने वाली अनुपमा ही एकमात्र उनकी सच्ची सहेली थी । व्यग्रता के क्षणों में वे अक्सर उसी के साथ होती थीं या तो उसके पास चली जातीं या उसे पकड़कर अपने कमरे में ला बैठातीं ।

होली के दिन तो उनकी स्थिति अजीब बनी रही । घर में बनते पुआ-पकवान, उड़ते रंग-अबीर और आते-जाते लोगों से बिल्कुल अनभिज्ञ, तटस्थ और निर्विकार बनी रहीं वे । हमारे आग्रह और प्रयास पर भी होली के जश्न में शरीक नहीं हुईं । अगले दिन उनकी आँखें कुछ सूजी-सूजी भी जान पड़ीं । शायद होली की सारी रात सो न सकी थीं वे और रो-रोकर आँखों की यह हालत कर ली थी । इसके बाद के दिनों में भी यही स्थिति···! परिणाम अच्छा नहीं हुआ । उनका स्वास्थ्य गिरता चला गया । वे शीघ्र ही सूख कर काँटा हो गयीं । उनकी यह स्थिति देख माँ विशेष चिन्तित हो उठीं । उन्होंने जोर देकर पिताजी से कहा, ''रूपेश को बुलाकर मोना से उसका 'कोर्ट मैरेज़' करा दिया जाए या फिर शहर के प्रसिद्ध शिव-मन्दिर में उन दोनों की शादी कर दी जाए··· नहीं तो अपने घर की धार्मिक रस्म के अनुसार उनका ब्याह सम्पन्न किया जाए । अब मोना की हालत मुझसे देखी नहीं जाती··· जब दोनों बालिग

हो ही चुके हैं तब फिर सोचना और डरना क्या ?''

इस पर पिताजी ने माँ को समझाया था, ''यह तो गुड्डे-गुड़ियों की शादी जैसी होगी··· ऐसी शादी इस समस्या का समाधान नहीं हो सकती···। जब तक रूपेश और मोना के पैरों के नीचे ज़मीन न आ जाए··· अपने दाम्पत्य को सँभालने और बसाने की सामर्थ्य उनके अन्दर न हो जाए, तब तक ऐसी शादी उनके जीवन को गारक़ करने के सिवाय कोई समाधान नहीं बन सकती··· हमें धैर्य नहीं छोड़ना चाहिए और विपरीत परिस्थितियों के समक्ष इस तरह घुटने टेकना भी नहीं चाहिए···।''

इस बीच रूपेश की खोज़-खबर लेने के लिए मेरा मन भी बेचैन हो गया । इस बेचैनी को दीदी के संकेत ने और बढ़ा दिया था । रूपेश का कुशल-क्षेम लाने की ज़िम्मेदारी उन्होंने मुझे सौंप दी थी । बस, एक सुबह एकदम तड़के अपने मित्र रहमान के यहाँ जा पहुँचा । वहाँ रहमान से मुझे पता चला, इधर वह दिन भर घर से बाहर रह रहा है । रात गहराने पर लौटता है । फिर सुबह होते ही निकल जाता है । माँ के लाख रोकने पर भी नहीं रुकता···। उसकी माँ उसके लिए रोया करती हैं···।

रहमान ने ही मुझे बताया कि होली के दिन तो रूपेश अजीब लग रहा था । उस त्योहार का उल्टा असर उसके ऊपर हो गया था । खाने-पीने, रंग-अबीर लगाने और लोगों से मिलने-जुलने की अपेक्षा कमरे के अन्दर अपने को बन्द कर फ़र्श पर बेसुध पड़ा वह फटी आँखों से छत को निहारता रहा था । उसके कमरे की खिड़की के पास जब उसके माँ-बाप समझाने-मनाने पहुँचते तो इस तरह वह उन्हें डाँट भगाता, जैसे उन्हें मार डालेगा या स्वयं कुछ कर बैठेगा । उसकी इस स्थिति से डॉक्टर साहब के घर की होली का जश्न बेमजा हो गया था···।

रहमान से ही मुझे यह पता चला कि इस समय रूपेश काफ़ी उदास और उखड़ा-उखड़ा रहने लगा है । अक्सर सोन के किनारे पागलों की तरह निरुद्देश्य टहलते हुए नज़र आता है···। उसकी इस उदासी से उसके माँ-बाप भी चिन्तित हैं···। वह निरन्तर सूखता जा रहा है ।···

इसके बाद रहमान ने मुझसे पूछा भी कि मोना दीदी के साथ रूपेश की अनबन तो नहीं हुई ? इस पर रहमान को मैंने संक्षेप में सारी बात समझा दी । रहमान ने भी सुझाव दिया कि रूपेश से मुझे मिलना चाहिए । और अगर सम्भव हो सके तो दीदी से उसके मिलने की गुप्त व्यवस्था करनी चाहिए । वह पक्ष में रहेगा तो कोई समस्या उत्पन्न नहीं होगी । नहीं तो डॉक्टर साहब का परिवार अपनी संचित दुश्मनी का बदला मेरे परिवार से लिये बिना नहीं मानेगा···

रहमान से मिलने के बाद अब मैं सीधे सोन की ओर चल पड़ा । सोन नदी हमारे शहर के समीप ही है । हमारे शहर के मुख्य आकर्षणों में से एक है । जिस सुख के लिए सैलानी लम्बी-लम्बी यात्राएँ करते हैं, वह सुख हमें घर बैठे प्राप्त है । पहली जनवरी को नये वर्ष के उपलक्ष्य में सोन की रेत पर मेले का-सा दृश्य उपस्थित

हो जाता है । सोन की रेत पर नाचते-गाते और पिकनिक मनाते हमारे शहर के युवा नये साल की अगवानी करते हैं । सोन का बालू तो हमारे लिए सोना है । शहर की छोटी-बड़ी तमाम बिल्डिंगों का निर्माण सोन के उस बालू से ही हुआ है । दूसरी तरफ़ सोन में बाढ़ आने पर हम मुसीबत में भी पड़ जाते हैं । सोन के किनारे की बस्तियाँ तबाह हो जाती हैं । फिर भी यह सोन हमें बहुत प्यारी है···।

सोन के किनारे जब मैं पहुँचा, दोपहरी तपने लगी थी । मौसम के अनुसार सोन का पानी सूख गया था । दूर तक फैले बालू की रेत । दोपहरी का सूनापन । कहीं कोई नज़र नहीं आ रहा था। एक जगह खड़ा होकर मैं सोन का फैलाव देखने लगा। कहीं-कहीं सोन के बीच के गड्ढों में पानी अब भी बचा हुआ था, जो सूर्य की किरणों से चमकता जान पड़ता था ।

सोन की रेत के किनारे-किनारे मैं आगे बढ़ने लगा । आगे वृक्षों की कतारें थीं। मैं सोच रहा था कि वृक्षों की छाँव में पहुँच कर पहले थोड़ा आराम कर लूँ, तब फिर रूपेश की खोज में आगे बढ़ूँ । लेकिन यह क्या ? किनारे के पहले वृक्ष के समीप पहुँचते ही मेरी नज़र रूपेश पर जा पड़ी । उस वृक्ष की छाँव में वह बेसुध लेटा था। एकदम अस्त-व्यस्त और बेतरतीब···!

उसे देखकर एक क्षण के लिए मैं अचम्भित रह गया । मुझे लगा ही नहीं कि यह वही रूपेश है, जो सज-सँवर कर सेण्ट और इत्र की खुशबू बिखेरते मेरे यहाँ आता था । यहाँ तो वह मुझे पागलों और औघड़ों की तरह गन्दे लिबास और दयनीय स्थिति में पड़ा मिला । उसे देखकर लग रहा था कि अपनी स्थूल काया के प्रति लापरवाह, सिर्फ़ मन के धरातल पर ही वह जी रहा है । सोन की सूनी रेत की ओर उसकी आँखें अपलक निहार रही थीं···वह अपने ध्यान में इस क़द्र मग्न था कि मेरी उपस्थिति का भान तक उसे नहीं हुआ । उसी तरह पूर्ववत् रेत की ओर ताकता रहा। तब मैंने अभिवादन से उसकी तन्द्रा भंग की । उसने पलटकर मुझे देखा । फिर मुझे पहचानते ही उसके चेहरे पर क्रोध और घृणा के भाव उभर आये । उसने मेरी ओर से मुँह घुमाकर अपने रुष्ट भावों की मौन अभिव्यक्ति की ।

उसकी मनःस्थिति का अन्दाज़ मैंने पहले ही लगा लिया था । जानता था, मेरे घर के लोगों से वह सख्त नाराज़ है । लेकिन मेरी भूमिका उसके लिए कभी अप्रिय नहीं रही थी, यही सोचकर मैं उसे ढूँढ़ते हुए यहाँ तक पहुँचा था । मुझे विश्वास था, मेरी बात वह मान जाएगा । इनकार नहीं करेगा···।

मैं उसके समीप बैठ गया, "पिताजी ने आपको जो कुछ कहा है, उसके लिए मैं दुःखी हूँ । लेकिन जहाँ तक मैं समझता हूँ, आप दोनों को स्थायी रूप से एक-दूसरे से जोड़ देने के लिए ही वे प्रयासरत हैं··· उनकी मंशा मुझसे छिपी नहीं है···। आप दोनों की शादी के लिए वे अवसर की प्रतीक्षा में हैं···।"

फिर मैंने अपने आने का अभिप्राय भी स्पष्ट कर दिया, "दीदी ने आपकी खोज़-खबर

के लिए मुझे भेजा है··· वे आपके लिए अत्यन्त चिन्तित और बेचैन हैं··· अपने स्वयं का खयाल करना भी उन्होंने छोड़ दिया है··· उनकी हालत ठीक नहीं है···।''

पिताजी की बात पर तो उसके अन्दर कोई प्रतिक्रिया नहीं हुई, लेकिन दीदी की बात सुन तो जैसे वह सोते से जाग उठा, ''क्या हुआ लिसा को ? कैसी है मेरी लिसा···?'' और वह उठकर बैठ गया । उसकी यह हरकत देख मैंने तत्काल अपने को सँभाल लिया, ''दीदी ठीक ही हैं···कुछ खास नहीं हुआ उन्हें, आपकी चिन्ता में ही उदास रहने लगी हैं और कुछ दुबली हो गयी हैं···।''

इसके बाद दीदी का पत्र रूपेश की ओर बढ़ा दिया, जिसे चलते हुए दीदी ने मेरी जेब में डाल दिया था । उसने एकदम रोमांचित हो दीदी का पत्र लिया तथा तीव्र जिज्ञासा और उत्साह से एक ही साँस में उसे पढ़ डाला । फिर पत्र को दो-तीन बार चूमते हुए उसे सीने से लगा लिया । अब वह सहज हो गया था । उसने मेरे प्रति अतिशय सहृदयता एवं अत्यधिक स्नेह प्रदर्शित करते हुए मेरे हाथ को अपने हाथ में ले लिया, ''तुम बहुत अच्छे हो सुनील । मैं आजीवन तुम्हारा ऋणी रहूँगा···।''

उसके बाद उससे देर तक मेरी बातचीत हुई । अन्त में उसे मैंने यह उलाहना भी दिया कि ''पिताजी के कहने से आपने मेरे घर आना तो बन्द कर दिया लेकिन घर से बाहर दीदी से मिलने का प्रयास क्यों नहीं किया···?''

यह सुन उसके चेहरे पर एक अजीब चमक कौंध आयी । वह निर्निमेष दृष्टि से मेरी ओर ताकने लगा । उसकी इस दृष्टि को लक्ष्य कर मुझे ऐसा लगा, जैसे घटाटोप अँधेरे के बीच किसी ने रोशनी जलाकर उसका मार्ग आलोकित कर दिया हो । उसने खुशी से मचलते हुए मुझे बाँहों में भर लिया, ''बिल्कुल ठीक कह रहे हो सुनील···।''

इसके बाद उसके और दीदी के गुप्त-मिलन की योजना हम बनाने लगे । मेरे घर के सामने निकट ही पाकड़ का एक घना वृक्ष है । तय हुआ कि रात में प्रति दिन उसके नीचे दीदी से रूपेश घण्टे भर के लिए मिल सकता है । पिताजी रात दस बजते-बजते खा-पीकर सो जाते हैं । फिर एक बजे से पहले नहीं उठते । इस बीच दीदी और रूपेश मिल सकते हैं और फिर समय रहते वापस हो सकते हैं । अगर समय के प्रति वे सतर्क रहें तो इस स्थिति का तनिक भी भान पिताजी को नहीं होगा। इस सन्दर्भ में मैंने रूपेश को आश्वस्त भी किया कि मेरा हर सम्भव सहयोग उसे प्राप्त होगा···।

इस योजना के निर्धारण के बाद रूपेश एकदम उत्साहित हो गया, जैसे अपनी सारी बेचारगी और काहिली को उसने झटक कर परे कर दिया हो···। अब वह मुझे पूरी तरह सचेत और जागरूक जान पड़ने लगा । मेरे साथ ही शहर वापस आया और नगर के मशहूर सैलून में उसने बाल-दाढ़ी बनवाये । फिर कहा, ''आज काफ़ी दिनों बाद अच्छी तरह स्नान कर खाना खाऊँगा··· तुमने मेरी सारी पीड़ा हर ली सुनील··· तुम कितने अच्छे हो, मैं बयान नहीं कर सकता···!'' और मुझसे विदा होते हुए वह

देर तक मेरा आभार प्रकट करता रहा···।

उससे मुक्त हो जब मैं घर पहुँचा, पाँच बज चुके थे । घर में प्रवेश करते ही सबसे पहले पिताजी की नज़र मुझ पर पड़ी । अब तक वे कॉलेज से लौट आये थे और माँ से उन्हें यह सूचना भी मिल गयी थी कि सुबह से घर से निकला मैं अब तक गायब हूँ, इसीलिए मुझे देखते ही आवेश में उन्होंने गम्भीर होकर पूछा, ''अब तक कहाँ थे तुम ?''

एक क्षण के लिए तो मैं डर गया । क्या पिताजी जानते हैं ? लेकिन कैसे ? दीदी ने तो उन्हें बताया होगा नहीं और दीदी के अतिरिक्त कोई और जानता भी नहीं···? फिर मुझे लगा, यह बात नहीं । सुबह को गया मैं शाम को लौटा हूँ, इसीलिए वे पूछ रहे हैं । बस, तत्क्षण अपने प्रति उत्पन्नमतित्व से मैंने सफ़ाई दे दी, ''बैंक की जो प्रतियोगिता-परीक्षा मैंने दी है, उसका रिजल्ट निकलने वाला है । उसी सिलसिले में कुछ मित्रों के वहाँ गया था । पता चला है, अगले सप्ताह तक रिजल्ट आ जाएगा···।''

इस पर पिताजी अभी कुछ और पूछते कि बीच में ही माँ बोल पड़ीं, ''तूने अभी तक कुछ खाया कि नहीं ? तेरा खाना ठण्डा पड़ रहा है···।''

''मित्रों के यहाँ कई जगह नाश्ता कर चुका हूँ । वैसे भूख आज नहीं···फिर भी थोड़ा खा लूँगा···।'' मैंने तो माँ को झूठी सान्त्वना दे दी, जब कि सच्चाई यह थी कि मुझे जोरों की भूख लगी थी । सुबह जो चाय-नाश्ता करके निकला था, उसके बाद कहीं कुछ नहीं खाया था ।

मैं देख रहा था, दीदी मुझसे जानकारी हासिल करने के लिए बेचैन थीं । चूँकि मैं पिताजी और माँ के पास खड़ा था, इसीलिए वे अपने कमरे के दरवाज़े से ही मुझे चुपचाप देख रही थीं । अत्यन्त प्रतीक्षित और जिज्ञासु की भाँति···।

माँ और पिताजी से निपटने के बाद मैं सीधे उनके पास जा पहुँचा, ''दीदी, मुझे ज़ोरों की भूख लगी है, पहले खाना निकालिए, तब बताऊँगा ।''

''निकालती हूँ बाबा···निकालती हूँ···लेकिन सिर्फ़ इतना तो बता दो कि वे मिले?''

''हाँ ।''

''कैसे हैं ?''

''अच्छे हैं···।''

बस, दीदी का चेहरा खिल गया, जैसे उनकी सारी उदासी और शिथिलता कहीं गायब हो गयी हो । वे तेजी के साथ रसोई घर के अन्दर चली गयीं । फिर फुर्ती से खाना ले मेरे सामने हाज़िर हो गयीं ।

मैं खाना खाने लगा । क़रीब ही बैठकर दीदी अत्यन्त स्नेह से पंखा झलने लगीं। अवसर अनुकूल था । माँ-पिताजी और प्रीति, अनिल वहाँ नहीं थे । मैंने इत्मीनान से दीदी को सारी बात कह सुनायी और उनके मिलन की गोपनीय योजना भी बता

दी । इसके बाद तो दीदी जैसे खुशी में चहक उठीं । लाख प्रयास के बाद भी अपनी खुशी वे छिपा नहीं पा रही थीं । उनका चेहरा एकदम पहले की तरह विहँसने और दमकने लगा था । सारी उदासी और मायूसी जाती रही थी···।

खाना खाने और दीदी को पूरी जानकारी देने के बाद अब मैं अपने कमरे की ओर जाने लगा था । लेकिन दीदी मुझे जाने देना नहीं चाह रही थीं । रूपेश की चर्चा से उनका मन अभी नहीं भरा था । मुझसे वे अभी और कुछ सुनना चाहती थीं। लेकिन काल्पनिक बातें सुनाकर मैं उन्हें भरमाना नहीं चाहता था । मैंने कहा, ''धूप लग जाने की वज़ह से मेरे माथे में दर्द है, दीदी । मैं आराम करने जा रहा हूँ···।'' और अपने कमरे में आकर लेट गया था । पर तत्क्षण दीदी अपने हाथ में ठण्डे तेल की शीशी ले मेरे पास आ धमकी थीं और मेरे सिरहाने बैठ मेरे माथे में तेल मलने लगी थीं । मैंने कहा, ''छोड़ दीजिए दीदी, ऐसे ही ठीक हो जाएगा ।''

लेकिन वे कब मानने वाली थीं । देर तक मेरे माथे को दबाती और तेल मलती रहीं । जब शाम घिरने को आयी तब वे मुझे छोड़ कर गयीं । मैं महसूस कर रहा था, हर्षित-उल्लसित दीदी अपनी खुशी और उत्साह को समेट नहीं पा रही थीं । उनके अन्दर घुस आयी नयी शक्ति और नयी स्फूर्ति देखते ही बनती थी । मुझे इस बात की आशंका होने लगी थी कि दीदी में आये इस आकस्मिक परिवर्तन को पिताजी लक्ष्य न कर लें । आन्तरिक आनन्द की स्थिति में दीदी को इसका भी ध्यान कहाँ? वे तो पिताजी के प्रति अपनी नाराज़गी को भूल शाम होते ही नींबू की चाय बना उनके पास ले गयीं । नींबू की चाय पिताजी की पसन्द की चाय थी—खास कर दीदी के हाथ की बनी चाय ।

मैंने अनुभव किया, दीदी के परिवर्तित रूप को देखकर पिताजी शुरू में कुछ आशंकित ज़रूर हुए । लेकिन फिर तत्क्षण सहज हो गये···। उन्हें शायद लगा, मोना उनका पक्ष समझ गयी ···। माँ के साथ उनकी बातचीत भी मैंने सुनी, ''मोना अब मेरी बात समझने लगी है···।''

माँ ने भी हामी भरी, ''आज तो बिल्कुल ठीक लग रही है ।''

मेरे यहाँ खाना माँ बनाती हैं । यह उनकी रुचि का विषय है और इसमें उन्हें आनन्द भी आता है । पिताजी ने कई बार चाहा कि खाना बनाने की ज़िम्मेवारी अब वे मोना को सौंप दें···! रसोई सँभालना वह जान जाएगी तो शादी के बाद अपनी गृहस्थी अच्छी तरह व्यवस्थित रखेगी । लेकिन माँ नहीं मानतीं । इस स्थिति में जब उनकी तबीयत अच्छी नहीं होती तभी दीदी को खाना बनाना पड़ता । किन्तु वे जब भी बनातीं, अच्छा बनातीं । माँ से उन्होंने सब कुछ सीख लिया···।

उस दिन खाना बनाने के लिए माँ रसोई में गयी थीं कि दीदी पहुँच गयीं । फिर माँ को आदर पूर्वक वहाँ से हटा वे स्वयं खाना बनाने लगीं । बहुत ज़ल्द और बहुत स्वादिष्ट भोजन तैयार कर दिया दीदी ने । इसके बाद वे हम सब को खिलाने लगीं।

दीदी के विशेष आग्रह और स्नेह के चलते न चाहते हुए भी हमने समय से पहले ही खा लिया । लेकिन पिताजी ने अपने निर्धारित समय पर ही खाया । उन्होंने दीदी के खाने की तारीफ़ भी की । आज उन्हें भोजन अधिक सुस्वादु लगा था ।

सबको खिलाकर दीदी अपने कमरे में आयीं और एकान्त पा रूपेश से मिलने के लिए तैयार होती जान पड़ीं । मैं देख रहा था, रूपेश से मिलने के नाम पर ही दीदी में कितनी जीवन्तता आ गयी थी, अन्यथा वे मायूसी में डूबी चलती-फिरती लाश जान पड़ती थीं । यहाँ मैंने यह अनुभव किया कि जीने के लिए प्रेम ज़रूरी है···, मिलन ज़रूरी है, किसी को अपनाना और किसी का होना ज़रूरी है, अन्यथा ज़िन्दगी शुष्क और बेमजा हो जाती है···।

रात के लगभग दस बजे यह देखने के लिए कि दीदी किस स्थिति में हैं, मैं अपने कमरे से निकला । लेकिन दीदी के दरवाज़े पर पहुँचते ही मेरे क़दम ठिठक गये । आश्चर्य से मैं दीदी को देखता रहा । दीदी का यह सौन्दर्य पहले मैंने कभी नहीं देखा था । लगता, जैसे आसमान से उतर कर कोई परी दीदी के बिस्तरे पर आ बैठी हो। जैसे सजी-सँवरी संगमरमर की किसी गुड़िया ने दीदी का स्थान ले लिया हो—एकदम विद्युत् की मूरत की तरह दीप्त एवं कान्तिमान···। वे रूपेश की प्रतीक्षा में मुझे व्यग्र और उत्सुक जान पड़ीं ।

अपनी योजना का परिणाम देखने के लिए मैं भी जिज्ञासु था । इस बीच कई बार खिड़की के पास जाकर पाकड़-गाँछ के नीचे किसी को मेरी आँखें ढूँढ़ चुकी थीं। लेकिन वहाँ सूनापन देखकर हर बार मेरा मन बेचैन हो जाता था । मेरे मन के भीतर किसी न किसी कोने में यह आशंका सिर उठाने लगी थी कि कहीं किसी की कोप-दृष्टि मेरी इस योजना पर तो नहीं पड़ गयी । रूपेश को किसी ने रोक तो नहीं लिया···! हालाँकि ग्यारह बजे का निर्धारित समय अभी नहीं हुआ था । उतावली में मैं पहले ही रूपेश को ढूँढ़ने लगा था, इस उम्मीद पर कि दीदी से मिलने की आतुरता में वह कुछ पहले ही आ जाएगा । लेकिन वह पहले नहीं आया ।

रात ग्यारह बज कर पाँच मिनट पर वह आया । पाकड़-गाँछ के नीचे उसे देखते ही मैंने जाकर दीदी को खबर की । दीदी तो जैसे इसी सूचना की प्रतीक्षा में थीं । वे मेरे साथ चल पड़ीं । बाहर का दरवाज़ा खोलकर मैंने दीदी को जाने दिया । फिर अन्दर से किवाड़ भिड़का दिया । लेकिन चिटकनी नहीं लगायी । दीदी को मैंने आगाह कर दिया था कि लौटते वक़्त धीरे से धक्का देकर दरवाज़ा खोल लेंगी । फिर अन्दर से सिटकनी लगाकर अपने कमरे में जा सो रहेंगी ।

दरवाज़ा भिड़काने के बाद मैं खिड़की पर आ गया और जाती हुई दीदी को देखने लगा । रात अँधेरी थी । आकाश में बादल छाये हुए थे । दूर सड़क से लैम्पपोस्ट की हल्की रोशनी आ रही थी । ऐसी रोशनी, जो लोगों को राह भी दिखा दे और अँधेरे का साथ भी दे ।

दरवाज़े से उतरकर दीदी पाकड़-गाँछ की ओर चल पड़ीं । लेकिन जैसे ही रूपेश की नज़र उन पर पड़ी, उसने तेज़ी से आगे बढ़कर उन्हें बाँहों में भर लिया । दीदी तो उससे मिलने के लिए स्वयं बेचैन थीं । पाकड़-गाँछ के नीचे वे दोनों एकाकार हो गये । उन्हें इस रूप में देखकर मेरी आखों को बहुत सुकून मिला । ऐसा लगा, जैसे दो ओर से आयी नदियों की जल धारा एक जगह मिलकर किसी पावन तीर्थ का रूप ले रही हो···। जैसे किसी पहाड़ी की चोटी पर समाप्त होती रात और उगते सूर्य के मिलन का दृश्य हो···।

अपनी योजना की सफलता देख अन्दर ही अन्दर मैं बहुत खुश था । यह इस खुशी का ही परिणाम था कि मैं अपने भीतर आनन्द और सन्तोष की अनुभूति का संचार होते पा रहा था, शायद यह उपकार और सहयोग का आनन्द था । दो तड़पते हृदयों को मिलाने का सन्तोष···।

मैं अपने कमरे में वापस लौट आया और समय बीतने की प्रतीक्षा करने लगा । यहाँ अब जाने-अनजाने पिताजी की वर्जनाओं का स्मरण मुझे हो आया । आज मैंने उन्हें धोखा दिया है। उनकी वर्जना के खिलाफ़ अपनी गुप्त योजना को कार्यान्वित किया है । कहीं इसका अंजाम ग़लत न हो । खैर···। जो हो, अब और उन्हें तड़पते हुए मुझसे नहीं देखा जा रहा था ।

मैं दोहरी मनःस्थितियों का शिकार होने लगा था । एक ओर आनन्द, सन्तोष और सुकून तथा दूसरी ओर धोखा, छल और अपराध-बोध । मैं अपने बिस्तरे पर चुपचाप पड़ा रहा । मुझे लगा, अगर इस वक़्त पिताजी आ जाएँ तो ? दीदी की तो वे अच्छी खबर लेंगे ही, मुझ पर से भी उनका विश्वास उठ जाएगा, जो मैं कभी नहीं चाहता था ।

मैंने घड़ी देखी । बारह बज चुके थे । दीदी को अब लौट आना चाहिए । बारह बजे वे लौट आएँगी, ऐसी बात निश्चित हो चुकी है । मैंने सोचा, और दस मिनट देख लूँ । इसके बाद चलकर उन्हें बुला लाऊँगा । लेकिन मुझे ऐसा नहीं करना पड़ा । ठीक बारह बज कर पाँच मिनट पर दीदी वापस लौट आयीं । भिड़के हुए बाहर के दरवाज़े को ठेलकर अन्दर घुस गयीं । फिर अन्दर से सिटकनी बन्द कर अपने कमरे में चली गयीं । जाते हुए उनके चेहरे की खिली रंगत मेरे मन को बहुत भायी । अब मैं इत्मीनान और निश्चिन्त होकर सो रहा, जैसे मेरा सारा अपराध-बोध खत्म हो गया हो, सारी मानसिक पीड़ा किसी ने हर ली हो···।

सुबह दीदी एकदम सहज थीं । सहज और खिले गुलाब की तरह तरो-ताज़ा । पिताजी, माँ, अनिल और प्रीति के साथ वे रुचि ले-ले कर बातें कर रही थीं । अपनी सहेली अनुपमा के साथ भी पहले की तरह उनकी हँसी-दिल्लगी और खिलखिलाहट घर में गूँजने लगी थी । साथ ही पूरे मन से घर के कामों में भी जुट गयी थीं । मैंने अनुभव किया, दीदी के इस आकस्मिक परिवर्तन से माँ और पिताजी को कुछ आश्चर्य

ज़रूर हो रहा था । लेकिन यह सोचकर कि बीतते समय के अनुसार ऐसा हुआ है, वे अपने मन को आश्वस्त और सन्तुष्ट कर रहे थे । दीदी के इस परिवर्तन से तो वे अन्दर ही अन्दर प्रसन्न जान पड़ रहे थे…।

दूसरी रात फिर हम सबों को खाना खिलाकर दीदी अपने कमरे में साज-शृंगार करने लगीं । लेकिन पिछली रात वाली उत्सुकता अब मेरे अन्दर नहीं थी । दीदी को मैंने एक रास्ता दे दिया था, अब उस पर उन्हें आना-जाना था । मेरा काम तो अब समाप्त हो गया था ।

अपने कमरे में पड़े-पड़े ही मुझे दीदी के बनने-सँवरने और बार-बार गलियारे की खिड़की के पास आकर झाँक जाने का आभास होता रहा । दीदी जब बाहर का दरवाज़ा खोलकर जाने लगीं तो मैंने घड़ी देखी, ग्यारह बजने में अभी पन्द्रह मिनट बाक़ी थे । मैं अपने कमरे से निकलकर खिड़की पर आ गया । रूपेश पाकड़-गाँछ से निकलकर दीदी की ओर बढ़ने लगा था । आज वह समय से कुछ पहले ही आ गया था ।

मैं खिड़की पर खड़ा नहीं रह सका । अपने कमरे में वापस लौट आया । मुझे ऐसा लगा, जैसे मीलों पैदल चलकर आया हूँ और बुरी तरह थक गया हूँ । पता नहीं, यह थकान पिताजी की इच्छा के विरुद्ध चुपके से किये जा रहे इस कार्य की वजह से थी या किसी और कारण से, मैं समझ नहीं पाया । मुझे तो नींद आने लगी थी । लेकिन मैं नींद को ज़बरन रोक रहा था । मेरे अन्दर यह आशंका बनी हुई थी कि अगर मैं सो गया और दीदी तथा रूपेश को समय का खयाल नहीं रहा, तब ? लेकिन नींद चाहने से रुकने और आने वाली तो नहीं । जागते रहने का भ्रम मन में पाले रहने के बावजूद न जाने कब मेरी पलकें मुँद गयीं, मुझे पता तक नहीं चला ।

मेरी आँखें जब खुलीं, एक बज कर दस मिनट हो चुके थे । अन्दर से सवाल उठा, "क्या दीदी लौट आयी हैं ?"

अपने कमरे से निकल मैंने दीदी के कमरे का मुआयना किया । उनका बिस्तरा खाली था । खिड़की के पास आकर देखा पाकड़-वृक्ष के नीचे अभी तक दोनों एक दूसरे से लिपटे थे । मेरे हृदय की धड़कन तेज़ हो गयी । बीतते समय के अनुसार यह आशंका मेरे मन को मथने लगी कि पिताजी जग न उठें ।

मैं तेज़ी से आगे बढ़ा । भिड़के हुए बाहर के दरवाज़े को आहिस्ते से खोल चल पड़ा । फिर दीदी और रूपेश के करीब पहुँचकर छींकने का अभिनय कर उन दोनों की तन्द्रा भंग करने का मैं प्रयास करने लगा । लेकिन वे तो एक-दूसरे में खोये बेसुध थे । इस स्थिति में आगे बढ़कर मैंने दीदी का कन्धा थपथपाया—"दीदी !"

इसके बाद वे दोनों घबराकर एक दूसरे से अलग हो गये । रूपेश ने मुझे आया देख घड़ी देखी और विलम्ब के लिए खेद प्रकट करते हुए क्षमा-याचना की । दीदी भी मेरे साथ उसी क्षण बेतहाशा अन्दर लौट आयीं । फिर हम अपने-अपने कमरे में

चल पड़े । अब कहीं जाकर मेरी जान में जान आयी । अपने कमरे में पहुँचने से पहले दीदी ने देर के लिए मुझसे माफ़ी माँगी तथा वादा किया कि भविष्य में अब ऐसा नहीं होगा । उनकी वाणी की करुणा और विवशता का आभास काफ़ी समय तक मेरे मन में बना रहा ।

सुबह मैं देर से उठा । अब तक दिन काफ़ी चढ़ चुका था । शायद अभी मैं और सोता । लेकिन दीदी ने ही आकर मुझे जगाया कि मैं फ्रेश होकर नाश्ता आदि कर लूँ । दीदी सुबह एकदम तड़के ही जग गयी थीं । वे स्नान आदि से निपट कर रसोई के काम में भी लग गयी थीं । उनके चेहरे की ताज़गी और चमक से उनके अन्दर की तृप्ति का एहसास हो रहा था । लग रहा था, अब वे सन्तुष्ट हैं । अब उन्हें किसी से कोई शिकवा-शिकायत नहीं ।

तीसरी रात फिर माँ-पिताजी के सोने के बाद रूपेश से मिलने के लिए दीदी की तैयारी । हरा सूट, हरी बिन्दी, हरी ओढ़नी··· । लेकिन मैं बहुत थका था । घर का माहवार सामान खरीद लाया था । बागबानी की कोड़ाई की थी और सब्ज़ियों के बिरवे लगाये थे । घर की सफ़ाई भी की थी, इसीलिए बिस्तरे पर गिरते ही ऊँघने लगा । यह देख दीदी ने मुझे आश्वस्त किया कि आज वे समय से लौट आएँगी, मैं निश्चिन्त होकर सो रहूँ । इसके बाद तो मैं वैसे सो गया, जैसे घोड़ा बेचकर सोया हूँ । मेरे कमरे में प्रवेश कर माँ और पिताजी ने जब झकझोरकर मुझे जगाया, तब मेरी आँख खुली । देखा, अनिल, प्रीति, माँ, पिताजी सब मेरे कमरे में मौजूद हैं तथा सबके चेहरे उड़े हुए हैं । बिस्तरे से उठते हुए मैंने आश्चर्य व्यक्त किया, ''क्या बात है ?''

जवाब में पिताजी ने मुझसे पूछा, ''मोना कहाँ हैं ?''

मैंने भागकर दीदी के कमरे का मुआयना किया । वहाँ वे नहीं थीं । मेरी नज़र घड़ी पर चली गयी । तीन बज रहे थे । माँ-पिताजी से नज़र बचा खिड़की से बाहर पाकड़-गाँछ के नीचे भी देखा, वहाँ कोई नहीं था । बाहर का दरवाज़ा खुला था । बेचैनी में मेरे मुँह से निकला, ''कहाँ गयीं दीदी ?''

पिताजी ने कुछ डाँटते हुए-से कहा, ''मोना के कमरे और बाहर के दरवाज़े के पास तुम सोते हो और हमसे पूछ रहे हो कि कहाँ गयी···?''

एक क्षण के लिए तो मैं काँप गया । क्या पिताजी मेरी योजना से अवगत हैं? लेकिन मेरी योजना दीदी और रूपेश के मिलन तक ही सीमित थी । दीदी लापता हो जाएँगी, यह तो मैंने सपने में भी नहीं सोचा था । अपने को तत्क्षण संयत करते हुए मैंने कहा, ''बहुत थक गया था पिताजी ! इस तरह नींद आयी कि मैं कुछ भी जान नहीं सका··· । दीदी ने अच्छा नहीं किया···! उनसे मुझे यह उम्मीद नहीं थी ।''

इसके बाद हम मौन हो गये । थोड़ी देर तक हममें से किसी ने कुछ भी नहीं कहा । शोक-सभा की तरह हम चुप्पी साधे रहे । फिर मौन को तोड़ते हुए पिताजी

ने कहा, ''अगर मोना तत्काल गयी होगी तो अभी कहीं रास्ते में ही होगी । हमें उसका पीछा करना चाहिए···।''

और तत्क्षण हम दोनों पिता-पुत्र निकल पड़े । एक गली की ओर मैं चला तथा दूसरी गली की ओर पिताजी । अपने मुहल्ले की सारी गलियों को हमने छान दिया। दीदी कहीं नहीं मिलीं । उन्हें ढूँढ़ते-ढूँढ़ते बीच में हम पिता-पुत्र कई बार मिले । पिताजी के संकेत पर अब मैं रेलवे स्टेशन तथा बस-पड़ाव की ओर चल पड़ा । दोनों जगह खूब तलाश की । लेकिन दीदी वहाँ भी नहीं । निराश हो मैं घर लौट आया। पिताजी मुझसे पहले ही लौट आये थे । अब तक सुबह हो गयी थी । हम सब एक जगह बैठकर विचार करने लगे । हममें सबसे अधिक परेशान और चिन्तित माँ थीं। माँ ने कहा, ''टोला-पड़ोस में अब हम कौन मुँह दिखाएँगे ? मोना हमारे मुँह पर कालिख पोत गयी···!''

पिताजी ने माँ का दुःख कम करने के लिए कहा, ''मोना ने हमारा कुछ नहीं बिगाड़ा है··· उसने अपने पैर पर कुल्हाड़ी मारी है···वयस्क बच्चों के निर्णय पर टोला-पड़ोस किसी को भी कुछ कहने का अधिकार नहीं है···।''

पिताजी की बात से माँ की पीड़ा कुछ कम होती जान पड़ी । मेरा बुझता हुआ उत्साह भी वापस लौटने लगा । हालाँकि मैंने अनुमान किया, दीदी के भाग जाने के चलते अन्दर से पिताजी भी हमारी तरह ही पीड़ित थे । लेकिन अपनी पीड़ा को पचा कर अपने व्यक्तित्व को सन्तुलित बनाये रखने की क्षमता उनमें थी ।

माँ ने चिन्ता व्यक्त की, ''मोना आखिर कहाँ जा सकती है ? शहर में रिश्ते-नाते के जितने लोग हैं···उसकी जितनी सहेलियाँ हैं, सब के यहाँ हमें ढूँढ़ना चाहिए···।''

इस पर पिताजी ने माँ को फिर समझाया, ''मोना इस शहर में किसी के यहाँ नहीं जाएगी···मेरा खयाल है, रूपेश उसको लेकर भागा है···।''

पिताजी की यह बात मुझे जँची । मेरे मन में भी तो इसी बात का विश्वास था। लेकिन भयवश मैं स्वयं नहीं कह रहा था कि कहीं पिताजी के समक्ष दीदी और रूपेश को मिलानेवाली मेरी योजना का रहस्य खुल न जाए । माँ की इच्छा के अनुसार हमने अनुपमा से भी बातचीत की । शायद वह कुछ बता सके । लेकिन उसने भी अनभिज्ञता जाहिर की ।

इस विषय में हम कोई निर्णय लेते और दीदी की खोज के लिए कोई और योजना बनाते, इससे पहले घर बैठे ही हमें सारी जानकारी मिल गयी । पिताजी की सम्भावना और मेरा विश्वास अक्षरशः सत्य साबित हुआ । अभी हम आपस में विचार-विमर्श कर ही रहे थे कि दरवाज़े पर एक कार के आकर रुकने की आवाज़ हुई । जिज्ञासावश हम एक साथ दरवाज़े की ओर बढ़ चले । वहाँ पहुँचकर हमने देखा कि सुबह-सुबह ही डॉक्टर साहब अपनी कार से आ धमके हैं । उनके साथ उनके अमले-आदमी भी हैं । पिताजी को देखते ही वे उबल पड़े, ''मेरा लड़का हज़ारों रुपये और जेवर लेकर

रात में लापता हो गया है··· जरूर वह आपके यहाँ ही आया होगा···!''

पिताजी ने जवाब में गम्भीरता बरतते हुए कहा, ''मैं आपके यहाँ आने ही वाला था···मेरी लड़की रात से गायब है···ज़रूर आपके लड़के ने ही उसे भगाया होगा···।''

एकाएक डॉक्टर साहब का चेहरा सन्न रह गया, ''तो यह बात है !'' उनका ग़ुस्सा अब दूसरे रूप में परिवर्तित हो गया—''साला नालायक़ निकला···।''

इस बार माँ ने कड़े शब्दों में कहा, ''आपके लड़के ने हमें कहीं का नहीं रहने दिया । न जाने हमारी बेटी को फुसला कर कहाँ ले गया···?'' क्रोध और व्यथा में माँ की आँखों से आँसू भी बहने लगे थे ।

डॉक्टर साहब मुड़कर अब अपनी कार में जा चढ़े । अपने होठों में शायद हमारे खिलाफ़ वे कुछ बुदबुदा रहे थे । लेकिन उनकी आवाज़ हम सुन नहीं सके···। हमारी बात पर वे अविश्वास कर सकते थे । लेकिन हमारे उदास व उतरे हुए चेहरे तथा माँ के रोते चेहरे ने उन्हें यह सोचने ही नहीं दिया । इस सम्बन्ध में माँ-पिताजी की दो-टूक बातों ने भी काफ़ी काम किया । डॉक्टर साहब की तुलना में अपने आक्रोश को उन्होंने ज़्यादा गम्भीरता से व्यक्त किया था ।

दीदी ने घर से भागकर अच्छा किया या ग़लत, इस बात से अधिक दुःख मुझे इस बात का था कि उन्होंने मुझे धोखा क्यों दिया ? अगर रूपेश के साथ भागना ही था तो मुझसे कह कर जातीं । मैं उन्हें हर्गिज नहीं रोकता । उनके लिए तो मार्ग मैं ही बना रहा था । फिर मेरे प्रति अविश्वास और छल क्यों ? मेरा मन तिक्त और खिन्न हो उठा था । बीतते समय के अनुसार उस रात की वह घटना चाहकर भी मैं भूल नहीं पा रहा था । वह रात बराबर मेरी नज़रों के समक्ष घूमती रहती थी । उस रात के लिए उन्होंने कोई दूसरी चीज़ न माँग कर ताज़े फूलों की माला माँगी थी। शायद रूपेश के साथ भागने की उनकी योजना तय हो गयी थी । सम्भवतः भागने से पहले उसके गले में माला डालकर पति के रूप में उसे वरण करने की बात उन्होंने सोची हो । भागना उन्होंने उसी दिन तय किया, जिस दिन मार्केट से मुझे माहवारी सामान लाना तथा बागवानी की कोड़ाई करना था, ताकि मैं थककर चूर हो जाऊँ और उनकी निगरानी न कर सकूँ ! मुझे यह आश्वासन दे उन्होंने निश्चिन्त होकर सो जाने के लिए स्वतन्त्र कर दिया था कि समय पर वे आ जाएँगी । लेकिन यह उनका छद्म आश्वासन था । उनके लिए मैंने माँ-बाप से भी छल किया । इस बिन्दु पर दोहरी पीड़ाएँ मेरे अन्तस्तल को सालने लगतीं । अगर मैंने दीदी और रूपेश के मिलन की गुप्त योजना नहीं बनायी होती तो दीदी भाग सकने में कभी समर्थ नहीं होतीं, शायद इसीलिए दीदी के भाग जाने के बाद मेरे घर में मायूसी का जो वातावरण तैयार हो गया था, पिताजी जिस तरह उदास रहने लगे थे, माँ ने जिस तरह खाट पकड़ ली थी, उस सबका ज़िम्मेदार मैं स्वयं को समझ रहा था । मुझे लग रहा था, मेरे ही चलते इतनी बड़ी दुर्घटना हुई है···। इस हादसे का एकमात्र जवाबदेह मैं स्वयं को

समझने लगा था ।

फिर अपने मन को सान्त्वना देने के लिए मैं यह सोचता कि कहीं ऐसा तो नहीं कि भागने के लिए पहले से दीदी की कोई योजना न हो, एकाएक रूपेश ने उन्हें बाध्य कर दिया हो । यह भी तो हो सकता है कि मुझे सूचित करने वे आयी हों, लेकिन गहरी नींद में मुझे सोया जान वापस हो गयी हों । या फिर प्रेम के बढ़े हुए आवेग में उचित-अनुचित कुछ भी सोचने का चेत उन्हें न रहा हो ! जो दीदी पिताजी की आज्ञा के खिलाफ़ एक शब्द तक बोलने की सामर्थ्य नहीं रखती थीं, बाद के दिनों में वही दीदी रूपेश के लिए पिताजी से झगड़ पड़ती थीं । ज़रूर प्रेम के बढ़े हुए आवेग में ही उन्होंने ऐसा किया है । मेरे प्रति या माँ-पिताजी के प्रति उनकी मंशा ग़लत नहीं । प्रेम उनसे जो न करा दे ! और यह सोचने के बाद मैं कुछ राहत महसूस करता । हालाँकि मेरी निष्क्रियता और जड़ता समाप्त नहीं होती । उसी तरह ग़मगीन और उदासीन बना रहता ।

दीदी के भागने के चार-पाँच दिनों तक मेरे घर की हालत बहुत शोचनीय रही । हालाँकि इस बीच हमारा खोज़-अभियान भी ज़ारी था । साथ ही पिताजी घर की सहजता वापस लाने के लिए प्रयत्नशील भी थे । एक दिन मेरे कमरे में आकर उन्होंने मुझे समझाया भी, ''तुम्हारी माँ तो मोना की चिन्ता से मुक्त नहीं हो रही हैं । तुम भी इस तरह व्यथित बने रहोगे तो घर कैसे चलेगा ? मोना चली गयी, अपना अच्छा-बुरा समझेगी । वह कोई दूध-पीती बच्ची नहीं है···। अब इस घर के वर्तमान को लकवाग्रस्त होने से हमें रोकना चाहिए···।''

पिताजी की बातों में दीदी के प्रति ऐसी तटस्थता मैंने महसूस की कि दीदी के प्रति मेरी व्यथा भी जाती रही । मैं पुनः अपनी प्रतियोगिता-परीक्षा की तैयारी में जुट गया । साथ ही घर के कार्यों में भी । इस सम्बन्ध में घर से बाहर निकलने पर मैं पाता था कि मेरे घर की यह घटना सारे शहर में पसर चुकी है । मैं आपको बता चुका हूँ, दीदी और रूपेश के प्रेम की चर्चा मेरे छोटे से शहर ने खूब छककर की थी। परिवर्तित सन्दर्भों में वही विषय उन्हें फिर मिल गया था, इसीलिए वे खूब चटकारे लेने और अफ़वाहें उड़ाने लगे थे । उनमें से किसी के अनुसार वे बम्बई भाग गये हैं, तो किसी के अनुसार कलकत्ता । कोई वाराणसी में उन्हें देखने का दावा करता तो कोई कहता वे इसी शहर में छुपे हैं । किसी के अनुसार मन्दिर में उन दोनों ने शादी कर ली है, तो किसी के अनुसार दोनों परिवारों की सख्ती और रोक-टोक से ऊबकर उन्होंने जल-समाधि ले ली है···। जितने मुँह उतनी बातें···!

मैं देख रहा था, मेरे शहर के ऐसे लोग भी दीदी और रूपेश की इस प्रेम-कथा से परिचित हो गये थे, जिनका वास्ता हमारे परिवार से कभी नहीं रहा था । इसी दौरान रहमान से मुझे यह जानकारी भी मिली के रूपेश डॉक्टर साहब के यहाँ से काफ़ी रुपये लेकर भागा है । डॉक्टर साहब सच्ची बात इसलिए प्रचारित नहीं कर

रहे हैं कि उनके विरोधी यह सवाल खड़ा कर सकते हैं कि इतनी बड़ी राशि वे कहाँ से लाये और छुपाकर घर में क्यों रखी थी ।

रहमान की सूचना से मुझे ऐसा लगा कि दीदी और रूपेश अचानक नहीं भागे हैं। भागने की उनकी योजना पूर्वनिर्धारित थी, इसीलिए पर्याप्त रुपये-पैसों का इन्तज़ाम कर भागे हैं । इस स्थिति में वे जहाँ भी होंगे, अच्छी तरह ही होंगे···।

दीदी के भागने के बाद हमने भी पिताजी की आलमारी की जाँच की थी तथा माँ के बक्से में उनके जेवर देखे थे । हमारे यहाँ सब कुछ पूर्वतः बरकरार था । दीदी कुछ भी लेकर नहीं गयी थीं । उनके कमरे में उनके अपने सामान भी ज्यों के त्यों पड़े थे । वे सिर्फ़ अपना शरीर लेकर गयी थीं और जो कपड़े आदि पहने हुए थीं, हरा सूट, हरी ओढ़नी, हरी बिन्दी, हरा सैण्डिल वे ही उनके साथ थे । माँ के लिए यह और पीड़ादायक बात थी । वे अक्सर आसूँ बहाते हुए कहतीं, "मेरी बेटी ऐसी नहीं थी···डॉक्टर के उस छोकरे ने ही उसे गुमराह किया है···। हे भगवान! मोना जहाँ हो, तुम उसकी रक्षा करना, सुमति देना···।"

गुज़रते समय के अनुसार हम सहज होते जा रहे थे । पिताजी ने हमें समझाया भी था कि दीदी की ओर ध्यान करके हम अपने मस्तिष्क में अनावश्यक तनाव पैदा न करें । जो होना था, वह हो गया । उसको लेकर परेशान होना बुद्धिमत्तापूर्ण कार्य नहीं । परिणामतः पहले की तरह हमने अपनी दिनचर्या पकड़ ली थी । लेकिन माँ इस हादसे की पीड़ा से मुक्त नहीं हो पा रही थीं । पिताजी जब समझाते तो वे शान्त हो जातीं । लेकिन फिर जैसे ही एकान्त पातीं, दीदी को याद कर बिसूरने लगतीं ।

दीदी के जाने के एक माह बाद अपनी एक पुस्तक खोजते हुए जब मैं उनके कमरे में गया तो पुस्तकों के बीच काग़ज़ों में लपेटकर रखी गयी उनकी डायरी मुझे हाथ लगी । अपनी व्यक्तिगत डायरी उन्होंने बहुत छिपाकर रखी थी ।

मैं आपको बता दूँ, पिताजी ने हम सभी भाई-बहनों को डायरी लिखने की सलाह दी थी । उनके अनुसार डायरी के माध्यम से अपने कार्यों की हम विवेचना करते तथा अपने अनुभवों के निष्कर्ष से अवगत होते । पिताजी खुद डायरी लिखते थे । उनके अनुसार अपनी व्यक्तिगत डायरी से उन्होंने बहुत कुछ सीखा है । उनके निर्देशानुसार मैं भी डायरी लिखता था । दीदी भी लिखती थीं । प्रीति और अनिल तो अभी बच्चे थे । लेकिन मैट्रिक पास करने के बाद मेरे घर की परम्परा के अनुसार उन्हें भी डायरी लिखना था । पिताजी की मान्यता के अनुसार डायरी-लेखन प्रतिदिन किया जाए, यह आवश्यक नहीं । जब कुछ विशेष घटित हो कुछ नया महसूस हो, अन्दर से कुछ कहने के लिए मन बेचैन हो, ज़िन्दगी की स्वाभाविक गति जहाँ बाधित हो, किसी नये रास्ते की ओर आदमी उन्मुख हो, कुछ हासिल हुआ हो या कुछ खोना पड़ा हो, जब ग़म मिले या खुशी, तभी लिखना चाहिए । ज़िन्दगी की वास्तविकता इनके भीतर ही छिपी होती है ।

दीदी की डायरी लेकर मैं अपने कमरे में चला आया और उत्सुकता से पढ़ने लगा। प्रारम्भ में कॉलेज जीवन की अपनी अनुभूतियों को उन्होंने व्यक्त किया था। फिर रूपेश से अपने प्रथम परिचय और बढ़ते प्रेम-सम्बन्धों को। फिर प्रेम के मार्ग में आनेवाली रुकावटों और प्रेमी मन की निरन्तर बढ़ती व्यग्रता और बेचैनी को···। उनकी डायरी के अधिकांश पृष्ठ रूपेश की प्रतीक्षा में उनकी आतुरता और विकल मन की मार्मिक प्रतिक्रिया से भरे थे। अन्त में रूपेश के साथ भागने की अपनी योजना पर उन्होंने लिखा था, "रूपेश के बिना अब एक क्षण भी रहना मेरे लिए असह्य होता जा रहा है। मैं चाह कर भी अपने को नियन्त्रित नहीं कर पा रही हूँ। चोरों की तरह लुक-छिपकर आधे-अधूरे मिलने से तो और बेचैनी बढ़ती ही जा रही है, इसीलिए पिछली रात जब उसने भागने का प्रस्ताव रखा तो मैंने अपनी स्वीकृति दे दी···। वर्तमान में इसके सिवाय मुझे दूसरा कोई विकल्प नज़र नहीं आया। रूपेश के यहाँ मैं जा नहीं सकती और रूपेश हमारे यहाँ आ नहीं सकता, इस स्थिति में हम अपने-अपने घरों को त्याग कर ही एक-दूसरे को पा सकते हैं···। अंज़ाम क्या होगा, इसकी हमें चिन्ता नहीं। हम जहाँ भी साथ-साथ रहेंगे, वहीं सुखी होंगे। यह हमारे प्रेम की सख्त माँग है। हम इसकी अवहेलना नहीं कर सकते। मेरे मन में एक कसक ज़रूर है कि अपनी इस योजना से सुनील को अवगत नहीं करा पा रही हूँ। मुझे विश्वास है, इससे अवगत होने पर भी वह मुझे रोकेगा नहीं, उसकी सहायता और सदाशयता से तो मैं कभी उऋण नहीं हो पाऊँगी। मेरे मन के अन्दर कहीं बहुत ऊँची जगह उसका स्थान है···। लेकिन रूपेश ने मुझे अपनी सौगन्ध दे रखी है कि इस विषय में मैं किसी से कुछ भी न कहूँ···।"

दीदी की डायरी पढ़कर मैं अपने को रोक नहीं सका। मेरा मन आर्द्र हो आया और आँखें भर आयीं। ऐसी दीदी के बारे में मैंने क्या-कुछ सोच रखा था ? धोखा और अविश्वास के नाम पर मेरे मन के अन्दर पैदा हुई सारी कड़वाहट धुल गयी। दीदी मुझे दूध में धोयी साफ़-पाक जँचने लगीं। उनके प्रति मेरे मन की श्रद्धा और बढ़ गयी। यहाँ प्रेम के इस पक्ष से भी मैं अवगत हुआ कि सच्चे प्रेम को घर की चहारदीवारी में नहीं बाँधा जा सकता। प्रेम के व्यापक फलक के समक्ष तो खुला आसमान भी छोटा पड़ जाता है।

मेरी इच्छा हुई कि दीदी की डायरी अपने पास ही छिपा कर रख लूँ। किसी को न बताऊँ। एक सप्ताह तक मैंने ऐसा किया भी। लेकिन बराबर मुझे लगता रहा कि माँ-पिताजी के साथ मैं अन्याय कर रहा हूँ। सत्य से अवगत होने के बाद मेरी तरह वे भी दीदी की ओर से आश्वस्त हो जाएँगे। सम्भवतः यह सोच कर ही मैंने डायरी उन्हें थमा दी। मेरा अन्दाज़ सही साबित हुआ। उनके मन की शंका मिट गयी और गर्द-गुब्बार छँट गये···। उसके बाद माँ का बिसूरना भी जाता रहा···।

यहाँ मैंने यह अनुभव किया कि सचमुच डायरी-लेखन अपने को व्यक्त करने का

सशक्त और सर्वोत्तम माध्यम है । व्यक्ति की निजी डायरी से बढ़कर उसका वास्तविक परिचायक और कुछ नहीं हो सकता…।

दीदी की डायरी पाने के बाद लगभग हमारा परिवार शान्त और सहज हो चला था । लेकिन रहमान से मुझे सूचना मिलती रहती थी कि रूपेश की चिन्ता में डॉक्टर साहब दोनों पति-पत्नी शान्त और सहज नहीं हैं । रूपेश ने ऐसा कोई अवशेष नहीं छोड़ा था जो उनके बेचैन मन को राहत दे सके । दरअसल, डॉक्टर साहब ने ऐसी कोई नींव ही अपने बच्चों में नहीं डाली थी । यहाँ पिताजी की जीवन-दृष्टि के प्रति मेरा मन गर्व से भर उठा था…।

मैं आपको याद दिला देना चाहता हूँ कि अब तक दीदी की जो प्रेम-कथा मैंने प्रस्तुत की है, वह उनके प्रेम का एक परिचय मात्र है । उनके प्रेम ने जिस प्रखर सत्य से मेरा साक्षात्कार कराया है और जिससे आपको अवगत कराने की बात मैं प्रारम्भ में ही कह चुका हूँ, उसकी शुरुआत अब यहीं से होती है । ऐसी शुरुआत, जो प्रेम की वास्तविकता बयान करते हुए उसके आन्तरिक सच का उद्घाटन करती है ।

हाँ, तो मैं कह रहा था कि दीदी की डायरी पढ़ने के बाद भी उनकी खोज के लिए जो अभियान हमने शुरू किया था, वह अब तक जारी था । अपने शहर के हर सम्भावित स्थान पर हम उन्हें ढूँढ़ चुके थे । बाहर के शहरों में भी हमारे जितने परिचित, शुभचिन्तक और रिश्तेदार थे, सबको पत्र लिखकर पिताजी ने वस्तुस्थिति से अवगत करा दिया था । नज़दीक के शहरों में मैं स्वयं जाकर ढूँढ़ आया था । पिताजी भी कई जगह हो आये थे । लेकिन दीदी के बारे में कोई जानकारी हमें नहीं मिली थी । जाने क्यों, माँ के लाख कहने पर भी पिताजी ने पुलिस में खबर नहीं की थी । ऐसे नाजुक मामलों को वे पुलिस के हवाले करने के पक्ष में नहीं ।

उधर डॉक्टर साहब भी रूपेश को ढूँढ़ने के लिए ऐड़ी-चोटी का पसीना एक किये हुए थे । रहमान से मुझे पता चला था कि डॉक्टर साहब के आदमी उनकी खोज़ में निकले थे । लेकिन हर जगह से लौटने के बाद नकारात्मक सूचना ही देते थे । भाड़े के आदमी और करते भी क्या…! सम्भवतः उनकी ओर से पुलिसिया छानबीन भी जारी थी…।

समय गुज़रता जा रहा था । देखते-ही-देखते दीदी और रूपेश के भागने के दो माह गुज़र गये । फिर चार माह । फिर छह माह । फिर नौ माह । फिर एक साल…। लेकिन उनका कोई पता-ठिकाना मालूम नहीं हुआ । मेरे शहर के लोग तो प्रायः उन्हें भूल ही चुके थे । हत्या, अपहरण, बलात्कार और दंगे की शक्ल में रोज

उगती नयी चर्चाओं के बीच पिछली घटनाओं को याद करने की किसे फ़ुर्सत ? किन्तु हमारा परिवार और डॉक्टर साहब का परिवार उन्हें नहीं भूल पाया था । बीतते समय के अनुसार हम चिन्तित ज़रूर थे कि कहीं उन्हें कुछ हो तो नहीं गया या प्रेमातिरेक में उन्होंने कुछ कर तो नहीं लिया ? लेकिन इसके बावजूद हमारे मन में यह विश्वास बना हुआ था कि किसी न किसी दिन वे लौट कर अवश्य आएँगे या कहीं से उनकी सूचना ही आ जाएगी । इन्हीं स्थितियों में एक दिन जंगल की आग की तरह यह खबर हमारे यहाँ पहुँची कि डॉक्टर साहब का बेटा रूपेश अपने यहाँ लौट आया है ! रहमान ने बताया कि वह अकेले आया है, मोना उसके साथ नहीं । हम पिता-पुत्र दौड़े हुए उसके यहाँ जा पहुँचे कि मोना का क्या हुआ ? वह अकेले क्यों आया है? मोना कहाँ है ? कैसी है ?……

डॉक्टर साहब के यहाँ हमारे पहुँचने पर रूपेश बालकनी में बैठा था । वह एकदम पहचान में नहीं आ रहा था कि यह वही रूपेश है । एक साल के अन्दर ही वह बूढ़ों जैसा लग रहा था । उसके बालों के बीच जगह-जगह से सफेदी झाँकने लगी थी । वह काफ़ी दुबला भी गया था । उसके हाथ-पाँव की उभरी हुई नसें दूर से ही नज़र आ रही थीं । उसके चेहरे की सारी लुनाई गायब हो गयी थी और वहाँ रूक्षता और कठोरता ने अपना स्थान बना लिया था । इससे पहले कि उसके क़रीब पहुँच हम मोना के बारे में पूछें, वह हमें देखते ही घर के अन्दर चला गया ।

डॉक्टर साहब के आदमियों ने हमें गेट पर ही रोक दिया । फिर हमारे लाख कहने पर भी रूपेश बाहर नहीं आया । अन्त में उसके नौकर ने हमारे हाथ में एक छोटा-सा पुर्जा थमा दिया, जिसमें कलकत्ता के एक मुहल्ले में दीदी के होने का पता दर्ज था । उसे पाने के बाद हम अब वहाँ और नहीं रुक सके । घर पर आने के बाद भी हमने अधिक विलम्ब नहीं किया । दोनों पिता-पुत्र उसी शाम कलकत्ता के लिए रवाना हो गये…।

रास्ते भर हमारा मन आशंकित और चिन्तित बना रहा ! दीदी को छोड़ कर क्यों आया रूपेश ? क्या हुआ दीदी को ? क्या उन दोनों के बीच सम्बन्ध-विच्छेद हो गया? तो फिर दीदी क्यों नहीं आयीं ? कहीं उन्हें कुछ हो तो नहीं गया ? इसने कुछ कर तो नहीं दिया ? डॉक्टर का यह छोकरा कुछ भी तो कर सकता है ! हम लोगों के सामने क्यों नहीं आया ? हम लोगों से कोई बातचीत भी नहीं की ? ज़रूर इसी ने कुछ किया है । रास्ते भर हम उद्विग्न और बेचैन बने रहे, जैसे हमारी जान सांसत में पड़ी हो…।

सुबह हावड़ा जंक्शन उतरने पर हाथ-मुँह धोकर नाश्ता आदि कर लेने का भी धैर्य हमें कहाँ ? उक्त मुहल्ले के पते पर हम सीधे वहाँ जा पहुँचे । वह कलकत्ता की घनी आबादी वाला मुहल्ला था । दफ्तरों के कर्मचारी और विभिन्न व्यवसाय में लगे मध्यवर्गीय लोग ही वहाँ ज़्यादा थे । उस मुहल्ले के नुक्कड़ के सामने की गली

के तीसरे मकान में दीदी के होने का पता हमें मिला था । लेकिन वहाँ पहुँचने पर हमने पाया कि मकान में बाहर से ताला लगा हुआ था । आसपास के घरों में सम्पर्क करने पर लोगों ने हमें मकान-मालिक से पूछने के लिए कहा । मकान-मालिक उसी मकान के ऊपर रहते थे । नीचे के हिस्सों को छोटे-छोटे क्वार्टरों में तब्दील कर उन्होंने किराये पर लगा दिया था और ऊपर स्वयं अपने परिवार के साथ वे रहते थे ।

यह जान चुकने के बाद कि हम शकुन्तला के बाप-भाई हैं, उन्होंने गर्मजोशी से हमारा स्वागत किया । इससे पहले कि हम उनके बारे में पूछें, उन्होंने मिलते ही कहा, ''अभी कल सुबह ही तो गयी हैं वे···अगर आप लोग और एक दिन पहले आ गये होते तो उनसे मुलाक़ात हो जाती···।''

इस पर पिताजी ने पूछ दिया, ''कहाँ गयी है वह ?''

जवाब में कहा उन्होंने, ''मुझे निश्चित जानकारी नहीं··· एक ब्रीफ़केस और ज़रूरी सामान के साथ गयी हैं वे···। सम्भव है, आपके घर ही गयी हों । इधर आप लोग आये और उधर वे घर पहुँची हों···!''

इस पर पिताजी ने कहा, ''नहीं, वह वहाँ नहीं जा सकती···!''

अब अपनी बात को संशोधित करते हुए कहा उन्होंने, ''तो ऑफिस के कार्य से कहीं गयी होंगी···। कह कर गयी हैं कि सम्भवतः आने में उन्हें अधिक विलम्ब भी हो जाए···।''

''तो क्या घर छोड़ दिया है ?''

''नहीं, घर क्यों छोड़ेंगी ? उनका सब सामान तो घर में ही पड़ा हुआ है । वे जरूर आएँगी । उनके पति रूपेश जी भी नहीं । वे तो शायद पहले ही जा चुके हैं। उनके चले जाने की सूचना भी शकुन्तला जी ने ही हमें दी है···।''

यह सुनकर एक क्षण के लिए चिन्तित और मौन हो गये हम । यह देख मकान-मालिक दीदी के प्रति आत्मीयता जताते हुए बोल उठे, ''आप लोगों को चिन्ता करने की ज़रूरत नहीं । वे लोग नहीं हैं तो क्या, हम लोग तो हैं । आप लोगों को यहाँ कोई कठिनाई नहीं होने पाएगी । शकुन्तला जी को तो मैं अपनी बेटी की तरह मानता हूँ । आपने बहुत योग्य पुत्री पायी है···वह तो एकदम देवी हैं···देवी···।''

इस पर बगल में खड़ी मकान-मालिक की दस वर्षीया बच्ची भी बोल उठी, ''शकुन्तला दीदी तो बहुत अच्छी हैं···वे मुझे पढ़ाती हैं···मुझे पूरा टास्क देकर गयी हैं···।''

इसके बाद हमारे स्वागत-सत्कार में जुट गये मकान-मालिक । मुझे लगा, दीदी ने यहाँ अपनी अच्छी जगह बना ली है । उनके व्यक्तित्व और व्यवहार की अच्छाई का ही ऐसा सुखद परिणाम हम पा रहे थे । लेकिन अचानक कहाँ चली गयीं वे ? मकान-मालिक से बहुत कुछ पूछने के लिए मेरा मन छटपटा रहा था । पर मेरी मनःस्थिति भाँप पिताजी ने एकान्त पाते ही मुझे समझा दिया कि उतावली में आकर

हमें जल्दबाज़ी नहीं करनी है । मोना ने यहाँ अपनी जो छवि और स्थिति कायम की है, उसे बर्बाद करने का हमें कोई हक़ नहीं और न ही यह हमारे हित में होगा और न ही मोना के हित में । नयी जगह में अपनी थाह देने से पहले वहाँ की थाह लेने में ही बुद्धिमत्ता होती है··· ।

अपने पिताजी का यह प्रति उत्पन्नमतित्व और विवेकपूर्ण समझदारी देख मैं दंग रह गया । मोना दीदी के बारे में कहने-सुनने की बेसब्री और उतावली को उन्होंने तत्क्षण नियन्त्रित कर लिया था । उनका अनुसरण कर अब मैं भी अपनी उतावली पर काबू पाने की कोशिश में लग गया था ।

मकान-मालिक की बात से हमें इतनी जानकारी तो मिल ही गयी थी कि मोना दीदी यहाँ रूपेश के साथ पति-पत्नी के रूप में अच्छी तरह से रहती थीं । सम्भवतः किसी दफ्तर में वे काम भी करती हैं तथा मकान-मालिक की बच्ची को पढ़ाती भी हैं··· । साथ ही यह भी जानकारी मिल गयी थी कि रूपेश के भागने की घटना से मकान-मालिक अनभिज्ञ हैं । सम्भवतः बिना किसी को बताये वह चुपके से दीदी को छोड़कर भागा है । पता नहीं, भागने की सूचना से दीदी को भी अवगत किया या उन्हें धोखा देकर भाग खड़ा हुआ है ? लेकिन आखिर उसने ऐसा क्यों किया ? उसके भागने के बाद दीदी कहाँ चली गयीं ? क्यों चली गयीं ? सब कुछ जानने के लिए मेरा मन छटपटाता रहा । लेकिन पिताजी के संकेत के अनुसार मैं धैर्य बनाये रहा··· ।

मकान-मालिक ने अपने निजी मेहमानों की तरह अपना स्नेह एवं आश्रय हमें प्रदान किया था तथा चाय-नाश्ता के बाद अपने घर का बना खाना भी हमें खिलाया। यह जान चुकने के बाद कि हम शकुन्तला के पिता और अनुज हैं, आस-पड़ोस के लोग भी उत्साह एवं उत्सुकता से हमसे मिले तथा मुक्तकण्ठ से दीदी की प्रशंसा की। दीदी की प्रशंसा सुन तो उनसे मिलने के लिए मैं और बेचैन हो गया, उनके प्रति मेरी श्रद्धा और बढ़ गयी । मुझे लगा, दीदी के मन का प्रेम शायद बाद के दिनों में उनके व्यक्तित्व में भी उमड़ आया हो, जिसने आस-पड़ोस के माहौल को भी प्रेममय बना दिया हो··· । यह सब उसी का परिणाम है । प्रेम की शक्ति की क्षमता तो असीमित होती है··· ।

दीदी किस दफ्तर में काम करती थीं और यहाँ वे कब आयीं, यह जानने की जिज्ञासा मेरे मन में बलवती होती जा रही थी । लेकिन पिताजी के अनुसार हमारा यह पूछना यहाँ के लोगों को दीदी के भाग कर आने की सूचना देना था, जबकि यहाँ के माहौल से साफ़ लगता था कि दीदी के भाग कर आने की जानकारी यहाँ किसी को नहीं··· ।

अपने कम बोलते और वहाँ के लोगों की ज़्यादा सुनते हुए हम दिन भर उनकी टोह में लगे रहे । लेकिन उनके सम्बन्ध-विच्छेद और यहाँ से पुनः उनके भाग जाने की सूचना से हम वंचित ही रहे । अपनी बातों में वे दीदी की मिलनसारिता, उनका

शील-स्वभाव, उनकी सहायता-सदाशयता और उनके मानवीय व्यवहार की चर्चा करते नहीं थकते थे, जबकि रूपेश के बारे में उनकी राय भिन्न थी । उनके अनुसार तो वह सबसे कटा, आत्मकेन्द्रित और शराबी था । शराब के नशे में अपना होश-हवाश भी खो बैठता था ।

लेकिन रूपेश का शराबी होना सुनकर तो जैसे मुझे अपने कानों पर विश्वास नहीं हुआ । यह क्या सुन लिया मैंने···? शराब तो वह छूता तक नहीं था । दीदी के साथ रहते हुए भी कैसे पीने लगा शराब ? दीदी ने उसे क्यों पीने दी ? अपने व्यक्तित्व से टोले-मुहल्ले को प्रभावित करनेवाली दीदी का नियन्त्रण उस पर से क्यों उठ गया ? क्यों ? अगर यह सच है तो अवश्य रूपेश के शराबीपन ने ही ऐसा किया है···! लेकिन यह सब कैसे हुआ ? क्यों हुआ ?

मकान-मालिक के साथ हमारी हुई बातचीत और दिनभर के सान्निध्य-सम्पर्क से उन्हें इस बात का पक्का विश्वास हो गया था कि हम शकुन्तला के पिता और भाई ही हैं, इसीलिए रात में रहने और सोने के लिए उन्होंने दीदी के घर की कुंजी हमें सौंप दी, यह बताते हुए कि शकुन्तलाजी और रूपेशजी अपने घर की कुंजी, हमारे ही यहाँ रखते हैं । अपने काम से लौटते हुए वे यहीं से कुंजी ले जाते हैं । कभी शकुन्तलाजी पहले आ जाती हैं तो कभी रूपेशजी···।

उनके घर की कुंजी पाकर सचमुच हमें सुखद आश्चर्य हुआ । शायद उनके घर के अन्दर से कोई सुराग हम पा सकें । उनके अलग होने और यहाँ से भागने का पता चल सके । पिताजी के अनुसार किसी का निवास-स्थल ही उसके कर्मों और परिणामों का साक्षी और सहभागी होता है, जिसके अवशेष वहाँ पाये जाते हैं···।

दीदी के घर में पहुँचकर हमें बहुत अच्छा लगा । सीमित परिवार के रहने लायक वह एक निहायत छोटा-सा घर था । लेकिन दीदी ने अपनी परिष्कृत रुचि के अनुसार उसे साफ़-सुथरा और करीने-से सजा रखा था । घर के सामानों से वैभव का तो नहीं, लेकिन रहनेवाले की सुरुचि-सम्पन्नता का पता अवश्य चलता था । उस घर का कोई भी सामान महँगा और विशिष्ट नहीं था । मगर जो कुछ भी था, उसका रख-रखाव, स्वच्छता, सादगी और निर्मलता का प्रतीक था । नहीं लग रहा था कि इस घर में कोई दुर्घटना हुई हो । शायद जाने से पूर्व अपने घर को पुनः ठीक-ठाक कर दिया था दीदी ने । मैंने अनुभव किया, दीदी का घर पिताजी को भी अपनी इच्छाओं और रुचियों के अनुकूल लगा । दीदी के घर में वे मुझे प्रसन्न जान पड़े···।

दीदी के घर में आने और अन्दर से दरवाज़ा बन्द कर लेने के बाद पिताजी तो बिस्तरे पर लेट कर आराम करने लगे । किन्तु मैं दीदी के सामानों के बीच उनके भागने का कारण तलाशता रहा···! सामने की आलमारी पर प्रतियोगिता परीक्षाओं की पुस्तकें और पत्रिकाएँ देखकर मैं चौंक गया ! तो क्या दीदी और रूपेश काम करते हुए अच्छे पद के लिए प्रतियोगिता की तैयारी भी कर रहे थे ? उन पुस्तकों और

पत्रिकाओं के बीच कुछ नहीं पा सका मैं । अलगनी पर टँगे रूपेश और दीदी के कपड़ों में भी कुछ नहीं था और आलमारी पर रखे बर्तनों और अन्य सामानों के मध्य भी नहीं । कमरे में लगी तस्वीरों के आगे-पीछे भी कुछ नहीं था और कुर्सी-मेज़ के ऊपर-नीचे भी कुछ नहीं । बिस्तरों के नीचे भी मैंने देख लिया था । खरीददारी की रसीदों और कुछ खुदरे सिक्कों के सिवाय वहाँ भी कुछ न था । अब मैं कोने में पड़े और एक पुराने कपड़े से ढँके उनके बक्से के पास पहुँच गया था । बक्से में ताला बन्द नहीं था । शायद ग़ैरज़रूरी सामानों का यह बक्सा हो, जिसे ताले में बन्द रखना उन्होंने आवश्यक न समझा हो ।

मैंने तत्क्षण बक्सा खोल उसका मुआयना शुरू कर दिया । उनके बक्से में कोई माल-असबाब नहीं । घर से जिस हरे समीज़-सलवार और हरे दुपट्टे में वे भागी थीं, उनकी वह पोशाक उसमें मौजूद थी । शायद अपने प्रेम की स्मृति के रूप में उसे सहेज कर उन्होंने रखा था । लेकिन अत्यधिक इस्तेमाल से उनकी वह पोशाक पुरानी हो चली थी और जगह-जगह से फट भी गयी थी । इसके अतिरिक्त सूर, कबीर और तुलसी की कुछ कृतियाँ थीं । दीदी को हिन्दी साहित्य के ये तीनों भक्तकवि अत्यन्त प्रिय थे । वे अक्सर इन्हें पढ़ती रहती थीं । इन्हीं पुस्तकों के बीच इन पुस्तकों-जैसी ही ज़िल्द में गृहत्याग के बाद की उनकी डायरी भी मुझे मिली । दीदी की सुन्दर लिखावट में लिखी उनकी निजी डायरी । बस, मैं उछल पड़ा, "पिताजी ! दीदी की डायरी मिल गयी··· अब अवश्य हमें कुछ जानकारी मिल जाएगी । आरा की उनकी डायरी से उनके भागने का कारण हम एकदम जान गये थे···!"

इसके बाद हम दोनों पिता-पुत्र बारी-बारी से उनकी डायरी पढ़ने में जुट गये । उनकी डायरी मिलते ही रास्ते की हमारी सारी थकान गायब हो गयी थी और नींद भी हमारी आँखों से जाती रही थी । गृहत्याग के बाद के सम्पूर्ण विवरणों से भरी उनकी डायरी । उनकी डायरी पढ़ने के बाद अब हमें किसी से कुछ भी पूछने की आवश्यकता नहीं रह गयी थी । हम सब कुछ जान गये थे । लेकिन इस जानकारी के बाद तो मैं आसमान से ज़मीन पर आ गया । मुझे अपना सारा अध्ययन और अब तक का अनुभव सब खोखला और आधारविहीन लगने लगा । प्रेम के बारे में मैंने जो जाना, सुना और समझा था, वह सब भुलावा, मृगतृष्णा और खयाली पुलाव साबित हो गया था । प्रेम कुछ और था और मैं उसे कुछ और ही समझ रहा था । दीदी के प्रेम के उत्तरार्द्ध की कथा ने मेरी आँखों के रंगीन चश्मे को भेदकर जिस सत्य से मेरा साक्षात्कार कराया है, उसने मेरी आखों के आगे से मायावी-मोहक तिलिस्म छाँट दिया है । अब मैं प्रेम को उसके यथार्थ रूप में महसूस करने लगा हूँ ।

मुझे लगता है, दीदी ने बक्से में डायरी रखकर जानबूझ कर बक्से में ताला नहीं लगया था, ताकि वहाँ आने पर हम उसे पढ़ सकें । उनका उद्देश्य अपनी निजी डायरी

पढ़ाकर वस्तुस्थिति से हमें अवगत करा देना रहा होगा । या फिर भागने की जल्दबाज़ी में उनसे बक्सा खुला छूट गया होगा । जो हो, हमारे लिए तो यह अच्छा ही हुआ है । उनकी खोज़ में दर-दर भटकने और उनके बारे में तरह-तरह की अटकलें लगाने से हम बच गये । उनकी प्रेम-कहानी का तल्ख यथार्थ आप भी जान सकें, इसीलिए बिना किसी परिवर्तन और टिप्पणी के उनकी डायरी मैं सीधे आपके समक्ष प्रस्तुत कर रहा हूँ ।

गृहत्याग के तीन सप्ताह बाद
मद्रास शहर
रामनवमी की रात

कमरे में टँगे कैलेण्डर की त्योहार-सूची से मुझे पता चला, आज रामनवमी है । रूपेश के साथ घर से भागे हुए लगभग तीन सप्ताह गुज़र गये । इस तीन सप्ताह के दौरान हम इस कदर लुकते-छिपते और एक-दूसरे में खोये रहे कि डायरी लिखने का समय और चेत भी नहीं । रूपेश नींद में सो गया है । लेकिन मैं जगी हूँ । यह जान चुकने के बाद कि आज रामनवमी है, मेरी आँखों से नींद जैसे उड़-सी गयी है । मेरा मन एक अनाम बेचैनी महसूस करने लगा है तथा मस्तिष्क अधिक सक्रिय हो गया है । इस स्थिति में डायरी लिखने के आन्तरिक दबाव के तहत मैं उठ बैठी हूँ । शायद डायरी के माध्यम से अपना आत्मविश्लेषण कर अपने उद्विग्न मन को मैं शान्त कर सकूँ… ।

रामनवमी को माँ 'रतजगा' कहती हैं, रातभर जागने का त्योहार । सदा की भाँति इस समय भी पूजावाले घर में कलश स्थापित कर माँ जगी होंगी और देवी भगवती की आराधना में मंगलगीत गा रही होंगी । वे इस रात्रि-जागरण में ही पुआ-पकवान आदि बना लेती हैं और भोर होने पर पिताजी के लिए तथा हम भाई-बहनों के लिए प्रसाद तैयार रखती हैं । लेकिन हम भाई-बहन भी रतजगे के त्योहार की जिज्ञासा और उतावली में कहाँ सो पाते हैं । माँ के पास ही बैठे रहते हैं । इस वक्त भी प्रीति और अनिल माँ के पास ही बैठे होंगे । यह सम्भव है, घर से मेरे भागने के गम में इस बार माँ ने यह त्योहार नहीं रखा हो । लेकिन देवी भगवती की आराधना का त्योहार किसी भी [illegible] माँ छोड़ती नहीं हैं । दुःखी मन से ही सही, लेकिन यह त्योहार उन्होंने अवश्य किया होगा । प्रगतिशील विचारों वाले पिताजी भी इस त्योहार का विरोध नहीं करते हैं, बल्कि रुचि और उत्साह के साथ अपना सहयोग प्रदान करते

हैं । कलश और पूजा की सामग्री वे ही खरीद कर लाते हैं । उनके विचार में एकरसता दूर करने, पुआ-पकवान खाने और ऋतु-परिवर्तन के स्वागत में इस त्योहार की भूमिका महत्त्वपूर्ण होती है । वे कहते हैं, जाड़े की पूर्ण समाप्ति और गर्मी के आगमन की पक्की सूचना का द्योतक है यह त्योहार । इसी दिन से पिताजी छत पर, आसमान के नीचे सोना प्रारम्भ करते हैं । हम सभी भाई-बहनों के बिस्तर भी छत पर लग जाते हैं··· ।

लेकिन यहाँ मद्रास में कहाँ छत और किसकी छत ? बहुमंज़िली इमारतों का जाल बिछा हुआ है यहाँ । गर्मी तो यहाँ रामनवमी के आगमन से पहले ही आ जाती है। यहाँ पहुँचने के बाद हमें पता चला कि हमारे आगमन से पहले ही गर्मी यहाँ आ चुकी थी । जिस बहुमंज़िली इमारत के एक फ्लैट में हम रह रहे हैं, उस तरह के अनेक फ्लैट इस इमारत में हैं । सब विभिन्न परिवारों से भरे हुए हैं । लेकिन किसी भी फ्लैट में रामनवमी के त्योहार की सुगबुगाहट नहीं । क्या यह त्योहार यहाँ नहीं मनाया जाता ? सम्भव है, इस क्षेत्र में इस त्योहार का प्रचलन न हो । लेकिन मेरा शहर आरा तो रात्रि-जागरण के इस त्योहार में माँ भगवती के मंगल-गीतों से गूँज रहा होगा··· ।

अपने शहर आरा की याद के साथ ही वहाँ से भाग आने की पूरी घटना मेरी आँखों के समक्ष कौंध उठी है । उस रात पाकड़-गाँछ के नीचे रूपेश से मिलने आने के बाद पूर्वनिर्धारित योजना के अनुसार मैं उसके साथ चल पड़ी थी । चाहते हुए भी मैं सुनील को नहीं बता सकी । इस सम्बन्ध में किसी से कुछ भी न बताने के लिए रूपेश ने मुझे अपनी सौगन्ध दे रखी थी । उसके प्रेम के समक्ष मैं विवश-लाचार थी । वह जल्द-से-जल्द आरा छोड़ देने के लिए आतुर और व्यग्र था । अपने साथ एक ब्रीफ़केस भी लेते आया था । मुझे लगा कि अपने उपयोग का आवश्यक सामान उसने ले रखा है । घर से भागने की योजना उसी की बनायी हुई थी, इसीलिए वह पूरी तैयारी के साथ था । लेकिन मैंने तो अपने साथ कुछ भी नहीं लिया था । मेरे साथ वह है, इसे ही मैं अपना सब कुछ समझ रही थी । उस क्षण तो उसके प्रेम में मैं बावली हो गयी थी । उसकी व्यग्रता और चेहरे पर उड़ती हवाइयाँ देख मैंने उसे ढाढस भी दिया था, ''बहुत डरने और घबराने की ज़रूरत नहीं··· हम कोई बच्चे नहीं हैं··· कानून के हिसाब से भी बालिग हो गये हैं···अपना जीवन-साथी चुनने का हमें पूरा हक़ है··· ।''

इस पर रूपेश ने मुझे भयातुर शब्दों में ही समझाया था, ''कानूनी तरीके से मेरे पिताजी से नहीं लड़ा जा सकता । कानून को अपने पक्ष में कर लेना वे अच्छी तरह जानते हैं···इस शहर को अति शीघ्र छोड़ देना ही हमारे लिए मुनासिब है··· ।''

उसकी इच्छा के अनुसार हम तत्क्षण रेलवे स्टेशन जा पहुँचे । उसने मुझे एक लेडीज शॉल ओढ़ा दिया था और स्वयं एक सिल्कन चादर ओढ़े हुए था, ताकि हम

ज़ल्द पहचान में न आ सकें । स्टेशन पर किसी खास दिशा की गाड़ी के लिए विलम्ब करना भी हमने उचित नहीं समझा । हमने तय किया कि पूरब की ओर से या पश्चिम की ओर से जो भी गाड़ी पहले आएगी उसे ही हम पकड़ लेंगे । बड़े शहरों में जानेवाली लम्बी दूरी की तेज़ रफ्तार गाड़ियाँ हमारे आरा स्टेशन पर रुकतीं भी तो नहीं । पटना या मुगलसराय पहुँचकर ही हम उन गाड़ियों को पकड़ सकते थे । इस स्थिति में सबसे पहले पश्चिम से गाड़ी आयी । बस, हम चढ़ गये । पटना पहुँचकर हमने राहत की साँस ली । पटना पहुँचने पर ही मुझे यह ज्ञात हुआ कि रूपेश का ब्रीफ़केस रुपयों और गहनों से भरा है । वह अपने यहाँ से काफी रुपये और गहने लेकर आया है । इस जानकारी के बाद मुझे यह समझते देर नहीं लगी कि आरा छोड़ते वक़्त रूपेश का चेहरा क्यों भयभीत और घबराया हुआ था । चौर-कर्म के अपराध-बोध ने ही उसके नैतिक बल को खत्म कर दिया था । मैंने उससे पूछा भी, "तुमने यह क्या किया रूपेश ? अपने प्रेम को जीवित रखने के लिए हम चोरी का सहारा लेंगे···?"

इस पर रूपेश ने मुझे समझा दिया, "मैंने कोई चोरी नहीं की, लिसा । अपना हिस्सा साथ लाया हूँ । अब उस घर में लौटकर कभी नहीं जाना, इसीलिए अपना हिस्सा ले लिया है···। मेरा हिस्सा तो इससे कई गुणा अधिक होगा । लेकिन मैंने इतने पर ही सन्तोष कर लिया···।"

उसकी यह दलील मुझे जँची नहीं । मैंने पुनः अपनी आपत्ति व्यक्त की, "अपने हिस्से की चोरी नहीं की जाती···। चोरी के माध्यम से इसे लेकर तुमने उचित नहीं किया···।"

इस पर उसने पुनः मुझे समझाने की कोशिश की, "प्रेम और युद्ध में कुछ भी अनुचित नहीं होता लिसा···!"

जवाब में मैंने भी अपनी समझ से उसे अवगत करा दिया, "मेरे पिताजी इस तर्क को अवैज्ञानिक, अनैतिक और आधारविहीन कहते हैं···। झूठ और प्रपंच को बढ़ावा देने वाला तर्क ।"

इस बार अपनी निष्कपटता साबित करने के लिए अपनी सौगन्ध खाते और अत्यन्त प्रेम जताते हुए इस विषय पर और कुछ भी न कहने के लिए उसने मुझे राजी कर लिया । मुझे भी लगा कि इस विषय पर बाहर बातचीत करना अच्छा नहीं । कोई और सुन ले तो एक नयी मुसीबत खड़ी हो जाएगी । रुपयों और गहनों से भरा ब्रीफ़केस लेकर यात्रा करना तो ऐसे ही जोखिम का काम है, ऊपर से इस विषय पर बातचीत करना तो संकट को आमन्त्रण देना है । इसके अतिरिक्त मन के धरातल पर विचार-विमर्श के दौरान मुझे यह भी लगा कि प्रेमातिरेक में ही रूपेश ने ऐसा किया है । उसका उद्देश्य मुझे ज़्यादा से ज़्यादा सुख पहुँचाना रहा है । इस सम्बन्ध में मैंने तय किया कि बाद में उसे समझा लूँगी । फिर कभी चोरी न करने का वादा करा

लूँगी । बता दूँगी कि चोरी से प्राप्त सुख परिश्रम से अर्जित सुख की तुलना में तुच्छ और निःस्सार होता है । उस सुख में सुख का वास्तविक और आन्तरिक आनन्द होता ही नहीं··· । वह मेरी बात नहीं टालेगा । अवश्य समझ जाएगा और मान जाएगा ।

पटना पहुँचने के बाद हमारे समक्ष अब यह समस्या खड़ी हो गयी कि हम कहाँ जाएँ ? हमने विचार किया कि बहुत दूर ऐसी जगह हमें पहुँचना चाहिए जहाँ हमें पहचानने वाला कोई न हो और न हमारे सुख में अवरोध बननेवाला ही । मेरे पिताजी के अनेक शिष्य बाहर के शहरों में थे, जो विद्यार्थी जीवन में मेरे यहाँ आते थे और मुझे पहचानते थे । रूपेश के पिताजी के भी परिचित, मित्र और सम्बन्धी बाहर के शहरों में भरे थे । लेकिन हमारी जानकारी के तहत ये लोग हिन्दीभाषी शहरों में ही ज़्यादा थे । इस स्थिति में मद्रास शहर हमें बिलकुल निरापद जान पड़ा । बस, हम सीधे मद्रास चल पड़े ।

एक-दूसरे को पूर्ण रूप से पाने और एक-दूसरे के साथ जीवन गुज़ारने की खुशी में रास्ते में हमें प्रसन्न और प्रेममग्न होना चाहिए था । एक-दूसरे को फल-मिठाइयाँ खिलाते तथा ट्रेन की खिड़की से बाहर भागते गाँव, शहर, नदी, नाले, खेत-खलिहान और झरने-पहाड़ियों का आनन्द लेते हुए हमें यात्रा करनी चाहिए थी । लेकिन रूपेश के ब्रीफ़केस की सम्पत्ति ने हमारे मन को आशंकित और चिन्तित बना रखा था । रास्ते भर हमारा ध्यान ब्रीफ़केस पर ही टिका रहा । हम चाह कर भी यात्रा का स्वाभाविक आनन्द और प्रेम की स्वतन्त्रता का उपयोग नहीं कर सके··· । पहली बार साथ-साथ यात्रा करने के प्रेमानुभव से हम वंचित ही रह गये··· ।

मद्रास पहुँचने पर यहाँ के एक अच्छे होटल में हम जा ठहरे । फिर इत्मीनान और एकान्त पाते ही हमारे अन्दर का रुका हुआ उफान मौज में आ गया । फिर बिना सहज हुए या प्रतीक्षा किये हम एकदूसरे के आलिंगन में समा गये । रास्ते की थकान के बावजूद उस होटल में हम दो दिनों तक सो नहीं सके । एक-दूसरे से लिपटे प्रेमालाप में खोये रहे । उसके बाद हमें लगा कि उस होटल में हमारा अब और ठहरना उचित नहीं । होटल के कर्मचारी और बेयरे हमें शक की दृष्टि से देखने लगे थे । इसके साथ इस बात के प्रति भी हम सतर्क थे कि हमारे घरवाले विभिन्न शहरों में हमारी खोज होटलों में ही करेंगे, इस स्थिति में दो दिन से अधिक एक होटल में हमें रुकना नहीं··· ।

उस होटल के बाद दूसरे होटल में दाखिले के वक़्त एक और सत्य का हमें भान हुआ । वैसे तो होटल के रजिस्टर में हमने अपना छद्म नाम-पता दर्ज कराना तथा अपने दोनों का सम्बन्ध पति-पत्नी लिखना शुरू कर दिया था । लेकिन होटल-कर्मचारियों की पैनी आँखें हमें घूरते हुए रहस्यपूर्ण जान पड़ती थीं । पहले होटल के कर्मचारियों की आँखों में भी मैंने वह भाव पढ़े थे । लेकिन दूसरे होटल के कर्मचारियों की आँखों के उस भाव का अर्थ भी मुझे ज्ञात हो गया । दरअसल, मद्रास में आरा से पहुँचे

हम दोनों अपने रंग-रूप, बातचीत और तौर-तरीके से सहज ही पहचान में आ जाते थे कि हम बिहारी हैं और अमुक धर्म के हैं । इस बिन्दु पर पति-पत्नी होने का कोई भी धार्मिक चिह्न हमारे साथ न पा उनका शंकित होना स्वाभाविक ही था । उस दूसरे होटल के बाद तीसरे होटल में जाने से पूर्व एक मन्दिर में पहुँचकर हमने वह धार्मिक चिह्न भी ग्रहण कर लिया, जिसकी उपयोगिता और महत्त्व हम साफ़-साफ़ महसूस कर रहे थे । अब मेरी माँग में सिन्दूर की एक रेखा चमकने लगी थी, जो लोगों की आँखों को कुछ और सोचने से रोकती थी । हालाँकि यह कार्य हमने बिना किसी पण्डित की उपस्थिति और औपचारिकता के, ईश्वर की मूर्ति के समक्ष स्वयं कर लिया था । जब मन ने एक-दूसरे को स्वीकार कर लिया तब फिर लोकाचार के नाम पर अतिरिक्त और अनावश्यक आडम्बर क्यों ? होटल के कमरे में भी यह कार्य हम कर सकते थे। लेकिन मन के आन्तरिक और परम्परित दबाव की वजह से इसे मन्दिर में ही सम्पन्न करना हमने वाजिब समझा··· ।

उस तीसरे होटल से चौथे होटल में प्रवेश करते हुए हमने यह अनुभव किया कि होटल-दर-होटल लुकने-छिपने और भटकते रहने से तो ज़िन्दगी का सारा सत्त्व हम ऐसे ही गँवा देंगे । हम जीवनपर्यन्त साथ रहने का निर्णय लेकर आये हैं, इस स्थिति में होटलों से अलग किसी मुहल्ले में किराये का घर लेकर हमें रहना चाहिए । इसके बाद घर की खोज में हम प्रयत्नशील हो गये । लेकिन हमारे जैसे पहचानहीन अजनबियों को कोई घर देने के लिए तैयार भी तो नहीं ! उनका पहला प्रश्न यही होता कि अगर इस शहर में हम कहीं कार्यरत नहीं हैं तो फिर यहाँ रहने का हमारा औचित्य क्या है? सम्भवतः हमारे बारे में यह भी सोचते कि आखिर हम कौन हैं और बिहार से यहाँ क्यों आये हैं ? बिना किसी नौकरी या व्यवसाय के मकान का भाड़ा हम कहाँ से चुकाएँगे और कैसे चुकाएँगे ? हम कहीं स्मगलर या आतंकवादी तो नहीं···?

अन्ततः बहुत भाग-दौड़ करने, एक दलाल को कुछ थमाने और अपने को मद्रास शहर पर कार्य करनेवाले शोध-छात्र बताने के बाद यह फ्लैट हम पा सके । इस बीच अपनी रुचि की कुछ साहित्यिक कृतियाँ भी हमने खरीद ली थीं, जो हमें शोध-छात्र साबित करने में काफ़ी सहायक सिद्ध हुई थीं ।

इस मकान में आने के बाद अपनी लापरवाह और बेतरतीब ज़िन्दगी को नियन्त्रित कर सही दिशा में उसे उन्मुख करने के लिए मैंने रूपेश के समक्ष एक उपयुक्त सुझाव भी रखा, "अपने रुपये और जेवरों को हमें किसी बैंक में रख देना चाहिए और स्वयं कुछ करने के लिए प्रयास करना चाहिए । साथ के लाये रुपये खाते चले जाना अच्छा नहीं होता । आय कुछ न हो और व्यय अधिक तो फिर बड़े से बड़े ख़जाने के ख़ाली होते भी देर नहीं लगती··· ।"

इस पर रूपेश ने मुझे समझाते हुए कहा, "इतनी जल्दबाज़ी की क्या ज़रूरत··· । अभी हमें आये हुए ही कितने दिन हुए हैं, किसी कार्य में लगने के लिए बाद में

सोचेंगे···। अभी तो घूमना, सोना और आनन्द मनाना है···। रही बैंक की बात, तो यहाँ बैंक में खाता खोलने और लॉकर प्राप्त करने के लिए हमें कोई गवाह प्राप्त नहीं होगा···। फिर हम इतने रुपये कहाँ से लाये और क्यों लाये, यह प्रश्न भी तो खड़ा हो सकता है ! हमारी सम्पत्ति पर किसी की नज़र भी तो जा सकती है ! अभी हमें इन बखेड़ों से अलग ही रहना चाहिए···।''

उसके इस कथन से मुझे ऐसा लगा कि भविष्य के प्रति लापरवाह वर्तमान में जीने का वह आदी है । शायद यह संस्कार उसे अपने घर से मिला है । लेकिन अपने घर में तो मैंने वर्तमान का उपयोग भविष्य को बेहतर बनाने के लिए ही जाना है, इसीलिए बैंकवाली उसकी बात से सहमत होते हुए भी जीविकोपार्जन के प्रति उसके उदासीन रवैये से मैं सहमत नहीं हुई, ''नौकरी कहीं रखी हुई नहीं होती कि हम जब चाहें उसे प्राप्त कर लें···उसके लिए लगना और सक्रिय होना होता ! भरपूर प्रयास के वह मिलती नहीं···। हमारे लगने और ढूँढ़ने के कितने समय बाद वह मिलेगी, कोई निश्चित नहीं, इसीलिए हमें अभी से उस ओर उन्मुख हो जाना चाहिए···।''

मेरी इस बात पर वह राजी हो गया । सम्भव है, मुझे खुश रखने के लिए ऐसा किया हो, सम्भव है, मेरी बात समझ गया हो । जो हो, हम अपने लायक कार्य ढूँढ़ने लगे हैं । कार्य तलाशी का कार्य हम सुबह और शाम में ही करते हैं । उसके बाद का हमारा सारा समय इस फ्लैट में साथ-साथ बीतता है । साथ सोना, साथ उठना, साथ खाना, साथ बातचीत करना । एक-दूसरे के साथ एक-दूसरे के साये की तरह हम जुड़े रहते हैं···।

इस फ्लैट में हमें आये हुए अभी चन्द रोज ही हुए हैं । लेकिन इस अल्पावधि में ही हमारे अन्दर कितना इत्मीनान आ गया है ! पहले एक-दूसरे से मिलने के लिए हम कितने बेचैन और आतुर थे ! होटल-दर-होटल सारी रात जगे रहते और एक दूसरे के प्रेम को जीते होते । इस फ्लैट में भी शुरू के तीन-चार दिन और तीन-चार रातें हम जगे और प्रेमलीन ही रहे । समय गुज़रने का चेत तक हमें नहीं हुआ । लेकिन धीरे-धीरे अब हम सामान्य हो चले हैं । हम समय से सोने-जागने और नियमित दिनचर्या की ओर मुखातिब होने लगे हैं । यह इसी का परिणाम है कि मैं डायरी लिखने बैठी हूँ । रूपेश नींद में सो गया है । उसे इस तरह गहरी नींद सोये मैं पहली बार देख रही हूँ । इससे पूर्व तो उसे जागते और सदैव प्यार जताते हुए ही पाती थी। उसका ध्यान चौसीबों घण्टे मुझ पर ही केन्द्रित होता था । उसकी आँखों की नींद तो जैसे प्रेम ने हर ली थी । मेरी स्थिति भी उससे भिन्न नहीं थी । मेरे अन्दर भी प्रेम का अजस्र स्रोत फूट चला था, जो गले तक झलक-झलक आता था । इस स्थिति में मैं भी नींद से दूर होती चली गयी थी । लेकिन अब वह स्थिति नहीं । रूपेश सोया है और मैं डायरी लिख रही हूँ···। हालाँकि रूपेश के सोने और सामान्य

होने का यह अर्थ कदापि नहीं कि मुझसे उसका मन भर गया है । ऐसा सपने में भी सोचना उसके पवित्र प्रेम के साथ अन्याय करना होगा । उसकी यह नींद सन्तोष और तृप्ति की नींद है । मैं खुद अपने अन्दर वह पहलेवाली उद्दाम आकुलता और खिंचाव महसूस नहीं कर रही हूँ तो क्या उससे मेरा मन भर चला है, हरगिज़ नहीं··· । यह प्रेम का वह पड़ाव है, जहाँ हम सन्तुष्टि, तृप्ति और इत्मीनान का अनुभव कर रहे हैं । इस स्थिति को प्रेम की कमी नहीं, उसकी बढ़ोतरी का सूचक ही मुझे मानना चाहिए··· ।

गृहत्याग का प्रथम माह समाप्त
मद्रास शहर
वीर कुँवरसिंह विजयोत्सव दिवस
एट्टिला नर्सिंग होम का कमरा

आज कुँवर सिंह विजयोत्सव दिवस है । एक वीर पुरुष को याद करने और उनकी शक्ति, पराक्रम और शौर्य से उत्साहित होने का दिन । लेकिन इसे मैं अपने दोनों के भाग्य की विडम्बना कहूँ या परिवर्तित परिस्थितियों का परिणाम या कालचक्र की प्रेरणा कि कुँवरसिंह की ज़मीन के बाशिन्दे हम वहाँ से कोसों दूर मद्रास के एक अस्पताल में पड़े हैं । यहाँ कुँवरसिंह विजयोत्सव का न कोई उल्लास है और न धूम है और न हम दोनों ही उन्हें याद करने की स्थिति में हैं । इसके बावजूद मेरी आँखों के समक्ष इस तिथि को हर वर्ष आरा की सड़कों पर गाजे-बाजे तथा हाथी-घोड़ों की लम्बी कतार के साथ निकाली गये शानदार जुलूस तथा नगर में जगह-जगह होने वाली सभाओं एवं गोष्ठियों की याद आ जाती है··· ।

रूपेश ऐसा बीमार पड़ा कि चाह कर भी मैं घर पर उसका इलाज नहीं कर सकी। अन्ततः मुझे इस नर्सिंग होम में उसे लाना ही पड़ा । तेरह बोतल पानी चढ़ने के बाद अब वह सामान्य स्थिति में आया है । उसकी बिगड़ती हालत देख तो मेरा कलेजा मुँह को आ जाता था । यहाँ परदेश में कोई अपना नहीं । बीमार रूपेश के साथ सिर्फ अकेली मैं । लेकिन अपना धैर्य मैंने नहीं छोड़ा और प्राण-पण से उसके इलाज़ में लग गयी । डॉक्टर के आदेश पर नर्स अभी थोड़ी देर पहले एक इंजेक्शन दे गयी है । सम्भवतः नींद का इंजेक्शन है । इंजेक्शन के कुछ ही देर बाद वह सो गया है। नर्स ने मुझे हिदायत दी है कि मैं उसे जगाऊँ नहीं । नर्स के अनुसार अब वह ठीक हो गया है । कल उसे डिस्चार्ज कर दिया जाएगा । फिर मैं उसे लेकर घर जा

सकती हूँ···।

इस स्थिति में किसी अज्ञात दबाव या प्रेरणा के तहत मैं डायरी लेकर बैठ गयी हूँ । पिताजी ठीक कहते थे, डायरी-लेखन का कार्य रोज करना आवश्यक नहीं । किसी समय विशेष, अवसर विशेष या घटना विशेष के दौरान डायरी-लेखन का आग्रह मन पर स्वयं होने लगता है । मुझे ऐसा प्रतीत हो रहा है कि जहाँ मन की पीड़ा या दुःख सुननेवाला कोई न हो, वहाँ तो डायरी से बढ़कर सहायक और हमदर्द और कोई नहीं···। अपनी व्यथा डायरी में उड़ेल कर ही मन हल्का हो पाता है···। फिलहाल मैं इसी स्थिति में हूँ ।

मद्रास आने के बाद से ही मैं महसूस कर रही थी कि यहाँ की जलवायु हमारे लिए अनुकूल नहीं । पहले हमारा पेट गड़बड़ाया । फिर सर्दी-जुकाम की शिकायत। मुझे लगा, स्थान-परिवर्तन या जल-परिवर्तन से ऐसा हुआ है । धीरे-धीरे सब ठीक हो जाएगा । अपनी जानकारी के तहत कुछ दवाएँ भी हमने लीं । कुछ हद तक मेरा स्वास्थ्य नियन्त्रण में भी आ गया । लेकिन रूपेश का स्वास्थ्य सामान्य नहीं हुआ। मैं अनुभव कर रही थी कि वैभव के बीच अत्यधिक सुख-आराम में पला रूपेश बहुत नाज़ुक है । मेरे स्वास्थ्य जैसी सख्ती उसमें नहीं । शीत-ताप, मौसम-परिवर्तन और खान-पान-परिवर्तन का तत्काल और सीधा असर उसके स्वास्थ्य पर हो जाता है। जल्द ही उसका पेट और ख़राब होता चला गया । उस रात तो शाम से ही लूज़ मोशन की उसे शिकायत थी । इस स्थिति में अपने पिताजी द्वारा किये जाने वाले प्राथमिक उपचार के अनुसार मैंने उसे पुदीन हरा दिया तथा ग्लूकोज़, नमक और नींबू का शर्बत देना भी प्रारम्भ कर दिया । अपने पिताजी के सान्निध्य में रूपेश भी कुछ दवाइयाँ जानता था और साथ लेते आया था । उसमें से कुछ गोलियाँ एवं कैप्सूल्स भी उसने लिये । लेकिन हमारे खुद के उपचार का कोई अनुकूल असर उसके स्वास्थ्य पर नहीं पड़ा । इस बीच रात भी काफ़ी बीत गयी थी । लूज़ मोशन के साथ-साथ अब उसे उल्टी भी शुरू हो गयी थी । मैं जानती थी, यह स्थिति ठीक नहीं । रूपेश की बिगड़ती हालत और गहराती रात देख मैं बेतरह घबरा गयी । इस नयी जगह में कुछ भी तो मेरा देखा-सुना नहीं । कहाँ जाऊँ ? क्या करूँ ? बदहवासी में सहायता के लिए मैंने बगल के फ्लैट का दरवाज़ा खटखटाया । लेकिन किसी ने जवाब नहीं दिया । शायद दरवाज़े की दूरबीन से मुझ नयी और अपरिचित को देख उस फ्लैट के लोग मौन हो गये । अभी उन लोगों से हमारा परिचय भी तो नहीं हुआ था। उसके बाद दूसरे और तीसरे फ्लैट में भी वही स्थिति । चौथे फ्लैट की खिड़की से अन्दर से ही एक अहिन्दी-भाषी बूढ़ी औरत ने मेरे आने का कारण जान टूटी और अस्पष्ट हिन्दी में कुछ रुखाई से कहा, ''हॉस्पिटल जाओ··· किसी को परेशान करने से का फायदा···।''

अब मैं हताश और निराश पुनः रूपेश के पास लौट आयी । उसकी स्थिति अब

और खराब होती जा रही थी । उसने बेचैनी और व्यग्रता में मुझसे कहा, "शीघ्र अस्पताल ले चलो, लिसा···। मैं अपना नियन्त्रण खोता जा रहा हूँ ।"

जाने रूपेश की आवाज़ में ऐसा क्या था कि अचानक कहाँ की शक्ति मेरे अन्दर आ समायी थी ! फिर तो जैसे मेरे पाँवों में पंख लग गये हों, मैं तत्क्षण घर से भाग चली । मद्रास का कोना-कोना छान दूँगी मैं···लेकिन जीते जी अपने रूपेश को कुछ नहीं होने दूँगी···। मेरी इस तत्परता और संकल्प का साथ संयोग ने भी दिया । घर से सड़क पर आते ही एक ख़ाली रिक्शा मुझे मिल गया । भाषा-संकट की वजह से रिक्शेवाला मेरी बात नहीं समझ पा रहा था । लेकिन मेरे साथ मेरे फ्लैट में आने पर वह सब कुछ समझ गया । फिर उसकी जानकारी के अनुसार ही इस एट्टिला नर्सिंग होम में मैं रूपेश को ले आयी, अन्यथा यहाँ के अस्पतालों एवं नर्सिंग होमों के बारे में मुझे कुछ भी पता नहीं था । डॉक्टर के अनुसार अगर मैं और देर कर देती तो रोगी को नहीं सँभाला जा सकता था । तत्काल उसे कई सुइयाँ लगाकर तथा पानी चढ़ाकर उसे नियन्त्रण में लाया गया । नियन्त्रण में आने के बाद भी चिकित्सक के अनुसार उसे तीन दिन तक अस्पताल में रखना था । आज वह तीसरा दिन भी पूरा हो जाएगा···।

इस तीन दिन के दौरान मैं बेतरह परेशान और दोहरे संकट के बीच घिरी रही। एक ओर रूपेश का स्वास्थ्य-संकट और अपना अन्धकारपूर्ण भविष्य तो दूसरी ओर बिना किसी रखवाली और सुरक्षा के घर में पड़े रुपये और जेवर ! यहाँ नर्सिंग होम में उन्हें लाकर रखना मुझे एकदम उचित नहीं जान पड़ता···। इस बीच रूपेश कमजोर स्वास्थ्य की वजह से या दवा के प्रभाव से जैसे ही नींद में सोता, मैं भागकर घर पहुँचती और निरीक्षण कर तत्काल वापस आ जाती । लेकिन इन चन्द लमहों में ही रूपेश को छोड़कर चले आने की पीड़ा से मैं दुहरी हुई रहती । मेरा ध्यान रूपेश पर ही टँगा रहता । जागने के बाद मुझे न पा कहीं वह बेचैन और भयातुर न हो जाए, इसीलिए मैं भागते हुए ही जाती और भागते हुए ही आती । जब तक रूपेश के क़रीब पहुँच नहीं जाती, अपने कलेजे को थामे रखती···।

वैसे तो अस्वस्थ होने के अपने प्रारम्भिक दिनों से ही रूपेश दबी हुई और छिटपुट अभिव्यक्ति में अपने घर-परिवार की चर्चा करने लगा था । लेकिन इस नर्सिंग होम में आने के बाद तो उसका ध्यान बिल्कुल अपने घर की ओर चला गया था । वह बताने लगा था कि उसके बीमार होने पर उसके लिए अच्छी-से-अच्छी व्यवस्था और बेहतर-से-बेहतर इन्तज़ाम किया जाता था कि उसकी बीमारी छू-मन्तर हो जाती थी···। उसने स्पष्ट शब्दों में मुझसे दो-तीन बार कहा भी कि माँ की खूब याद आ रही है । मेरे बीमार होने पर वे एक क्षण के लिए भी मुझसे अलग नहीं होती थीं ।

इस सम्बन्ध में अपने घर-परिवार की याद मुझे भी आ रही थी । लेकिन उसे जुबान पर लाना मैं उचित नहीं समझती थी और उस पर विचार करना भी मुझे

मुनासिब नहीं जान पड़ता था । जो घर-परिवार हमारे प्रेम के बीच दीवार बन गया था, उसको स्मरण करने का क्या औचित्य ? रूपेश क्यों उन्हें याद कर रहा है ? उनकी चर्चा के दौरान वह विकल क्यों हो जाता है ? रह-रहकर वह आरा और अपने घर-परिवार की याद में क्यों खो जाता है ? कहीं उसका मन बदल तो नहीं रहा···? फिर मुझे लगा कि बिना उसके अन्तर्मन की टोह लिये उसके बारे में ऐसा सोचना उसके साथ अन्याय करना है । बीमारी की गिरफ्त और विवशता में अपने सगे-सम्बन्धियों की याद आना स्वाभाविक है । इस पर भी वह पुरुष है, मेरी तरह स्त्री नहीं । स्त्री होने के संस्कार और अवचेतन मन पर पड़नेवाले परम्परा के दबाव के तहत मैं वैसा सोच और स्मरण ही नहीं कर सकती, जैसा वह कर रहा है···। मैं तो जाने-अनजाने भी अपने होठों पर वैसी कोई बात लाना नहीं चाहूँगी जो रूपेश को शंकित करे या उसके निर्णय को प्रभावित करे···। हालाँकि उसका भी ऐसा इरादा नहीं है । बीमारी ने ही उसके मज़बूत इरादे को कमजोर किया है । मैं उसे समझाऊँगी कि संकटों और समस्याओं से हमें घबराना नहीं चाहिए, डटकर उसका मुकाबला करना चाहिए । जब हमने घर छोड़ ही दिया है, तो नये सिरे से घर बसाने तक अनेक विपत्तियों और विघ्न-बाधाओं से हमें जूझना पड़ेगा । प्रेम का मार्ग एकदम समतल और चौड़ा राजमार्ग नहीं होता, ऊबड़-खाबड़ और झाड़-झंखाडों से भरा कण्टकाकीर्ण पथ होता है···। लेकिन प्रेमी-प्रेमिका एक-दूसरे की बाँह थामे इस पथ को किसी सुरम्य उद्यान या मनोरम वाटिका की सुहावनी वीथी बना देते हैं···।

गृहत्याग के दूसरे माह का पूर्वार्द्ध
मद्रास शहर
रूपेश के जन्मदिन की दूसरी सुबह

कल रूपेश का जन्मदिन था । जन्मदिन के अवसर पर उसे खुश और उल्लसित होना चाहिए था । लेकिन पूरे समय तक वह ग़मगीन बना रहा । मैंने उसे प्रसन्न करने की हर सम्भव कोशिश की । लेकिन उसके चेहरे पर खुशी वापस नहीं आयी···।

मैं अनुभव कर रही थी कि एट्टिला नर्सिंग होम से आने के बाद से ही रूपेश कुछ उखड़ा-उखड़ा और उदास-उदास रह रहा है । मैं उसके उचटे मन और उदासी का कारण जानना चाहती थी । इस दौरान मुझे लगा कि इसके पीछे अचानक उसके स्वास्थ्य-संकट की घटना तो थी ही, मद्रास के लिए हमारी भाषा-समस्या और हमारा अजनबीपन भी था । हम चाहकर भी किसी से खुलकर बात नहीं कर पाते थे ।

हमारी बात पूरी तरह से न तो कोई समझ पाता था और न हम ही उनकी बात जान पाते थे । शायद यह इसी का परिणाम था कि नौकरी पाने में हम कभी भी कामयाब नहीं हो पा रहे थे । हर जगह ग़ैरभाषी और ग़ैरप्रान्तीय होने के नाम पर हमें टरका दिया जा रहा था । रामनवमी और कुँवरसिंह विजयोत्सव दिवस की निरर्थकता तो हम देख ही चुके थे । इस स्थिति में हमें ऐसा लगता कि अपने देश के किसी दूसरे क्षेत्र में नहीं, बल्कि विदेश में हम आ गये हैं, जहाँ हमारी अपनी कोई पहचान नहीं। आये दिन इस बेगानेपन को लेकर हमारे अन्दर की रिक्तता और बढ़ती ही जा रही थी । मद्रास की सभ्यता-संस्कृति और यहाँ की भाषा को अपनाकर यहाँ के जीवन में हम घुलमिल सकें, इसके लिए पर्याप्त समय, अवसर और धैर्य की ज़रूरत थी । भीतर से त्रस्त, आहत और उपेक्षित होते हुए भी रूपेश के साथ यहाँ रहने का धैर्य मैं बनाये रखना चाहती थी । शायद भविष्य में कहीं हम व्यवस्थित हो जाएँ और यहाँ की शहरी संस्कृति का हिस्सा बन जाएँ । लेकिन रूपेश के जन्मदिन के अवसर की उसकी घनी उदासी और पीड़ा को देखते हुए इस शहर को छोड़ देने के लिए हमें निर्णय लेना पड़ा··· ।

अपने जन्मदिन के एक सप्ताह पूर्व जब हँसते हुए रूपेश ने मुझसे कहा कि एक सप्ताह बाद उसका जन्मदिवस है, तो मैं खुशी में झूम उठी । घर छोड़ने के बाद यह पहला अवसर था, जब अपने बीच हमें किसी उत्सव का संयोग प्राप्त हो रहा था । रूपेश ने बातचीत के सिलसिले में ही मुझे बताया था कि एक बार उसके जन्मदिवस का आयोजन उसके पिता ने शादी-ब्याह की तरह खूब धूमधाम से किया था । नगर के सारे गण्यमान्य लोगों को आमन्त्रित किया गया था । रात तीन बजे तक भोज चलता रहा था । इस सम्बन्ध में मैंने मन-ही-मन तय किया कि रूपेश का जन्मदिवस उस रूप में तो नहीं, लेकिन इतनी खुशी के साथ मनाऊँगी कि वह भी याद करेगा । उसे किसी चीज़ का अभाव महसूस नहीं होने दूँगी । हालाँकि अचानक इस तरह अपने घर की ओर उसका ध्यान चले जाना यहाँ मुझे अच्छा नहीं लगता था । मैं समझ नहीं पाती थी कि क्यों गाहे-ब-गाहे अब उसका ध्यान अपने घर की ओर चला जाता था । उसके ध्यान को उधर से मैं हटा सकूँ, इसके लिए पूरे मन से लग गयी थी ।

उसकी नयी पोशाक के लिए अपनी रुचि के कपड़े का चुनाव मैंने उसके लिए किया । फिर एक प्रसिद्ध टेलर मास्टर के यहाँ उसे सिलने के लिए हम दे आये । अपने घर को भी मैंने जी-जान लगाकर सजाया । मद्रास-स्वीट्स की एक मशहूर दुकान से हम अच्छी-अच्छी मिठाइयाँ खरीद लाये । केक मैंने घर पर बनाया । केक बनाना मैं जानती थी । हालाँकि जन्मदिवस मनाने का जो तरीका रूपेश के यहाँ का था, वह तरीका हमारे यहाँ का नहीं था । मेरे पिताजी के अनुसार यह सामाजिक आयोजन नहीं, नियाहत पारिवारिक और व्यक्तिगत आयोजन है । पिताजी के अनुसार

इस दिन स्नान कर हम भाई-बहन पूजा-स्थल पर बैठकर अपने विगत जीवन का आकलन और अपने आगामी जीवन के सफल होने की कामना और संकल्प करते हैं। तत्पश्चात् सभी बड़े सदस्यों से आशीर्वचन प्राप्त करते और अपनी रुचि का मिष्टान्न ग्रहण करते हैं । लेकिन रूपेश के यहाँ का तरीक़ा पाश्चात्य तरीक़ों से मेल खाता था । मैं उसी तरीक़े से उसका जन्मदिवस मनाने में लग गयी, ताकि उसे कुछ और सोचने का अवसर न मिले···।

हमने सुन्दर लिखावट से हस्तलिखित निमन्त्रण-पत्र तैयार किये । फिर उसे बहुमंज़िली इमारत के सभी फ्लैटों में मैं दे आयी । पन्द्रह-बीस आदमी भी उपस्थित हो जाएँ तो काफ़ी हैं । इसी बहाने सभी से परिचय भी हो जाएगा और हमारा अजनबीपन भी जाता रहेगा । लेकिन हमारी सोच सही साबित नहीं हुई । हमारा सारा आयोजन धरा-का-धरा रह गया । आमन्त्रित लोगों ने कोई रुचि नहीं ली । आमन्त्रित लोगों में से आधे तो आये ही नहीं । उनके यहाँ से संवाद आ गये कि अस्वस्थ होने या कहीं जाने के चलते वे नहीं आ सकेंगे । शेष शाम होने से पहले ही बारी-बारी से आये और यह कहकर चलते बने कि समय पर वे उपस्थित नहीं हो सकेंगे···आज वे काफ़ी व्यस्त हैं । उनका कार्यक्रम अत्यन्त टाइट है···। अन्ततः सिर्फ़ मेरी उपस्थिति में रूपेश ने अपने जन्मदिन का केक काटकर अपनी सालगिरह मनायी। लेकिन उसका मन इस आयोजन के फ़ीकेपन और अकेलेपन पर दुःख, क्षोभ और अवसाद से भर गया । यहाँ के लोगों की उपेक्षा के विष को गले के नीचे दबाते हुए रूपेश को प्रसन्न और सहज-सामान्य बनाने के लिए मैं जी-जान से लगी रही । लेकिन वह सामान्य नहीं हुआ । सारी रात उसकी आँखें अपमान-बोध से खुली और चिन्तातुर रहीं । मैं डर रही थी कि रूपेश घर से भागने के हमारे निर्णय को ग़लत समझ पुनर्विचार न करने लगे । अपमान, उपेक्षा और तिरस्कार के क्षणों में आदमी क्या कुछ नहीं सोचता ! इस स्थिति में मुझे लगा, मद्रास छोड़ देना ही बेहतर है । रूपेश का मन तो पहले से ही मद्रास के खिलाफ़ खौल रहा था । हमने रात में ही यह निर्णय किया कि अब मद्रास नहीं रहेंगे । बम्बई के बारे में हम पहले भी दो-तीन बार विचार कर चुके थे । हमने दूसरे ही दिन बम्बई पहुँचने का निश्चय कर लिया ।

सुबह नित्यक्रिया से निपटते ही रूपेश बम्बई का आरक्षण टिकट लेने रेलवे जंक्शन गया है और मैं यह डायरी लिख रही हूँ । टिकट लेकर उसके आते ही हम अपना सामान पैक कर लेंगे और रात की गाड़ी से बम्बई के लिए रवाना हो जाएँगे···। पता नहीं, वहाँ हमें कहाँ ठौर मिलेगा और वह शहर हमारे लिए कैसा होगा ? मेरे साथ रूपेश है, बस वही मेरा ठौर है । उसके साथ मैं कहीं भी रह लूँगी और किसी भी स्थिति का सामना कर लूँगी । लेकिन मैं अनुभव कर रही हूँ, मद्रास-निवास की इस अल्पावधि में ही रूपेश में बहुत परिवर्तन आ गया है । उसके प्रेम में अब वह पहलेवाली रवानगी और ऊर्जा नहीं···। बराबर खोया-खोया नज़र आता है । शरीर

से मेरे पास रहते हुए भी मन से कहीं दूर हुआ जान पड़ता है । मेरे साथ हर विपरीत परिस्थिति में रह लेने की कसमें खाने और वादे करनेवाले रूपेश को अब क्या होता जा रहा है ? उसके साथ मैं भी तो घर से भागी हूँ । लेकिन घर से भागने के बाद उसे ही मैंने अपना मार्ग और मंज़िल दोनों समझ लिया है । इस सम्बन्ध में उसे भी तो मुझे अपना मार्ग और मंज़िल समझ लेना चाहिए था । लेकिन वह पुरुष है । मैं उस पर निर्भर रह सकती हूँ और उसको पाकर सुरक्षित महसूस कर सकती हूँ । पर वह कैसे कर सकता है ? घर से बाहर आने के बाद पुरुष-प्रधान समाज की रीति और मान्यता के अनुसार सारा दायित्व वह अपने ऊपर ही समझ रहा है । नयी गृहस्थी का सूत्रधार और दारोमदार वह खुद को ही मान रहा है । आरा में मैं अपने घर से आती थी और वह अपने घर से । सिर्फ़ प्रेम करने और मिलने तक ही हम सीमित थे । लेकिन अब तो मेरे जीवन की बागडोर ही उसके हाथ में आ गयी है। सम्भव है, इसी के चलते उसमें परिवर्तन आ रहा हो, नये दायित्व के वहन में उसका मन इधर-उधर हो रहा हो । जंगल में उन्मुक्त विचरने वाले मृगशावक खूँटे से बाँधने पर कितना बेचैन हो उठते हैं । मेरे घर के बगलवाले मल्होत्रा साहब के यहाँ पाला जा रहा हिरण कितना उछलकूद मचाता था । लगता, खूँटा उखाड़ देगा । फिर धीरे-धीरे अभ्यस्त हो गया । अब तो खूँटे से अलग जाना ही नहीं चाहता । यह तो ग़नीमत है कि रूपेश अपने साथ रुपये-जेवर आदि लेते आया है । अगर उसका हाथ खाली रहता तब क्या सोचता ? कैसे सँभाल सकता इन नयी स्थितियों को…? फिर मुझे लगता है, नहीं… उसके बारे में मुझे इस तरह से नहीं सोचना चाहिए…। सिर्फ़ स्थान-परिवर्तन के चलते ही ऐसा हुआ है—आरा से सीधे मद्रास जैसी जगह में आने के चलते…। बम्बई में ऐसा कुछ भी नहीं होगा । वहाँ पुनः रूपेश सामान्य स्थिति में आ जाएगा । उसका प्रेम इतना हल्का और उथला नहीं कि छोटे-छोटे संकटों से वह घबरा जाए । अपने प्रेम के लिए बड़ी से बड़ी कुर्बानी भी वह दे सकता है…।

गृहत्याग का तीसरा माह
बम्बई शहर, ग्रीष्म ऋतु

मद्रास से बम्बई आये भी कुछ सप्ताह बीत गये । इस दौरान हमारा सारा समय भागदौड़ और आश्रय की खोज में ही गुज़रा । आज कुछ फुरसत में हूँ और बम्बई के अनुभवों ने कुरेदा है तो डायरी लिखने बैठ गयी हूँ ।

यहाँ बम्बई में हम ग्रीष्म ऋतु के बीचों बीच पहुँचे । लेकिन यहाँ पहुँचने के बाद

हमने अनुभव किया कि मद्रास से यहाँ की जलवायु ज़्यादा अच्छी है···यहाँ का मौसम अधिक प्यारा ! ग्रीष्म ऋतु में जिस उमस की यहाँ हमें अपेक्षा थी, वैसी उमस यहाँ न थी । अब तो रह-रह कर यहाँ बारिश भी शुरू हो गयी थी । रूपेश के स्वास्थ्य के लिए यहाँ का वातावरण मुझे अनुकूल जान पड़ा । मैंने लक्ष्य किया, यहाँ आकर रूपेश ने भी अच्छा महसूस किया है···। उसके चेहरे पर सुकून के भाव देख मुझे आन्तरिक खुशी हुई है···। रूपेश प्रसन्न रहे और उसका प्रेम बना रहे, इसके अतिरिक्त मुझे और कुछ नहीं चाहिए···।

यहाँ आने के बाद प्रारम्भ में हम एक सामान्य-से होटल में ही ठहरे । हमने आपस में तय कर लिया था कि अधिक खर्च करना उचित नहीं । अभी तो हमारा सारा समय बाकी है । हम अभी आत्मनिर्भर और स्वावलम्बी भी तो नहीं हुए । इस स्थिति में पास के रुपयों को फूँक-फूँक कर ही खर्च करने में हमारी बुद्धिमत्ता थी । अपने इस निर्णय को ध्यान में रखकर ही हमने सामान्य-से होटल का चुनाव किया···।

उस होटल में आने के दूसरे दिन बाद से ही यहाँ किराये का घर और अपने अनुकूल काम हम खोजने लगे । बम्बई में हम दो-चार दिन के लिए तो नहीं आये थे कि होटल में टिके रहें । हमें तो किराये के घर में ही बसना और किसी काम में लग कर जमना था । पर इस सम्बन्ध में हमारा अनुभव बहुत तिक्त साबित हो रहा था । यहाँ की सबसे बड़ी समस्या हमें आवास की जान पड़ी । एक कमरे के घर का किराया उतना, जितना हमारे शहर के सबसे शानदार बँगले का किराया था । उस पर भी वह कमरा सहजता-सुगमता से उपलब्ध नहीं···। ऐसी-ऐसी पेचीदा कठिनाइयाँ कि बम्बईवासी ही उन्हें सुलझा पाते और झेलते । हम बाहर के लोगों के लिए तो वे दुर्जय जान पड़तीं । बहुत भाग-दौड़ करने और मद्रास की तरह पुनः एक दलाल को कुछ थमाने के बाद एक निहायत सामान्य-सी खोली हमें प्राप्त हुई । न चाहते हुए भी इस खोली को हमें अपना बसेरा बनाना पड़ा । अपने बजट के अनुसार इस खोली से अधिक का किराया हम देर तक नहीं दे सकते हैं । हमारे रुपये सीमित होते जा रहे हैं । गृहत्याग के बाद से अब तक हम उन्हीं रुपयों को ही खर्चते आ रहे थे···।

इस खोली में आने के पहले दिन ही रूपेश का चेहरा एकदम ज़र्द हो गया । चाह कर भी अपनी प्रतिक्रिया नहीं छिपा सका वह । कह ही दिया मुझसे, ''मेरे यहाँ का सर्वेण्ट क्वॉर्टर भी इससे अच्छा है लिसा···। मैंने कभी सपने में भी नहीं सोचा था कि ऐसी खोली हमारे नसीब में होगी···।

उसकी बात से मुझे लगा कि उसका संस्कार फिर जाग गया है । अपने घर की समृद्धि उसे याद आ गयी है···। इस पर उसके बुझते मन को सम्बल प्रदान करते हुए मैं बोल पड़ी, ''ऐसा नहीं सोचा करते, रूपेश । अयोध्या के सम्राट् रामचन्द्रजी को भी चित्रकूट की पर्णकुटी में रहना पड़ा था । घर और स्थान से व्यक्ति बड़ा या छोटा

नहीं हो जाता । विभिन्न महापुरुषों का जीवनचरित उठाकर देखोगे तो पाओगे कि गर्दिशों के बीच से ही उनका विकास हुआ है । इससे भी तंग और सीलनभरी कोठरी में रहकर राष्ट्रप्रमुख का पद तक उन्होंने पाया है···।''

मेरी बातों से उसके आहत मन को कुछ सहारा ज़रूर मिला, लेकिन तत्काल उसके चेहरे की रंगत वापस नहीं हुई । मैं अन्दर ही अन्दर झुँझला भी रही थी कि पग-पग पर वह इस तरह हताश और उदास क्यों हो जाता है । क्या वह नहीं जानता था कि घर छोड़कर भागने पर सिर्फ़ असुविधाएँ ही असुविधाएँ मिलेंगी और नाना प्रकार की कठिनाइयों का सामना करना पड़ेगा ? मेरे मन पर भी तो जगह-जगह चोटें मिलती हैं । लेकिन जब हमने प्रेम किया है तो इन चोटों को तो सहना ही है···। रूपेश के प्रेम का वह पहलेवाला आवेग कहाँ चला गया, जो सारी बाधाओं को बहा ले जाने की क्षमता रखता था ? इस तरह रूपेश का विचलित होना मुझे अन्दर तक कचोट जाता है ! लेकिन इस विषय पर अब उससे कहा-सुनी का वक़्त भी तो नहीं रह गया है । घर से भागते वक़्त जब बिना अधिक सोच-विचार किये उसके पीछे लग गयी तो अब बहस क्या करना ? अब तो समझा-बुझा कर और उसे मनाकर ही अपने प्रेम के बन्धन को मैं मज़बूत बनाये रख सकती हूँ···। अपने अन्दर मुझे इस तरह के निराशावादी दृष्टिकोण को नहीं फटकने देना चाहिए कि रूपेश का मन बदल रहा है। मुझे सदैव इस आशावादी भूमिका में ही जीना चाहिए कि रूपेश का तात्कालिक परिवर्तन स्थायी नहीं···। बीतते समय के अनुसार असुविधाओं के बीच अपने प्रेम को बनाये रखने की अभ्यस्तता वह क़ायम कर लेगा···। मुझे तो उसके प्रति अपने प्रेम को पूर्व की अपेक्षा और दृढ़तर करना चाहिए, ताकि उसके मन को भटकने का अवसर ही न मिले···।

यह खोली तो किसी तरह हमें मिल ही गयी है, किन्तु नौकरी के नाम पर हमारी भागदौड़ तो अब तक निरर्थक ही साबित हुई है···। फिर भी हमारा प्रयास जारी है। हालाँकि यहाँ बम्बई में कामों की कोई कमी नहीं । लेकिन अधिकांश काम कुली, खलासी, होटलों के नौकर तथा घरों में दाई का ही है । हमारी ओर से बम्बई में पहुँचे अधिकांश लोग इस काम में ही नज़र आते हैं । इस सम्बन्ध में चूँकि हम पढ़े-लिखे हैं, इसीलिए लिखने-पढ़ने का काम ही ढूँढ़ते हैं, ताकि अपने अन्दर हम हीनताबोध भी महसूस न करें और अपने जीविकोपार्जन की समस्या भी हल कर लें···।

यहाँ बम्बई में मद्रास जैसी अज़नबियत का बोध हमें नहीं हो रहा है । झालमुढ़ी और अधिकांश खोमचेवाले, जौ यहाँ 'भइया जी' लोग के नाम से जाने जाते हैं, बिहारी ही होते हैं । यहाँ अक्सर भोजपुरीभाषी भी मिल जाते हैं, जिनसे बतियाकर, कुशल-क्षेम पूछ कर तथा हँस-बोलकर हम ताज़ा हो लेते हैं···। मैं देख रही हूँ, हम लोगों की ओर से यहाँ आनेवाले अधिकांश दो ही तरह के लोग होते हैं—रोज़गार की तलाश में आये मज़दूर और हीरो बनने के चक्कर में आये युवक । मज़दूर तो यहाँ पहुँचने

के बाद रिक्शा-ठेला चलाने लगते हैं या झालमुढ़ी बेचते हैं या कुली-खलासी बन जाते हैं। लेकिन हीरो बनने पहुँचे युवक यहाँ आवारा और लावारिसों की तरह मारे-मारे फिरते हैं। इनका न तो कोई घर होता है और न घाट। इनमें जो घर से रुपये आदि लेकर आते हैं वे तो कुछ दिन और मौज़-मस्ती से गुज़ार लेते हैं। पर शेष होटलों के बेयरे बनकर रहते हैं। रुपये वाले भी हाथ ख़ाली होने पर बेयरे की नियति से आ जुड़ते हैं। ये अपने को स्ट्रगलर कहते हैं। इनका कहना है कि दिलीप कुमार, राजेन्द्र कुमार और देवानन्द जैसे कलाकार भी एक दिन उनकी तरह ही आये थे···। वे बम्बई के सिने-जगत् में अपने भाग्य आजमाने के लिए एड़ी-चोटी का पसीना एक कर रहे होते हैं···। इनमें से अधिकांश अच्छे घरों के लड़के मालूम पड़ते हैं। बम्बई के इन युवा स्ट्रगलरों के बारे में तो पिताजी से मैं काफ़ी कुछ जान चुकी थी। मेरे पिताजी अध्ययन के दौरान जब भी कोई उल्लेखनीय, जानकारीपूर्ण और शिक्षाप्रद रचना पढ़ते थे तो माँ के साथ हम सभी भाई-बहनों को बुलाकर उसे अवश्य सुनाते थे। उनके मुँह से ही मैं सुन चुकी थी कि सम्पन्न घरों के अवयस्क लड़के भावुकता और रूमानियत के दौरान हीरो बनने के लिए कैसे घर से बम्बई भागते हैं और अपने जीवन का स्वर्ण-काल गँवा होटलों में जूठा माँजते हैं या फिर चोर-बदमाश बन लूटपाट करते और मार खाते हवालात के अन्दर पहुँचते रहते हैं···। पिताजी के उस अध्ययन-कथन की सत्यता मैं यहाँ प्रत्यक्षतः देख रही थी···। वैसे ही दो स्ट्रगलर युवकों से परिचय होने के बाद रूपेश से उनकी मित्रता भी हो चली है। सम्भवतः वे रूपेश जैसे परिवारों से ही आते हैं। रूपेश से मिलने इस खोली में एक-दो बार पहले भी आये थे और आज फिर आये···। उन्हें देखकर तो मुझे उन पर दया भी आती है और उनसे भय भी लगता है। रूपेश को मैंने आगाह भी किया है कि ऐसे लोगों से दोस्ती अच्छी नहीं होती जो ठौरहीन, दिग्भ्रमित और कच्ची मानसिकता के होते हैं। लेकिन रूपेश ने मुझे समझा दिया है कि वे वैसे युवक नहीं···। रूपेश के अनुसार उनमें से एक बिहार के एक बड़े इंजीनियर का लड़का है तथा दूसरा एक प्रसिद्ध कपड़े व्यापारी का पोता···। अभी थोड़ी देर पहले ही वे दोनों आये थे और रूपेश को लेकर चले गये। उनके साथ रूपेश का जाना मुझे अच्छा नहीं लगता है। लेकिन चाहकर भी उसे रोक नहीं सकी हूँ कि वह अन्यथा न ले ले। उसने शीघ्र ही वापस आ जाने के लिए कहा है। इस स्थिति में डायरी लिखते हुए मैं उसकी प्रतीक्षा भी कर रही हूँ। साथ ही शंकित भी हूँ कि दो अनजान युवकों के साथ इस तरह उसका चले जाना उचित नहीं हुआ है। जानती हूँ, यह बम्बई अच्छी जगह नहीं···। यहाँ आने के बाद से तो रोज़ अप्रिय खबरें ही सुनती रही हूँ—ऐसी-ऐसी खबरें कि दहशत से रोंगटे खड़े हो जाते हैं···। रूपेश को समझाऊँगी कि वह सतर्क रहे और बाहर के ऐसे युवकों पर जल्द विश्वास न करे···। उम्मीद है, वह मेरी बात मान जाएगा···।

गृहत्याग के चौथे माह का पूर्वार्द्ध
बम्बई शहर
तुलसी जयन्ती का दिन

आज तुलसी जयन्ती है । हिन्दी के एक महान् कवि को याद करने का दिन । आज अगर मैं आरा में होती तो पिताजी के साथ अवश्य किसी समारोह में पहुँची होती । तुलसी जयन्ती के दिन अक्सर लोग पिताजी को विभिन्न स्कूल-कॉलेजों एवं संस्थाओं में मुख्य वक्ता के रूप में ले जाते हैं । इस अवसर पर पिताजी हम सभी भाई-बहनों को भी साथ ले जाते रहे हैं । वे मंच पर विराजमान हो जाते हैं और हम दर्शकों के बीच जा बैठते हैं । पिताजी के अनुसार हमारे समय का सदुपयोग और तुलसी-साहित्य की जानकारी के लिए यह आवश्यक है । आज भी सुनील, अनिल और प्रीति को लेकर वे किसी समारोह में गये होंगे । लेकिन उस अवसर से वंचित, उस महान् कवि को स्मरण करने के स्थान पर यहाँ बम्बई की एक उपेक्षित खोली में डायरी लेकर मैं अपनी व्यथा लिखने बैठी हूँ—गृहत्याग के बाद की सबसे बड़ी दुर्घटना की पीड़ा दर्ज़ करने, जिसने हम दोनों को तोड़ दिया है···। मैं तो फिर भी अपने को समेटकर डायरी से दिशा-दृष्टि पाने आ बैठी हूँ । किन्तु रूपेश तो ऐसा भहरा गया है कि लग रहा है, जल्द सँभल ही नहीं पाएगा···। अपनी ओर के एक भैयाजी उसे समझाते-बुझाते हुए साथ ले गये हैं कि उसका मन बदल जाए ।

हमारी खोली के अन्तिम छोर पर झोंपड़पट्टी बना कर रहते हैं भैयाजी । जान-पहचान और बोलचाल के बाद अपना समझ हाल-समाचार लेने आ जाते हैं । शहर के नालों के निकसार के किनारे की परती सरकारी ज़मीन में झोंपड़पट्टी खड़ी की है उन्होंने । कहते हैं कि अतिक्रमण हटाने के नाम पर कई-कई बार उनकी झोंपड़पट्टी गिरा दी जा चुकी है । लेकिन फिर-फिर वे उसे खड़ी कर लेते हैं । बम्बई में रहने के लिए इसे नियति मानना और अपने अन्दर ऐसी जिजीविषा का होना वे ज़रूरी मानते हैं···।

परसो नागपंचमी के दिन हुआ वह हादसा···। कैलेण्डर से मुझे पता चला कि आज नागपंचमी है । अपने घर पर्व-त्योहारों को भूले रहती थी मैं । माँ-पिताजी द्वारा स्मरण दिलाने पर मेरा ध्यान उनकी ओर मुखातिब होता था । लेकिन पता नहीं क्यों, यहाँ बाहर में खूब स्मरण आते हैं अपने पर्व-त्योहार । न चाहते हुए भी मेरे अन्तर को अपनी याद से भर जाते हैं···।

उस दिन दोपहर का खाना खा हम दोनों आराम की मुद्रा में बैठे थे । खाने में मैंने स्टोव पर खिचड़ी बनायी थी । खिचड़ी, चोखा और पुदीना की पत्तियों के साथ कच्चे आम की चटनी । रूपेश को यह खाना सामान्यतः ठीक ही लगता था । साथ ही मुझे भी । इस खाने को तैयार करना हमारे लिए सुगम भी था और किफायती

भी । रात में तो हम रोटी-सब्जी खाते थे, लेकिन दिन में प्रायः खिचड़ी खाना ही हमने तय कर लिया था···।

इससे पूर्व स्नानादि से निवृत्त हो अपने कुलदेवता नागबाबा के नाम मैं एक अगरबत्ती भी जला चुकी थी । घर पर माँ नागबाबा का जिस तरह से पूजन करती थीं, वैसा करने का स्थान और अवसर मेरे पास नहीं था और न उस स्थिति में ही मैं थी । माँ के अनुसार हमारे ख़ानदान में नागपंचमी के दिन पुश्तों से नागबाबा की पूजा होती आ रही है । ऐसी श्रुति है कि कभी हमारे ख़ानदान के कोई पूवर्ज साँप काटने से चल बसे थे और घरवालों को उन्होंने स्वप्न दिया था कि नागपंचमी के दिन नागबाबा के नाम से वे उनका पूजन किया करें । वे सर्पों से उनकी रक्षा करते रहेंगे···। तभी से लावा-दूध के साथ उनकी पूजा होती रही है । इस सम्बन्ध में पिताजी इस परम्परा को अन्धविश्वास या सत्य मानने से अलग एक दूसरे रूप में देखते थे । उनके अनुसार हिंसक या घातक जानवरों से वैर के स्थान पर मित्रता स्थापित करने का यह त्योहार था—शक्ति पूजा का त्योहार । प्रेम और मैत्री से हिंसक जानवरों को भी अपने वश में कर लेने का पर्व···।

उस दिन रूपेश को मैं यही सब बता रही थी । उसके यहाँ इस तरह का कोई पूजन नहीं होता था । फिर भी विभिन्न घरों में नागदेवता के पूजन से वह अवगत था । इसी बहाने नागपंचमी के महत्त्व और औचित्य पर हम विचार-विमर्श भी करने लगे थे । फिर अब तक रोज़गार न पाने की अपनी व्यथा पर आ गये थे । अगले चार दिन बाद एक सेठ द्वारा संचालित उसके निर्जी विद्यालय में हिन्दी शिक्षक के पद के लिए साक्षात्कार हेतु हमें बुलाया गया था···। पता नहीं, वह सेठ भी हमें रखेगा या नहीं ? जहाँ एक बुलाने पर चौदह आते हों, वहाँ काम पाना खासा कठिन था । हम इस चिन्ता में आपसी राय-मशविरा कर ही रहे थे कि तभी किसी ने खोली का दरवाज़ा खटखटाया । मुझे लगा, या तो वे स्ट्रगलर युवक होंगे या भैयाजी, और कोई हमारा दरवाज़ा क्यों खटखटाएगा ? इससे पहले कि रूपेश उठता, मैंने आगे बढ़कर दरवाज़ा खोल दिया । लेकिन भैयाजी और स्ट्रगलर युवकों के स्थान पर तीन नये लोग हमारे दरवाज़े पर उपस्थित थे । दरवाज़ा खुलते ही उन्होंने हमारी खोली में प्रवेश करते हुए कहा, ''नागपंचमी का चन्दा लेने आये हैं । नागपंचमी के उपलक्ष्य में आज रात इस मुहल्ले में एक कार्यक्रम प्रस्तुत करने की हमारी योजना है···।''

लेकिन इस पर हम कुछ कहते या सुविधा के अनुसार चन्दा देते, इससे पहले ही उनमें से एक ने रूपेश को पकड़ कर उसका मुँह बन्द कर दिया तथा दूसरे ने मेरा मुँह जकड़ लिया और तीसरे ने तत्क्षण अन्दर से खोली का दरवाज़ा बन्द कर दिया। अब हमें साफ़ लग गया, ये लुटेरे हैं । खोली में घुसने के लिए ही चन्दे का ज़िक्र किये थे । अपने मज़बूत और रूक्ष हाथों से उन्होंने हमारे मुँह को जकड़ रखा था । उनकी जकड़न से मैं तो घुटन का अनुभव करने लगी थी ।

इसके बाद रिवाल्वर, हथगोले और चमचमाते छुरे उन्होंने निकाल लिये थे । फिर हमारे हताश, भयभीत और सूख गये चेहरों को लक्ष्य कर हमारे मुँह से उन्होंने अपने हाथ उठा लिये थे । उनकी अनुभवी आँखों को लग गया था कि हम अब चिल्लाने या शोरगुल मचाने से रहे···। अब उनमें से एक ने सख्त और सधी आवाज़ में मुझको समझाया, "जो भी गहने और रुपये हों, सीधे मन से जल्द निकालकर सुपुर्द कर दो नहीं तो तुम्हारे सामने इस लौंडे को टुकड़े-टुकड़े करके काटेंगे···।" और फिर रूपेश की ओर मुखातिब होते हुए उसे धमकाया, "अगर माल देने में तनिक भी आनाकानी की तो इस लौंडिया को नंगी कर तुम्हारे सामने बेइज्जत करेंगे···। छुरे से गोद देंगे इसकी पूरी देह···एक इंच भी कहीं खाली नहीं छोड़ेंगे···।"

उनकी यह क्रूर और निर्मम आवाज़ सुन हम काँप उठे । क्या हमारी सम्पत्ति का इन्हें पता लग गया है ? लेकिन हमने किसी से कुछ भी बताया तो नहीं था ! मुझे मन-ही-मन इस बात के लिए अफ़सोस भी होने लगा था कि अब तक बैंक या पोस्ट ऑफ़िस में क्यों नहीं रख पाये हम इन रुपयों और जेवरों को···? गवाह न मिलने और झमेले में न पड़ने की बचकानी सोच के तहत हम मार खा गये । मैं समझ नहीं पा रही थी कि अब इन्हें क्या जवाब दूँ···? मेरा तो कण्ठ सूखता जा रहा था । लेकिन मेरे कुछ बोलने से पहले ही रूपेश बोल पड़ा, "हमारे पास कुछ भी रुपये और गहने नहीं···हम तो नौकरी की खोज़ में यहाँ आये हैं और ग़रीबी में दिन गुज़ार रहे हैं···!"

शायद रूपेश ने ऐसा सोचा था कि यह कहकर लुटेरों से हम छुटकारा पा जाएँगे। हमारे पास के रुपये और जेवर बच जाएँगे···। लेकिन परिणाम बिल्कुल उल्टा हुआ। उसकी बात सुनते ही क्रूर आवाज़ में धमकाने वाले उस लुटेरे ने रूपेश के मुँह पर कसकर ऐसा हाथ जमाया कि वह सँभल नहीं सका । घुटने के बल गिर गया । फिर उस लुटेरे ने उसकी कालर पकड़ एक हाथ से उसे टाँगते हुए दूसरे हाथ के चमचमाते छुरे को उस पर तानते हुए कहा, "झूठ बोलता है सा···हमें चकमा देना चाहता है···हम उड़ती चिड़िया को हल्दी लगाने वाले हैं···! क्या तू इस लौंडिया के चक्कर में घर से रुपये और जेवर लेकर नहीं भागा है ? पहले तुम दोनों मद्रास पहुँचे···फिर यहाँ के एक होटल में ठहरे, अब कुछ दिनों से इस खोली में आये हो···। तुम्हारे पेट में क्या है, यह हम बता देंगे···रुपये हमसे छिपाकर कहाँ ले जाओगे ? जल्दी सब कुछ हमारे हवाले करो नहीं तो अब चाकू घोंपने में देर नहीं···।"

उसकी बात सुन कर मैं गहरे आश्चर्य में पड़ गयी कि ये लोग सब कुछ जानते कैसे हैं ? क्या ये आरा के हैं या किसी ने हमारे बारे में इन्हें बताया है ? फिर मुझे अपने पिताजी द्वारा दी गयी जानकारी की याद आ गयी कि लुटेरों का अन्तर्प्रान्तीय गिरोह भी इस देश में सक्रिय है, जो पता लगा लेता है कि कौन आदमी, कितने रुपये लेकर, कहाँ से जा रहा है और उसे कहाँ पहुँचना है ? फिर अवसर पाते ही गिरोह के लुटेरे उसे लूट लेते हैं या अगले राज्य की सीमा में पहुँच वहाँ के लुटेरों से सौदा

कर पार्टी उनके ज़िम्मे लगा देते हैं···। अब तनिक भी विलम्ब किये बिना तत्क्षण मैं उसके पैरों पर जा गिरी, ''इन्हें मत मारिए···मेरा सब कुछ उजड़ जाएगा···हमारे पास जो कुछ है ले जाइए, हम चूँ तक नहीं करेंगे···।'' और रूपेश का ब्रीफ़केस लाकर मैंने उसके सामने रख दिया था। हालाँकि मद्रास से चलने के बाद से ही एक चालाकी मैंने शुरू कर दी थी कि रुपये और जेवर एक जगह न रख, कई हिस्सों में विभक्त कर उन्हें अनेक जगहों पर रखने लगी थी। इस खोली में भी रूपेश के ब्रीफ़केस के अलावा अपनी पुस्तकों के बीच, बिस्तरे के नीचे, अपने बक्से में बिछे अखबार की तहों में तथा खोली के छप्पर में खोंस कर कुछ रुपये और गहने मैंने छिपा रखे थे। मैंने सोचा था कि ब्रीफ़केस ले वे चले जाएँगे। लेकिन वे तो लूट में पारंगत थे। खोज़ी कुत्ते की तरह बिना हमारी ओर से बताये चन्द मिनटों में ही पूरी खोली छानकर सब कुछ उन्होंने अपने कब्जे में कर लिया···। फिर जाते हुए हमें चेतावनी भी देते गये कि अगर पीठ पीछे हमने हल्ला-गुल्ला मचाया या पुलिस में रपट लिखायी तो हमें काटकर बम्बई में ऐसी जगह फेंक देंगे कि हमारी लाश का भी पता नहीं चलेगा···।

खोली के खुले दरवाज़े से हम उनका जाना चुपचाप देखते रहे। हमारे मुँह पर तो जैसे ताला जड़ गये थे वे···। सरेआम दिन के दो बजे हमें लूटकर वे इत्मीनान से जा रहे थे। एकदम निर्भय, निश्चिन्त और आश्वस्त···—जैसे हमारे यहाँ मेहमाननबाज़ी कर लौट रहे हों···! सड़क चल रही थी। मुहल्ले में लोग-बाग भरे थे और मुहल्ले की सरगर्मी जारी थी···। ऐसी लूट की कल्पना हमने सपने में भी नहीं की थी। पिताजी कहते थे कि महानगरों में चोरी-डकैती अब पहले की तरह रातों में नहीं होती और छिपकर भी नहीं की जाती, तो मुझे विश्वास नहीं होता था। लेकिन आज खुद मैं उसकी भुक्तभोगी हो गयी थी। इन लुटेरों के खोजी अभियान पर मैं दुःखद आश्चर्य से त्रस्त भी थी कि हमारे घर-परिवार के लोग हमें नहीं खोज सके लेकिन ये हमारे तक पहुँच आये थे···।

इस लूट के बाद तो रूपेश ऐसा टूट गया है और उसका मन इस कदर उखड़ गया है कि अब एक ही बात कह रहा है, ''हमने घर से भागकर अच्छा नहीं किया लिसा···।''

मेरा मन भी तो आहत और पीड़ित है। लेकिन जो हो चुका उसका रोना रोने से क्या फ़ायदा! घर से हम अचानक और एकदम जल्दबाज़ी में तो नहीं भागे? दोनों घरों की वर्जनाओं के बीच अपने प्रेम के बढ़े हुए आवेग में भागने के सिवाय हमें और कोई दूसरा विकल्प भी तो नहीं सूझा। अब तो अपने उसी निर्णय को हमें दृढ़ बनाना है, ताकि हमारे प्रेम पर कोई छींटाकशी न करने पाये और ग़लत अर्थ न लगा सके···। ऐसा करके ही अपने प्रेम की मर्यादा को हम बरकरार रख सकते हैं···। सम्भवतः ऐसा सोचकर ही मैंने अत्यन्त स्नेह से रूपेश को समझाया, ''जाने दो रूपेश···वे रुपये और गहने हमारी कमाई के अर्जन नहीं थे···। मेरे पिताजी कहते हैं, जो जिस

माध्यम से आता है, उसी माध्यम से चला जाता है । उनके लिए चिन्तित होना और अफ़सोस करना उचित नहीं···।''

फिर मैंने उसे ढाढस देते हुए कहा, ''उन रुपयों की वजह से ही हम निष्क्रिय और अकर्मण्य बने हुए थे । अब हम कमाकर खाएँगे और स्वावलम्बी बनकर जिएँगे। जो होता है, वह अच्छा ही होता है···।''

लेकिन मेरे इस समझाने का बुरा मान गया है रूपेश । उल्टा असर हो गया है उस पर । उसने यह आपत्ति व्यक्त की है कि मैंने यह क्यों कह दिया कि वे रुपये और गहने हमारी कमाई के अर्जन नहीं और जो जिस माध्यम से आता है, उसी माध्यम से चला जाता है, तथा यह भी कि उन रुपयों ने ही हमें निष्क्रिय और अकर्मण्य बना दिया था···।

इस पर मैंने उसे पुनः समझाया है, ''मेरा उद्देश्य उन रुपयों की या तुम्हारी आलोचना करना नहीं··· उन रुपयों से जो सुविधा-सहूलियत और सहयोग हमें प्राप्त हो रहा था उसके दुःख को कम करने के लिए ही मैंने ऐसा कहा है···।''

फिर भी वह शान्त और सहज नहीं हो पा रहा है । मैं अनुभव कर रही हूँ कि वैभवों के बीच पला रूपेश पास के रुपये खिसकते ही अपने को रिक्त, आधारहीन और विवश-लाचार समझने लगा है, जैसे रुपये ही उसकी शक्ति, क्षमता और सब कुछ हों···। उन रुपयों के बल पर ही वह घर से भागा हो···।

उसके दुःखी मन को शान्त करने के लिए भैयाजी उसे अपने साथ ले गये हैं । हालाँकि भैयाजी को भी हमने नहीं बताया है कि हमारे पास इतने रुपये थे । हमने कहा है कि खोली में जो था, लुटेरे सब ले गये । इस पर भैयाजी ने भी कहा है कि यहाँ माल-असबाब घर में नहीं रखा जाता । बम्बई चोर, लुटेरों और ठगों की नगरी है···तनिक भी ग़फ़लत हुई कि यहाँ उचक्के सब ले भागते हैं···।

मैं रूपेश की प्रतीक्षा में बैठी हूँ । भैयाजी के यहाँ से आते ही उसे समझाऊँगी। उसके मन में यह बात पहुँचाऊँगी कि उसके दुःख को कम करने और उसकी निराशा को दूर भगाने के लिए ही मैंने ऐसा कहा है । मेरा उद्देश्य कुछ और नहीं । मैं उससे कहूँगी कि वह तनिक भी चिन्ता न करे । मैं उसके साथ फुटपाथ पर भी सो रहूँगी और भूखे भी रह लूँगी । लेकिन हाथ-पाँव सही-सलामत रहते हमें यह नौबत क्यों आएगी ?

गृहत्याग के चौथे माह का उत्तार्द्ध
बम्बई शहर
रक्षा-बन्धन का दिन

आज रक्षा-बन्धन का त्योहार है । पिछले एक पखवारे से मुझे सुनील की याद आ रही है— जब से यहाँ की सड़कों और गलियों की दुकानों को रंग-बिरंगी राखियों से सजी हुई देखा है । भाई-बहन का त्योहार है रक्षा-बन्धन । सुनील जैसा भाई मुझे मिला है और इस त्योहार पर मैं उससे कोसों दूर हूँ । सुनील जैसा भाई होना मुश्किल है । मेरा मन तड़प उठता है…। हमारे प्रेम में वह कितना सहायक हुआ है । मेरी खुशी के लिए सब कुछ करने को तैयार रहता है वह । प्रीति के द्वारा आज उसके हाथों पर राखी बाँधी जा चुकी होगी । लेकिन मेरा अभाव वह अवश्य महसूस कर रहा होगा। मेरे मन में भी यह बात आयी थी कि डाक से एक राखी उसके पास भेज दूँ, प्रेषक में सिर्फ़ मोना लिखकर, यहाँ का अपना पता एकदम गोपनीय रखते हुए । किन्तु फिर मुझे लगा कि लिफ़ाफ़े पर बम्बई डाकघर की मुहर देख सुनील और पिताजी यहाँ दौड़े आ जाएँगे और मेरी खोज में यहाँ की सड़कों और गलियों में भटकते फिरेंगे। मेरे भागने के बाद बीतते समय के अनुसार अब तो वे सहज हो गये होंगे। इस स्थिति में राखी भेजकर उनका घाव ताजा करना या उन्हें कुरेदना ठीक नहीं । और यह सोच कर ही अपने भ्रातृत्व-प्रेम के आवेग को मैंने दबा दिया था । पर वही दबा हुआ आवेग अब फफक पड़ा है और आँखों से बह चला है । डायरी के इस पन्ने पर भी दो-चार बूँदें टपक पड़ी हैं । लेकिन मैं इन्हें पोछूँगी नहीं । अच्छा रहेगा, अपनी याद के साथ मेरी डायरी में ही ये जज्ब हो जाएँ । अब तो यह डायरी ही सहारा है…।

रूपेश जब अपने घर-परिवार की चर्चा करता है और परेशानियों-समस्याओं से ऊबकर कहता है कि हमने घर से भागकर अच्छा नहीं किया लिसा, तो चाहते हुए भी अपने मन की बात मैं नहीं कह पाती । अपने घर-परिवार की याद उससे कम मुझे नहीं आती थी और मुझे भी लगता है कि जल्दबाज़ी में घर से भागकर हमने उचित नहीं किया है । लेकिन पुरुष होने के चलते वह सब कुछ कह सकता है, नारी होने के चलते मैं वैसा नहीं कह सकती । उसे निर्णय लेने और निर्णय बदलने की सुविधा परम्परा और समाज ने दे रखी है । पर वह सुविधा मुझे प्राप्त नहीं है । इसके अतिरिक्त पुरुष और नारी होने की अलग-अलग प्रकृति के अनुसार हमारा महसूस करना भी एक जैसा नहीं हो सकता था । मैं बिल्कुल वैसा महसूस भी नहीं कर पा रही थी, जैसा वह कर रहा था ।

मैं जानती थी, घर से भागने के निर्णय को ग़लत साबित कर वह घर लौटना चाहता है । लेकिन मैं सिर्फ़ घर लौटना नहीं चाहती, अच्छी स्थिति में घर लौटना चाहती थी, जब हम पराश्रित एवं परावलम्बी नहीं होंगे…। उस स्थिति में पिताजी

हम दोनों का स्वागत करेंगे कि घर से भागकर हम टूटे-बिखरे नहीं, बल्कि अपने को अच्छी तरह सँभाल लिया हमने । तब हमारे शहर के लोग भी हम पर हँस नहीं पाएँगे कि प्रेम कर हमने कुछ ग़लत किया···। रूपेश के पिता को भी हमारी इस मज़बूत स्थिति के समक्ष झुकना पड़ेगा···। कानूनन हम बालिग तो हैं ही, हमारी आत्मनिर्भर स्थिति उन्हें और निरुत्तर कर देगी, इसीलिए तमाम संकटों एवं आपदाओं को सहते हुए भी मैं अपने मन की आशा का दीप बुझने नहीं देती हूँ···।

परिस्थितियों का यह अजीब विधान है कि कहीं आदमी हारता है तो कहीं जीत भी जाता है । एक हाथ से गँवाता है तो दूसरे हाथ से पा भी लेता है । एक पाँव कमज़ोर हो जाता है तो दूसरे पाँव में दुगुनी शक्ति आ जाती है । हमारे साथ भी ऐसा ही हुआ है । बम्बई के लुटेरों द्वारा रिक्तहस्त होने के बाद एक सेठ द्वारा संचालित उसके निजी विद्यालय 'शिशु निकेतन विद्यापीठ' में मुझे शिक्षिका की नौकरी मिल गयी है । साक्षात्कार के लिए मैं और रूपेश दोनों साथ-साथ गये थे । हमारी इच्छा थी कि हम दोनों साथ-साथ ही वहाँ रख लिये जाएँ । लेकिन रूपेश को छाँटते हुए सेठ ने साफ़ कह दिया कि सुटेबिल महिला कैण्डिडेट के रहते हुए जेण्ट्स टीचर पर मैं विचार नहीं कर सकता । बच्चों के स्कूल के लिए महिला शिक्षिकाएँ ही उपयोगी होती हैं···।''

सेठ के इस निर्णय से मुझे थोड़ा दुःख ज़रूर हुआ, पर इस बात को लेकर मैंने सन्तोष कर लिया कि रूपेश को न सही, मुझे तो नौकरी मिल गयी । हम दोनों में से कोई एक कमाने लगे तो दो आदमी के परिवार की हमारी गृहस्थी चल निकलेगी। फिर देर-सबेर रूपेश भी तो कहीं लग ही जाएगा । उसका प्रयास भी निरर्थक नहीं जाएगा । जहाँ हम दोनों बेकार थे, वहाँ एक को तो काम मिल गया, रोज़गार से जुड़ने की हमारी शुरुआत तो हो गयी···। लेकिन रूपेश को यह अच्छा नहीं लगा । मैं कमाऊँ और वह बेरोज़गार बना रहे, इसे स्वीकार करने के लिए उसका अहंकारी पुरुष-मन तैयार नहीं···। उसने मुझसे कहा, ''औरतों का नौकरी करना अच्छा नहीं होता···मेरे ख़ानदान की औरतें नौकरी नहीं करतीं । पुरुष कमाते हैं और वे घर की मालकिन बन कर रहती हैं···।''

इस पर मैंने समझाया, ''पहले हर घर में यही होता था । लेकिन बढ़ती महँगाई का दबाव, आधुनिक वैज्ञानिक सभ्यता का विकास और नर-नारी के बीच मिटते भेद की वजह से आज अधिकांश महिलाएँ नौकरी करने लगी हैं । मेरे पिताजी तो कहते हैं कि पुरुष की अपेक्षा महिलाओं के स्वावलम्बन की ज़्यादा ज़रूरत है···। स्वावलम्बनहीन पुरुष से स्वावलम्बनहीन स्त्री के शोषण की गुंज़ाइश अधिक रहती है।''

यह सुन वह बिगड़ उठा, ''तुम बार-बार अपने पिता को आदर्श क्यों मानती हो? उनके जीवन-मूल्य मुझे दो कौड़ी के भी प्रतीत नहीं होते । मेरे पिता हम दोनों को मिलने नहीं देना चाहते थे तो तुम्हारे पिता ने कौन-सा रास्ता दिया था ? उल्टे

अपने घर से मुझे निष्कासित कर दिया, जिसके परिणाम में घर से भागकर हम दर-दर ठोकरें खा रहे हैं । वे चाहते तो क्या नहीं हो सकता था ··· ?''

मेरे जी में आया कि दे दूँ कड़ा जवाब ! पिताजी की निराधार आलोचना के लिए ले लूँ उसकी अच्छी खबर ··· । लेकिन फिर लगा, यह ठीक नहीं होगा । मन की खाई पटने के स्थान पर इससे और बढ़ ही जाएगी । लूट के बाद से तो वह ऐसे ही खिन्न और तनाव में रह रहा है । नौकरी न पाने के चलते और असन्तुलित तथा खीझ से भर गया है । उसकी व्यथा मुझे समझनी चाहिए और उसे सहज-सामान्य बनाने के लिए प्रयास करना चाहिए···। मेरा भविष्य भी अब उसी के साथ है । बस, मैं विनीत स्वर में कह उठी, ''तो जैसा तुम उचित समझो··· तुम कहोगे तो मैं नौकरी छोड़ दूँगी···लेकिन घर में अब एक-फूटी कौड़ी भी नहीं···खोली का किराया देना और दोनों जून खाने का इन्तज़ाम तो हमें करना ही होगा···।''

मेरी यह बात सुन वह असमंजस में पड़ गया । न उससे 'हाँ' कहते बन रहा था और न 'न' । अन्ततः इस बात पर मैंने उसे राज़ी कर लिया कि जब वह नौकरी पकड़ लेगा और हम दोनों का खर्च चलने लगेगा तो मैं नौकरी छोड़ दूँगी···लेकिन नौकरी इतनी जल्दी और आसानी से मिलनेवाली भी तो नहीं···।

स्कूल से मैं लौट आयी हूँ । मॉर्निंग क्लास की वजह से बारह बजे तक मैं लौट आती हूँ । पर रूपेश अभी तक नहीं लौटा है । मेरे साथ ही वह भी घर से निकला था । मैं स्कूल की ओर चल पड़ी थी और वह नौकरी की खोज में···। पता नहीं, कहाँ-कहाँ भटक रहा होगा ! यह डायरी लिखते हुए मन-ही-मन मैं यह कामना भी कर रही हूँ कि उसे कहीं नौकरी लग जाए, ताकि उसके डावाँडोल मन को राहत मिल सके और उसके उखड़ते पाँवों में मजबूती आ जाए···। मैंने तो उसी को आधार मानकर गृहत्याग किया है ।

गृहत्याग के पाँचवें माह का पूर्वार्द्ध
बम्बई शहर
श्रीकृष्ण जन्माष्टमी के बाद का समय

श्रीकृष्ण जन्माष्टमी का त्योहार भी बीत गया । तमाम असुविधाओं एवं परेशानियों के बावजूद उपवास रहकर मैंने यह त्योहार किया । चूँकि बचपन से ही मैं अष्टमी व्रत रखती आयी थी, इसीलिए अचानक इसे स्थगित कर देना मैंने उचित नहीं समझा। पिताजी के अनुसार हमारा अष्टमी व्रत कोई धार्मिक अनुष्ठान नहीं, स्वास्थ्य-शुद्धि का निमित्त था, इसीलिए वे अष्टमी व्रत से हमें कभी नहीं रोकते थे । उनके अनुसार

बरसात के उमस भरे मौसम में उपवास रहने वाले इस त्योहार के पीछे अपने स्वास्थ्य को नियन्त्रित रखने का वैज्ञानिक कारण छिपा था ।

गृहत्याग का यह हमारा पाँचवाँ महीना चल रहा है । एक-एक दिन मैं अँगुली पर गिन रही हूँ, इस प्रतीक्षा में कि कभी-न-कभी हमारे दिन लौटेंगे । लेकिन रूपेश का परिवर्तन देख मेरा मन काँप भी उठता है कि हमारे उद्देश्य की सफलता तक कहीं उसकी सहन-शक्ति और धैर्य जवाब न दे दे ! अब तो उसकी खीझ, अन्यमनस्कता और ग़ुस्से का सामना मुझे रोज़ करना पड़ रहा है । रोज़गार की तलाश में निराश होकर लौटते ही वह फट पड़ता है, ''हमने घर से भागकर बहुत बड़ी भूल की लिसा··· यहाँ कहीं कुछ होनेवाला नहीं···वहाँ रहकर ही हमें कुछ करना चाहिए था···।''

मैं उसे समझाती हूँ, ''जो हो चुका वह तो अब लौट कर आनेवाला नहीं । हमें घबराना नहीं चाहिए और धैर्य से काम लेना चाहिए···हम देर तक इस स्थिति में नहीं रहेंगे··· हमारी यह स्थिति भी बदलेगी···।''

इस पर वह क्रोध प्रकट करते हुए कहता, ''तुम अब और कैसा धैर्य चाहती हो? जिस अभाव, कष्ट, अपमान, उपेक्षा और बदहाली की मैंने कभी कल्पना भी नहीं की थी, उसे अब झेल रहा हूँ···। अब और क्या देखना चाहती हो···?''

मैं समझ रही थी, वह मुझसे भी यह कहलवाना चाह रहा था कि घर छोड़ने का हमारा निर्णय ग़लत है, ताकि वापसी के लिए मैं सहमत हो सकूँ···। लेकिन उसकी जैसी वापसी न मैं चाहती हूँ, न मेरे हक़ में है और न हमारे प्रेम के अनुकूल ही ।

मेरे साथ घटी उस घटना के बाद तो रूपेश को अपनी प्रतिक्रिया और तीखेपन के साथ व्यक्त करने का अवसर मिल गया है । उस घटना को याद कर तो मेरे भी रोंगटे खड़े हो जाते हैं । एक अनाम भय से मेरा पूरा जिस्म थर्रा उठता है···।

स्कूल ज्वायन करने के चौथे दिन बाद ही घटी वह घटना । मॉर्निंग स्कूल होने के चलते दिन के लगभग ग्यारह बजे स्कूल बन्द होने के बाद मैं घर लौट रही थी । धूप तेज होने के चलते मेरे क़दम तेज़-तेज़ आगे की ओर बढ़ते जा रहे थे । मेरी खोली से स्कूल की दूरी लगभग एक घण्टे की है । मैं पैदल ही आती-जाती हूँ । उस लूट के बाद सवारी से आने-जाने की हमारी स्थिति नहीं । साथ ही इस विकट जीवन-संग्राम से निपटने के लिए मैं अपने को संघर्षशील और जुझारू भी बनाना चाह रही थी···।

सड़क के एक मोड़ को पार कर मैं दूसरे मोड़ पर अभी पहुँची ही थी कि एक आदमी हाँफता हुआ मेरे सामने आ खड़ा हुआ । शायद वह दौड़ते हुए आया था । उसने हाँफते हुए ही मुझसे कहा, ''आप रूपेश जी की पत्नी हैं न, सेठ अखौरी मल के 'शिशु निकेतन विद्यापीठ' की शिक्षिका···?''

इस पर मैंने सतर्क होते हुए उसे सवालिया निगाहों से घूरा—''तो···?''

उसने इस बार पुनः घबराहट व्यक्त करते हुए ही कहा, 'एक जगह सड़क दुर्घटना

में रूपेश जी गम्भीर रूप से ज़ख्मी हो गये हैं··· उन्होंने तत्क्षण आपको बुलाया है···।''

अब मैं शंकित दृष्टि से उसे देखने लगी । जानती थी, बम्बई बदमाशों और जालसाज़ों से भरी नगरी है । मैंने गम्भीरता से जवाब दिया, ''मुझे धोखा देने की कोशिश मत करो । मेरे पति रूपेश को कुछ नहीं हुआ है···वे घर पर हैं···।''

यह सुन उसने मुझे विश्वास दिलाते हुए कहा, ''मेरी बात पर यकीन कीजिए···मैं कोई ऐसा-वैसा आदमी नहीं । आप लोगों की तरह मैं भी बाहर से बम्बई आया हूँ। मानवता के नाते उनका सन्देश लेकर आप तक आ गया । अब आप समझिए कि आपको जाना है या नहीं ? मुझे तो सन्देश देना था, दे दिया···। अब मैं चला । मुझे एक ज़रूरी काम से जुहू जाना है । लेकिन कान खोलकर सुन लीजिए, आपके पति घर पर नहीं···। वे रिफील कम्पनी में नौकरी के लिए गये थे । वहाँ से लौटते वक़्त सड़कर पार करते हुए ज़ख्मी हुए हैं । मैं तो वहाँ था कि उन्हें एक तरफ़ कर दिया, नहीं तो यहाँ बम्बई में किसी को किसी से मतलब नहीं और किसी को अपने से फुर्सत नहीं···।'' और यह कहकर वह बगल से गुज़रने लगा । पर उसकी इस बार की बात ने मुझे विचलित-सा कर दिया । मुझे हठात् लगा कि सचमुच आज सुबह रूपेश रिफील कम्पनी ही तो गया था । घर से निकलते हुए उसने मुझसे साफ़ कहा था, ''रिफील कम्पनी जा रहा हूँ । वहाँ कुछ वैकेन्सी का पता चला है···।''

अब मुझे लगा, यह आदमी झूठ नहीं बोल रहा है । रूपेश ने ही इसे बताया है। हमारे बारे में यह सब कुछ जानता है । अगर यह धूर्त्त या छली होता तो मुझे सन्देश देकर यों ही आगे नहीं बढ़ जाता । ज़रूर रूपेश ज़ख्मी हो गया है । उसी ने इसे भेजा है । मैंने आवाज़ देकर उस व्यक्ति को रोक लिया, ''रुकिएगा भाई साहब! यह बम्बई अच्छी जगह नहीं, इसीलिए आप पर अविश्वास किया । मुझे माफ़ कीजिएगा । मेरे पति रूपेश कहाँ पड़े हैं ? मुझे ज़ल्द उन तक पहुँचा दीजिए···।''

''मैं तो स्वयं जल्दीबाज़ी में हूँ बहन, लेकिन मानवता के नाते आपकी सहायता कर देना अपना फ़र्ज समझता हूँ··· यहाँ बम्बई में एक परदेशी दूसरे परदेशी की मदद नहीं करेगा तो फिर कौन करेगा···?''

और उसने तत्क्षण बगल से एक सवारी को हाथ देकर बुलाया और मुझे लेकर चल पड़ा । स्कूल से तेज़ धूप में लौटते हुए तो मेरा माथा ऐसे ही घूम रहा था । इस सूचना के बाद तो मुझे चक्कर आने लगे थे । अब क्या होगा ? कितनी चोट लगी है रूपेश को ? कहाँ और किस स्थिति में पड़ा होगा वह ? मुझे बम्बई के रास्तों की कोई जानकारी भी तो नहीं थी···।

सवारी तेज़ रफ्तार से भागी जा रही थी । एक सड़क से दूसरी सड़क और फिर दूसरी से तीसरी सड़क के किनारे एक जगह सवारी रोककर उसने मुझे उतरने का संकेत दिया । सवारी का भाड़ा चुकाने के पैसे सम्भवतः मेरे पास नहीं थे । फिर भी मैं अपना पर्स टटोलने लगी थी कि उसने शीघ्र अपने पास से रुपये निकालकर

सवारी को थमा दिये थे, यह कहते हुए कि रूपेशजी के पास चलकर आप चुका दीजिएगा, पता नहीं, अब उनकी तबीयत कैसी है···?

इसके बाद मुझे लेकर एक सँकरी गली में वह घुसने लगा था कि इसी में रूपेशजी पड़े हैं । लेकिन उस गली में घुसने के लिए मैंने जैसे ही पाँव उठाये थे, अपने दो मित्रों के साथ सड़क से जा रहे भैयाजी की नज़र मुझ पर आ पड़ी थी । फिर दूर से ही चिल्ला उठे थे वे—"ए बबुनी !"

उनकी आवाज़ सुन मैं रुक गयी थी । वे मुझे बबुनी कहते थे और रूपेश को बबुआ । वे हमारे बाप-चाचा के उम्र के थे । उनका यह सम्बोधन हमें अच्छा लगता था । अपने साथियों के साथ वे तत्काल मेरे पास आ गये थे और चौंकते हुए पूछा था, "एह गली में कहाँ जा तारू बबुनी, इ त रंडियन के गली ह···!"

मैंने हकलाते हुए जवाब दिया था, "वह आगेवाला आदमी मुझे ले जा रहा है कि रूपेश इसी गली में कहीं ज़ख्मी पड़ा है···स्कूल के बीच रास्ते से ही मुझे ला रहा है···।"

यह सुन भैयाजी का चेहरा एकदम तन गया । उन्होंने तेज़ आवाज़ देकर उस आदमी को पुकारा, "ए भाई, ज़रा इधर सुनिएगा तो···!"

लेकिन भैयाजी की आवाज़ सुन उसने पलटकर भी पीछे नहीं देखा । भैयाजी और उनके दोस्तों को मेरे पास आते हुए उसने देख लिया था । सम्भवतः उनकी बातें भी उसने सुन ली थीं । फिर वह तेज़-तेज़ क़दम आगे बढ़ाते हुए नौ-दो-ग्यारह हो गया था । अब भैयाजी ने मुझे सचेत किया, "तोहार भाग निमन रहे बबुनी कि हमनी के अइन मोका प पहुँच अइनी । हाँ जा, ना त आज तू बर्बाद हो गइल रहितू···बबुआ त खोली में बाड़े···हम उनुका के देखके आवतानी···।"

मैं भैयाजी के पैरों पर गिर पड़ी थी, "आप मेरे सगे बाप-चाचा से कम नहीं । मेरे लिए आपने जो किया, उसका बदला मैं मरकर भी नहीं चुका पाऊँगी···।"

इस पर भैयाजी ने कहा, "अरे कइसन बदला बबुनी, तू हमरा जिला-जवार के बेटी-पतोह हऊ···तोहरा प आँख उठा के देखेवाला के हम आँखि निकाल लेब ! बाकिर बहुत समझ-बुझ के रहल कर···कवनो के कुछ कहला प हरसठे मत पतिआ जा···।"

घर आने के बाद उस रात मैं सारी रात सो न सकी । कैसी अनहोनी होने जा रही थी मेरे साथ ! यहाँ कैसे-कैसे धोखेबाज़ और जालसाज़ हैं कि सारी जानकारी अपने पास रखते हैं ! मैं इस मुगालते में थी कि यहाँ हमें कोई नहीं जानता । अपने तईं हमने अपनी स्थिति को गोपनीय ही रखा था । लेकिन वह छलबाज़ हमारे बारे में सब कुछ जानता था । अगर भैयाजी न आते तो···? शायद मैं कहीं की नहीं रहती···। एक अन्तहीन अँधेरी और गहरी खाई में जा गिरती । लेकिन अपनी शक्ति भर मैं अवश्य लड़ती । जीते जी उस नरक को कभी कबूल नहीं करती । वे मुझे भागने नहीं देते । अपनी गिरफ्त में कसे रहते । लेकिन मुझे मरने से रोक भी नहीं

पाते···। उनकी मर्ज़ी के अनुसार जीने की अपेक्षा अपनी इच्छा के अनुसार मर जाना मैं पसन्द करती । लेकिन भैयाजी की कृपा से एक बड़े दुष्चक्र से बच गयी मैं···। सचमुच घर से बाहर अपनी भाषा और प्रान्त के लोग ही सच्चे सहायक बन पाते हैं···।

न चाहते हुए भी इस घटना का जिक्र मुझे रूपेश से करना ही पड़ा । अगर मैं उसे न भी बतांती तो भैयाजी बता ही देते, इसीलिए स्वयं सब कुछ कह देना ही मुझे लाज़िमी जान पड़ा । पर मुझे जो आशंका थी, वही हुई । इस घटना की जानकारी के बाद रूपेश के मन की उद्विग्नता और बौखलाहट और बढ़ गयी । अब तक तो वह सिर्फ़ यही कहता था कि घर से भागने का निर्णय लेकर हमने अच्छा नहीं किया। अब यह भी कहने लगा, "यहाँ अब रहना ख़तरे से खाली नहीं···हमें अपने घर आरा लौट चलना चाहिए । यह बम्बई हमें कहीं की नहीं छोड़ेगी···।"

यह सुन चौंक उठी मैं, "यह क्या कह रहे हो रूपेश ? हम आरा लौट चलें···?"

उसने ज़ोर देकर कहा, "और नहीं तो क्या ? अब यहाँ बचा ही क्या है ? अब तो बलात्कार और हत्या—यही दो चीज़ें बाकी हैं···।"

मैंने गम्भीर होकर उसे समझाया, "इतना असंयत न बनो और घबराकर यह निर्णय न लो ? आरा कौन-सा आधार लेकर हम लौटें ? इस स्थिति में वहाँ पहुँचकर लोगों को क्या जवाब देंगे ? क्या बताएँगे कि इसी प्रेम पर घर से भागे थे कि पुनः अपनी खोल में लौट आये ! तुम्हारे पिताजी किसी भी सूरत में हमें स्वीकार करनेवाले नहीं और आरा में स्वतन्त्र होकर हमें जीविकोपार्जन भी नहीं करने देंगे । इसके अतिरिक्त आरा में जीविकोपार्जन के नाम पर कोई छोटा काम भी तो हम नहीं कर पाएँगे । वह हमारा गृह-नगर है । वहाँ अँगुली उठानेवाले अनेक हैं । यहाँ बाहर तो अवसर आने पर हम मेहनत-मजूरी का काम भी कर लेंगे । अनुकूल स्थिति में आने के बाद ही हमारी आरा वापसी सही होगी···।"

इस पर उसकी दलील कुछ और थी, "यहाँ हम कभी अनुकूल स्थिति में नहीं आ पाएँगे···। आरा पहुँचकर पहले हम अपने-अपने घरों को चले जाएँगे । फिर मैं कोशिश करूँगा कि पिताजी को अपने पक्ष में कर सकूँ···। इतने दिन घर से भागकर रहने की हमारी धमकी का उन पर ज़रूर असर हुआ होगा । मैं वादा करता हूँ कि तुमसे शादी करने के लिए उन्हें राजी करके मानूँगा···।"

यहाँ पहली बार मुझे लगा कि उसकी बात में छद्म है । आरा लौटने का एक मज़बूत बहाना । तो क्या यही उसका प्रेम था ? इसी प्रेम की बदौलत मुझे गृहत्याग के लिए उसने प्रेरित किया था ? अब तो मेरे प्रति उसके मन में वह पहले वाला तीव्र आकर्षण और खिंचाव भी नहीं रहा था । इस स्थिति में आरा ले जाकर मुझे मेरे घर छोड़ देने के सिवाय वह कुछ नहीं कर सकेगा । वह तो लड़का है । लौटकर भी पूर्ववत् बना रहेगा । सम्भव है, मेरे प्रति उसका आकर्षण कम देख उसके पिता अपनी

इच्छानुसार उसकी कहीं शादी भी कर दें । लेकिन लड़की होने का दण्ड स्वयं भुगतने के साथ-साथ अपने परिवार को भी एक अभिशाप दे जाऊँगी मैं । टोला-पड़ोस और पूरे शहर की नज़र में मैं भागी हुई, बदचलन और कलंकित लड़की समझी जाऊँगी। पिताजी मेरी शादी के लिए अवश्य प्रयास करेंगे । सम्भव है, सफल ही हो जाएँ । लेकिन हर जगह उन्हें अपमान के दौर से गुज़रना पड़ेगा कि भागी हुई लड़की से कौन ब्याह करे ? भागी हुई लड़की का क्या भरोसा ? उसके पास अब बचा ही क्या है? लेकिन मैं पिताजी को हरगिज़ अपमान के दौर से नहीं गुज़रने दूँगी और रूपेश के बाद फिर किसी और से शादी भी नहीं करूँगी । रूपेश कह रहा है कि पिताजी को राजी कर वह मुझसे शादी कर लेगा । तो क्या अब तक उसने मुझसे शादी नहीं की है ? तो फिर मन्दिर में ईश्वर के समक्ष उसके द्वारा मेरी माँग में डाली गयी सिन्दूर की यह रेखा ! मुझे सब कुछ अजीब लगने लगा है । रूपेश इतना बदल कैसे गया? मैंने अत्यन्त गम्भीर होकर कहा, " तुम कैसी बचकानी बात सोच रहे हो··· क्या तुम्हारे प्रेम की यही गहराई है··· इसी प्रेम को जीवित रखने और अमर बनाने के लिए हम घर से निकले हैं ! तुम अपने जिस पिता को तैयार कर लेने की बात कहते हो, हम उनसे अपरिचित तो हैं नहीं ? हम दोनों के प्रेम के खिलाफ़ उनके उग्र और समझौताहीन रूप में कोई कमी होने वाली नहीं···। अन्ततः वे तुम्हारी शादी दूसरी जगह कर देंगे और सारी बदनामी मेरे मत्थे आ जाएगी···मेरा घर-परिवार भी तबाह हो जाएगा···।"

यह सुन उसने धीमी आवाज़ में एक नयी बात मुझे सुझायी, जैसे कोई नया राज उद्घाटित कर रहा हो । लेकिन उसकी यह नयी बात मुझे उसकी धूर्तता की नयी चाल लगी । उसने कहा, "अव्वल तो पिताजी के कहने से मैं दूसरी जगह शादी करूँगा ही नहीं । लेकिन अगर वे कहीं कह भी देते हैं तो जानता हूँ, प्रगतिशील विचारों के तुम्हारे पिता भी तुम्हारी शादी कहीं कर ही देंगे । इस सम्बन्ध में हमें यह वादा कर लेना चाहिए कि शादी के बाद भी अपने प्रेम को हम बरकरार रखेंगे । मैंने तो कई ऐसी पुस्तकें पढ़ी हैं जिनमें ऐसा प्रेम ही टिकाऊ पाया है···। भले ही हम किसी के पति या किसी की पत्नी बने रहेंगे, लेकिन आजीवन एक-दूसरे से प्रेम करते रहेंगे···।"

अब मैं अपने को रोक नहीं सकी । फट पड़ी, "तो यही तुम्हारे प्रेम का उद्देश्य था ? यह सब तुम क्या कह रहे हो रूपेश ? मुझे अपने कानों पर विश्वास नहीं हो रहा है कि यह तुम्हीं कह रहे हो ? क्या यही तुम्हारे प्रेम की परिणति है ? हर क्षण और हर स्थिति में साथ-साथ जीने-मरने के तुम्हारे वादे यही हैं ? परिस्थितियों की इस अल्पकालिक प्रतिकूलता में ही तुम्हारे प्रेम का वह ज्वार खत्म हो गया ? अपने प्रेम के समक्ष तो तुम्हें सारी दुनिया ओछी जान पड़ती थी, फिर इन परिस्थितियों के समक्ष तुम्हारा प्रेम ग़ायब क्यों होने लगा ? तो क्या प्रेम के नाम पर वह सब तुम्हारा नाटक था ? लेकिन तब वह मुझे तुम्हारा नाटक नहीं लगता था । तुमने यह सोच

कैसे लिया कि तन किसी और के साथ जोड़ लिया जाए और मन किसी और के साथ···? सम्भव है, तुम ऐसा कर सको···। लेकिन मैंने तो तन और मन के साथ सम्पूर्ण रूप से तुमसे प्रेम किया है और सदैव करती रहूँगी···। यह सम्बन्ध निर्णय बदलने का और अपनी सुविधा के अनुसार उसे जोड़ने-तोड़ने का नहीं होता है···। ऐसा कहने से पहले तुमने मुझे ज़हर देकर मार क्यों नहीं दिया, ताकि कुछ भी करने के लिए तुम स्वतन्त्र हो सको···। कान खोलकर सुन लो रूपेश, आइन्दा से कभी ऐसा प्रस्ताव मेरे समक्ष न रखना । जिस दिन भी ऐसा करने के लिए तुम उद्यत हो जाओगे, मेरी लाश से होकर तुम्हें गुज़रना पड़ेगा···। मैं जिऊँगी तो तुम्हारे नाम और मरूँगी तो तुम्हारे नाम···यह मेरा अटल फैसला है···।''

आक्रोशजनित मेरे इस दृढ़ निश्चय को सुन रूपेश जैसे थम गया । जैसे उसके विचलित मन को मेरी आस्था और विश्वास का लगाम लग गया । उसके बाद फिर आरा लौटने का ज़िक्र उसने बन्द कर दिया । उसके चेहरे की अन्यमनस्कता में भी मैंने कुछ परिवर्तन का अनुभव किया । उसने शायद नहीं सोचा था कि मेरा निर्णय इतना दृढ़ और अपने प्रेम के प्रति मेरा विश्वास इतना ऊँचा है । इस क्षण उसकी आँखों में गायब हुई प्रेम की वह चमक भी मुझे दिखाई दे गयी···। हालाँकि वह चमक देर तक रुकी नहीं रह सकी···।

उस दिन रूपेश के उस व्यवहार से मेरा मन बहुत दुःखी और पीड़ित हो गया था । कहाँ मुझे इस बात की अपेक्षा थी कि उस घटना से त्रस्त और आहत मेरे नारी-मन को रूपेश अपने स्नेह-प्रेम से सींचकर हरा कर देगा, लेकिन जले पर नमक छिड़कने की भाँति उसने मेरी व्यथा को और बढ़ाया ही···। उसका प्रेम इतना कच्चा, क्षणिक और अवसरवादी है, इस तथ्य की कचोट उस घटना की भयावहता से मुझे ज़्यादा घातक जान पड़ रही थी । मैं अनुभव कर रही थी, घर से भागने के प्रारम्भिक दिनों को छोड़कर मद्रास के अन्तिम दिनों से ही उसके प्रेम में परिवर्तन शुरू हो गया था । प्रारम्भ के दिनों में तो हम एक-दूसरे की आँखों में ही सोते और एक-दूसरे की आँखों में ही जागते थे । हर वक़्त साये की तरह एक-दूसरे से जुड़े रहते । लेकिन बीतते समय के अनुसार वह आकर्षण कम होता चला गया था । मुझे यह स्वीकार करने में हिचक नहीं कि प्रेम में वह पहलेवाली बेक़रारी-उतावली और आवेग-उन्माद उस रूप में मैं भी अपने भीतर महसूस नहीं कर रही थी । लेकिन जिस अनुपात में रूपेश दूर होता जा रहा था, उस अनुपात में मैं हर्गिज दूर नहीं हुई थी । शायद नारी होने की प्रकृति के चलते प्रेम का मेरा घट भरनेवाला नहीं था । पर रूपेश का प्रेमघट तो एकदम भर चला था । मद्रास से बम्बई आने के बाद तो उसकी दूरी का एहसास मैं साफ-साफ करने लगी थी । हम साथ-साथ ही रहते थे तथा एक ही बिस्तरे पर सोते थे । लेकिन नदी के दो किनारों की तरह अलग-थलग पड़े रहते । कभी-कभार पलटकर मैं उसके प्रेम को ताज़ा करना चाहती । लेकिन उसकी उदासीनता और

अन्यमनस्कता देख पीछे हट जाती । कहीं वह अन्यथा न ले ले । इन क्षणों में मुझे अपने पिताजी की वह बात अक्सर याद आती कि किसी वस्तु की प्रतीक्षा में जो तीव्र आकर्षण और खिंचाव होता है, वह उसकी प्राप्ति के बाद जाता रहता है···।

मुझे लगता, हमारे साथ भी ऐसा ही हो रहा है । लेकिन यह प्रश्न उठता कि हमारा प्रेम कोई वस्तु तो नहीं ? वस्तुएँ तो सारी लौकिक और नाशवान होती हैं, प्रेम तो अलौकिक और अमर होता है···। वस्तुओं की आवश्यकता उनकी उपयोगिता के तहत होती है—विशुद्ध स्वार्थपूर्ति के लिए । किन्तु प्रेम का सम्बन्ध तो उपयोग और स्वार्थपूर्ति से नहीं होता···। फिर हमारे साथ ऐसा क्यों हो रहा है ? इस सम्बन्ध में यह सोच कर मैं अपने मन को शान्त करती कि नयी जगह की परेशानियों और गृहस्थी के नये बोझ की समस्याओं के चलते ऐसा हो रहा है । उन्मुक्त विहार करनेवाला प्रेम गृहस्थी के बोझ को बर्दाश्त नहीं कर पा रहा है । सम्भवतः धीरे-धीरे वह अभ्यस्त हो जाएगा और अपनी पहली स्थिति में लौट भी आएगा ।

लेकिन बम्बई की गर्दिशों के बीच पहली स्थिति में लौटने के स्थान पर उसका अन्तराल और बढ़ता ही जा रहा था । रूपेश के साथ उस बातचीत के बाद बम्बई का अब एक-एक दिन मेरे लिए पहाड़ जैसा लगने लगा था । अपने को उत्सर्ग करने का अपना निश्चय सुनाकर घर वापसी की उसकी आवाज़ तो मैंने ज़रूर बन्द कर दी थी, लेकिन उसकी उदासी, खिन्नता और अपने प्रति बढ़ती जा रही उसकी दूरी को मैं चाह कर भी पाट नहीं पा रही थी । इस बीच बेतरह भाग-दौड़ करने के बाद भी उसे कहीं नौकरी नहीं मिली थी, जिससे उसके उद्विग्न मन की बेचैनी और व्यग्रता बढ़ती ही जा रही थी ।

ऐसे ही क्षण में सेठ द्वारा यह प्रस्ताव पाकर कि उसके नाम पर दिल्ली में खुले एक नये विद्यालय में मुझे जाना है, मैंने आन्तरिक राहत का अनुभव किया । लगा, जैसे ईश्वर ने मेरी सुन ली । अब मैं बम्बई में रहना नहीं चाह रही थी । रूपेश का मन तो पहले ही यहाँ से उचट गया था । सुनते ही वह तैयार हो गया । जब नया विद्यालय खुला है तो अनेक शिक्षकों की ज़रूरत होगी । सेठ से प्रार्थना कर मैंने अपने पत्र में लिखवा भी लिया है कि सम्भव हो सके तो शिक्षिका के पति को भी शिक्षक के रूप में रख लिया जाए···।

आज ही सेठ का यह पत्र मुझे मिला है । कल दिल्ली के लिए हम रवाना हो जाएँगे । रूपेश दिल्ली जानेवाली गाड़ियों का समय मालूम करने गया है और इस बीच बम्बई प्रवास की अपनी अन्तिम डायरी मैं लिख रही हूँ । मद्रास से बम्बई आते हुए बर्थ रिज़र्व कराकर हम आये थे । लेकिन अब हमारी वह स्थिति नहीं । सेठ से अनुनय-विनय कर किसी तरह भाड़े भर रुपयों का इन्तज़ाम कर सकी हूँ । सिर्फ़ बैठने भर जगह मिल जाए तो पहुँच जाएँगे हम दिल्ली ! अगर रातवाली कोई गाड़ी हुई तो उसी से जाएँगे । मुझे अपनी असुविधा का ख़याल नहीं···। जब ओखली में

सर दे ही दिया है तो मूसलों की क्या गिनती ? लेकिन रूपेश की असुविधा को ध्यान में रखकर चिन्तित हूँ···। पता नहीं, कैसे और कब पहुँचेंगे हम दिल्ली···?

गृहत्याग के पाँचवें माह का उत्तरार्द्ध
दिल्ली शहर
पन्द्रह अगस्त का दिन

आज पन्द्रह अगस्त है, स्वतन्त्रता दिवस और वह भी राजधानी दिल्ली । पिछले एक पखवारे से, जब से हम दिल्ली आये हैं, यहाँ स्वतन्त्रता दिवस की तैयारी होते पाया है । आज उसी तैयारी का परिणाम घटित हो रहा था, इसीलिए आज की चहल-पहल कुछ और ही थी । कई देशों के राष्ट्र-प्रमुख स्वतन्त्रता-समारोह में मुख्य अतिथि के रूप में आये थे । प्रधानमन्त्री द्वारा ध्वजारोहण एवं राष्ट्र के नाम सन्देश प्रसारित होना था । दिल्ली की सड़कों और प्रमुख स्थलों को आकर्षक ढंग से सजाया गया था । सुरक्षा-व्यवस्था की अद्‌भुत तैयारी थी । पूरी दिल्ली में इस स्वतन्त्रता समारोह की चर्चा थी । लेकिन समारोह-स्थल में जाने की स्थिति, मानसिकता और समय हमारे पास कहाँ !

मुझे तो अपने स्कूल के ध्वजारोहण में भाग लेना अनिवार्य था । स्कूल के ध्वजारोहण के बाद खाना बनाने में जुट गयी थी । खाना बनाते हुए ही सामने के घर के दूरदर्शन से प्रधानमन्त्री की आवाज़ भी मुझे सुनायी पड़ी थी । फिर उस आवाज़ के साथ ही अपने घर की याद भी मुझे हो आयी है । इस दिन दूरदर्शन से सीधे प्रसारित सारे कार्यक्रम हम घर पर देखते थे । लेकिन यह समय का कैसा फेर है कि आरा में रहकर मैं दिल्ली के कार्यक्रमों को अच्छी तरह देख लेती थी । लेकिन यहाँ दिल्ली में होते हुए भी उससे वंचित थी···। खाने में भी खिचड़ी, चोखा के अतिरिक्त और कुछ मैं नहीं बना सकी थी । इससे अधिक की सामर्थ्य ही हमारे पास नहीं, जबकि इस दिन पिताजी बड़ा खाना बनवाते थे—पूड़ी, पुलाव, दलिया, मटर-पनीर, बैगन का भुर्ता और खीर । पन्द्रह अगस्त और छब्बीस जनवरी को वे खुशी और उल्लास का राष्ट्रीय त्योहार मानते हैं और विशिष्ट खानपान के साथ इसे सम्पन्न करने में विश्वास करते हैं···। पर इच्छा होते हुए भी मैं वैसा नहीं कर पा रही थी ।

बम्बई में तो रहने के लिए एक खोली हमें मिल भी गयी थी । पर यहाँ अभी

तक हम आश्रयविहीन हैं । बम्बई से यहाँ पहुँचने के बाद हम सीधे स्कूल पहुँचे थे। पहले तो यहाँ एक स्कूल प्रबन्धक ने हमें साफ़ कह दिया कि यहाँ शिक्षक का कोई पद रिक्त नहीं । सारे पद भरे जा चुके हैं । यह सुनकर हमारे तो जैसे होश ही उड़ गये । अपने पाँव के नीचे की धरती हमें खिसकती जान पड़ी । लेकिन बाद में सेठ के पुत्र ने अपने पिता का पत्र पढ़कर मुझे रख लिया । किन्तु मेरे लाख कहने पर भी रूपेश को नियुक्त नहीं किया ।

स्कूल ज्वायन करने के बाद समस्या यह खड़ी हुई कि यहाँ दिल्ली में हम रहेंगे कहाँ ? हमारी माली हालत ऐसी थी और हम इतनी कड़की में थे कि कुछ भी किराया दे सकने की हमारी क्षमता नहीं । इस विकट स्थिति में स्कूल प्रबन्धक से अनुनय-विनय कर स्कूल में ही रहने की उनकी स्वीकृति हमने प्राप्त की । तय यह हुआ है कि स्कूल के वक़्त हम अपने सामान ऑफिस आलमारी के पीछे छिपाकर रख देंगे और स्कूल की समाप्ति के बाद उन्हें निकाल कर अपना बिस्तरा लगा लेंगे । इस दौरान हमें हिदायत दी गयी कि हमें इस तरह मुस्तैद और साफ-सुथरा रहना है कि छात्रों को या किसी अन्य को यह पता न चले कि यह हमारा आवासीय स्थल भी है । बाद में मुझे ज्ञात हुआ है कि रहने की हमारी इस व्यवस्था के पीछे हमारे अनुनय-विनय का तो हाथ था ही, बीमार होकर 'नाइट गार्ड' का घर चले जाना भी था । स्कूल-प्रबन्धक द्वारा हमें आश्रय देने के नाम पर स्कूल के 'नाइट गार्ड' की समस्या का समाधान भी किया गया था ।

पर स्कूल-प्रबन्धक जिसे आश्रय समझते थे, वैसे आश्रय की कल्पना तो मैंने जीवन में कभी की ही नहीं । आश्रय की इस नयी व्यवस्था में आकर तो रूपेश जैंसे आसमान से ज़मीन पर गिर आया है । उसके चेहरे पर बनते-बिगड़ते भावों को मैं रोज़ लक्ष्य करती हूँ । जानती हूँ, पंगु स्थिति में होने की वजह से ही वह इस व्यवस्था का विरोध नहीं कर रहा है । मैं खुद आश्रय की इस व्यवस्था से तंग, त्रस्त और तकलीफ़ में हूँ । फिर भी कोशिश करती रहती हूँ कि रूपेश को अपनी तकलीफ़ और इस व्यवस्था की पीड़ा से वंचित रखूँ···।

सुबह रूपेश के उठने से पूर्व ही मैं उठकर स्कूल के इस कमरे को यथावत् कर देती हूँ तथा स्टोव जलाकर खाना आदि बना लेती हूँ । फिर शाम में स्कूल समाप्त होते ही रूपेश का बिस्तरा आदि पूर्वतः लगा देती हूँ । इस बीच स्कूल के वक़्त मैं स्कूल ड्यूटी करती हूँ तथा रूपेश भी काम पर चला जाता है । हमारा दिल्ली आना इस मामले में हमें सार्थक जान पड़ता है कि पिछले एक सप्ताह से यहाँ की एक प्राइवेट फैक्टरी में रूपेश को भी काम मिल गया है । रूपेश के काम मिलते ही मेरे अन्दर इस बात की आशा बलवती हो गयी है कि निकट भविष्य में आश्रय की अपनी समस्या का हम समाधान भी ढूँढ़ लेंगे···। हाथ में पैसे आने के बाद सबसे पहले हम अपने आश्रय का ही इन्तजाम करेंगे ।

नौकरी ज्वायन करने के दिन रूपेश की खुशी भी देखते ही बनती थी । सम्भवतः बेहतर भविष्य का सपना उसके मन में भी अंकुरित होने लगा था । उसके चेहरे पर सन्तोष और विश्वास के भाव उभर आये थे । लेकिन दो दिन बाद से ही उसका चेहरा फिर मुरझाने तथा चिन्ता और तनाव में आने लगा था । इस एक सप्ताह के दौरान ही वह कैसा सूखकर काँटा हो गया है ! मन लायक काम उसे नहीं मिला । फैक्टरी में लोहे-लक्कड़ के बीच मज़दूरों के साथ खटना पड़ता है उसे । फैक्टरी से आते ही निढाल होकर गिर जाता है और कुपित होकर गाहे-ब-गाहे बोलता रहता है। मैं जी-जान लगाकर उसकी सेवा करती रहती हूँ, यह सोचते हुए कि नये काम की शुरुआत के चलते ही ऐसा हो रहा है, अभ्यस्त हो जाने के बाद ऐसा नहीं होगा । लेकिन पता नहीं, वह कब अभ्यस्त होगा ? उसकी उदासी, खिन्नता, बेरुखी और झल्लाहट तो जैसे बढ़ने के सिवाय घटने का नाम ही नहीं ले रही है । हमारे बीच प्रेम था और प्रेम की वजह से ही हम यहाँ तक पहुँचे हैं, इसे तो जैसे वह एकदम भूल ही गया है । मेरा मन तड़पता रहता है कि प्रेम से वह सिर्फ़ दो बोल ही बोल दे, ताकि दिन भर की मेरी सारी थकान और पीड़ा खत्म हो जाए··· । लेकिन प्रेम-बोल के स्थान पर अब तो वह तीखे व्यंग्य बोल बोलता है, "पिताजी मुझे आई. ए. एस. बनाना चाहते थे लिसा···या अंकल के पास विदेश भेजना··· लेकिन यहाँ मैं मज़दूरी कर रहा हूँ···फैक्टरी में छेनी-हथौड़ी चलाता हूँ··· । यह क्या आई. ए. एस. बनने और विदेश जाने से कम है ?"

मैं उसे स्मरण दिलाती हूँ, "प्रेम का मार्ग सदैव सुखद हीं नहीं होता रूपेश ! अक्सर वह दुःखद और कष्टकारक भी होता है । लेकिन यह दुःख और कष्ट प्रेम को और घनीभूत बनाता है—यही प्रेम की आत्मा है··· । हम भौतिक दृष्टि से अभाव और परेशानी में ज़रूर हैं, लेकिन एक-दूसरे के साथ हैं, यह क्या कम है ? एक-दूसरे के प्रेम को जीते हुए हमें अपने इन दुःखों को भूले रहना चाहिए··· । हमारी यह परिस्थिति भी बदलेगी···हम बराबर एक जैसी परिस्थिति में ही नहीं रहेंगे ।"

लेकिन मेरे समझाने का उसके ऊपर कोई असर नहीं हो पाता है । हमारा प्रेमालाप या प्रेमालिंगन तो जैसे खत्म ही होता जा रहा है । ऐसा क्यों हो रहा है, मैं कुछ भी समझ नहीं पा रही हूँ ? क्या हमारे बीच सच्चा प्रेम नहीं ? सच्चा प्रेम तो प्रतिकूल परिस्थितियों के बीच और निखरता है । आरा में जब एक-दूसरे से न मिलने देने के लिए हमारे ऊपर बन्दिशें थीं, तब तो हमारा प्रेम और बढ़ गया था । वह भी तो हमारे लिए प्रतिकूल परिस्थिति थी । लेकिन अब वैसा क्यों नहीं हो रहा है ? और जाने-अनजाने मैं प्रेम की उधेड़बुन में पड़ जाती हूँ कि आखिर प्रेम है क्या और हमारे बीच जब वह तब था तो अब कहाँ तिरोहित हो गया ?

मैं जानती हूँ, अपने को उत्सर्ग कर देने के मेरे उस दृढ़ निश्चय के चलते ही रूपेश ने घर लौटने का आग्रह बन्द कर दिया है, लेकिन यहाँ की तंगहाली और

असुविधा में मेरे साथ रहने के खिलाफ़ अपनी हिक़ारत और नफ़रत भी अपने व्यवहार से प्रदर्शित करना शुरू कर दिया है ।

आज सुबह से ही अपनी फैक्टरी के एक मज़दूर सहकर्मी के साथ वह कहीं निकला है, पर इतना दिन चढ़ चुकने के बाद भी अभी तक नहीं लौटा है । स्कूल में ध्वजारोहण होने और छात्रों के जाने के बाद इस कमरे में अपनी गृहस्थी मैंने बसा दी है । खाना आदि बनाकर उसकी प्रतीक्षा कर रही हूँ कि वह आये तो हम साथ-साथ खायें । उसकी प्रतीक्षा में ही दिल्ली की अपनी यह पहली डायरी भी लिख रही हूँ । मैं चाहती हूँ कि रविवार या आज की ही तरह छुट्टी के दिनों में वह जल्द लौट आया करे, ताकि दोपहर में हम साथ-साथ आराम कर सकें और एक-दूसरे का सुख-दुःख बाँट सकें । लेकिन मेरे अकेले के चाहने से क्या होनेवाला, जब तक इसके लिए वह भी तैयार और तत्पर न हो···! अब तो पहले की भाँति कहीं जाने से पूर्व वह मुझे इत्मीनान से बताता भी नहीं । पता नहीं, कहाँ जाता है ? किन लोगों के बीच रहता है ? हमारे प्रेम कीं याद उसे क्यों नहीं आती है ? क्या जीवन की भौतिक समस्याएँ प्रेम से बड़ी होती हैं ? क्या प्रेम को वे प्रभावित और विचलित कर देती हैं ? अगर ऐसा होता तो फिर अमर प्रेम-कहानियों के नायक-नायिका कहाँ से आते ? प्रेम को महान् और सर्वोपरि क्यों समझा जाता ? प्रेम के नाम पर लोग जीने-मरने के लिए उतारू क्यों हो जाते ? कबीर को 'ढाई आखर' क्यों लिखना पड़ता ?

लेकिन प्रेम के इस दर्शन पक्ष और अपने जीवन के व्यावहारिक सत्य को देखते हुए मैं कुछ भी समझ नहीं पा रही हूँ । मेरा माथा जोर-जोर से घूमने लगा है । अब डायरी भी नहीं लिखी जा रही । आज की डायरी बस यहीं तक···।

गृहत्याग का छठा माह
दिल्ली शहर
सेठ अखौरीमल के पुत्र के अपहरण की पाँचवीं रात

सेठ अखौरीमल के पुत्र के अपहरण की आज पाँचवीं रात है । दहशत और आतंक से अभी तक मैं मुक्त नहीं हो सकी हूँ । स्कूल के कम्पाउण्ड में ही एक किनारे सेठ अखौरीमल की विशाल इमारत है । बम्बई की उनकी इमारत से किसी भी मामले में कम नहीं । वे उद्योगपति हैं । अनेक कारखानों एवं संस्थाओं के मालिक । बम्बई का अपना कारोबार स्वयं सँभालते हैं । यहाँ दिल्ली का कारोबार उनके पुत्र के ज़िम्मे है । उनके द्वारा 'शिशु निकेतन विद्यापीठ' की स्थापना तो हाथी के दिखानेवाले दाँत

की तरह है कि वे निरक्षरता-उन्मूलन एवं शिक्षा के प्रसार में भी लगे हैं । उनके असली कार्य तो विभिन्न उद्योगों को चलाना और मुनाफा हासिल करना है ।

इस स्कूल में आने के बाद से ही मैं देखती आ रही थी कि रोज स्कूल की शुरूआत के बाद सेठ-पुत्र अपनी चौड़ी विदेशी कार में अपने अंगरक्षक एवं सचिव के साथ बैठकर अपने विभिन्न उद्योगों का निरीक्षण करने जाते थे । फिर दोपहर ढलने के वक़्त लौटते थे । कभी-कभार उन्हें लौटने में शाम भी हो जाती थी । तब उनकी भव्य इमारत की खूबसूरत बालकनी में टहलती हुई उसकी पत्नी प्रतीक्षा किया करती थी । इस बीच घण्टा-आध-घण्टा के अन्तराल पर फ़ोन कर वह जानकारी भी लेती रहती थी कि उसके पति किस कारखाने में हैं और कब तक आ रहे हैं ? दिल्ली में हत्या और अपहरण की बढ़ती हुई घटनाओं को देख कर शायद वह इस तरह सतर्क हो गयी थी । सम्भवतः दो माह पूर्व अपहरणकर्ताओं के एक गिरोह की ओर से इस आशय का एक पत्र भी उन्हें मिला था कि पाँच लाख रुपये, अमुक स्थान पर, अमुक तिथि को भिजवा दो नहीं तो तुम्हारी खैर नहीं…। उस पत्र से उन्होंने पुलिस उच्चाधिकारिओं को अवगत भी करा दिया था और वहीं से उन्हें सुरक्षागार्ड भी प्राप्त हुए थे । लेकिन बीतते समय के अनुसार वह पत्र उन्हें दिल्ली के सामान्य लुटेरों और ठगों द्वारा लिखा पत्र ही लगने लगा था । अपनी कड़ी सुरक्षा और सतर्कता के प्रति भी वे सामान्य हो चले थे । ऐसी ही स्थिति में उस शाम अपने एक कारखाने से लौटते हुए रास्ते में ही उनकी कार का अपहरण कर लिया गया । सड़क पर एक जगह अचानक एक मवेशी के आ जाने के चलते उनके ड्राइवर को कार रोकनी पड़ी। सुरक्षागार्ड कार से उतरकर उस मवेशी को हटाने के लिए आगे बढ़ा । बस, इसी क्षण किनारे खड़े नागरिक वेश में अपहरणकर्ताओं ने सबसे पहले सुरक्षागार्ड को दबोच लिया । फिर तत्क्षण कार में घुस उन्होंने सेठ-पुत्र को अपने कब्ज़े में ले लिया तथा ड्राइवर की कनपटी में रिवाल्वर सटाकार अपने गन्तव्य स्थान की ओर ले भागे…।

शाम गहराने के बाद भी जब सेठ-पुत्र नहीं लौटे तो उनकी पत्नी बेचैन हो गयी। उसने पुलिस को तत्काल सूचना दी । अपने तमाम कारखानों में फ़ोन किया तथा अपने तमाम अमला-आदमियों को जानकारी के लिए दौड़ाया । फिर रात दस बजे के करीब घायल और मूर्च्छित अवस्था में पड़े सुरक्षागार्ड को खोज सकने में उनके लोग सफल हो सके…। अस्पताल में प्राथमिक उपचार के दौरान होश आते ही सुरक्षागार्ड ने बताया कि सेठजी का अपहरण हो गया है…।

अब सेठ-पुत्र की पत्नी की विकलता, छटपटाहट और व्यग्रता एकदम बढ़ गयी। वह दहाड़ें मार-मार कर रोने लगी कि उसके पति को उन सबों ने ज़िन्दा नहीं छोड़ा होगा । इस बीच सुरक्षागार्ड द्वारा जानकारी प्राप्त कर पुलिस सेठ की खोज में निकल गयी थी । सेठ के प्रभाव और उद्योगपति होने की वजह से पुलिस उच्चाधिकारियों, बड़े प्रशासनिक पदाधिकारियों एवं नेताओं-मन्त्रियों की जमघट उनके यहाँ लगने लगी

थी । वे सेठ-पत्नी को ढाढस बँधाने और सान्त्वना देने लगे थे । उस रात मैं भी सारी रात सेठ-पत्नी को धैर्य बँधाती रही कि आपके पति सकुशल लौट आएँगे, आपको इस तरह अधीर नहीं होना चाहिए···बल्कि शान्त मन से अपने पति के कुशल-मंगल की कामना करनी चाहिए । मेरा मन कहता है, उन्हें कुछ नहीं होगा । वे अच्छी तरह लौट आएँगे···। आपका सच्चा प्रेम हर जगह उनकी रक्षा करता रहेगा और उन्हें आप तक खींच लाएगा ।

दूसरी सुबह ड्राइवर भी लौट आया यह सन्देश लेकर कि अपहरणकर्ताओं ने जमुनापार कृष्णानगर के उस बड़े मन्दिर के पास कल रात दस बजे पाँच लाख रुपये लेकर आने को कहा है ···। रुपये के साथ नहीं पहुँचने पर सेठजी को मार देने की धमकी दी है···। इसी आशय का सेठ-पुत्र के हाथ का लिखा एक छोटा पत्र भी ड्राइवर ने दिया । उसके अनुसार रिवाल्वर की नोक पर अपहरणकर्ताओं ने सेठ-पुत्र से लिखवाया था···।

पति के लिए चिन्तित और परेशान सेठ-पत्नी उतने रुपये देने के लिए तत्क्षण तैयार हो गयी । लेकिन पुलिस ने ऐसा करने से उसे मना कर दिया ! निर्धारित समय में वेश बदलकर ड्राइवर के साथ पुलिस वहाँ स्वयं पहुँची । लेकिन अपहरणकर्ताओं में से कोई वहाँ उपस्थित नहीं । शायद पुलिस के आने की ख़बर उन्हें मिल गयी हो। उनका खुफ़िया विभाग भी तो कम तेज नहीं होता !

उस दिन के बाद से आज तक जैसे सेठ के यहाँ हाहाकार मचा हुआ है । बम्बई से सेठ अखौरीमल तो घटना के दूसरे दिन ही यहाँ पहुँच आये हैं । उनके नाते-कुटुम्ब के लोग भी जुट आये हैं । स्कूल अगले आदेश तक के लिए बन्द कर दिया गया है। पुलिस और उनके कुटुम्बजनों ने हमसे भी पूछताछ की है । लेकिन सेठ-पुत्र की पत्नी ने हम पर शक करने से उन्हें मना कर दिया है । असल में, यदा-कदा टहलते हुए वे स्कूल के इस कमरे में मेरे पास आती रहती थीं और मुझसे देर तक बातचीत करती थीं । मुझसे बातचीत करना उन्हें अच्छा लगता था । मेरी नेक-नीयत पर उन्हें पक्का विश्वास हो गया था । कभी-कभार तो अपने यहाँ से प्रसाद रूप में पूजा के फल और मिठाइयाँ भी मेरे पास भिजवा देती थीं···।

इस घटना से हम भी दुःखी और क्षुब्ध थे । लेकिन दुःख और क्षोभ की अपेक्षा हम दहशत के ज़्यादा शिकार हुए थे । दूर-दराज़ के गाँवों-कस्बों और छोटे शहरों में, जहाँ सुरक्षा-प्रबन्ध इतना सख़्त नहीं होता है, वहाँ अपहरण की घटनाएँ तो हमारी समझ में आ जाती हैं, लेकिन राजधानी दिल्ली में और वह भी चलती सड़क पर···। हमारी आँखों की नींद तो जैसे एकदम उड़ गयी है । इस अपहरण के चार दिन पहले हत्या की एक घटना को भी हम अपनी आँखों से देख चुके थे । स्कूल कम्पाउण्ड से सटे बाहर की सड़क पर शाम सात बजे ही एक राजनेता की कार पर हमला बोल कर कुछ अज्ञात हमलावरों ने उन्हें अपनी पत्नी और दो सुरक्षाकर्मियों के साथ गोलियों

ने भून दिया था । बन्दूक की आवाज़ सुन मैं और रूपेश स्कूल के कमरे से बालकनी में आ गये थे । हमने साफ़ देखा था, हमलावरों ने पहले कार के चक्कों में गोली मार उन्हें पंक्चर कर दिया था । फिर कार में सवार नेता, उनकी पत्नी और सुरक्षाकर्मियों पर अन्धाधुन्ध प्रहार किया था । जवाबी कार्यवाही के लिए सुरक्षाकर्मियों द्वारा मोर्चा सँभालने से पहले ही वे उन सबका काम तमाम कर अपनी मोटर साइकिलों से भाग खड़े हुए थे । नेता पति-पत्नी और सुरक्षाकर्मियों की हत्या और गोलियों की आवाज़ों ने उस दिन भी हमें भयातुर कर दिया था और बाद तक उसका भय और आतंक हमारे मन पर बना हुआ था कि अपहरण की यह घटना घट गयी···। ऐसी घटनाएँ दिल्ली में तो शायद आये दिन घटती थीं, लेकिन चूँकि ये दोनों घटनाएँ हमारे नज़दीक और हमारी जानकारी के तहत घटी थीं, इसीलिए हमारे ऊपर इनका विशेष प्रभाव था ।

मैं देख रही हूँ, दिल्ली के जन-जीवन पर ऐसी घटनाओं का कोई ख़ास प्रभाव नहीं हो पाता है । नगर में चहल-पहल और सरगर्मी पूर्वतः जारी रहती है ।

इन घटनाओं के बाद से रूपेश ने पुनः यह कहना शुरू कर दिया है, "अभी और न जाने क्या-क्या झेलना होगा···कहीं कुत्तों और गीदड़ों की मौत हमें नसीब न हो···नेता और सेठ को कुछ करते जब उन्हें देर नहीं लगती तो फिर हम किस खेत की मूली हैं···? जिस दिन हम पर उनकी नज़र गयी तो फिर समझो, हमारा पत्ता साफ़···।"

मैं समझ रही थी, इस स्थिति से हताश और भयभीत रूपेश मुझे डरा कर आरा लौट चलने के अपने पक्ष में राजी कर लेना चाहता था । इस पर मैंने उसे समझाया है, "सेठ और नेता की तरह हम पूँजी और प्रभाव वाले व्यक्ति नहीं और न ही किसी की हिट लिस्ट में हैं । हमें मार कर या अपहरण कर कोई कुछ नहीं पा सकता ! हत्या और अपहरण की घटनाएँ किसी बड़े स्वार्थ की पूर्ति के लिए ही होती हैं ।"

इस पर उसका कहना है, "बिना हिट लिस्ट में हुए और बिना कुछ पाये दहशत फैलाने के लिए भी तो हमें मारा जा सकता है । आतंक कायम करने के लिए की जानेवाली हत्याओं की तरह···।"

यह सुन अपना हाथ उसके मुँह पर रखकर मैंने उसे ढाढस दिया है, "ऐसा नहीं कहते रूपेश···अपने बारे में अप्रिय नहीं बोलते···वे हमें छुएँगे तक नहीं । हमें अपना आत्मविश्वास नहीं खोना चाहिए··· रह गयी भाग्य-संयोग की बात, तो वह तो चाहे हम यहाँ रहें या आरा, कहीं भी कुछ हो सकता है ! भवितव्यता पर किसी का वश नहीं···।"

रात गहराती जा रही है, लेकिन मेरी आँखों में नींद नहीं···। पास ही पड़ा रूपेश गहरी नींद में सो गया है । उसकी नाक से घरघराहट की आवाज़ भी आ रही है । उधर कुछ दिन तक तो वह तनिक नहीं सो पाता था । सारी-सारी रात जगा रहता था । लेकिन इधर दो-चार दिनों से बिस्तरे पर गिरते ही सो जाता है । उसके मुँह

से शराब जैसी बू का एहसास भी मुझे हुआ है । इस सम्बन्ध में परसों रात मैंने अपनी शंका भी व्यक्त की तो उसने समझा दिया, "तबीयत ठीक नहीं चल रही है···फैक्टरी के डॉक्टर ने दवा रूप में एक पैग रोज लेने को कहा है···।"

यह सुन मेरा माथा ठनक गया है । लेकिन उसकी तबीयत खराब चल रही है और डॉक्टर के कहने से वह ले रहा है, यह जानकर तत्काल इसका विरोध भी नहीं कर सकी । वैसे मेरा मन कहता है कि फैक्टरी के मज़दूरों की गन्दी सोहबत में चला गया है रूपेश । या यह भी हो सकता है कि हत्या और अपहरण की घटनाओं से त्रस्त और भयभीत अपने मन को भुलावा देने के लिए वह ऐसा कर रहा हो···। पर यह बर्बादी का रास्ता है···। भुलावा देने के नाम पर अपने को गर्त में ले जाने की ख़तरनाक शुरूआत···। मैं उसे हरगिज़ ऐसा नहीं करने दूँगी । शराब की लत को उसके जीवन का अंग नहीं बनने दूँगी···।

यह अच्छा हुआ है कि दिल्ली से जाने का संकेत भी हमें मिल गया है । अब तो मैं रोज प्रतीक्षा करती हूँ कि वह दिन शीघ्र आ जाए । रूपेश की फैक्टरी के मैनेजर ने रूपेश को फैक्टरी मुख्यालय कलकत्ता में एक अच्छे पद पर भेजने का निर्णय किया है । असल में, रूपेश अपने साथ काम करनेवाले सभी मज़दूरों से अधिक पढ़ा-लिखा और तेज़-तर्रार है । मैनेजर ने उसकी क़ाबिलियत और योग्यता को लक्ष्य कर ही ऐसा निर्णय किया है । सम्भवतः एक सप्ताह में नये पद पर रूपेश का स्थानान्तरण पत्र भी वह निर्गत कर दे···।

इस सूचना से मुझे दोहरी खुशी हुई है, लेकिन कुछ दुःख भी हुआ है । खुशी इस बात की है कि रूपेश मज़दूर से कर्मचारी बन जाएगा । फिर उससे भी ऊपर उठेगा ! फिर और ऊपर···। जब भाग्योदय होता है और पदोन्नति शुरू हो जाती है तो आदमी को राई से पर्वत बनते देर नहीं लगती । इस स्थिति में रूपेश के मन की पीड़ा और हताशा स्वतः खत्म हो जाएगी । उसका पूर्व प्रेम भी वापस आ जाएगा। तब हमारा सपना भी साकार हो उठेगा । हमारा प्रेम अपनी अभीष्ट मंज़िल को पा लेगा···। मेरी खुशी का दूसरा कारण कलकत्ता जाने की सूचना है । पिताजी के अनुसार साहित्य, कला और संस्कृति की खान है बंगाल की भूमि । रवीन्द्र, शरत और सत्यजित राय की ज़मीन···। अपने आप में एक स्वतत्र भारत । अपनी गरिमा और प्रभा से स्वयं में आलोकित ।

लेकिन यह सोचकर मुझे दुःख भी हो रहा है कि इस तरह शहर-दर-शहर हम कब तक भटकते रहेंगे ? क्या कहीं हमें स्थायी ठौर नहीं मिलेगा ? इसके अतिरिक्त मेरे दुःखी होने का एक दूसरा कारण लगी-लगायी अपनी शिक्षिका की नौकरी छोड़ देने की चिन्ता से है । पता नहीं, कलकत्ता में मैं ऐसी नौकरी पा सँकूगी या नहीं ? दिल्ली रहने का कारण इस नौकरी से मेरा जुड़ाव ही था । अन्यथा दिल्ली के प्रति मेरे मन में कोई विशेष आकर्षण शेष नहीं रह गया था । सच तो यह है कि मद्रास

और बम्बई की अपेक्षा अल्पावधि में ही दिल्ली से मेरा मन उचट गया है । स्वतन्त्रता दिवस के वक़्त को छोड़कर बाद के दिनों में तो मुझे दिल्ली नारों, जुलूसों, राजनीतिक हत्याओं, बड़े अपहरणों और प्रचार-तन्त्रों का शहर जान पड़ता था···। एक से एक सनसनीखेज़ क़ारनामों और रहस्यों के उद्घाटन की उद्गम-स्थली···। मुझे तो इस शहर से इस मामले में भी परेशानी थी कि आरा के हमारे परिवार के परिचित यहाँ हमें देख न लें । रूपेश ने एक दिन आकर बताया भी था कि उसके पिता के एक जूनियर डॉक्टर ने उसे देख लिया है । रूपेश के अनुसार फैक्टरी के नुक्कड़ पर अपनी रुकी कार से माथा निकालकर वे एकटक उसे देख रहे थे । शायद उसे पहचानने की कोशिश कर रहे हों । फिर पीछे की सवारियों का हॉर्न और नुक्कड़ पर खड़े ट्रैफ़िक पुलिस का सन्देश पा उन्हें आगे बढ़ जाना पड़ा था । रूपेश की बात से मुझे ऐसा लगा था कि उनको पहचानने के बाद उसने छिपने या कतराने की कोशिश नहीं की। शायद वह पकड़ में आ जाना चाहता था, ताकि आरा वापसी का उसका निमित्त वह घटना बन जाती । मेरे उस सख्त निर्णय की चपेट में आने से वह बच जाता । कहता, "इसमें मेरा क्या दोष ?"

इस स्थिति में दिल्ली तो मुझे एकदम प्रतिकूल जगह लगने लगी है । आरा के जैसे कुछ परिचित चेहरों को यहाँ मैंने भी यदाकदा देखा है । देश की राजधानी और प्रायः सभी विभागों के केन्द्रीय मुख्यालय होने की वजह से लोगों का यहाँ आना-जाना होता ही रहता है । फिर भी मैं अपने से दिल्ली छोड़ने के लिए नहीं कह रही थी कि रूपेश मेरी कमज़ोरी को लक्ष्य कर आरा लौटने के लिए मुझ पर दबाव न डालने लगे। लेकिन जब स्वयं उसकी ओर से ही दिल्ली छोड़ने का प्रस्ताव आ रहा है तो फिर इसमें मुझको क्या कहना ! उसकी पदोन्नति के लिए अपनी नौकरी छोड़ने में मैं एक मिनट के लिए भी विलम्ब नहीं करूँगी···। इस सम्बन्ध में रूपेश ने मेरे मन की थाह लेने के लिए एक दिन पूछा भी था, "कलकत्ता में मेरे अनुकूल पद के लिए तुम्हें अपनी नौकरी छोड़नी पड़ सकती है···।"

मैंने सहर्ष अपनी स्वीकृति उसे प्रदान कर दी थी, "तुम जिस दिन और जिस क्षण चाहोगे, मैं त्यागपत्र दे दूँगी···। तुम्हारी खुशी मेरी खुशी है, तुम्हारा अर्जन मेरा अर्जन है···।" लेकिन यह सत्य मैं अपनी डायरी में छिपाना नहीं चाहती हूँ कि इस अवसर पर हर्ष और विषाद दोनों का अनुभव मैं साथ-साथ कर रही हूँ···।

बगल में सोये रूपेश पर नज़र पड़ते ही मेरा मन आर्द्र हो उठता है । कितना दुबला गया है रूपेश ! कैसा रूक्ष और श्रीहीन लग रहा है ! उसके चेहरे का सारा लावण्य जैसे खत्म हो गया है । जगह-जगह से उसके बदन और चेहरे की हड्डियाँ उभर आयी हैं । उसके बालों में भी सफ़ेदी झाँकने लगी है । इस दौरान मेरी सेहत भी तो गिरती गयी है । आईना देखने पर खुद अपना चेहरा मुझे अनपहचाना लगता है । फिर भी अपनी सेहत को एक हद तक नियन्त्रित कर रखा है मैंने । मैं जानती

हूँ, रूपेश की सेहत की बर्बादी के ज़्यादा कारण भौतिक कम, मानसिक अधिक हैं । घर से आये उसके पैसे जिस दिन लुटे, उसी दिन से वह अपने को बेसहारा, असुरक्षित और विवश-लाचार समझने लगा है । अभी परसों ही तो कह रहा था, "समय ठीक नहीं चल रहा है लिसा···स्वास्थ्य भी अनुकूल नहीं रह रहा···इस बीच अगर हम बीमार पड़ गये तो क्या होगा ? इलाज के लिए पर्याप्त पैसे भी तो हमारे पास नहीं···।"

इस पर मैंने उसे समझाया है, "तुम पैसों के अभाव में अपने को इतना असुरक्षित क्यों महसूस करते हो···? इस दुनिया में वैसे असंख्य लोग हैं, जिनके पास दोनों जून खाने के भी पैसे नहीं, फिर भी वे निश्चिन्त रहते हैं···।"

मेरी यह बात सुन वह गर्म हो उठा था, "मैं नहीं जानता था कि तुम अन्दर से इतनी कठोर हो लिसा···।"

मेरे मन में भी आया था कि कह दूँ, "मैं भी नहीं जानती थी कि तुम इतने बुज़दिल और क़ायर हो···।" लेकिन नहीं कह सकी थी । अब समय एक-दूसरे पर दोषारोपण का नहीं, एक-दूसरे के अन्दर पैदा हुए ज़ख्मों को भरने का था । वह पुरुष है । मेरे मन के ज़ख्मों को भरने की याद और आवश्यकता, सम्भव है, उस रूप में वह महसूस न करे, जिस रूप में मैं करती हूँ । लेकिन मुझे तो हर वक़्त प्रयत्नशील रहना है कि उसके मन के ज़ख्म कहीं गहरे न होने पाएँ···।

गृहत्याग के सातवें माह का पूर्वार्द्ध
कलकत्ता शहर
नयी जगह और नयी समस्याएँ

दिल्ली से कलकत्ता आये कुछ सप्ताह हो गये । इस दौरान कहीं ठौर पाकर टिके रहने के लिए हम इस तरह परेशान और भाग-दौड़ में रहे कि चाह कर भी मैं डायरी नहीं लिख सकी । आज जैसे ही कुछ इत्मीनान का अनुभव हुआ, डायरी लेकर बैठ गयी हूँ । अपनी हार-जीत, आशा-आकांक्षा, संघर्ष-प्रयास और अपने मन की असाध्य पीड़ा को डायरी के सिवा और किसे सुना सकती हूँ ? अब तो डायरी ही मेरे सुख-दुःख की साक्षी और मेरी इस विकट जीवन-यात्रा की सहचरी है । अगर मैं डायरी न लिखूँ तो शायद जी न पाऊँ । मेरे अन्दर के प्रलयंकारी तूफ़ान को अपने पन्नों पर खींच कर यह डायरी ही मुझे दम घुटने और छटपटाकर मरने से बचाती रही है ।

दिल्ली से कलकत्ता आने में हमें कुछ समय लगा । जितनी जल्दी हम वहाँ से आना चाहते थे, उतनी जल्दी नहीं आ सके । रूपेश के कारखाना-मैनेजर ने हफ्तों

प्रतीक्षा कराकर कलकत्ता मुख्यालय के लिए रूपेश को पत्र दिया । फिर तो पत्र पाते ही उसी शाम हम दिल्ली से भाग चले । दिल्ली तो जैसे हमें काट खा रही थी । वहाँ का एक-एक दिन अब हमारे लिए एक-एक वर्ष की भाँति व्यतीत हो रहा था ।

कलकता पहुँचने पर हम सबसे पहले रूपेश के कारखाना पहुँचे । लेकिन वहाँ जाने पर हमें पता चला कि जिस पद के लिए रूपेश का स्थानान्तरण किया गया था, उस पद पर रूपेश के पहुँचने से पहले ही एक पुराने वर्कर को प्रोन्नति दे दी गयी थी। अन्ततः दिल्ली की भाँति कलकता में भी वर्कर के रूप में ही उसे योगदान करना पड़ा । हाँ, मैनेजर ने यह आश्वासन अवश्य दिया कि भविष्य में पद रिक्त होने पर उसे भी प्रोन्नति दे दी जाएगी ।

मैंने सोचा था कि नयी जगह और अपेक्षाकृत बेहतर पद पाकर रूपेश के डावाँडोल मन को कुछ राहत मिलेगी और उसके पैरों में स्थिरता आ जाएगी । पर ऐसा कुछ भी नहीं हुआ । सेठों द्वारा चलाये जानेवाले इन छोटे कारखानों में बड़े कारखानों और सरकारी संस्थानों की तरह सेवा-शर्तों का पालन तो होता नहीं । मजबूरीवश ही रूपेश को यहाँ योगदान करना पड़ा, क्योंकि अब हम दिल्ली लौटने के पक्ष में नहीं थे। जब तक कोई ढंग की व्यवस्था हो नहीं जाती, तब तक रूपेश को इस पद पर बने ही रहना था ।

रूपेश के बेहतर भविष्य और दिल्ली से कलकता आने के उद्देश्य से मैंने शिक्षिका की अपनी नौकरी भी छोड़ दी है । लेकिन कलकत्ता पहुँच कर अपने दोनों उद्देश्य पर पानी फिरा पा शुरू में तो मैं अन्दर से हिल गयी । ऐसा लगा, जैसे सारे सहारे छूट गये हों और अन्तहीन अँधेरी गुफा में हम घुस आये हों । रूपेश का पद भी नहीं बदला और दिल्ली की अपेक्षा कलकत्ता शहर भी हमारे लिए कोई सुखद पड़ाव साबित नहीं हुआ ।

लेकिन धीरे-धीरे मैंने अपने को सँभाल लिया । हालाँकि यहाँ कलकत्ता में दिल्ली से अधिक भीड़-भाड़, वैसी ही परेशानी, वैसी ही असुरक्षा, वैसी ही बेकारी, वैसी ही जद्दोजहद और उठा-पटक…। अपने अस्तित्व को बचाये और बरकरार रखने के लिए वैसा ही संघर्ष …।

यहाँ आकर अब मुझे यह साफ़ अनुभव हो रहा है कि सवाल मद्रास, बम्बई, दिल्ली और कलकत्ता जैसे महानगरों के अच्छे-बुरे का नहीं, अपने अच्छे-बुरे का होता है । जिनकी जेब भरी है, जो साधन-सम्पन्न हैं, जिन्हें सुविधाएँ प्राप्त हैं, जो अच्छे पदों पर आसीन हैं, उनके लिए बम्बई, दिल्ली, मद्रास और कलकत्ता में कोई फ़र्क़ नहीं । हर शहर उनके लिए सुखद और ऐश्वर्यपूर्ण है । लेकिन इसके विपरीत हमारे जैसे अभावग्रस्त और बाहर से आये लोगों के लिए तो हर जगह कष्ट ही कष्ट है । जब हमारी स्थितियाँ बदल जाएँगी तो ये सारी जगहें हमारे लिए भी बेहतर हो जाएँगी, इसीलिए कलकत्ता आने के बाद मैंने मन-ही-मन यह निर्णय किया है कि अब बेहतर

स्थान की तलाश में हमें कहीं और नहीं जाना है, अपनी स्थितियों को ही बेहतर बनाना है···। इस सम्बन्ध में रूपेश का निर्णय क्या है, मैं नहीं जानती । मुझे तो वह अन्दर से टूटा, खोखला और विकल मालूम पड़ता है । सम्भव है, कलकत्ता आने के सुखद सपने के टूटने पर आरा लौटने की उसकी इच्छा अन्दर से फिर ज़ोर मार रही हो···।

कलकत्ता में रूपेश के योगदान के बाद हमारे लिए पहली और बड़ी समस्या आवास को लेकर पैदा हुई । प्रारम्भ के कई दिन तो हमने मुसाफ़िरखानों और धर्मशालाओं में काटे । हम तो दिल्ली में ही रिक्तहस्त हो गये थे । किसी तरह मार्गव्यय जुटा कर यहाँ पहुँचे थे । हमारे पास पैसे एकदम नहीं कि किराये पर कोई खोली ले सकें । कारखाने में रूपेश के योगदान के बाद हम कहाँ रात बितायें, इसके लिए हम व्यग्र और चिन्तित हो गये । कारखाना मैनेजर से लाख अनुनय-विनय के बाद भी हमारी इस समस्या का कोई समाधान नहीं निकला । अन्त में हार-थक कर रेलवे जंक्शन के निकट के एक सार्वजनिक मुसाफ़िरखाने में हम जा पहुँचे ।

मुसाफ़िरखाने में रहने का वह मेरे जीवन का पहला अनुभव था । सड़क के किनारे सस्ते में मिलनेवाली रोटियाँ खाकर मुसाफ़िरखाने में एक कोने में हम जा पड़े···। अन्दर से क्षुब्ध, अन्यमनस्क और थके होने की वज़ह से रूपेश गिरते ही सो गया । लेकिन मैं जागती रही । नयी जगह, नयी समस्याएँ और अन्धकारपूर्ण भविष्य की चिन्ता ने मेरे मस्तिष्क को अतिरिक्त रूप से सजग कर दिया था···। इस स्थिति में नींद आये भी तो कैसे ?

मैं देख रही थी, बीतती रात के अनुसार मुसाफ़िरखाने में भीड़ बढ़ती जा रही थी। आश्रयहीन, उपेक्षित और लावारिस लोगों का जमावड़ा । उस भीड़ में भिखमंगे, खोमचेवाले और चोर-उचक्के भी नज़र आने लगे थे । उनकी बातचीत से ऐसा मालूम पड़ता था कि दिन भर आजीविका की तलाश में भटकने वाले वे आश्रयहीन रात होते ही मुसाफ़िरखाने में आ जाते हैं । मुसाफ़िरखाने में अधिक लोगों के होने से उमस का अनुभव भी हो रहा था । साथ ही तीखी दुर्गन्ध भी आ रही थी । मुसाफ़िरखाने के किनारे के शौचालय के दरवाज़े तक बिखरे मल-मूत्र की बदबू सीधे-सीधे मुसाफ़िरखाने में पहुँच रही थी । लेकिन ताज्जुब यह कि उस बदबू से वहाँ के बाशिन्दे बेखबर थे···। उस बदबू के बीच ही उनका खाना-पीना, हँसना-बोलना और बीड़ी-सिगरेट आदि पीना ज़ारी था । इसके विपरीत मेरा तो दम घुट रहा था । साड़ी के पल्लू को नाक पर रखकर किसी तरह साँस ले रही थी । उस दिन मुझे ऐसा लग रहा था कि अगर यहाँ से हटकर रहने की कोई दूसरी व्यवस्था नहीं हुई तो फिर हम चन्द दिन भी जीवित नहीं रह पाएँगे···। इस स्थिति में रूपेश के सो जाने का मनोवैज्ञानिक कारण भी मैं समझ रही थी । चूँकि उसके कहने पर मैं आरा लौटने के लिए राज़ी नहीं हुई, इसीलिए आनेवाली सारी समस्याओं और विपत्तियों का उत्तरदायी वह मुझे ही समझ रहा था । उसने तो अपने को इस तरह अन्यमनस्क और लापरवाह बना

लिया था कि कुछ भी खा लेना और कहीं भी गिर कर सो जाना ही जैसे उसका कार्य हो···।

मुझे यह देखकर आश्चर्य का ठिकाना नहीं रहा कि रात गहराने पर मुसाफ़िरखाने का दृश्य बिल्कुल बदल चला था । जहाँ एक ओर मुसाफ़िरखाने में नींद में बेसुध पड़े दुःखी, अभावग्रस्त और बेसहारा लोग खर्राटे ले रहे थे, वहीं दूसरी तरफ कुछ मुस्टण्ड दिखनेवाले गुण्डे मुसाफ़िरखाने के बीच आ गये थे, जो ढूँढ़-ढूँढ़ कर युवा भिखमंगिनों या बेसहारा औरतों के साथ सरेआम हमबिस्तर हो रहे थे । एक युवा भिखमंगन द्वारा विरोध करने पर उसके मुँह पर तमाचा जड़कर एक मुस्टण्ड उसकी रोती-बिसूरती स्थिति में ही उसके साथ हमबिस्तर हो गया । ऐसी बात नहीं कि मुसाफ़िरखाने में पड़े लोग इस घटना से अनभिज्ञ थे । मैं साफ़ लक्ष्य कर रही थी कि सभी इससे अवगत थे । लेकिन हस्तक्षेप कर अपनी धुनाई कराना कोई नहीं चाहता था । शायद लम्बे समय से इस तरह की चिन्ताओं को देखने-सुनने के वे अभ्यस्त थे, इसीलिए तटस्थ रहते हुए आत्मकेन्द्रित बने रहना उन्होंने सीख लिया था ।

यह सब देखते हुए जिस बात की आशंका से मेरा दिल धड़क रहा था, वह सामने आ ही गयी । मुझ पर नज़र पड़ते ही दो मुस्टण्ड यह कहते हुए मेरी ओर बढ़ चले थे, "नया माल है···।" सम्भवतः मुसाफ़िरखाने में आयी नयी औरत या नये यात्री को वे नया माल कहते होंगे । मेरे समीप पहुँचकर उन्होंने अपनी उद्दण्ड भाषा और ज़्यादतीपूर्ण लहजे में पूछा, "ऐ छोकरी ! कहाँ से आयी है···? यह कौन है तुम्हारा जो बगल में पड़ा है ?"

उनकी बात सुन मेरा कलेजा मुँह को आ गया । न जाने ये बदमाश क्या सलूक करेंगे···? आश्रय की खोज में यहाँ हम किस मुसीबत में आ फँसे ? फिर अपने प्रति उत्पन्नमतित्व से मुझे लगा कि अगर मैं डर गयी तो ये बदमाश मुझे कहीं का नहीं छोड़ेंगे, इसीलिए पूरी शक्ति के साथ बेरुखी से मैंने जवाब दिया, "तुम लोग होते कौन हो पूछनेवाले ? मैं अभी पुलिस को खबर करती हूँ । मुझे अकेली और बेसहारा मत समझो···।"

मेरी तेज़ और डाँटभरी आवाज़ सुन हठात् वे कुछ सहम-से गये । इस बीच रूपेश भी जग गया था और पूछ उठा था, "क्या है लिसा ?"

वे दोनों मुस्टण्ड अब गुर्राते हुए बोल पड़े थे, "क्या हो और इस मुसाफ़िरखाने में क्यों आयी हो, हमें सब पता है ? इस मुसाफ़िरखाने में हमारी इच्छा के खिलाफ़ कोई नहीं टिक पाता । यहाँ हमारा राज चलता है ।"

इसके बाद वे अन्य मुस्टण्डों के पास पहुँचकर मुझे लक्ष्य कर कुछ सलाह-मशविरा करने लगे थे । अब तक रूपेश भी वस्तुस्थिति से अवगत हो गया था । लेकिन वह तटस्थ बना रहा । सब कुछ देख-समझकर भी वह पुनः लेट गया । मैं जानती थी, इस बार वह सो नहीं पाएगा । सोने का सिर्फ़ अभिनय करेगा । मुझे यह समझते

देर नहीं लगी कि उसकी तटस्थता के पीछे जहाँ एक ओर उसकी असमर्थता थी, वहीं आरा न लौटने के मेरे निर्णय के प्रति मुझे भयावह अनुभवों के बीच अकेला छोड़ देने का खीज भरा भाव भी···। खैर···। उस वक़्त उसकी चुप्पी और तटस्थता मुझे वाज़िब ही लगी । अगर वह उन मुस्टण्डों से उलझता तो वे उसे किसी लायक नहीं छोड़ते···।

थोड़ी देर बाद चार-पाँच की संख्या में वे मुस्टण्ड फिर मेरी ओर आने लगे थे । भय से मेरे हृदय की धड़कनें तेज हो गयी थीं । प्राण कण्ठ में आ गये थे । उस क्षण वे मुस्टण्ड मुझे किसी भयावह यमदूत की तरह जान पड़े । मेरे पास अँग्रेज़ी की एक पुरानी पत्रिका थी । मैंने तत्क्षण सिरहाने से उसे खींच पढ़ना शुरू कर दिया । दरअसल, उतनी रात गये पत्रिका पढ़ना तो एक बहाना भर था । उस माध्यम से उन मुस्टण्डों से अपना चेहरा छिपाने, उन्हें अनदेखा करने, अपने भय पर काबू पाने तथा मुसाफ़िरखाने के अन्य लावारिसों से अपने को पृथक् जताने के लिए ही मैंने ऐसा किया । ईश्वर की कृपा रही कि मैं इसमें कामयाब हो गयी । मेरे समीप पहुँचने के बाद एक क्षण तक मेरा मुआयना कर आपस में बतियाते हुए वे वहाँ से लौट गये । उनकी बातें मुझे साफ़ सुनाई पड़ रही थीं । उनमें से एक ने कहा था, ''अच्छे घर की पढ़ी-लिखी लड़की मालूम पड़ती है । शायद कहीं जाने के लिए तैयारी में है···।''

इस पर एक दूसरे ने विरोध किया था, ''सब शुरू में ऐसी ही दिखती हैं··· छोरे के साथ घर से भागी होगी···। हाथ खाली होने पर ही इस मुसाफ़िरखाने में आयी है···।''

लेकिन उनके बीच का तीसरा, जो सम्भवतः उनका सरदार था, निर्णायक लहजे में बोल पड़ा था, ''आज भर छोड़ देते हैं इसे···! कल से फिर यहाँ नज़र आएगी तो देखा जाएगा···! यहाँ की चिड़िया होगी तो हमसे बच कर कहाँ जाएगी···।''

वे चले गये । जाते वक़्त मुसाफ़िरखाने के लोगों से पैसा वसूलने तथा नहीं देने वालों से छीना-झपटी करने का कार्य भी करते गये । उनकी उपस्थिति में तो मैं अपना दम घुटता हुआ महसूस करती रही ।

मैं ईश्वर को याद करने लगी कि किसी तरह आज की रात सकुशल बीत जाए। उनके जाने के बाद भी उनकी बातें अपनी उसी भयावहता के साथ मेरे जेहन में गूँजती रहीं । अच्छे घर की पढ़ी-लिखी लड़की के आवरण ने ही मेरी रक्षा की । तो क्या इसकी भी पहचान रखते हैं ये ? लेकिन इन्हें अच्छे-बुरे से क्या मतलब ? अच्छे घर के लोगों से क्यों गुण्डई नहीं करते ये ? फिर मुझे स्वतः जवाब भी मिल गया कि अच्छे घर के लोगों से डरते हैं ये गुण्डे कि बेसहारा लावारिस समझ उनके साथ की गयी ज़्यादती का भरपूर दण्ड पा लेंगे ! साधन-सम्पन्न लोगों के लिए उन्हें ढूँढ़ कर पकड़वाने और अच्छी मरम्मत कराने में देर भी तो नहीं लगती । तो ये लावारिस और बेसहारा लोगों पर ही अपनी कहर बरपाते हैं···। असहायों को सतानेवाले कलकतिया गुण्डे···! इन गुण्डों के प्रति घृणायुक्त क्रोध से मेरा मन अन्दर ही अन्दर

बिफर उठा था···। लेकिन खुद असहाय स्थिति में होने के चलते मैं कुछ कर नहीं सकती थी । खून का घूँट पीकर रह गयी । कभी स्थिति अनुकूल हुई और कलकत्ता रहना हुआ तो मैं इन्हें हरगिज़ नहीं बख्शूँगी···।

उस मुसाफ़िरखाने में सुबह का होना मेरे लिए जैसे मौत के पंजे से छूटकर ज़िन्दगी के पहलू में आना लगा । सुबह होते ही रूपेश को लेकर मैं वहाँ से चल पड़ी । उस मुसाफ़िरखाने से काफ़ी दूर पड़नेवाले एक सस्ते से धर्मशाला में हम उसी समय जा पहुँचे । लेकिन वहाँ की स्थिति भी इससे बहुत भिन्न साबित नहीं हुई । इस मुसाफ़िरखाने में रात गहराने पर चोरों की शक्ल में गुण्डे आये थे । लेकिन वहाँ तो शराफ़त की शक्ल में वे पहले से ही मौजूद थे ।

उस धर्मशाला में हमें आँगन के किनारे के बरामदे में जगह मिली । धर्मशाला का कमरा हम ले सकें, ऐसी स्थिति हमारी नहीं थी । हमारी तरह और भी लोग थे, जो बरामदे में ही पड़े थे । उस खुले बरामदे में ही हमें रहना तथा सार्वजनिक शौचालय और नल का इस्तेमाल करना था । बरामदे की दीवार में लगी एक छोटी-सी आलमारी हमें दे दी गयी थी, जिसमें कहीं बाहर जाते वक़्त अपने ज़रूरी सामान को हम बन्द कर सकते थे । ऐसी जगहों और रहने की ऐसी व्यवस्था देख रूपेश बराबर की भाँति फिर अन्दर से जल-भुन गया था । भले ही मुँह से उसने कुछ नहीं कहा, लेकिन उसके चेहरे पर खीज और घृणा के उभरे भाव मुझसे छिप नहीं सके । मैंने उसे समझाते हुए कहा, "यहाँ भी हम अधिक समय तक नहीं रहेंगे रूपेश···! संकटग्रस्त क्षणों में यहाँ हमारा रहना तात्कालिक समझौता भर है···। आनेवाले दिनों में हम ठीक से रहने लगेंगे ।" इस पर उबल पड़ा था वह, "क्या खाक़ ठीक से रहेंगे ?" मुझे लगा, इस विषय पर अब और बात बढ़ाना ठीक नहीं । मैं कारखाना जाने की उसकी तैयारी में लग गयी । स्टोव पर जल्दी-जल्दी माँड़, भात, चोखा बनाकर उसे खिला दिया । हालाँकि मैं जानती थी, माँड़, भात, चोखा उसे नहीं रुचता । उसकी नज़र में यह सर्वथा हेय और निकृष्ट भोजन है । लेकिन मैं जानती हूँ, यह भोजन ही दुर्दिन का साथी और अभाव में रहनेवालों का जीवन-रक्षक है । मेरे पिताजी तो इसे उत्तम भोजन मानते थे । कभी-कभी शौक से माँ से कहते थे, "आज दाल और सब्जी मत बनाओ । हम गरम-गरम माँड़, भात, चोखा खाएँगे···।"

सचमुच गरम-गरम माँड़, भात, चोखा मुझे अच्छा लगता है । लेकिन रूपेश के यहाँ तो यह नौकरों को दिया जानेवाला तुच्छ आहार है···।

रूपेश के कारखाना जाने के बाद मैंने अनुभव किया कि उस धर्मशाला में नयी-नयी आयी मुझको सब घूर रहे हैं । रूपेश की उपस्थिति में भी मैं लक्ष्य कर रही थी कि वे सब हमारी ओर ताक रहे हैं । लेकिन तब उसके कारखाना जाने की तैयारी में लगे होने की वजह से मैं यह सब सिद्दत के साथ महसूस नहीं कर रही थी । लेकिन उसके जाने के बाद उनका यह घूरना अब मुझे बेधने जैसा लगने लगा था । इस

बीच बारी-बारी से वे मेरे समीप आकर मेरा हुलिया भी लेने लगे थे, ''आप कहाँ से आयी हैं ?''

मैं कहती, ''दिल्ली से ।''

वे फिर पूछते, ''दिल्ली में कहाँ से ?''

मैं कहती, ''पटेल नगर से ।''

इस पर वे फिर पूछते, ''पटेल नगर में कहाँ से ?''

मैं खीझ कर जवाब देती, ''अपने घर से ।''

इसके बाद वे पूछते, ''यहाँ कैसे आयी हैं ?''

मैं कहती, ''पति का ट्रान्सफर यहाँ के कारखाने में हुआ है···और कुछ···?''

सबको मैंने एक जैसा ही जवाब दिया । हालाँकि मेरे मन में आया कि कस कर उन्हें डाँट दूँ, ''मेरा हुलिया लेनेवाले आप लोग होते कौन हैं ? मेरे बारे में इतना पूछने का आपको क्या अधिकार ?''

लेकिन फिर मुझे लगा कि शायद ये धर्मशाला-प्रबन्धक के लोग हों या धर्मशाला में रहनेवाले पुराने बाशिन्दे ! इस नाते इतना पूछने का हक़ तो इन्हें है ही । पर कुछ ही समय बाद मुझे लग गया कि ये अच्छे लोग नहीं और यह अच्छी जगह नहीं । धर्मशाला-मैनेजर के कमरे में बैठकर मुझे घूरते हुए कुछ लोग गुपचुप करते और साज़िशरत जान पड़े । उनका इरादा भाँप मैं डर गयी । इसके थोड़ी ही देर बाद सफ़ेद पोशाक में छड़ी लेकर घूमता हुआ एक अधेड़ उम्र का रईसनुमा व्यक्ति भी मेरे करीब से गुज़रते हुए मुझे ऐसी नज़रों से तौलता और परखता हुआ आगे बढ़ गया कि मैं भय से काँप उठी । कुछ समय के बाद इसी तरह का एक और अधेड़ आदमी इसी रूप में गुज़रा । अपने प्रति उत्पन्नमतित्व और नारी-जनित स्वाभाविक ज्ञान से मुझे यह समझते देर नहीं लगी कि इस धर्मशाला में गिद्धों के बीच मांस का एक लोथड़ा बन कर मैं आ गयी हूँ, जिस पर सबकी टकटकी लग गयी है । तो क्या धर्मशालाएँ अब इस रूप में बदल गयी हैं ? यहाँ दिन में यह स्थिति है तो रात में क्या होगी ? मैं एक ही साथ चिन्तित और भयभीत दोनों हो गयी··· इस बिन्दु पर अब मैं यह साफ़ अनुभव कर रही थी कि इस देश में युवा-नारी का अभावग्रस्त, असुरक्षित और ठौरविहीन होना सबकी नज़रों में भोग की सुलभ वस्तु बन जाना है। ऐसी वस्तु को कहीं भी और किसी भी तरीक़े से भोगने में क्या हर्ज़ और क्या आपत्ति? मैं डरी मन से यह सोचने लगी : हे भगवान् ! ताड़ से गिरकर यह किस खजूर पर आ लटकी···? अब और कहाँ चला जाए ? बेहतर स्थिति में न पहुँचने का यह घृणित दण्ड ! लेकिन यह दण्ड मैं कदापि स्वीकार नहीं करूँगी । बेहतर जीवन जीने की अपनी कोशिश में भले ही मै कामयाब न हो सकूँ, लेकिन वक्त पड़ने पर अपने जीवन को बर्बाद होने से पहले उसे मिटा देने में कभी पीछे नहीं रहूँगी । अब मेरे लिए वह अन्तिम अस्त्र ही मेरी सुरक्षा का स्थायी आधार और कवच है···। पहले मैं यह समझ

नहीं पाती थी कि प्रेम में भागी लड़कियाँ अगर कायदे से घर नहीं बसा पातीं तो क्यों बर्बाद हो जाती हैं या अपने को ही क्यों समाप्त कर लेती हैं ? लेकिन अब इस बात की सच्चाई अनुभूत सत्य की भाँति मेरे समक्ष उजागर हो गयी थी ।

मैं चिन्तित और ग़मगीन स्थिति में यहाँ से हटकर अपने भावी अगले पड़ाव के बारे में विचार कर ही रही थी कि किसी के कराहने की आवाज़ मेरे कानों में आ पड़ी। मुझे लगा, ऐसे ही, आराम कर रहे लोगों में से किसी के मुँह से कराह निकल गयी होगी । लेकिन नहीं, कराह की आवाज़ अब लगातार आने लगी थी । मैंने अन्दाज़ किया तो मुझे लगा कि मुझसे थोड़ी ही दूर पर बरामदे में पड़े लोगों के बीच से वह आवाज़ आ रही है । कुछ देर तक तो मैं सुनकर भी उसे अनसुना करती रही। यहाँ बाहर में तो मैं खुद परेशानियों और मुसीबतों के बीच हूँ । इस हालत में किसी और की क्या मदद कर सकती हूँ ? लेकिन धीरे-धीरे कराह की आवाज़ इतनी आर्त और करुण होती गयी कि मैं चाहकर भी अपने को रोक नहीं सकी । सम्भव है, मेरी तरह ही कोई अभागा हो ! बस, मैं आवाज़ को पकड़कर वहाँ जा पहुँची । वहाँ पहुँचकर मैंने देखा, वह एक वृद्ध महिला थी । मुझसे पाँच-सात बरामदा-वासियों के बाद ही उपेक्षित पड़ी थी । मुझे यह देखकर घोर आश्चर्य हुआ कि उसकी इस स्थिति में भी उसके आसपास पड़े लोग उससे सहानुभूति रखने के स्थान पर क्रोध ही व्यक्त कर रहे थे : ''क्यों चिल्ला कर आराम में खलल पैदा कर रही है··· चुपचाप पड़ी रह, नहीं तो जाकर अस्पताल में मर···।'' क्षण भर के लिए तो यह सब सुन मैं अवाक् और स्तब्ध रह गयी । एक जैसी स्थिति में रहनेवाले लोगों का अपने लोगों के प्रति यह बर्ताव ? यहाँ पिताजी की बातें मुझे बरबस याद आ गयीं वे अक्सर कहा करते थे, ''इस देश में कोई बड़ा बदलाव इसलिए नहीं हो पा रहा है कि यहाँ के लोग अपने साथ के लोगों के ही दुश्मन होते हैं, अपने शोषकों के नहीं···!''

एक पल तक वहाँ खड़ी रहने के बाद मैं उस वृद्ध महिला के निकट बैठ गयी तथा स्नेहसिक्त वाणी में बोल उठी, ''माँजी, आपको क्या कष्ट है ? क्या मैं आपकी सहायता कर सकती हूँ···।''

मेरी आवाज़ सुन उस बुढ़िया की आँखें मेरी ओर ऐसे खुल गयीं थी जैसे कोई आश्चर्य घटित हो गया हो । वह आँखें फाड़े कुछ देर तक मुझे निहारती रही, जैसे अपने कानों पर उसे विश्वास न हो रहा हो । मैं समझ गयी, यहाँ की हृदयहीनता और व्यक्ति-केन्द्रित जीवन के बीच अचानक प्राप्त हुई आत्मीय सहानुभूति पर उसका चौंकना स्वाभाविक ही था । अब मैंने अपना परिचय देते हुए पुनः उसी लहज़े में कहा, ''आज सुबह हम इस धर्मशाला में आये हैं । उस कोने के पास बरामदे में ठहरे हैं । आपकी कराह सुनी तो अपने को रोक नहीं सकी । बताइए क्या कष्ट है आपको···? कोई दवा वग़ैरह आपने ली या नहीं ?''

इस बार वह कराहते हुए ही बोल पड़ी, ''अब दवा लेकर क्या करूँगी बिटिया···?

इस बुढ़ापे में अब जी कर कौन-सा सुख पा लूँगी···? अब तो यह चोला छूट जाए उसी में मुक्ति है···। तुम्हें सुबह में आते हुए मैंने देखा है···। ज़रूर तुम किसी गाँव या कस्बे से आयी हो, नहीं तो यहाँ किसी को किसी से मतलब नहीं···! तुम्हारे पास कुछ होगा तो उसे लूटने और बर्बाद करनेवाले यहाँ हज़ारों मिलेंगे, लेकिन मुसीबत के साथी एक भी नहीं···! यहाँ की ज़िन्दगी से अब मैं बिल्कुल ऊब गयी हूँ···। मुझे छोड़ दो और अपनी जगह चली जाओ···नेक घर की लगती हो । भगवान तुम्हारा भला करेंगे···।''

वेदनाजनित उसकी यह बात सुन मैं अन्दर तक आर्द्र हो गयी । इस बार भरपूर आत्मीयता से मैंने उसे समझाना शुरू किया, ''माँजी, आपने मुझे बिटिया कहा है, मैं तो आपकी बेटी बराबर हूँ··· आपको क्या समझाऊँ···? स्वाभाविक रूप से न मर कर जानबूझकर मरना अच्छा नहीं माना जाता··· अकाल मृत्यु के लोगों की आत्मा को मुक्ति भी नहीं मिलती···जीव का धर्म इस देह की रक्षा है, आप जीव-धर्म से अपने को विमुख न करें···। आपके जीव की आर्त पुकार ने ही तो मुझे आप तक खींचा है··· आपको अभी तकलीफ़ क्या है, मुझे सिर्फ़ इतना भर बता दें···।''

मेरी बात सुन बुढ़िया के मन से वीतराग के बादल जैसे छँटने-से लगे थे । ज़िन्दगी के प्रति उसकी रुचि वापस लौटने लगी थी । इस बार मुझ पर विश्वास प्रकट करते हुए उसने कहा था, ''जानकर क्या करोगी बेटी···? लेकिन बिना जाने तो मानोगी भी नहीं···मुझे कल रात से ही दस्त हो रहे हैं, अब तो उठने की हिम्मत भी नहीं रही है···।''

यह सुन मैं चट बोल पड़ी, ''इस रोग में तो तत्काल आपको दवा ले लेनी चाहिए थी···बदन में पानी की अधिक कमी हो जाना ख़तरनाक होता है । रुकिये, मैं देखती हूँ, सम्भव है, मेरे पास कोई दवा हो···।''

और अपने झोले में से ढूँढ़कर कुछ दवाएँ मैं लेती पहुँची । पिताजी ने घर में इमर्जेन्सी दवा रखने की जो परम्परा कायम की थी, बाहर में उसकी उपयोगिता मैं और महसूस कर रही थी, इस सम्बन्ध में रूपेश का भी पूरा सहयोग मेरे साथ था । चिकित्सक का पुत्र होने के नाते दवाओं के बारे में उसकी अच्छी जानकारी थी । दर्द, बुखार, चोट, ज़ख्म और कै-दस्त की कुछ प्रसिद्ध दवाएँ हम बराबर अपने साथ रखते थे···।

बुढ़िया को दस्त की दवा देने के बाद पानी, चीनी और नमक का जीवन-रक्षक घोल भी देना मैंने प्रारम्भ कर दिया । फिर जैसा कि मुझे विश्वास था, उसके स्वास्थ्य में आशाजनक सुधार शुरू हो गया । दस्त रुकते और बदन में पानी की आपूर्ति होते ही उसके चेहरे पर ज़िन्दगी की रंगत लौट आयी । तीन-चार घण्टे के बाद तो वह उठकर बैठने और चलने भी लगी । अपनी जगह से स्वयं चलकर वह मेरी जगह तक आयी । मैं समझ गयी, मेरे प्रति आभार प्रकट करने और कृतज्ञता ज्ञापित करने

आयी है । लेकिन उसने आभार प्रकट करने के नाम पर न सिर्फ़ मुझे जी भरकर दुआएँ दीं और हृदय से कृतज्ञता ज्ञापित की, बल्कि उस धर्मशाला के बारे में मुझे विस्तृत जानकारी देते हुए कलकत्ता-प्रवास में मेरा पाथेय भी बनी । उसके अनुसार उस धर्मशाला में आयी नयी उम्र की औरतों को बहकाने-फुसलाने के लिए दलाल लगे होते हैं । उसके अनुसार जो दो रईसनुमा अधेड़ यहाँ घूमते नज़र आये थे, वे उन औरतों के खरीददार थे । अपने यहाँ उन्हें कुछ समय तक बर्बाद करने के बाद वे उन्हें सोनागाँछी को बेच देते हैं, जहाँ जिस्म को नरक बनाकर जीना उनकी विवशता होती है···। अगर बहकाने-फुसलाने पर वे औरतें राजी नहीं होतीं तो वे ज़ोर-जबर्दस्ती भी करते हैं, क्योंकि वे यह मान कर चलते हैं कि इस सस्ते धर्मशाला में आयी औरतें अभावग्रस्त और बेसहारा होती हैं, जिन्हें लूटने-खसोटने और बेचने का काम उनके लिए बिल्कुल निरापद होता है···।

मेरे यह पूछने पर कि क्या यह सब स्थानीय प्रशासन और लोगों से छिपा होता है ? इस पर उसका कहना था कि किसी से भी छिपा नहीं होता है । सब जानते हैं। सबकी आँखों के सामने यह होता है । लेकिन सबका शेयर बँधा है, धर्मशाला के लोग भी इसमें शामिल हैं···।

इसके बाद यह जान चुकने पर कि हमारी आर्थिक स्थिति इन सस्ते धर्मशालाओं से अभी ऊपर नहीं, उसने मुझे सुझाव दिया कि मैं किसी रिहायशी मुहल्ले में किसी के यहाँ चौका-बर्तन का काम पकड़ लूँ और वहीं रहने का जुगाड़ कर लूँ, नहीं तो यहाँ के सस्ते धर्मशाला और मुसाफ़िरखाने मुझे कहीं का नहीं छोड़ेंगे । उसने मुझे बताया कि वह स्वयं एक रिहायशी मुहल्ले में दाई का काम करती है और उसकी जानकारी में एक बंगाली बाबू के यहाँ उनका आदिवासी नौकर भाग गया है, जहाँ उसे काम भी मिल सकता है और नौकरवाला कमरा भी । पहले वह खुद उस मुहल्ले में ही रहती थी, जिन लोगों के यहाँ काम करती थी, उन्हीं के घरों में । लेकिन वहाँ रहने पर गाहे-ब-गाहे चौबीसों घण्टे वे काम लेते थे, इसी से आजिज आकर वह धर्मशाला में चली आयी···। बुढ़ापे में यहाँ रहने में उसके लिए कोई हर्ज़ भी नहीं···।

उस बुढ़िया के जाने के बाद मैं देर तक उसकी बातों पर विचार करती रही । यहाँ के लोगों और इस जगह के बारे में मेरी आशंका सही थी । साथ ही उसका सुझाव भी मुझे बहुत अच्छा लगा । पिताजी अक्सर कहा करते थे कि वे नहीं टूटते जो समय के अनुसार झुक जाते हैं । ज़रूरत पड़ने पर अफ़सर से मज़दूर बनने की क्षमता जिसके अन्दर होती है, वही इस जीवन-संग्राम में सफल हो पाता है, अन्यथा वृक्ष की तनी टहनी की तरह आँधी के एक झोंके में ही उखड़ जाता है ।

बुढ़िया के कहे अनुसार उस धर्मशाला के दलाल शाम ढलने तक मुझे कई दफ़ा आकर समझा चुके थे कि अगर मुझे या मेरे आदमी को काम की ज़रूरत हो तो वो आसानी से काम दिलवा देंगे । क्योंकि धर्मशाला-प्रबन्धक के साथ होने के चलते

परोपकार को वे अपना धर्म मानते हैं । उनके अनुसार धर्मशाला में घूमने आये, अधेड़ सज्जन यहाँ कई कारखानों के मालिक और ऊँची पहुँच वाले व्यक्ति हैं । इस धर्मशाला मे आये कई अनाथों और बेसहारों का उन्होंने उद्धार किया है···।

चूँकि मैं सब कुछ जान गयी थी, इसीलिए उनकी बातें मुझे बेहद घृणास्पद लगती थीं । बहेलिये द्वारा अपने जाल में शिकार को फँसाने के लिए चारा फेंकने जैसा क्रूर और अपराध-जनित कार्य । मेरे अन्दर क्रोध का लावा फूटने-फूटने को होता था । लेकिन उस बूढ़ी महिला की सीख के अनुसार दम साधे मैं सब कुछ सुनती रही थी···।

शाम गहराने पर रूपेश के लौटते ही मैंने सारी बात उससे कह सुनायी । लेकिन चौका-बर्तन का काम सुनकर वह ऐसे भिनक गया, जैसे उसके पाँव मैले में सन गये हों, ''तो अब यही काम बच गया है तुम्हारे ज़िम्मे··· तुमने ऐसा सोच कैसे लिया ? मेरी जुबान तुमने बन्द कर दी है । लेकिन अब बर्दाश्त से बाहर हो रहा है, इसी से फिर कह रहा हूँ, हमें चुपचाप आरा लौट चलना चाहिए··· अभी कुछ भी नहीं बिगड़ा है··· अपने अभिभावकों को राजी कर लेंगे हम···।''

इस पर उसे शान्त कराते हुए मैंने समझाया, ''मेरी बात समझने की कोशिश करो रूपेश···मेरा उद्देश्य दाई बन जाना नहीं है । वह हमारे मार्ग का एक आकस्मिक पड़ाव भर है, मंज़िल कदापि नहीं···। हम जहाँ तक पहुँचे हैं और जिस स्थिति में हैं, उस स्थिति में हमारा आरा लौटना हरगिज़ श्रेयस्कर नहीं···। प्रेम के नाम पर जीवन से हार कर अपने घर लौट जाने के लिए ही तो हमने यह जोखिम नहीं उठाया है···। जीवन की राहें सदैव समतल ही नहीं होतीं और सब कुछ बना-बनाया ही नहीं मिलता। पत्थर तोड़कर रास्ता बनाना पड़ता है···।''

इस पर हारी हुई आवाज़ में वह बोल उठा था, ''अब कौन-सा पत्थर तोड़वाओगी लिसा ! देखो, कारखाने में हथौड़ा चलाते-चलाते हाथ में छाले पड़ गये हैं···हम और तुम कैसे थे और कैसे हो गये ? तुम्हारा चेहरा भी तो दिन-ब-दिन सूखता जा रहा है···।''

अवसर अनुकूल देख मैंने उसकी छालेदार हथेलियों को प्यार से चूमते हुए कहा, ''हम फिर पहले की तरह हो जाएँगे, रूपेश । समय पलटते देर नहीं लगती और संघर्ष-प्रयास का फल कभी व्यर्थ नहीं जाता···।''

इसके बाद रूपेश को समझा-बुझाकर और दुलार-प्यार कर मैंने सुला दिया । लेकिन स्वयं जागती रही । धर्मशाला के दलालों की हरकतों और कारगुजारियों को ध्यान में रखकर मैं सारी रात सजग-सचेत बनी रही । इस दौरान वह बूढ़ी महिला जैसे ढाल बन गयी थी मेरे लिए । उसके अन्दर का मातृत्व एकाएक उमड़ पड़ा था हम दोनों पर···। रात में दो-तीन बार आकर हमारी खोज-खबर ले चुकी थी ।

सुबह रूपेश के कारखाना जाने के बाद उस बूढ़ी महिला के साथ मैं रिहायशी मुहल्ले में जा पहुँची, जहाँ वह काम करती थी । उसके कहने पर उस बंगाली बाबू

ने अपने यहाँ दाई के काम पर मुझे रख भी लिया तथा नौकरवाला अपना कमरा भी दे दिया । बंगाली बाबू के साथ उस बूढ़ी महिला की बातचीत से मुझे साफ़ लग गया कि वह उनके यहाँ लम्बे समय तक काम कर चुकी थी तथा उसकी पुरजोर अनुशंसा पर ही उन्होंने मुझे रखा था, अन्यथा कलकत्ता में बाहर से आये नये लोगों को जल्दी कोई दाई-नौकर भी तो नहीं रखता !

उस बूढ़ी महिला के प्रति किया गया मेरा उपकार यहाँ तत्काल फलित हो गया था । पिताजी की बातें भी यहाँ फिर याद आ गयी थीं । वे बहुधा कहा करते थे कि किसी के प्रति किया गया उपकार कभी व्यर्थ नहीं जाता है, या तो उसका सुखद परिणाम शीघ्र ही मिल जाता है या वह हमारे खाते में दर्ज़ हो जाता है, जिसका सुखद भुगतान होकर ही रहता है…।

शाम को रूपेश के कारखाना से लौटते ही हम बंगाली बाबू के इस कमरे में आ ठहरे । यह डायरी इस कमरे में ही लिख रही हूँ । कमरा छोटा और सीलनभरा ज़रूर है, लेकिन कलकत्ता की आम गन्दगी से दूर शान्त और सुरक्षित है । यहाँ हमारी नींद में कोई खलल बनने वाला नहीं है । यहाँ छिपे रहकर एक-दूसरे की बाँहों में हम सुख की नींद सो सकते हैं । इस कमरे में आने के बाद आज इत्मीनान मिलते ही मैं अपनी प्यारी डायरी लेकर बैठ गयी हूँ । रूपेश कारखाने गया है, लेकिन अब उसके आने का समय भी हो रहा है और बंगाली बाबू के यहाँ शाम के चौका-बर्तन का समय भी, इसीलिए आज की डायरी बस यहीं तक…।

गृहत्याग के सातवें माह का उत्तरार्द्ध
कलकत्ता शहर
शारदीय नवरात्रि के पर्व दशहरे का आगमन

कलकत्ता आये काफ़ी समय हो गया । देखते-ही-देखते दशहरे का त्योहार भी आ गया, शारदीय नवरात्र का पुनीत पर्व । सचमुच कलकत्ता में इस पर्व का आयोजन अपनी तरह का अनूठा होता है । जगह-जगह माँ दुर्गा की विशिष्ट प्रतिमाएँ और भव्य पण्डाल तथा श्रद्धालु नर-नारियों की अपार भीड़ । पूजा-पाठ, भजन-कीर्तन और नृत्य-गायन की अविच्छिन्न परम्परा । इस अवसर पर समूचा बंगाल जैसे दुर्गामय जान पड़ता है । पिताजी ठीक ही कहते थे, माँ भगवती की सच्ची आराधना बंगाल में ही होती है । अब मुझे यह बात भी समझ में आ जाती है कि स्वामी रामकृष्ण परमहंस ने माँ भगवती को ही अपनी आराध्या क्यों बनाया ? अवश्य इसके पीछे बंगाल में

मातृ-पूजन की विशिष्ट परम्परा रही है…।

इस अवसर पर अपने शहर आरा का दशहरा भी मुझे याद आ जाता है। अवश्य अन्य वर्षों की भाँति इस वर्ष भी हमारे यहाँ पाठ चल रहा होगा। पिताजी पण्डितों एवं पुरोहितों के व्यावसायिक कर्मकाण्डों से अलग, स्वयं अपने से कलश स्थापित करते हैं तथा नौ दिन तक हमारे यहाँ पाठ चलता है। पिताजी 'रामचरित मानस' का नवाह्न पारायण करते हैं तो माँ 'दुर्गास प्तशती' का पाठ करती हैं, तो छोटे भाई-बहन 'सुन्दरकाण्ड' एवं 'दुर्गा चालीसा' पढ़ते हैं। मैं वहाँ थी तो पिताजी की तरह 'रामचरितमानस' का ही पाठ करती थी। इसके अतिरिक्त'सप्तश्लोकी' के कुछ चुने हुए मन्त्र भी पढ़ती थी। इस अवधि में हमारे यहाँ मांस-मछली और लहसुन-प्याज का आना बन्द हो जाता है। एकदम मठों की तरह अमनिया भोजन। बासमती चावल का भात, बूँट का दाल तथा शुद्ध घी और सेंधा नमक में बनी सब्जी। पिता जी इस अवधि को आत्म-शुद्धि और चित्त-एकाग्रता की अवधि मानते हैं। पाठ के पीछे भी हमें, कामनारहित होने की बात कहते हैं। उनके अनुसार खान-पान में संयम तथा विभिन्न विषयों और जंजालों से अपने को काट कर पाठ में केन्द्रित रहते हुए इस अवधि में चित्त को एकाग्र बनाने की कोशिश करनी चाहिए। इस अवधि की सार्थकता इसी में है। ऐसा करके ही अपनी खर्च हुई ऊर्जा और आत्मिक शक्ति को पुनः हम संचित कर सकते हैं।

लेकिन पिता जी के लाख समझाने पर भी उस वक़्त मैं कामनारहित नहीं हो पाती थी। माँ के साथ हम सभी भाई-बहनों के पाठ के पीछे मनोवांछित फल की कामना निहित होती थी। लेकिन अब पिताजी के उस कामनारहित पाठ की उपयोगिता और महत्त्व को मैं साफ़-साफ़ समझ रही थी। अपने को नये सिरे से संयोजित करने तथा अपने बिखराव पर क़ाबू पाने के लिए उससे बेहतर उपाय और कुछ हो ही नहीं सकता…।

पाठ की समाप्ति पर हम सभी भाई-बहन माँ-पिताजी के साथ अपने शहर में जगह-जगह स्थापित माँ दुर्गा की प्रतिमाएँ देखने निकल पड़ते थे। उस वक़्त हमारा वह छोटा शहर तो जैसे मेले में तब्दील हो गया रहता था। दो-तीन घण्टों की परिधि के अपने शहर को मेले की भीड़ के कारण हम चार-पाँच घण्टों में तय कर पाते थे। फिर शाम गहराते ही घर आ जाते थे। तब पिताजी बारी-बारी से हमसे पूछते कि हमारी नजर में अपने शहर की कौन-सी प्रतिमा हमें सर्वश्रेष्ठ जान पड़ी और कौन-सा पण्डाल सर्वोत्कृष्ट ? हमारे जवाब का बहुमत जिस प्रतिमा और पण्डाल के पक्ष में जाता था, उसके निर्माणकर्ता और आयोजकों को वे अगले दिन शाबाशी का कार्ड अवश्य भेज देते थे।

अपने शहर की दुर्गा-पूजा एवं अपने परिवार की याद के साथ मेरा मन आर्द्र हो आता है…। एक क्षण तक उसी में खोयी रहती हूँ…। फिर धीरे-धीरे अपने को उससे

मुक्त कर लेती हूँ, भावुकता में बहना अपने को कमजोर करना और यथार्थ से काटना होता है···। सचमुच अतीत की यादें बहुत मनोरम जान पड़ती है, लेकिन वर्तमान और भविष्य का वे समाधान कभी नहीं बन पातीं । मैं जहाँ पहुँची हूँ, वहाँ का वर्तमान और आगत भविष्य ही मेरे सुख-दुःख के नियामक हैं । मुझे इस तरह अतीत में नहीं लौटना चाहिए···। अतीत तो बूढ़ों की वापसी की शरणस्थली होता है, मेरे जैसों के लिए तो वर्तमान ही मार्ग और मंज़िल दोनों है, जिस पर हमारे भविष्य का दारोमदार निर्भर है ।

इस दृष्टि से अब मैं यह कह सकती हूँ कि कलकत्ता का हमारा वर्तमान पहले की अपेक्षा ज़्यादा बेहतर है । चन्द दिनों में ही हमें आशातीत सफलता प्राप्त हुई है। कहीं ठौर पाने की समस्या और काम न मिलने की मुसीबत से अब हम उतने परेशान नहीं । हालाँकि मेरी तुलना में बेहतर काम पाने की रूपेश की आशा अभी फलीभूत नहीं हुई है । फिर भी मैं प्रयासरत हूँ कि इसका एहसास उसको न हो और उसे बेहतर काम मिल जाए···।

उस बंगाली बाबू के यहाँ उस बूढ़ी महिला ने मुझे दाई के काम पर क्या लगाया, जैसे मेरा भाग्योदय शुरू हो गया···। बंगाली बाबू के यहाँ काम करते हुए ड्राइंग रूम में पढ़ रहे उनके बच्चों के गलत उच्चारण पर तीन-चार बार टोककर तथा प्यार से उन्हें सही उच्चारण बताकर बंगाली बाबू और उनके परिवार की नज़रों में मैं कुछ और बन गयी । फिर मेरी शिक्षा की जानकारी पाने तथा पढ़ाई-लिखाई से सम्बन्धित मुझसे बातचीत करने के बाद उन्होंने दाई के काम से मुझे मुक्त कर ट्यूटर के काम पर लगा दिया । चूँकि यह मेरा प्रिय कार्य था और मैं यह कर भी चुकी थी, इसीलिए चन्द रोज़ में ही उनके बच्चों की प्रिय दीदी बन गयी और उनमें अपेक्षित सुधार भी प्रारम्भ हो गया । यह देख बंगाली दम्पती अत्यन्त प्रसन्न हो गये । वे तो काफ़ी समय से एक ऐसे ट्यूटर की प्रतीक्षा में थे । उन्होंने नौकरवाले कमरे के स्थान पर अपना गेस्टरूम हमें दे दिया तथा हमारे साथ व्यवहार भी अपनों-जैसा करने लगे ।

फिर तो जैसे कार्य का परिणाम और परिणाम का अंजाम दबाये नहीं दबता, मेरे साथ भी लगभग वैसा ही घटित होना शुरू हो गया । जिस स्कूल में बंगाली बाबू के बच्चे पढ़ते थे, उस स्कूल के प्राचार्य बंगाली बाबू के बच्चों में आश्चर्यजनक रूप से गुणात्मक परिवर्तन देख तथा उन्हें अल्पावधि में ही ऐसी शिक्षा देनेवाली मुझ शिक्षिका के बारे में जान मुझे अपने स्कूल में कार्य देने का निमन्त्रण लेकर आ गये । बंगाली दम्पती ने भी यह कार्य स्वीकार कर लेने को मुझसे कहा । बस, मैंने उस स्कूल में योगदान कर लिया । स्कूल ज्वायन करने के बाद उस स्कूल में पढ़नेवाले बंगाली बाबू के बच्चों के दोस्तों के अभिभावक भी अपने बच्चों को पढ़ाने के लिए मुझसे मिलने का आग्रह करने लगे । फलतः स्कूल से बचे समय में बंगाली बाबू के बच्चों के साथ ही और दो घरों में जाकर उनके बच्चों को पढ़ाना मैंने शुरू कर दिया—उनमें से एक

घर श्रीवास्तव जी का है, जो एक कारखाने के मालिक हैं और दूसरा घर एक सरदारजी का, जो सरकारी सेवा में इंजीनियर हैं । वे मुझे मुहमाँगी फ़ीस देने को तैयार हैं, बशर्ते कि बंगाली बाबू के बच्चों की तरह ही उनके बच्चों में विकास परिलक्षित होने लगे । श्रीवास्तव दम्पती तो अपने बच्चों की पढ़ाई के बाद अनेक विषयों पर मुझसे देर तक बातचीत भी करने लगे थे । मेरे चुस्त-दुरुस्त जवाब से सन्तुष्ट हो वे मुझे थैंक्स भी देते थे । तब मैं नहीं जानती थी कि वे मेरा इण्टरव्यू लेते थे । बाद में मुझे उपयुक्त समझ अपने कारखाने के लिए अपने निजी सचिव के पद पर जब मुझे कार्य करने का उन्होंने ऑफर दिया तो मैं सब कुछ समझ पायी । इधर मेरे स्कूल के प्राचार्य मुझे छोड़ना नहीं चाहते थे । कहाँ कार्यों के पीछे मैं भागती थी । लेकिन अब कार्य खुद मेरे पीछे भागने लगे थे ।

यहाँ पिताजी की बातें मुझे फिर याद आ गयी थीं । वे कहा करते थे, ''करने वालों के लिए दुनिया में कहीं कार्य की कमी नहीं, बशर्ते कि कार्य के प्रति निष्ठा, ईमानदारी और समर्पण का भाव हो । फिर तो वह एक कार्य ही अनेक कार्यों का उद्‌गम-स्थल बन जाता है···।''

मैंने श्रीवास्तवजी के दफ्तर में योगदान कर लिया है, क्योंकि शिक्षिका के मेरे पद और वेतनमान से वह पद और वेतनमान ज़्यादा बेहतर है । इसके लिए अभिभावक स्वरूप अपने बंगाली बाबू की भी मैंने राय ले ली है । उन्होंने भी कहा है, ''जहाँ आय सन्तोषजनक और विकास के अवसर अधिक हो, वहीं कार्य करना चाहिए ।'' लेकिन वहाँ कार्य करते हुए भी बंगाली बाबू के बच्चों को पढ़ाना मैंने बन्द नहीं किया है । उनके बच्चों को पढ़ाने के लिए तो मैं वचनबद्ध हूँ कि कलकत्ता में कोई भी कार्य करते हुए उनके बच्चों को पढ़ाना मैं बन्द नहीं करूँगी···। पर उनके यहाँ रहना हमने बन्द कर दिया है और किराये पर स्वतन्त्र रूप से अपने रहने लायक मकान ले लिया है । यह डायरी अपने इसी स्वतन्त्र मकान से लिख रही हूँ ।

बंगाली बाबू के गेस्ट हाउस में हमारे लिए कोई कमी नहीं थी । हम दोनों के लिए वह जगह पर्याप्त थी । लेकिन बंगाली बाबू का एक साला ऐसा आवारा, लफंगा और बुरी नीयत का था कि अब और अधिक समय तक वहाँ रहना हमारे लिए मुनासिब नहीं था । वैसे तो शहर के किसी दूसरे मुहल्ले में उसका घर था। पर जब से उसे यह ज्ञात हुआ था कि उसके बहनोई के बच्चों को कहीं बाहर से आयी एक नयी शिक्षिका पढ़ाने आती है और वहीं रहती है, तब से वह अक्सर उनके यहाँ जुटा रहता था । फिर मेरे न चाहते हुए भी इधर-उधर के प्रश्न कर मुझसे बातचीत करने की कोशिश करते हुए मुझे घूरा करता था । उसका इरादा भाँपते हुए मुझे देर नहीं लगी थी । लेकिन बंगाली दम्पती की सज्जनता और अपने प्रति उनकी सदाशयता को देखते हुए मैं उसे झेलती रहती थी । लेकिन उसकी उद्‌दण्डता तो और बढ़ती ही जा रही थी । कुछ कहने, पूछने या कुछ लेने-देने के बहाने वह हमारे कमरे में भी

आने लगा था । उसकी उपस्थिति मेरी ही तरह रूपेश को भी अच्छी नहीं लगती थी। वह रूपेश से खोद-खोद कर जबरन बतियाता था । दरअसल, अपने जीजा के यहाँ हमारे रहने का नाजायज़ फ़ायदा उठाकर वह मेरे साथ मनमानी करना चाहता था । वह जब भी आता था, उसके मुँह से शराब की दुर्गन्ध का आभास हमें हो ही जाता था । बंगाली बाबू ने भी हमें बताया था कि दुलार-प्यार में बिगड़ा वह उनका छोटा साला है, जो कहीं काम करने की अपेक्षा अपने इंजीनियर पिता की दौलत पर मौज़ उड़ाता है···।

इन्हीं स्थितियों में एक दिन दोपहर रूपेश की अनुपस्थिति में वह अचानक मेरे कमरे में घुस आया । उसे इस रूप में देख मैं क्रोध में आगबबूला हो उठी । यह बंगाली छोकरा अपने को समझता क्या है ? मैंने उसी क्षण निर्णय किया कि बंगाली बाबू का लिहाज छोड़ इसके माथे का भूत अब उतार देना चाहिए, शेरनी की तरह उसे लील जानेवाली निगाहों से घूरते हुए सब्जी काटने वाला यह सुल लेकर मैं उसकी ओर बढ़ चली, "ठहर कमीने, आज मैं तेरी सारी आशिकी झाड़ देती हूँ और बंगाली दम्पती को भी तेरी इस घिनौनी करतूत की सूचना देती हूँ···।"

इस पर जेब से सौ-सौ के कुछ नोट मुझे दिखाते हुए वह गिड़गिड़ाने-सा लगा था, "शोर मत मचाओ···मैं मुफ्तखोर नहीं, तुम्हें मालामाल कर दूँगा···महीने भर की नौकरी और ट्यूशन की कमाई जितना पैसा चन्द क्षणों में ही पा जाओगी···। कोई जानने भी नहीं पाएगा, फिर तो तुम्हारी खिदमत में बराबर तैयार रहूँगा···।"

"तो यह बात है," मेरे मुँह से क्रोध की आग निकलनी शुरू हो गयी थी, "हरामी, कमीना बदज़ात···! तूमने सोचा है कि हम अभाव में हैं इसीलिए बिक जाएँगे ? कलकत्ता में रहते-रहते सबको एक जैसा ही समझ लिया है तूमने···! आज तू मेरे शहर में होता तो तेरी खाल उधेड़ कर रख देती···। लेकिन यहाँ भी तुझे नहीं बख्शूँगी···।"

मेरा यह उबलता रूप देख उसने भी पैंतरा बदल दिया था, "अभी तो मैं सीधे मन से कह रहा हूँ, नहीं तो रिवाल्वर की नोक पर तुम्हें अपनी बात मनवा लूँगा···। मेरी इच्छा के खिलाफ़ तुम इस कलकत्ता में रहने नहीं पाओगी । तुम दोनों का यहाँ रहना मुश्किल कर दूँगा···।"

यह सुन जैसे मैं आपे से बाहर हो गयी, "तो अब तू धमकाना चाहता है···ठहर, अभी इस पहसुल से तुझे टुकड़े-टुकड़े न कर दिया तो भोजपुरिया खून नहीं···। तू मुझे डराना चाहता है···। पहले तो मैं तुझे ज़िन्दा नहीं छोड़ूँगी । अगर उसमें सफल हो सकी तो इसी पहसुल से अपने को काट लूँगी···। लेकिन यह नौबत नहीं आएगी, तू मेरे हाथों बच नहीं पाएगा···।" और चिल्लाती हुई मैं उसकी ओर टूट पड़ी, "ठहर गुण्डा···शोहदा, लफ़ंगा, हरामज़ादा···"

मेरा चण्डिका रूप देख वह तत्क्षण भाग चला, "बाऽप रे बाऽप··· यह तो काट खानेवाली चण्डी बन गयी···।"

मैं गरजती-दहाड़ती उसके पीछे झपटती अपने कमरे से बाहर निकल आयी । पर अब तक तो वह नौ-दो-ग्यारह हो गया था । चोर-उचक्के भेद खुलने के डर से सामना तो करते नहीं···। वे अपनी मर्दानगी साजिश और षड्यन्त्र में ही समझते हैं, सरेआम भिड़ने में नहीं···।

उसके ऊपर झपटते हुए मैंने जानबूझ कर तेज़ आवाज़ लगायी थी, ताकि बंगाली दम्पती भी उसके कारनामों से अवगत हो सके । लेकिन अपने कमरे से बाहर निकलने पर मुझे पता चला कि बंगाली दम्पती अपने एक रिशतेदार से मिलने गये हैं । शायद इसी अवसर का फ़ायदा उठा उसने ऐसा करने का दुःसाहस किया था । एक क्षण तक तो मैं क्रोध में हाँफती रही । सोचा, बंगाली बाबू दोनों पति-पत्नी एवं रूपेश के आने पर सब कुछ बताऊँगी···। लेकिन क्रोध शान्त होते ही मुझे लगा, यह उचित नहीं होगा । जिस घटना से मैं स्वयं निपट गयी, उसे पुनः ताज़ा बनाने और उसकी खींचतान करने से क्या फ़ायदा···? बंगाली बाबू दम्पती तो दुःखी और शर्मिन्दा होंगे ही, रूपेश पर जाने इसकी क्या प्रतिक्रिया होगी ? सम्भव है, इस घटना से आरा वापसी का अपना तर्क उसे और पुष्ट जान पड़ने लगे । इसी से उस कड़वाहट को मैं चुपचाप निगल गयी ।

बाद में शान्त-सहज होने पर मुझे खुद आश्चर्य होने लगा था कि चंण्डिका के उस रूप में मैं कैसे आ गयी थी ? शायद यह समय की माँग थी । शायद अपनी रक्षा की आन्तरिक पुकार और संस्कारगत स्वाभिमान···! जो हो, मुझे खुशी थी कि अपनी रक्षा स्वयं करने में मैं सफल हो सकी थी । अब यह रहस्य भी मेरी समझ में आ गया था कि पढ़े-लिखे और सहज-सामान्य दिखनेवाले लोग वक़्त आने पर कैसे दुःसाहसपूर्ण और अजीबो-गरीब कार्य कर दिखाते हैं । शायद यह सब कुछ स्वतःस्फूर्त और आकस्मिक रूप से हो जाता है । मेरे जानते यह व्यक्ति के अपने आचरण और जीवन-मूल्य पर निर्भर करता है । इस घटना ने मुझे इस तथ्य से भी अवगत किया है कि कोई लड़की चाहे लाख अभावों के बीच घिरी हो, उसकी इच्छा के विरुद्ध कोई उसकी खरीद-फरोख्त नहीं कर सकता, बशर्ते कि उस लड़की में आत्मबल हो और अपने उसूलों के लिए जीने की तरह मरने में भी उसके क़दम पीछे न हटें···।

इस घटना के तीसरे दिन बाद ही बंगाली बाबू का वह गेस्टरूम हमने छोड़ दिया और किराये पर यह घर ले लिया । बंगाली बाबू हमें जाने देना नहीं चाहते थे, लेकिन यह कहकर कि अपने नये आवास से हम दोनों का दफ्तर नज़दीक पड़ेगा, हमने उन्हें राजी कर लिया । पर उनके बच्चों को पढ़ाना मैंने बन्द नहीं किया । इस बीच उनका शोहदा साला उनके यहाँ नहीं के बराबर आया । एक बार मेरी उपस्थिति में वहाँ दिखा भी तो मुझे देखते ही भीगी बिल्ली की तरह दुम दबाकर भाग गया···।

अब इस घर में आकर मैं बहुत खुश हूँ, क्योंकि यहाँ आने के बाद रूपेश ने भी राहत की साँस ली है । अपने परिश्रम की कमाई पर स्वतन्त्र रूप से घर बसाने का

सपना साकार हुआ है । हालाँकि मेरी व्यस्तता बढ़ गयी है । दफ्तर की नौकरी के बावजूद बंगाली बाबू एवं श्रीवास्तव जी के बच्चों को पढ़ाना मैंने बन्द नहीं किया है। इसके बावजूद मैं इस प्रयास में हूँ कि रूपेश को भी पूरा समय दूँ और उसके टूटते-उखड़ते मन को अपने प्रेम से सींचकर फिर हरा कर दूँ···। इस बीच वह बूढ़ी दाई बराबर हमसे मिलने आती रही है तथा हम भी उससे मिलने धर्मशाला जाते रहे हैं । वह तो हमारे पूर्वजन्म के किसी निकटस्थ सम्बन्धी की तरह इस कलकत्ता-प्रवास में हमारे सुख-दुःख की सहयात्री बन गयी है···। जाने क्यों उसकी उपस्थिति में मुझे अपनी माँ की उपस्थिति का बोध होता है । मैंने रूपेश से भी कहा है, ''यह जन्म देनेवाली हमारी अपनी माँ तो नहीं, लेकिन हमारे कर्ममय-जीवन को अपने स्नेह से संचालित करनेवाली असली माँ है···।''

डायरी लिखते हुए काफ़ी रात हो गयी है । अब रूपेश आता ही होगा । उसके लिए मुझे तैयार होना चाहिए । उसकी पसन्द की खीर आज मैंने बना रखी है । अपने कारखाना-मैनेजर के पुत्र के जन्म-दिवस पर गया है वह । वहाँ खाने की व्यवस्था है । लेकिन डालडा में बनी चीज़ें वह नहीं खाता, इसीलिए हमने तय किया है कि उसके लौटने पर साथ ही साथ खीर-रोटी खाएँगे··· । हालाँकि वहाँ जाने की उसकी इच्छा नहीं थी । लेकिन यहाँ कलकत्ता में उसकी नौकरी अभी कच्ची ही थी तथा उसे प्रोमोशन भी लेना था, इस स्थिति में, जब कि कारखाना के अन्य सभी वर्कर वहाँ जा रहे थे, उसका न जाना उचित नहीं था । मैंने भी उसे वहाँ हो आने के लिए कहा है । लेकिन अनिच्छा से उसका वहाँ जाना अन्दर तक साल गया है मुझे । यहाँ इस बात का अनुभव मुझे सिद्दत के साथ हुआ है कि सचमुच कभी-कभी विवशता में चाहते हुए भी हम अपने स्वाभिमान की रक्षा नहीं कर पाते ।

गृहत्याग का आठवाँ माह समाप्त
कलकत्ता शहर
दीपावली की रात

आज दीपावली है, खुशियों का त्योहार । इस घर में आने के बाद मैंने सोचा था कि अपने शहर आरा की तरह इस त्योहार का आनन्द उठाएँगे हम । लेकिन बिल्कुल उल्टा हो गया है । ठीक ही कहा गया है कि सदैव सोची हुई बात ही नहीं होती । मेरे साथ भी ऐसा ही हो गया है । हम सोचते कुछ हैं और हो कुछ जाता है···। आज इस आनन्द-पर्व के दिन ही रूपेश शराब के नशे में धुत हो अर्ध-बेहोशी की

स्थिति में आकर पड़ गया है । अब दीपावली की खुशी का इजहार मैं किससे करूँ तथा कैसे करूँ ? और उसका भागीदार किसे बनाऊँ ? रूपेश को इस स्थिति में देख मेरी सारी खुशी तो जैसे काफ़ूर हो गयी है । ग़म और दुःख के बादलों ने अचानक मुझे आ घेरा है । इस स्थिति में पुनः अपनी डायरी लेकर बैठ जाने के सिवाय मुझे कुछ भी नहीं सूझ रहा है । मेरी अनुभूतियों का इजहार और मेरे सुख-दुःख की भागीदार अब यह मेरी डायरी ही है···।

रूपेश ऐसा नहीं था और मैंने कभी सोचा भी नहीं था कि वह ऐसा हो जाएगा। लेकिन इधर अब सब कुछ वैसा ही होता जा रहा था, जिसे मैंने न कभी सोचा था और न चाहा था । जहाँ तक मैं समझती थी, मेरी तरह रूपेश भी शराब से घृणा करता था तथा मनुष्य के पतन का उसे एक अहम कारण मानता था । मैं जानती थी, जीवन से थके-हारे और अन्दर से टूटे हुए व्यक्ति ग़म ग़लत करने के लिए शराब पीते हैं । रूपेश की खीज, मायूसी, अन्यमनस्कता और उदासी देखते हुए मैं डरती थी कि कहीं उसके क़दम भी शराब की ओर न चले जाएँ । कारखाने के मज़दूरों को आये दिन पीकर सड़क पर गिरते तथा कलकत्ता में शराब के बढ़ते प्रयोग को देखते हुए मैं और आशंकित थी । मैं प्रयासरत थी कि रूपेश के साथ ऐसा न हो । इस घर में आने के बाद अवसर अनुकूल होते ही पुनः मैंने उसे अपना भरपूर ऐकान्तिक प्यार और स्नेह देना प्रारम्भ कर दिया था···। लेकिन वही हुआ, जिसे मैं नहीं चाहती थी···।

मेरी जानकारी के तहत दिल्ली में कारखाना ज्वायन करने के बाद रूपेश ने थोड़ा-थोड़ा पीना शुरू किया था । मुझे समझा दिया था कि डॉक्टर के कहे अनुसार एकाध पैग ले रहा है । लेकिन यहाँ कलकत्ता में अपने कारखाना-मैनेजर के पुत्र के जन्म-दिवस के अवसर पर उसने पूरी तरह शराब पी थी । मैं खीर बनाकर काफ़ी रात गये तक उसकी प्रतीक्षा करती रही थी । वह आधी रात के आसपास आया था। उसके क़दम डगमगा रहे थे तथा बातें कुछ बहकी-बहकी कर रहा था । जब मैंने उसे बाँहों में लेकर दुलार करना चाहा तो उसके मुँह से शराब की गन्ध आते मैं तिलमिला गयी । तो क्या रूपेश पीकर आया है ? इस तरह शराब पीने लगा यह? आवेश में आकर उसे झकझोरते हुए पूछ उठी थी मैं, "तुमने शराब पी है रूपेश ?"

इस पर झूमते हुए शराबियों के-से अन्दाज़ में बोल उठा था वह, "क्या हैऽ···? पी-ऽ ली···तो ऽ ? स···भी ऽ··· पी··· रहे··· थे···! मैंने भी पीऽ··· ली···। मजा···आ···गया लिसा···ऽ यह बुरी···चीज़ ऽ नहीं···।"

वह अच्छी तरह बोल भी नहीं पा रहा था और अपना सन्तुलन भी बरक़रार नहीं रख रहा था···। फिर बिस्तरे पर जाकर औंधे मुँह पड़ गया···। मेरे जी में आया कि खीर से भरा प्रेशर कुकर उठाकर उसके माथे पर दे मारूँ । जिस पर भरोसा कर सब कुछ छोड़ यहाँ तक चली आयी, उसने शराब पीना शुरू कर दिया । पिताजी से कई

यार सुन चुकी थी मैं कि शराब आदमी को बर्बाद ही नहीं करती, हैवान भी बना देती है । फिर यह क्या सँभालेगा मुझको और कैसा संग-साथ देगा…?

उस सारी रात एक कोने में पड़ी मैं रोती रही…। कुछ भी खा न सकी । प्रेशर कुकर में बन्द खीर यथावत् पड़ी रही । रूपेश रह-रहकर नशे में बड़बड़ाता रहा । उसकी कुछ बातें अस्पष्ट होतीं, लेकिन कुछ साफ़-साफ़ सुनायी भी पड़तीं, "लिसा की कमीनी…अपन…हिजड़ा और मउगड़ा नाहीं…मैनेजर का समझता, वर्कर हूँ तो बोलेगा…पापा के सामने…। लिसा मूर्ख है…पागल है…अपने साथ मुझे भी रोके है…मैं विदेश,…आई. ए. एस. … लिसा नहीं छोड़ेगी… नासमझ कमज़ोर लड़की…! बर्बाद जीवन ! गलत निर्णय…!"

नशे की हालत में रूपेश के उच्चरित शब्द और उसके अन्तर्निहित अर्थ को जानकर तो जैसे मैं आसमान से ज़मीन पर आ गिरी । मेरी व्यथा और चिन्ता एकाएक बहुत बढ़ गयी । पिताजी ठीक ही कहते थे किसी के मन की बात जानने के लिए उसे नशा करा कर अर्द्धचेतन स्थिति में डाल दो । फिर वह सब कुछ बक़ देगा । रूपेश भी उस दिन इसी स्थिति में पहुँच गया था । लेकिन उसके मन की बात जान तो जैसे अपने पाँव के नीचे की धरती मुझे खिसकती जान पड़ी । मैं अधीर हो गयी। अब तक का संचित धैर्य जैसे छूटने-सा लगा था ।

यह सच है कि इस नये घर की पूरी व्यवस्था मेरी आय पर निर्भर है । रूपेश की आय तो नहीं के बराबर है । लेकिन इसको लेकर उसके मन में कुण्ठा क्यों है? मैंने तो अपनी और उसकी आय को कभी अलग-अलग नहीं जाना…। बीवी की आय पर जीनेवाला मर्द हिजड़ा और मउगड़ा होता है, यह तो सर्वथा अवैज्ञानिक, रूढ़िग्रस्त और दकियानूस विचार है … इस विचार को उसने कैसे ग्रहण किया ? वह तो प्रगतिशील जीवन मूल्यों में विश्वास करता था । यहाँ अपने पिताजी की बातें मुझे फिर याद आ गयीं कि आदमी अपने परिवेश, वंशगत संस्कार और वंशगत गुण-दोष से जल्दी मुक्त नहीं हो पाता… उसके जीवन को ये चीज़ें कभी प्रत्यक्ष तो कभी परोक्ष रूप से संचालित करती ही रहती हैं ।

अब मुझे साफ़ समझ आ गया था कि रूपेश का वंशगत प्रभाव ही उसके अन्दर से सिर उठाने लगा था । वह जैसे परिवार से आया था, उसमें औरतें पुरुष की कमाई पर रहतीं और पुरुष की आश्रित बनकर जीती हैं । पूरी तरह पुरुष-प्रधान परिवार होता है वह । वहाँ की औरतें सिर्फ़ भोग की वस्तु और पुरुष के उत्थान, विकास और आरोग्य की कामना करनेवाली निरीह प्राणी भर होती हैं । पुरुष की नींद सोना और पुरुष की नींद जागना उनकी दिनचर्या होती है तथा पुरुष की इच्छा और आदेश का पालन पुनीत नारी-धर्म । पुरुष के कन्धे से कन्धा मिलाकर वे चल सकें तथा आय के स्रोतों में उसकी भागीदार बन सकें, ऐसा वहाँ होता ही नहीं, इसीलिए औरतों का उपार्जन वहाँ हेय और तुच्छ माना जाता है… तथा उन पर आश्रित पुरुषों को गिरा

हुआ और नीच !

अपने इस नये घर में आने पर सुख और इत्मीनान के पहले से बढ़ते साधनों के बावजूद रूपेश के चेहरे पर निश्चिन्तता और खुशी के भाव क्यों नहीं आ पाते थे, अब यह रहस्य भी मेरी समझ में आ गया था । उसकी उखड़े मन को जमाने के लिए उसे सर-आँखों पर बैठाये थी । अपने से कहीं अधिक उसकी सुख-सुविधा का ख़याल रखती थी । फिर भी उसकी अन्यमनस्कता दूर नहीं होती थी । अपनी या उसकी पसन्द की कोई चीज़ खरीदकर लाती तो अन्दर से उत्साहित होते हुए गर्मजोशी से उसका स्वागत वह कभी नहीं करता था । मेरे बहुत पूछने पर कि कैसी है, अनमने शब्दों में ही कहता, "ठीक ही है···।"

तब इसकी वास्तविक वजह मैं नहीं समझ पाती थी । मुझे लगता, आरा लौटने की आन्तरिक पीड़ा और कलकत्ता में अपने अनुकूल काम न पाने की खिन्नता की वजह से ही वह अनमना बना है···। लेकिन अब नशे की उसकी बड़बड़ाहट ने मुझे सब कुछ समझा दिया था···।

मैं जानती थी, विदेश में स्थित रूपेश के अंकल उच्च शिक्षा के लिए उसे विदेश ले जाना चाहते थे और उसके पापा उसे आई. ए. एस. बनाना । लेकिन मैं समझती थी, अब तक इस बात को भूल गया होगा वह, क्योंकि अपने प्रेम में हम बहुत कुछ भूल चुके थे और बचे हुए शेष को भूल जाने का हमने संकल्प भी ले लिया था । चूँकि अब हमें नये सिरे से अपनी दुनिया बसानी थी, इसीलिए पुरानी दुनिया के पूर्वाग्रहों से हमें मुक्त हो जाना था । लेकिन मैं देख रही थी, रूपेश के मन में अभी तक वे बातें जमी थीं, बल्कि नशे की स्थिति में उसके मुँह से निकलकर अपनी जीवन्तता का पुरजोर एहसास भी करा रही थीं···। तो क्या रूपेश मेरे साथ अपनी अलग और नयी दुनिया बसाने के लिए अन्दर से पूरी तरह तैयार नहीं···? तो फिर प्रेम के दिनों के उसके वादे और संकल्प···? मैं माथा पकड़े बैठी रही ।

सुबह नशा उतरने के बाद रूपेश कुछ लज्जित-सा जान पड़ा । मैं तो प्रतीक्षा में थी कि वह सहज-सामान्य हो तो अपने मन की भँड़ास निकालते हुए, अपने एकनिष्ठ प्रेम का हिसाब उससे माँगूँ ! इस सम्बन्ध में मेरे समीप पहुँचकर जैसे ही उसने कहा, "मैं लज्जित हूँ लिसा··· रात दोस्तों ने पिला दी···।" बस, मैं बमक पड़ी, "इतना कह देने भर से ही मैं तुम्हें माफ़ करने वाली नहीं···।"

"तो मैं क्या करता लिसा ? कारखाने के सारे वर्कर पी रहे थे···। उन्होंने जबरन मेरे मुँह से भी गिलास लगा दिया···।" उसने सफ़ाई देने की कोशिश की । जवाब में मैं और तन गयी, "जिसकी इच्छा न हो उसे कोई जबरन नहीं पिला सकता और फिर तुमने तो हमारे प्रेम की सौगन्ध खायी थी कि तुम शराब नहीं पियोगे···।"

"यह इतनी बड़ी बात नहीं है लिसा, जितना तुम सोच रही हो !"—उसने मुझे समझाने की कोशिश की ।

"इससे बड़ी बात और कुछ हो ही नहीं सकती···।" प्रत्युत्तर में मैं उसी तरह सख्त बनी रही, "यह हमारी बर्बादी की शुरूआत है···हमारे एकनिष्ठ प्यार पर करारा प्रहार···मैंने तो कभी सपने में भी नहीं सोचा था कि तुम इस तरह शराब पियोगे । इस घटना से सचमुच मैं बहुत दुखी हूँ, बहुत दुखी···!"

इस पर कुछ नाराज़गी व्यक्त करते हुए से कहा उसने, "इधर तुम बहुत सेण्टीमेण्टल होती जा रही हो लिसा ! बात समझने की कोशिश भी नहीं करती और उसे बन्दरमूठ की तरह पकड़े रहती हो···!"

रूपेश की आवाज़ में कुछ उग्रता का एहसास कर इस विषय पर उससे और उलझना मुझे उचित नहीं जान पड़ा । जब इस कार्य को वह खुद बहुत ग़लत नहीं मान रहा तो मेरे कहने से मानने से रहा···। विवाद और तनाव से तो हमारे बीच दूरियाँ और बढ़ेंगी ही । फिर आरा वापसी का अपना पक्ष उसे और मज़बूत जान पड़ने लगेगा, इसीलिए अन्दर से उबलते-उफनते हुए भी उससे उलझकर नहीं, अपने अतिशय स्नेह-प्यार से ही उसे समझाने और पुनः उसके मन में अपने प्रेम के संकल्पों-वादों को ताज़ा करने का मैंने निर्णय किया···।

उस दिन छुट्टी की अर्जी देकर मैं घर ही रह गयी और रूपेश को भी कारखाना जाने से रोक लिया । फिर सारा दिन अपने मन की गिला-शिकवा धोते और मान-मनौवल करते हुए एक-दूसरे के प्रेम में हम बेसुध बने रहे । इसके बाद के दिनों में भी रूपेश को ज़्यादा से ज़्यादा समय देने तथा अपने प्रेम की उस प्रथम भूमिका में पहुँचाने की कोशिश में मैं लगी रही । लेकिन मैंने अनुभव किया, पहलेवाला वह आवेग, वह कशिश और वह आकर्षण, विद्युत् की कौंध की तरह चमकता भर रहा, हमारे बीच पहले की तरह आ नहीं सका···। आलिंगनपाश में बँधे होने तक तो रूपेश जैसे उस भावभूमि में पहुँचा हुआ जान पड़ता था । लेकिन उससे मुक्त होते और कलकत्ता की सड़कों पर निकलते ही फिर वही मायूसी और अन्यमनस्कता···। उसे चौबीसों घण्टे कमरे में बाँध कर तो मैं रख नहीं सकती और स्वयं मैं भी नहीं रह पाती···। यहाँ मुझे यह स्वीकार करने में कोई आपत्ति नहीं कि इस तरह शराब पीकर उसके आने के बाद उसके प्रति मेरे मन का पूर्ण समर्पण भी कहीं खण्डित हो गया था । मैं भी चाह कर उस वाली भूमिका में नहीं आ पाती थी । फिर भी प्यारमय इन क्षणों और स्नेहयुक्त प्रेमालापों की वजह से ही यह सम्भव हो सका था कि फिर दुबारा शराब न पीने की कसमें उसने खायी थीं···। लेकिन आज दीवाली के दिन फिर शराब पीकर आ गया वह···।

मैंने सोचा था कि इस बार दीवाली हमारे लिए ऐसी खुशी बनकर आएगी कि पिछली वारदात को भूलकर हम फिर एक-दूसरे में घुल जाएँगे···। कल दफ्तर से लौटते हुए ढूँढ़कर मैं कलाकन्द लेते आयी थी । मिठाइयों में रूपेश को छेने का खुरमा और कलाकन्द बहुत पसन्द हैं । यहाँ कलकत्ता में आरा की मिठाइयाँ तो मिलतीं

नहीं। छेने का खुरमा मैं नहीं पा सकी, पर अच्छा से अच्छा कलाकन्द खरीद लायी थी मैं । लेकिन उस दिन की खीर की तरह कलाकन्द का पैकेट भी आलमारी पर यथावत् पड़ा है···। रूपेश तो उस दिन की तरह ही नशे में बड़बड़ा रहा है···। उसकी बड़बड़ाहट में मेरी आय पर रहने का उसका हीन भाव और वंशगत विरोध तथा विदेश न जा और आई. ए. एस. न बन मेरे साथ जीवन बर्बाद करने का शराबी-आक्रोश व्यक्त हो रहा है···। उसकी यह आन्तरिक बात तो जैसे मेरे ऊपर हथौड़े की चोट कर रही है । लगता है, अब रहा-सहा धैर्य भी छूट जाएगा । इच्छा हो रही है कि खूब जी भरकर रोऊँ···। लेकिन ऐसा करके तो यहाँ आस-पड़ोस सबकी नज़रों में और कमज़ोर बन जाऊँगी । यहाँ कौन हमदर्द है जो चुप कराएगा और सुख-दुःख बाँटेगा? जिसने सुख-दुःख बाँटने का वादा किया था, वह तो अब वादा तोड़ रहा था तो फिर किस पर भरोसा किया जाए···? कसम खाकर भी रूपेश का शराब पीना मुझे इस बात से अवगत कराना है, कि अब वह कभी भी मेरा साथ छोड़ सकता है···? तो क्या इस बीच मझधार में मुझे छोड़कर भाग जाएगा···? फिर मेरा क्या होगा···? इस बात की कल्पना मात्र से ही मेरा मन अधीर और विकल हो रहा है···। नहीं—नहीं··· ऐसा नहीं होगा, मैं ऐसा हरगिज़ नहीं होने दूँगी···। यह ठीक है कि यहाँ कलकत्ता में जीने-खाने भर मैं कमाने लगी हूँ । मेरी पहचान भी यहाँ विकसित होने लगी है तथा हितैषी और शुभ-चिन्तक भी मुझे मिलने लगे हैं । यहाँ बंगाल न मेरी प्रतिभा को पहचाना और उसे विकसित होने का अवसर भी दिया है । लेकिन इस सबकी पृष्ठभूमि में मुझे रूपेश ही नज़र आता है । उसके प्रेम की शक्ति ने ही मुझे इस तरह समर्थ बनाया है । मैं कहीं भी रहती हूँ, लेकिन मेरा ध्यान उसी की ओर लगा रहता है । उसकी उपस्थिति ही मेरा सम्बल और मज़बूत आधार है । दफ्तर से लौटने पर जब तक उसे देख नहीं लेती, सब कुछ मुझे ख़ाली-ख़ाली और रीता-रीता-सा लगता रहता है···। उसके मन की बात जानने के बाद मैंने उससे कहा भी है, "तुम जब और जिस क्षण कहोगे, मैं अपनी नौकरी छोड़ दूँगी···लेकिन जब तक तुम अच्छी तरह कमाने लायक नहीं हो जाते हो, ऐसा करना फिर हमें कलकत्ता के उस मुसाफ़िरखाने और धर्मशाला के जीवन की ओर ले जाएगा···।"

मेरी इस बात के जवाब में रूपेश ने न तो हाँ कहा था और न ना । हाँ और ना के बीच वह मुझे घुटता-सा जान पड़ा था । मैं तब से आज तक यह समझ नहीं पायी हूँ कि वह कौन-सी ग्रन्थि है कि परम्परा के आधार पर मन के अन्दर बैठी कोई बात अवैज्ञानिक और भ्रामक होते हुए भी उस व्यक्ति को मथती रहती है···? शायद यह कोई जटिल मनोवैज्ञानिक कारण हो, जिसके निदान तक मैं चाहते हुए भी नहीं पहुँच पा रही थी···।

मैंने रूपेश से यह भी कहा है, "तुम आई. ए. एस. या अन्य प्रतियोगिता परीक्षा की तैयारी कर सकते हो, मैं तुम्हें सारी सामग्री उपलब्ध करा दूँगी···।"

इस पर मुझे घूरते हुए व्यंग्यात्मक लहजे में अपनी नाराज़गी व्यक्त करते हुए-से उसने कहा था, "तो तुम अब यह भी करोगी लिसा···मुझे इतना गया-गुज़रा मत समझो···।"

इस पर उसे प्यार जताते हुए मैंने पुनः समझाने की कोशिश की है, "तुम ऐसा क्यों समझ रहे हो रूपेश ? मैं तो तुममें और अपने में कभी कोई अन्तर नहीं मानती···चाहे तुम कमाओ या मैं कोई फ़र्क़ पड़ने वाला नहीं ! हमारी आशा-आकांक्षा, सुख-दुःख और जय-पराजय तो एक-दूसरे का है—बिल्कुल अभिन्न, अद्वैत···। इस स्थिति में तुमने ऐसा सोचा कैसे ? क्या मैं तुम्हारी नहीं या मुझ पर तुम्हें विश्वास नहीं···?"

मेरे इस सच्चे आत्म-निवेदन में क्षण भर के लिए बह गया था वह । उसने अपनी भूल भी स्वीकार की थी, "मैंने ऐसे ही कह दिया था लिसा···मैं क्या जानता था कि तुम्हें यह बात लग जाएगी···।"

लेकिन मैंने अनुभव किया है, मेरा मन रखने के लिए ही ऊपर से ऐसा कहा है उसने । उसके चेहरे के रूक्ष भाव तो पूर्वतः बरकरार थे । उसने मन के धरातल पर इस यथार्थ को स्वीकार नहीं किया है···।

अपने कमरे की खिड़की से सामने के घरों में दीपों की जगमगाती कतारें मुझे नज़र आ रही हैं । साथ ही पटाखों के छूटने और बच्चों के किलकने की आवाज़ें भी सुनाई पड़ रही हैं । दीपावली की खुशी का जश्न मना रहे हैं लोग । इस बीच साथ के घरों की बच्चियाँ पूजा का प्रसाद भी हमें दे गयी हैं । उन्होंने हमसे कहा भी है, "आण्टी ! अभी तक आपने दीप नहीं जलाये···?"

लेकिन मैं उन्हें कैसे समझाऊँ कि दीप जलाकर उजाला अब क्या करूँ और किसके लिए करूँ ? अँधेरा जब जीवन की नियति बनने जा रहा हो तो दीपावली का बाहरी प्रकाश किस काम का···? काश ! इसका आभास मुझे पहले से होता तो इस दीपावली की तैयारी भी मैं नहीं करती···। इस भावि यथार्थ के प्रति अनभिज्ञ रहने की वजह से ही इस दीपावली की तैयारी मैंने उत्साह से की थी—गृहत्याग के बाद किसी त्योहार को पूरे मन से मनाने की तैयारी···! शुद्ध घी और मिट्टी के दीप मैंने पहले ही खरीद लिये थे । आरा में पिताजी मोमबत्ती और बिजली के बल्बों से अलग इस दिन शुद्ध घी के दीये जलवाते थे । पटाखों के शोर और दम घुटते धुओं से अलग शुद्ध घी के दीपकों की खुशबू में हमारे घर को सराबोर करते हुए वे हमें हमारी मनपसन्द मिठाइयाँ जी भर कर खिलाते थे । उनके अनुसार इस त्योहार के नाम पर पटाखे छोड़ना पैसों की बर्बादी और प्रदूषण को बढ़ाना है । वह कहते थे, बरसाती मौसम की सड़ाँध और लिजलिजाहट की समाप्ति पर खुशी का त्योहार है यह, खेतों में अनाजों की बालियों के पककर तैयार होने की खुशी का इजहार···।

मैंने सोचा था कि अपने घर की तरह ही यहाँ भी दीपावली मनाऊँगी । इस

कलकत्ता में आरा की याद को ताज़ा कर दूँगी···। लेकिन यह दीपावली तो मेरे लिए भयावनी काली रात बन गयी है···। कमरे के अन्दर शराब के नशे में बड़बड़ाता रूपेश और बाहर दीवाली का शोर···। बाहर की चकाचौंध और पटाखों की आवाज़ें तो मेरे इस दुखते मन को और दुखा रही हैं···। जैसे जले पर नमक छिड़का जा रहा हो···। कभी ऐसे भी बीतेगी मेरी दीवाली, मैंने सोचा भी नहीं था···। दीवाली की यह वज्रपाती, मनहूस और अपशकुनी रात शायद मैं जीवन भर कभी नहीं भूल सकूँ···!

गृहत्याग का दसवाँ माह
कलकत्ता शहर
मकर संक्रान्ति की पूर्व वेला

मकर संक्रान्ति का पर्व आनेवाला है । जाने क्यों, हर पर्व के आगमन पर अपना घर-परिवार एवं शहर बेतरह याद आ जाता है मुझे । शायद घर से बाहर होने की पीड़ा का बोध पर्व-त्योहार जैसे विशेष अवसर ही करा पाते हैं । अपनी सामान्य दिनचर्या में तो हम उलझे-खोये उन्हें भूले-से रहते हैं । लेकिन त्योहार हमारे ध्यान को बरबस हमारे घर की ओर खींच ले जाते हैं···।

मकर संक्रान्ति के दिन सुबह के तड़के ही स्नान कर माँ द्वारा घर का जमाया दही-चिउड़ा और पिता जी द्वारा इस अवसर के लिए ही मँगाया गया तिलकुट हम खाते थे तथा सिन्हा में गांगी के किनारे लगे मेले का मुआयना करते थे । फिर शाम को घी, खिचड़ी और चोखा खाते थे । पिताजी के अनुसार खान-पान की एकरसता को तोड़ने तथा ठण्ड की जकड़ में सिमटे-सिकुड़े बदन को घुमाने-फिराने वाला त्योहार था·यह । लेकिन इस त्योहार के आगमन से पूर्व ही ऐसा कुछ घट गया है कि प्रतीक्षा का हमारा सारा उत्साह जाता रहा है···। रूपेश के कारखाना-मैनेजर ने उसे वर्कर के रूप में अनुपयुक्त और अक्षम पा काम से निकाल दिया है । जानकारी करने पर मुझे पता चला कि पढ़ा-लिखा और सुकुमार-बदन रूपेश आम मज़दूरों जैसा नहीं खट पाता था और उसके काम की प्रगति भी सन्तोषजनक नहीं थी···। इस सूचना को पाकर मैंने अपना माथा पीट लिया है । पढ़े-लिखे लोगों को उनके अनुकूल काम नहीं और अगर वर्करों-जैसा काम भी करेंगे तो गुज़ारा नहीं···। अजीब विडम्बना है···।

मैं समझ नहीं पा रही हूँ कि इस स्थिति में क्या करूँ । ऐसी नयी-नयी परेशानियाँ और समस्याएँ आखिर कब तक हमें परेशान करती रहेंगी ? अपनी नौकरी थोड़ी अच्छी होने और अपने अनुकूल यह नया घर लेने के बाद मैं कुछ आशान्वित हो गयी

थी कि शायद अब हमारे दिन फिर चलें···। लेकिन फिर कठोर आघात ! रूपेश का मन तो ऐसा ही उखड़ा-उखड़ा और कटा-कटा रहता था, इस घटना ने तो उसे और अधिक अनमना, बेरुखा और अजनबी-सा बना दिया था । मेरे स्नेह-प्यार का बन्धन भी अब उसे बाँध नहीं पाता था । हालाँकि इसकी शुरुआत दीपावली की उस रात से ही हो गयी थी जब मेरी कसम खाने के बाद भी शराब पीकर वह आ गया था । रात-भर की रोयी-धोयी सुबह जब भरे गले से मैंने उससे पूछा था, "मेरी कसम खाने के बाद भी तुमने शराब क्यों पी···?"

तो बिना किसी झिझक और शर्म-संकोच के बोल उठा था वह, "त्योहारों पर ऐसा नहीं लिया जाता···त्योहार पर यह सब चलता है···।"

उसका यह जवाब सुन तो जैसे मैं हक्की-बक्की रह गयी । काटो तो मेरी देह में खून नहीं । प्यार के कसमों-वादों को भी उलाँघना शुरू कर दिया था उसने । मैंने उस पर प्रहार करते हुए कहा था, "यह तो त्योहार के नाम पर अपने वादों से मुकरना हुआ···। मैं तो ऐसा हरगिज़ नहीं करती और न इसके पक्ष में हूँ । क्या तुम्हारी किसी कसम या वादे को मैंने कभी तोड़ा है···?"

इस पर बेलौस आवाज़ में बोल उठा था वह, "तुम बहुत सेण्टीमेण्टल हो लिसा! तुम्हारी तरह सेण्टीमेण्टल होकर मैं नहीं जी सकता···।"

मुझे लगा, उसकी आवाज़ बहुत दूर से आ रही हो, मुझ पर मरने वाले मेरे प्रेमी रूपेश की आवाज़ से काफ़ी दूर···। होना तो यह चाहिए था कि दीपावली की सुबह नशा उतरने पर खेद प्रकट करते हुए वह मुझको मनाता और फिर दुबारा ऐसा न करने का मुझे आश्वासन देता । लेकिन उल्टे अपने इस कार्य को सही ठहराने लगा था वह । इसके बाद इच्छा होते हुए भी अपने मन का गुबार-तूफ़ान नहीं निकाल सकी थी उसके सामने । अन्धे के आगे रोने और अपना दीदा खोने से क्या फ़ायदा?

दीवाली की उस घटना का ज़ख्म अभी भरा भी नहीं था कि उसके कुछ ही दिन बाद यह घटना घट गयी···। जिस दिन रूपेश को कारखाने से हटाया गया, उस दिन वह काफ़ी विलम्ब से घर पहुँचा—रात गहराने के बाद । अपने दफ्तर से घर पहुँचकर उसकी प्रतीक्षा में मैं चिन्तित थी कि अब तक वह क्यों नहीं लौटा । कलकत्ता की सड़कों पर बढ़ती भीड़ और आये दिन होने वाली दुर्घटनाओं को देखते हुए मैं आशंकित भी होती जा रही थी । अब उसे ढूँढ़ने में निकलने ही वाली थी कि वह आ गया । लेकिन शराब के नशे में उसे फिर धुत् और बड़बड़ाता देख मेरे क्रोध का पारा तो जैसे एकदम चरम पर पहुँच गया । अब पूरी तरह शराबी हो गया है यह ! मेरे स्नेह-प्यार, मान-मनौवल और समझाने-बुझाने का कोई असर नहीं ! लेकिन अपने हाथ में परचम की तरह लहराते अपनी बर्खास्तगी का पत्र जब उसने मुझे थमाया तो जैसे मेरा सारा गुस्सा काफूर हो गया···। तो नौकरी से निकाल दिया गया रूपेश ? दुःखद आश्चर्य से मेरा मुँह खुला का खुला रह गया ! सम्भव है, खिन्नता, निराशा और

हताशा के इन क्षणों में उसने पी ली हो···। लेकिन किसी भी स्थिति में उसे शराब नहीं पीनी चाहिए थी । यह समस्याओं का समाधान नहीं, यह तो शुतुरमुर्ग़ की तरह समस्याओं से मुँह चुराते हुए पलायन है···।

वह रात भी हमारे लिए व्यथा, चिन्ता, दुःख और ग़म की काली रात बन गयी। रूपेश में बढ़ती अजनबियत को देखते हुए अब यह आशंका भी मुझे मथने लगी कि नौकरी छूट जाने के बाद अगली नौकरी की तैयारी और प्रतीक्षा में वह कलकत्ता रह पाएगा भी या नहीं ? मानसिक रूप से अधिक विक्षुब्ध हो कहीं मुझे छोड़कर वह भाग न खड़ा हो···।

अब पिताजी के अवरोध का अर्थ मुझे साफ़-साफ़ समझ में आने लगा था । उनकी बातें भी मुझे बेतरह याद आने लगी थीं । शायद इसीलिए प्रेम में बिना शादी के वे हमारे शारीरिक मिलन के पक्ष में नहीं थे और बिना ढंग से व्यवस्थित हुए हमारी शादी के पक्ष में भी नहीं···। कितने दूरदर्शी थे वे···! काश ! उनकी बातें मुझे तब समझ में आ गयी होतीं तो आज इस तरह अपनी नासमझी पर मुझे आठ-आठ आँसू बहाने नहीं पड़ते···। लेकिन उस वक्त तो प्रसिद्ध और बहुप्रचारित प्रेम कहानियाँ मेरा आदर्श थीं, जिनमें घर से भागे प्रेमी-प्रेमिका कष्ट, अभाव, अपमान और मानसिक तथा शारीरिक यातनाओं के बीच भी अन्त तक एक-दूसरे की बाँह थामे रहते हैं तथा एक-दूसरे के लिए जल-समाधि लेने और चिता में साथ-साथ जल मरने से भी पीछे नहीं हटते हैं । लेकिन मैं समझ नहीं पाती हूँ कि हमारे साथ वैसा कुछ क्यों नहीं हो पा रहा है···? काश ! हमारे साथ भी वैसा कुछ होता तो कितना अच्छा होता ! अब मुझे यह स्वीकार करने में कोई आपत्ति नहीं, प्रेम के उस कोरे आदर्श, रोमानियत और भावकुता वाले पक्ष ने ही हमें एक-दूसरे से जोड़ा तथा एक-दूसरे के साथ भाग जाने के लिए प्रेरित किया था···।

इधर सारी रात मन के धरातल पर उठा-पटक एवं अन्तर्द्वन्द्व मुझे लहू-लुहान करते रहे, उधर रूपेश पूर्व की भाँति नशे में बड़बड़ाता रहा । इस बार उसकी बड़बड़ाहट में सिर्फ़ दो ही बातें व्यक्त हो रही थीं—कारखाना मैनेजर के प्रति उसका उबलता आक्रोश तथा मेरी नासमझी के प्रति तीखी नाराज़गी···। उसके द्वारा उच्चरित उलझे वाक्यों और अस्फुट शब्दों से यह साफ़ ध्वनि निकल रही थी कि वह एक बड़े बाप का बेटा है···उसके सामने उस छोटे-से कारखाना मैनेजर की कोई हस्ती नहीं···। उसके जैसे लोग उसके दरवाज़े हाथ जोड़े खड़े रहते हैं···। वह तो अपनी प्रेमिका के चलते मज़दूर बना था, उसका मन रखने के लिए··· उसकी प्रेमिका भी बुज़दिल, कमज़ोर और नासमझ लड़की साबित हुई···। घर से भाग आये हैं तो क्या घर वापस नहीं जा पाएँगे ? क्या होगा घर वापस जाने पर···? कोई कुछ नहीं बिगाड़ पाएगा हमारा···।

अस्फुट शब्दों में व्यक्त उसके अन्तर्मन की इस सच्चाई से अवगत हो मैं अन्दर

तक भयभीत हो उठी थी । मेरी विकलता बहुत बढ़ गयी थी । अपनी आशंकाएँ मुझे सही जान पड़ने लगी थीं तथा मेरे व्यक्ति और पीड़ित मन को और दुखाने लगी थीं···।

सुबह नये सिरे से अपने को संयोजित कर मैंने उसे ढाढ़स बँधाते हुए कहा था, "आज तुम्हारी नौकरी के लिए अपने एम. डी. श्रीवास्तव जी से भी मैं बात करूँगी···अवश्य ही अपने दफ्तर में वे तुझे रख लेंगे···। फिर हम एक ही ऑफिस में साथ-साथ आएँगे-जाएँगे···। कारखाने की वह नौकरी छूट गयी तो अच्छा ही हुआ···। वह काम भी तुम्हारे लायक नहीं था···।"

इस पर अपनी बेरुखी व्यक्त करते हुए कहा था उसने, "तुम मेरे लिए इतनी चिन्ता क्यों करती हो···? तुम्हारी नौकरी तो है न ? मुझे इतना निरुपाय न समझो···। मैं अपने लायक काम ढूँढ़ लूँगा···।"

उसकी इस बात और चेहरे पर उभर आयी नाराज़गी की रेखाओं से मुझे साफ़ लग गया था कि मेरी सिफ़ारिश पर और वह भी मेरे दफ्तर में, काम करना उसे गवारा नहीं । फिर अपने मन को समझाया मैंने, तत्काल नौकरी से हटाये जाने की वजह से ही इस क़दर विक्षुब्ध और नाराज़ है यह । धीरे-धीरे शान्त-सहज हो जाएगा । अपने दफ्तर में काम करने के लिए इसे राज़ी कर लूँगी । अगर देर तक कोई काम इसे न मिल सका तो न जाने हताश-निराश और ऊब-थककर यह क्या कर डाले ?

दूसरे दिन दफ्तर जाते ही श्रीवास्तव जी से उसे रख लेने के लिए मैंने निवेदन किया । जवाब में श्रीवास्तव जी ने मुझे आश्वासन भी दिया कि मार्च के बाद अगले वित्तीय वर्ष में वे उसे नियुक्त कर लेंगे । फिलहाल कर्मचारियों की अधिकता की वजह से वे मज़बूर हैं···।

श्रीवास्तवजी के उस आश्वासन से मैंने उसे अवगत भी करा दिया । लेकिन इस कान से सुनकर उस कान से निकाल देने की तरह ही इस आश्वासन को लेकर कोई सुखद प्रतिक्रिया नहीं हुई उसके ऊपर···।

इस बीच नये वर्ष का दिन भी आ गया था—कलकत्तावासियों के लिए पहली जनवरी का चिर-प्रतीक्षित और उल्लासित दिन ! इस दिन के स्वागत में कलकत्तावासियों का जोशो-खरोश और सरगर्मी देखते ही बनती थी । इस दिन के आगमन से हम भी अवगत थे । लेकिन अन्य लोगों की तरह इसकी अगवानी में हम प्रसन्न और उत्साहित नहीं हुए । जब अपने अन्दर की प्रसन्नता और उत्साह बुझ रहा हो तो बाहर की प्रसन्नता और उत्साह की ज्योति भी फ़ीक़ी ही नज़र आती है । हमने न तो बाहर जाकर पिकनिक मनाने की योजना बनायी, न घर पर ही कोई विशेष आयोजन किया। हाँ, एक-दूसरे को अपनी रुचि का ग्रीटिंग कार्ड अवश्य दिया । वृक्ष की एक डाली पर स्तम्भनरत तोते पक्षी के एक खूबसूरत जोड़े का बना ग्रीटिंग मैंने उसे दिया । मेरा ग्रीटिंग कार्ड देख वह मुस्करा उठा, जैसे मेरे मनोभावों को समझ लिया हो उसने।

लेकिन उसका ग्रीटिंग कार्ड देख मैं कुछ भी न समझ सकी । खुले आसमान के बीच पंख फैलाकर उड़ता एक अकेला पक्षी । मैं समझ नहीं पायी कि अपना हर्ष व्यक्त करूँ या विषाद ? शायद मेरे अनिर्णय को लक्ष्य कर लिया उसने, इसीलिए तत्काल ही पूछ उठा मुझसे, "मेरा ग्रीटिंग तुम्हें पसन्द नहीं आया लिसा···?" मैंने अनजान बनते हुए से जवाब दिया, "नहीं तो···?"

इस पर वह उसका भाष्य करने लगा, "कितना अच्छा ग्रीटिंग है यह लिसा···दुनिया के तमाम झमेलों से मुक्त आकाश में उड़ता एक स्वतन्त्र पक्षी ! न कोई राग, न द्वेष, न चाह, न बन्धन···।"

यह सुन बोल उठी मैं, "तुम तो अब दार्शनिकों की तरह बात करने लगे रूपेश···!"

जवाब में बोल उठा वह, "दर्शन ही तो जीवन का सत्य होता है···।"

अब मैं अपने को रोक नहीं सकी । उसके जवाब को सुधारते हुए कहा मैंने, "लेकिन दर्शन का वह सत्य जीवन के यथार्थ के बीच से ही जन्म लेता है···जीवन के यथार्थ से उसे काट कर नहीं देखा जा सकता···।"

शायद मेरी बात का आशय समझ गया वह, इसीलिए कुछ झेंपते हुए कह उठा, "तुम तो बहस करने लगी लिसा···मेरा इरादा वैसा नहीं···। मैंने तो ऐसे ही कह दिया था···।"

अब मैंने भी वह बात वहीं छोड़ दी, "बहस करना तो मैंने कभी का छोड़ दिया है, रूपेश । बहस से न तो विश्वास को पाया जा सकता है और न किसी माकूल निष्कर्ष तक ही पहुँचा जा सकता···।"

इसके बाद उसका हाथ पकड़ खाने के लिए उसे ले चलती हुई बोल पड़ी थी मैं, "चलो खा लो, अभी तक तुमने कुछ खाया भी नहीं ! आज के लिए कुछ विशेष इन्तज़ाम तो हमने नहीं किया है···। लेकिन तुम्हारे लिए मालपुआ और दही-बड़ा मैंने बना रखा है···।"

फिर हम दोनों साथ-साथ खाने लगे थे । हालाँकि उसके ग्रीटिंग कार्ड से उसके मनोभावों को अच्छी तरह समझ गयी थी मैं । लेकिन यह भी जानती थी कि भलाई अब ज़ख्मों को कुरेदने में नहीं, उसकी मरहम-पट्टी में ही है···।

अपने बजट को थोड़ा सन्तुलित कर 'रोज़गार-समाचार' और प्रतियोगिता परीक्षा से सम्बन्धित कुछ आवश्यक पत्रिकाओं की खरीद भी मैंने प्रारम्भ कर दी थी । ख़ाली समय में रूपेश का दिमाग़ बहकने न पाए और अपने अनुकूल रोज़गार पाने की सार्थक दिशा में वह लग सके, इसके लिए यह ज़रूरी था । लेकिन दफ्तर से लौटने पर मैं कभी भी उसे अध्ययन में नहीं पाती थी । वह अक्सर खिड़की के समीप बैठकर या तो कलकत्ता की सड़कों को निरुद्देश्य निहारा करता या बिस्तरे पर लेटकर खुली आँखों से छत को देखता रहता । फिर भी यह न पूछा कि वह क्या सोच रहा है और इस तरह क्यों चिन्तित है, मैं उसका ध्यान बाँटने के लिए कहती, "यही तैयारी हो

रही है रूपेश···इसी तरह बनोगे आई. ए. एस. ?''

मेरी बात सुन वह झेंप-सा जाता, जैसे उसकी चोरी पकड़ ली गयी हो । लेकिन सब कुछ जानते हुए भी मैं अनजान बनी रहती । उसके उखड़े मन या चिन्तित स्वभाव का प्रसंग छेड़ना अब मुझे क़तई वाज़िब नहीं जान पड़ता··· । रूपेश की उस याद को विस्मृत करने के लिए प्यार जताते हुए मैं उसके करीब पहुँचती और उसका हाथ पकड़ पढ़ने की मेज़ के समीप उसे ला बैठाती, ''चलो पढ़ो···इस तरह मैं तुझे छोड़ने वाली नहीं ।'' और स्नेह से उसका माथा सहलाते हुए उसके पास ही बैठ जाती । फिर उसकी पसन्द का मीठा या नमकीन मैं उसे खिलाने लगती, जो दफ्तर से लौटते हुए मैं उसके लिए लेते आयी होती । मेरा यह स्निग्ध स्नेहिल प्यार कभी-कभी उसे बावला बना देता । फिर वह बाँहों में भरकर मुझे उठा लेता और बिस्तरे पर डाल कर चुम्बनों की झड़ी लगा देता, ''सचमुच तुम बहुत अच्छी हो लिसा···बहुत अच्छी ! यह तुम्हीं हो जिसे पाकर सब कुछ छूट जाने की पीड़ा को भी झटक दिया है मैंने··· ।''

उस वक्त मुझे लगता, मेरा रूपेश फिर मुझे वापस मिल रहा है । मुझे अकेला कभी नहीं छोड़ेगा यह··· । लेकिन लहरों के आने-जाने की तरह कुछ ही समय के बाद उसके चेहरे पर फिर वही विषाद और मायूसी । सचमुच हमारे बीच प्रेम के झोंकों का आना अब तो लहरों की तरह हो गया था, हवा के प्रचण्ड वेग से नदी में उठने वाली लहरों की भाँति ।

हमारे इस आवास के निकट ही है कलकत्ता का देश-प्रसिद्ध राष्ट्रीय पुस्तकालय। किसी भी लक्ष्य के लिए जानकारी एवं अध्ययन का सर्वाधिक उपयुक्त स्थल । रूपेश के साथ वहाँ जाकर मैं भी घूम चुकी हूँ तथा वहाँ की लॉन की शान्ति में बैठकर अपने मन को राहत भी पहुँचा सकी हूँ । रूपेश के लिए उस स्थान को अनुकूल समझ हमने आपस में तय किया है कि कम से कम सप्ताह में एक दिन वहाँ जाकर रूपेश को अध्ययन करना है । आज वहीं गया है रूपेश । दफ्तर से लौटने के बाद उसकी अनुपस्थिति में अकेलेपन का एहसास कर डायरी ले बैठ गयी हूँ मैं । पता नहीं, वहाँ जाकर अध्ययन भी करता होगा रूपेश या एकान्त पाकर आरा लौटने की बेचैनी का शिकार हो जाता होगा···? उसके आने का समय हो रहा है । अब वह आता ही होगा··· । डायरी रखकर उसकी प्रतीक्षा में मुझे दरवाज़े पर उपस्थित रहना चाहिए । बाहर से लौटते हुए अपनी प्रतीक्षा में मुझे दरवाज़े पर पा वह खुश हो उठता है । शायद उसे लगता है, यहाँ कलकत्ता में भी कोई उसकी इन्तज़ारी में आँखें बिछाये बैठा है, इन्तज़ारी के बन्धन का खिंचाव ! ईश्वर करे, उसके मन का यह खिंचाव सदैव बना रहे··· ।

गृहत्याग का ग्यारहवाँ माह
कलकत्ता शहर
वसन्त पंचमी की दूसरी सुबह

कल बसन्त पंचमी का त्योहार था । लेकिन मकर-संक्रान्ति की तरह यह त्योहार भी हमारे बीच से होकर गुज़र गया । हमें आन्तरिक खुशियों का एहसास नहीं दे सका। पिताजी कहते थे, त्योहारों का चाहे जो महत्त्व हो, उनकी सबसे बड़ी उपयोगिता हमारे जीवन की एकरसता में परिवर्तन के सुख का संचार करना होता है। लेकिन इसके आगमन की परिवर्तित खुशी और त्योहारगत ताज़गी की अनुभूति से भी हम वंचित ही रहे । वैसे आस-पड़ोस के लोगों की नज़रों से बचने के लिए हमने औपचारिकताओं का निर्वाह अवश्य किया, जैसे मकर संक्रान्ति के दिन दाई माँ द्वारा लाये दूध का दही बना कर चिउड़ा और तिल्कुट के साथ उसे अपने घर आये मेहमानों के समक्ष प्रस्तुत करना तथा वसन्त पंचमी के दिन माँ सरस्वती की पूजा का प्रसाद आसपास के घरों में भिजवाना तथा आगन्तुओं के माथे पर गुलाल का टीका लगाना। इसके लिए माँ सरस्वती की एक तस्वीर मैंने रूपेश से पहले ही मँगा ली थी तथा पूजा के लिए फल-फूल एवं धूप-दीप भी···। दरअसल, दीपावली की त्योहारगत औपचारिकताओं की पूर्ति न कर आसपास के लोगों के सवालों का शिकार हो गयी थी मैं कि हमने दीवाली क्यों नहीं मनायी ? उस वक़्त अपने प्रत्युत्पन्नमातित्व का सहारा ले मैंने सबको एक ही जवाब दिया कि गाँव पर रहने वाले अपने वृद्ध चाचा के निधन के चलते हमने ऐसा नहीं किया···। इसके अतिरिक्त मैं और कह ही क्या सकती थी···? रूपेश को भी यही ज़वाब देने के लिए समझा दिया था । लेकिन यथार्थ छिपाने से छिपता भी तो नहीं । आस-पास के लोगों की फुसफुसाहट मुझे सुनाई पड़ ही गयी थी, '''उस दिन तो इसका पति शराब के नशे में टर्र था, फिर यह बेचारी दीवाली मनाये भी तो क्या···?''

उसके बाद से मैंने सोच लिया है कि अपने जीवन में पसरती ठण्ड और उतरते अँधेरे को त्योहारों के अवसर पर सामने नहीं आने दूँगी । अपनी टूटन से खुद जूझता रहे आदमी, यह उतना ग़ैर-मुनासिब नहीं, जितना उसकी टूटन पर सबकी नज़रों का आकर टिक जाना । सम्भवतः यह सोचकर ही न चाहते हुए भी मकर-संक्रान्ति और बसन्त पंचमी के त्योहार को जीने का अभिनय हमने किया···। कोई और हमारा अभिनय न लख सका, लेकिन दाई माँ से तो वह छिपने से रहा···। वह तो हमारे सुख-दुःख के साथ इस तरह अभिन्न थीं कि बिना बताये ही सब कुछ जान जाती थीं। मेरे माथे पर मातृवत्सल अपना हाथ रख उन्होंने सम्बल भी प्रदान किया था, ''त्योहार के अवसर पर जी छोटा नहीं करते···। भगवान् के यहाँ देर है, अन्धेर नहीं । रूपेश बबुआ को फिर नौकरी मिल जाएगी । वे फिर रास्ते पर आ जाएँगे । थोड़ा चौकस

रहे कि वे शराब से दूर ही रहें । बहुत खराब चीज़ है शराब···।''

हालाँकि दाई माँ को मैंने कभी नहीं बताया था कि रूपेश ने शराब पीना शुरू कर दिया है । उसकी चाल-ढाल और बात-विचार से उनकी अनुभवी आँखें तो पहले ही जान गयी थीं । बाद में तो एक-दो बार शराब के नशे में उसे बड़बड़ाते हुए भी उन्होंने देख लिया था । त्योहारों के अवसर पर तो हमारे यहाँ उनका आना होता ही था, ऐसे भी काम से फ़ुर्सत पा वे सीधे हमारे यहाँ आ जाती हैं । मैंने विपत्ति में उनकी थोड़ी सहायता क्या की है, वे तो मेरे लिए ढाल बन गयी हैं । मुझे अपनी कोख की जायी से तनिक भी कम स्नेह नहीं देती हैं । यहाँ अपनी डायरी में मुझे यह स्वीकार करने में तनिक भी हिचक नहीं कि मुझे यह मेरी दूसरी माँ मिल गयी हैं···। यहाँ कलकत्ता में अनेक झंझावातों के बीच मेरे पाँव जमाने और मुझे टूटने न देने के पीछे मेरी इस दूसरी माँ की ही भूमिका होती है । लेकिन रूपेश को उनके साथ मेरी ऐसी आत्मीयता-निकटता प्रारम्भ में अच्छी नहीं लगी थी । उसने मुझे समझाते हुए कहा भी था, ''दाई-नौकर के साथ इतना मेल-जोल बढ़ाना अच्छा नहीं होता, उसके साथ सम्बन्धियों-जैसा व्यवहार नहीं किया जाता···। उन्हें मुँह लगाना और बराबरी का दर्ज़ा देना भी मूर्खता है । उन पर विश्वास तो हरगिज नहीं करना चाहिए···।''

इस पर उसे समझा-बुझाकर तथा यहाँ बाहर में दाई माँ की उपयोगिता दिखाकर मैंने उसे राजी कर लिया है । पता नहीं, उसकी यह रजामन्दी मेरा मन रखने के लिए सिर्फ़ ऊपर से ही है या अन्दर से भी ? मैंने तो दाई माँ के साथ उसे खुलकर बतियाते हुए कभी नहीं देखा है । दाई माँ के प्रति उसके व्यवहार में कुछ दूरी एवं सीमाओं का बोध मुझे बराबर होता रहा है···।

गृहत्याग के बाद यहाँ कलकत्ता में आने पर हमारे साथ शायद यह पहली बार हुआ है कि अपने सम्पर्कों, परिचितों और पड़ोसियों का भरपूर स्नेह हमें मिला है । अब मुझे लगता है कि इससे पहले स्नेह पाने की पात्रता हममें नहीं थी । हम भगेड़ुओं की तरह एक से दूसरी जगह भागते और अपने में सिमटे जीवन जीते थे । लेकिन उन्हीं अनुभवों ने हमें बाहर के समाज में रहने का ज्ञान कराया । अपने उन्हीं अनुभवों से मैंने यह जाना है कि सामाजिक सम्पर्कों-सम्बन्धों के मामले में व्यक्ति की सामाजिक उपयोगिता उसे लोगों से जोड़ती तथा स्नेह का पात्र बनाती है और उसकी तटस्थता और आत्मनिष्ठता उसे लोगों से काटती तथा भीड़ के बीच भी अजनबी बनाये रहती है···।

अपने इस अनुभवजन्य सत्य के चलते ही नये निवास में आने के बाद यह जान चुकने पर कि साथ के घरों में कोई बीमार है या कोई समस्या उत्पन्न हो गयी है, मैं बिना बुलाये वहाँ पहुँच जाती और यथासम्भव अपनी सहायता और सहयोग प्रदान करती···। शायद यह इसी का परिणाम है कि सब मुझे चाहने लगे हैं और मैं सबकी

विश्वासपात्र बन गयी हूँ । अब तो कोई भी दिन ऐसा नहीं गुज़रता है जब साथ के घरों से खाने का कोई विशेष सामान मेरे यहाँ न आता हो । किसी के यहाँ कोई विशेष चीज़ बने या आने वाले मेहमान लेकर आयें तो उसका एक हिस्सा मेरे यहाँ ज़रूर पहुँचता है ।

अपने सामने के घर के दास बाबू की गर्भवती पत्नी के साथ मैं अस्पताल चली गयी और प्रसव के वक़्त उनकी थोड़ी सहायता कर दी तो जैसे दास बाबू की नज़रों में भगवान बन गयी···। बदले में क्या कुछ नहीं किया है दास बाबू दम्पती ने । अभी पिछले दिनों मुझे बुखार आ गया था और मैं दो दिनों तक बिस्तरे पर पड़ी रही थी तो अपने यहाँ से हमारे लिए दोनों जून का खाना भिजवाने से लेकर डॉक्टर बुलाकर मुझे दिखाने और दवा आदि लाकर देने तक का कार्य दास बाबू ने किया था । मकान मालिक की बच्ची को छुट्टी के दिन मैं पढ़ा दिया करती हूँ । मेरे इस कार्य से वे इतने प्रभावित हैं कि कहते हैं, कलकत्ता में हमें जब तक रहना हो, हम इस मकान में पड़े रहें । वे हमें किसी तरह की कठिनाई नहीं होने देंगे । यह उनके स्नेह-सहयोग का ही परिणाम है कि रूपेश जब कारखाना जाता था और मैं अपने दफ्तर जाती थी तो इस घर की कुंजी हम मकान-मालिक के यहाँ ही रख देते थे कि हममें से जो पहले आएगा, वहीं से कुंजी लेकर घर में आ जाएगा । तब से अब तक कुंजी रखने की हमारी वहीं व्यवस्था है । आज भी रूपेश की अनुपस्थिति में मैं जाती हूँ या मेरी अनुपस्थिति में रूपेश कहीं जाता है तो घर की कुंजी हम उनके यहाँ ही रख देते हैं। सचमुच जीने का सुख एक-दूसरे के सहयोग में ही निहित होता है । अब मुझे यह साफ़ लग गया है कि अगर हम कष्ट और संकटों के बीच हैं तो इसका एक मुख्य कारण हमारा आत्म-केन्द्रित होना भी है । लोगों से कटकर और अपने में सिमटकर हम कभी सुखी नहीं हो सकते । अपने चारों तरफ़ व्याप्त अविश्वास, असुरक्षा और असहायता को अपने आत्मीय सामाजिक सरोकारों से ही हम दूर कर सकते हैं···। पर रूपेश तो सामाजिक सम्बन्धों की आत्मीयता से कतराता रहा है । सम्भव है, उसका संस्कार या अभिजात्य ऐसा करने से उसे रोकते हों । लेकिन इसकी त्वरित उपयोगिता को दिखाते हुए बहुत हद तक उसे रास्ते पर ले आयी हूँ मैं । उसने यह देख भी लिया है कि किसी के लिए कुछ भी करना व्यर्थ नहीं जाता है···। सूद-मूल के साथ उसकी वापसी सुनिश्चित है···। लेकिन काश ! इस बात की तरह ही शराब न पीने की मेरी बात भी वह मान जाता तथा प्रेम में किये गये अपने वादों और कसमों को भी न तोड़ता तो शायद दुनिया के उन खुशनसीब प्रेमियों में हम होते, जो प्रेम में घर से भागने की पीड़ा के भोक्ता नहीं, एक-दूसरे को पा लेने के मनोवांछित सुख के हक़दार होते हैं । तब जीवन के हर मोड़ पर हम एक-दूसरे की बाँह थामे रहते तथा अन्तिम साँस तक एक-दूसरे के लिए ही जीते-मरते···। लेकिन इसके विपरीत अब तो हो यह रहा है कि रूपेश मेरे प्रेम के नियन्त्रण से भी निकलता जा रहा है । मैं अनुभव

कर रही हूँ कि जिस प्रेम के नाम पर वह सब कुछ करने को तैयार होता था, वह प्रेम अब उसे बाँध सकने में सफल नहीं हो पा रहा है ! दोष शायद मेरा हो, शायद रूपेश का ? शायद परिवर्तित समय की वज़ह से ऐसा हो रहा हो । इस स्थिति में मैं दोष दूँ भी तो किसे ? अब मुझे यह समझ में आने लगा है कि आम भारतीय स्त्रियाँ अक्सर अपनी किस्मत को ही क्यों दोष देती हैं ?

मैं देख रही हूँ, किसी अवसर विशेष पर पीने की बात तो दूर, रूपेश रोज़ पीने लगा है । बहकने के डर से वह कम ही पीता है और ऊपर से पान भी खा लेता है कि किसी को पता न चले । लेकिन पान के साथ आती शराब की गन्ध छिप नहीं पाती है । इस पर जब मैं झल्लाती-बिगड़ती और कड़े शब्दों में पूछती हूँ, "तुमने फिर शराब पी रूपेश ? वादे का फिर उल्लंघन किया…?"

जवाब में रिरियाते हुए बोल उठता है वह, "इसको मैं नहीं छोड़ सकता लिसा…! मुझे माफ़ कर दो । जिस तरह मैं तुमको नहीं छोड़ सकता, उसी तरह अब इसको भी नहीं छोड़ सकता…।"

यह सुन उबल पड़ती हूँ मैं, "तो तुम्हारी नज़र में मैं और शराब एक जैसी…? यही है तुम्हारा प्रेम ! यह तुम क्या कह रहे हो रूपेश ? तुम्हें यह हो क्या गया है…? भगवान के लिए फिर कभी न कहना…।"

इस पर मुझे समझाते हुए नाराज़गी भरे स्वर में ही कहता है वह, "बात का बतंगड़ न बनाओ लिसा… अर्थ का अनर्थ न लगाओ…प्लीज़ अब और कुछ न कहो…। मैंने काम भर ही पी है…काम भर पीने में कोई हर्ज़ नहीं और नुकसानदेह भी नहीं…।"

मैं समझ नहीं पा रही हूँ कि अब और क्या कह कर इसे मना करूँ ? इस गन्दी आदत से इसे कैसे अलग हटाऊँ ? दाई माँ का सुझाव मुझे अच्छा लगा है । लेकिन क्या यह सुझाव व्यावहारिक होगा ? क्या ऐसा मैं कर सकूँगी ?

दाई माँ ने कहा है कि मैं उसके हाथ पर पैसे ही न दूँ । ज़रूरत के सामान स्वयं खरीद लिया करूँ । न रहेगा बाँस, न बजेगी बाँसुरी । लेकिन ज़रूरत के सामानों की खरीददारी तो प्रारम्भ से ही वही करता रहा है । अचानक बीच में कैसे मना कर दूँ उसे ? खरीदारी से लौटने पर कड़ाई से हिसाब भी तो नहीं ले पाती मैं । नेशनल लाइब्रेरी या कहीं जाते हुए उसके माँगने पर कैसे न दूँ पैसे ? पहले से उखड़ा और क्षुब्ध उसका मन शायद मेरा यह परिवर्तित व्यवहार बर्दाश्त न कर सके…? लेकिन इसके अतिरिक्त और कोई दूसरा चारा भी तो नज़र नहीं आ रहा है…?

राशन आदि आवश्यक चीज़ों की खरीददारी में आज फिर गया है रूपेश । अपने जानते मैंने ज़रूरत भर ही पैसे दिये हैं । लेकिन उसमें से भी बचाकर अवश्य पिएगा वह । क्या हो गया है उसे ? क्यों इस तरह अपने को बर्बाद करने पर तुला हुआ है ? मेरी तरह स्थितियों को स्वीकार क्यों नहीं कर पाता और भविष्य के प्रति आशान्वित क्यों नहीं होता है ? उसका वह आत्मबल और उत्साह कहाँ चला गया,

जब मेरे साथ भागने के लिए रात के घने अँधेरे में अपना सब कुछ छोड़ पाकड़-वृक्ष के नीचे आया था । तब ऐसा लगता था, जैसे पंख उग आये हों उसे और नदी, पहाड़ सब कुछ लाँघकर हमारे प्रेम को बचा लेगा वह । दुर्गम स्थानों में भी मेरे साथ रह कर सुखी रहेगा । लेकिन कहाँ चले गये वे दिन ? कहाँ चली गयीं वे सुखद कल्पनाएँ···? पहले मैं सुनती थी कि कोई अच्छा-भला इन्सान शराबी बनकर कैसे बर्बादी के कगार तक पहुँच गया, तो मुझे आश्चर्य होता था । लेकिन रूपेश के रूप में उसकी प्रत्यक्ष परिणति देख रही थी मैं···। हालाँकि ऐसा करके उसे बर्बाद होने नहीं दूँगी । चाहे जैसे भी हो शराब पीने से उसे रोकूँगी । अगर इसके लिए उसके हाथ पर पैसे न देना भी पड़े तो ऐसा भी करूँगी, कलेज़े पर पत्थर रखकर अपने को समझा लूँगी । उसकी ज़रूरत की चीज़ें स्वयं खरीद कर ला दूँगी । सम्भव है, इसका परिणाम मेरे लिए अच्छा न भी हो, लेकिन पूरी तरह उसके शराबी बन जाने का परिणाम तो क़तई अच्छा नहीं होगा···! पिताजी के कथनानुसार एक साथ उपस्थित दो अनिष्टों में कम अनिष्ट की अपेक्षा ज़्यादा अनिष्ट से बचने के लिए ही हमें प्रयास करना चाहिए ।

गृहत्याग का एक वर्ष
कलकत्ता शहर
होली की दूसरी रात

यह लिखते हुए मेरी क़लम थर्रा रही है कि रूपेश मुझे छोड़कर भाग गया । जो आशंकाएँ मुझे सताती रही थीं और जिससे बचने के लिए मैं लगातार प्रयत्नशील थी, उनकी चपेट में आ ही गयी । अभी तक मुझे यह विश्वास नहीं हो रहा है कि यह सच है । सम्भव है, मुझे डराने-धमकाने के लिए उसने ऐसा किया हो और थोड़ी देर बाद फिर वह लौट आये···। लेकिन नहीं, यह अकाट्य सच है । वह जो प्रमाण छोड़ गया है, वह झूठ हो ही नहीं सकता, मान-मनौवल से सम्बन्धित तो वह है ही नहीं···।

डायरी लेकर आज बैठते ही जाने कहाँ से जज्बातों का समन्दर उमड़ आया है। समझ नहीं पा रही हूँ कि क्या लिखूँ ? क्या छोड़ूँ···?

तो सचमुच यहाँ कलकत्ता में मुझे अकेली छोड़ चला गया रूपेश ! वह तो जानता था कि उसके बगैर एक दिन भी नहीं रह पाऊँगी मैं, फिर भी उसने ऐसा क्यों किया? इतना कठोर कैसे बन गया वह ? अपना घर-द्वार, सगे-सम्बन्धी, सब कुछ छोड़ उसके साथ अपनी अलग दुनिया बसाने के लिए महानगरों की खाक़ छानती रही मैं ।

अभावों, असुविधाओं और नाना प्रकार की समस्याओं के बीच भी अपने करीब उसे पा सारा दुःख, सन्ताप और कष्ट-क्लेश भुलाती रही । वह जानता था कि घर से भागने के बाद वही मेरा मार्ग और मंज़िल दोनों है, फिर भी उसने ऐसा निर्णय क्यों लिया···? कैसे लिया···? वह तो ऐसा नहीं था···!

यह ठीक है कि मैंने उसे डाँटा । लेकिन जब मेरे एकनिष्ठ प्रेम पर सन्देह किया उसने तो और क्या करती मैं । उसके सारे परिवर्तित व्यवहार झेलती-सहती आ रही थी मैं । लेकिन अपने प्रेम पर उसके द्वारा लगायी तोहमत शायद बर्दाश्त नहीं कर सकी मैं । अपने जिस प्रेम को बचाने के लिए ही मेरा सारा उद्योग, संघर्ष और प्रयास था, उस पर लगाये आधारहीन, बेबुनियाद और झूठे आरोप को नकारना शायद मेरे नारी-मन की आन्तरिक छटपटाहट थी । तन और मन के पूर्ण समर्पण के बाद भी अगर समर्पिता पर सहभोक्ता अँगुली उठाये तो उबल पड़ने से अपने को कैसे रोके रहे वह ?

यह भी ठीक है कि मैंने उसे शराब पीने से मना किया । आजिज़ आकर रोकने की सख़्त कोशिश की । लेकिन यह तो उसके भले के लिए ही किया । ऐसा करके मैंने कोई गलती तो नहीं की । उसे ठण्डे दिल से सोचना चाहिए था कि उसकी बेहतरी के लिए ही मैंने ऐसा किया है । उसे बर्बाद होने से बचाने के लिए···। पर वह तो उस मुक़ाम पर पहुँच गया था, जहाँ से कुछ भी भला सोचने की अक्लमन्दी शायद उससे जाती रही थीं···।

जहाँ तक मुझे याद है, मेरे प्रति उसके मन में सन्देह का जन्म वसन्त पंचमी के तीसरे दिन बाद से ही शुरू हुआ था । उस दिन दफ्तर में काम बढ़ जाने और कुछ नयी फाइलों के आ जाने के चलते मुझे काफ़ी देर हो गयी थी । शायद विलम्ब को लक्ष्य कर ही मेरे एम. डी. श्रीवास्तवजी ने मुझे अपनी गाड़ी में बैठा लिया था, "चलिए, मैं आपको आपके घर तक छोड़ दूँगा···।" हालाँकि मैंने कहा था, "आप कष्ट न करें मैं पूर्वतः चली जाऊँगी ! कुछ विलम्ब हो गया हो तो क्या हुआ···?"

इस पर उन्होंने शिष्टाचारवश ज़िद की थी, "इसमें कष्ट की क्या बात है ? मैं अपने घर जा ही रहा हूँ···आपको छोड़ते चला जाऊँगा···इसी बहाने आपका घर भी देख लूँगा···।"

उनके इस स्नेहपूर्ण आग्रह को शायद चाहते हुए भी नहीं ठुकरा सकी मैं । लेकिन उनके साथ घर लौटने पर जिस बात से डर रही थी मैं, उसकी शिकार हो ही गयी···। मुझे लौटने में देर होने से तो रूपेश ऐसे ही उद्विग्न और बेचैन था, किसी के साथ गाड़ी से मुझे उतरते देख एकदम खफ़ा हो गया । दरवाज़े के समीप कुर्सी लगाकर सीधा बैठा वह मुझे देखते ही माथा घुमाकर दूसरी तरफ़ देखने लगा···।

मैंने गाड़ी से उतरने के बाद औपचारिकतावश श्रीवास्तवजी से आग्रह कर दिया, "चलिए, चाय पीकर जाइएगा ।"

जवाब में कहा उन्होंने, ''आज काफ़ी देर हो गयी है···फिर कभी···।'' इसके बाद जैसे कुछ स्मरण करते हुए बोल उठे वे, ''आपके श्रीमान जी नहीं हैं क्या··· ?''

मैंने छूटते हुए ही कहा, ''हैं तो ! रुकिए मैं आपसे अभी उन्हें मिलाती हूँ ।'' और तत्क्षण रूपेश के समीप पहुँच मैंने कहा था, ''मेरे एम. डी. श्रीवास्तव जी आये हैं, रूपेश···।''

लेकिन जैसे उसने सुनकर भी अनसुना कर दिया था । इस पर मैंने उससे आग्रह करते हुए कहा, ''चलो, उनसे मिल लो । तुमसे मिलने की इच्छा व्यक्त की है उन्होंने···।

मेरे आग्रह पर बेमन से ही वह मेरे साथ चल पड़ा था । श्रीवास्तवजी ने गर्मजोशी से उससे हाथ मिलाया था, ''तो आप ही हैं रूपेश जी···शकुन्तला जी ने आपके बारे में मुझे बताया है···मार्च के बाद हमारे यहाँ आपके लायक कोई काम निकल आएगा। इस बीच कई पुराने कर्मचारी सेवानिवृत्त हो जाएँगे···।''

रूपेश ने ज़वाब में थैंक्स आदि कुछ न कह पूर्वतः मौन धारण किये रहा । श्रीवास्तव जी भी जाने की जल्दबाज़ी में थे । जाते हुए उससे फिर कहा उन्होंने, ''आप बहुत भाग्यशाली है, कि शकुन्तलाजी जैसी बेहद समझदार और सुसंस्कृत पत्नी आपकी जीवन-संगिनी के रूप में मिली हैं···।''

श्रीवास्तव जी, यह बात तो जैसे उसे तीर की तरह लगीं थी । उसके चेहरे का रंग एकदम स्याह पड़ गया था । अगर श्रीवास्तव जी और थोड़ी देर रुकते तो इसे लक्ष्य किये बगैर नहीं रह पाते । लेकिन तत्क्षण गाड़ी स्टार्ट कर वे जा चुके थे । पर अब तक मैं सब कुछ समझ गयी थी । रूपेश के मन में सुलग उठे सन्देह और उसकी आग में जलते-झुलसते उसके तन-मन को मेरे अतिरिक्त और समझ ही कौन सकता था ? बगैर उसके कुछ कहे-पूछे, मैंने तत्क्षण सारी बात उसे कह सुनायी कि आज देर क्यों हुई और श्रीवास्तव जी मुझे स्वयं छोड़ने क्यों आये···। और साथ ही यह बता देना भी मैंने उचित समझा कि श्रीवास्तव जी मुझे अपनी छोटी बहन की तरह स्नेह देते हैं । एक कुशल अभिभावक की तरह अपने दफ्तर के सभी कर्मचारियों का तो ख़याल वे रखते ही हैं, महिला कर्मचारियों की हिफ़ाजत तो विशेष रूप से करते हैं। सचमुच वे अच्छे प्रबन्धक की तरह अच्छे इन्सान भी हैं···।''

मैंने सोचा कि रूपेश के मन में सन्देह के बीज अंकुरित न हों, इसीलिए पहले ही स्पष्टीकरण दे दूँ और उसके मन की शंका का समाधान कर दूँ । मेरे इस स्पष्टीकरण या शंका-निवारण पर भी वह पूर्वतः मौन ही बना रहा, जैसे उसकी बोलती बन्द हो गयी हो । मैंने ही अनुभव किया श्रीवास्तव जी की प्रशंसा में बोले गये मेरे शब्द शायद उसे वैसे लगे जैसे जले पर नमक छिड़क दिया गया हो । उसके चेहरे की स्याह रंगत घनीभूत ही होती चली गयी । मैं चाह रही थी कि वह कुछ बोले, ताकि अपने जवाब से मैं उसे सन्तुष्ट कर सकूँ । लेकिन उसकी आवाज़ तो जैसे वहीं खो

गयी थी । शायद आक्रोश, नाराजगी और उद्वेग की उस चरम स्थिति में पहुँच गया था वह, जहाँ संवाद का सूत्र खो-सा जाता है…।

मुझे लगा, मैंने अपनी बात कह दी है । फ्रेश होने के बाद फिर इसे इत्मीनान से समझाऊँगी । क्या अब तक मुझे नहीं समझ सका यह ? क्या मेरे एकनिष्ठ प्यार का प्रबल एहसास और उसका पक्का विश्वास अब तक इसके मन में नहीं हो सका है ? इससे पहले तो कभी मुझ पर सन्देह नहीं किया था इसने…।

मैं बाथरूम चली गयी । बाथरूम से फ्रेश होकर बाहर आने पर मैंने सोचा कि रूपेश के साथ चाय पीते हुए उसके विचलित और अस्थिर मन को पुनः शान्त बनाने की कोशिश करूँगी । लेकिन यह देखकर हैरान रह गयी कि बिना मुझे सूचित किये, इस बीच वह घर से बाहर जा चुका था । मुझे लगा, सब्जी आदि खरीदने गया होगा। पर सब्जी का झोला तो खूँटी पर यथावत् टँगा था । तब शायद घूमने गया हो ! लेकिन इस उद्विग्न मनःस्थिति में उसका घूमने जाना ठीक भी तो नहीं…!

दफ्तर से मेरे घर लौटने के बाद अक्सर हम दोनों साथ-साथ चाय पीते थे । चाय पीने के बाद एक-दूसरे को प्यार करते हुए अपनी थकान दूर करते थे तथा दिन भर का अपना अनुभव एक-दूसरे को सुनाते हुए सहज-सामान्य हो उठते थे । इसके बाद मैं रसोई-पानी के काम में लग जाती थी और रूपेश झोला लेकर सब्जी आदि खरीदने निकल जाता था ।

उस दिन बिना मुझे बताये और बिना चाय पिये निकल गया था वह । उसकी प्रतीक्षा में मैंने भी चाय नहीं पी कि वह आएगा तो हम साथ-साथ पिएँगे । हालाँकि जिस मनःस्थिति में वह घर से बाहर निकला था, उसको लेकर मैं चिन्तित भी थी ।

उस दिन रात गहराने के बाद वह लौटा था । मैं जिस बात को लेकर शंकित थी, वह पुनः घटित हो ही गयी थी । शराब के नशे में गिरता-पड़ता बड़बड़ाता हुआ वह लौटा था । अब उसका मौन खत्म हो गया था और मुखरता पूरी तरह उस पर हावी हो गयी थी । वह अनाप-शनाप बके जा रहा था । मेरे चरित्र पर कीचड़ उछाल रहा था । श्रीवास्तव जी से मुझे जोड़कर गालियाँ भी दे रहा था । मेरी अच्छी आमदनी के पीछे मेरी चरित्रहीनता को ही बता रहा था । आरा न लौटने की मेरी वजह को भी इसी से जोड़ रहा था । मुझे छोड़ देने की धमकी भी दे रहा था…।

जाने क्यों, उसी दिन मेरे मन में यह बात व्याप गयी कि एक-न-एक दिन मुझे छोड़कर यह भाग खड़ा होगा । अपने इस आक्रोश-वमन से उसी की पृष्ठभूमि तैयार कर रहा है यह । लेकिन मन में आने पर भी इस बात को झटक दिया था मैंने, जैसे यह कोई दुःस्वप्न हो । मेरे साथ ऐसा नहीं हो सकता…। ऐसे अनिष्ट की तो मुझे कल्पना भी नहीं करनी चाहिए…। लेकिन अन्ततः वही हुआ जिसका पूर्वाभास मुझे उस दिन हो गया था ।

उस दिन रूपेश की आवाज़ अन्य दिनों की अपेक्षा ज़्यादा बहकी हुई, तेज़ और

गरम थी । मैं नहीं चाहती थी कि आसपास के लोग यह सब सुनें, इसीलिए उसके कमरे में आते ही मैंने दरवाजा बन्द कर दिया था । लेकिन अपनी खिड़की से मुझे साफ़ नज़र आ रहा था, अपने दरवाज़ों के आसपास खड़े लोग मेरे यहाँ घटी इस घटना का जायज़ा ले रहे थे और रूपेश की बातों को सुनने की कोशिश कर रहे थे। अपनी खिड़की के बगल से गुज़रते सिन्हा बाबू और स्वामीनाथन की बातें तो मुझे सुनाई भी पड़ गयी थीं, ''लड़की बहुत अच्छी है···एकदम देवी···पर उसके पल्ले यह दानव कैसे पड़ गया ?''

उस दिन रूपेश की ये बातें मुझे अत्यन्त कष्टकर प्रतीत हुईं । धीरे-धीरे उसकी आवाज़ मेरे लिए असाध्य होती चली गयी । वह मेरे बारे में ऐसी घृणित और गन्दी-गन्दी बातें बोले जा रहा था कि मेरे अन्दर की स्वाभिमानी नारी आहत हो चीत्कार-कर उठती थी । मेरी इच्छा होती थी कि दौड़कर रूपेश का माथा नोच लूँ या उसके मुँह को पीट दूँ दोनों हाथों से । बन्द कर दूँ उसकी जुबान । लेकिन जानती थी, शराब के नशे में इसका कोई असर भी तो नहीं होगा उसके ऊपर । इसीलिए उसके होश में आने की प्रतीक्षा में नागिन की तरह फुँफकारती रही। फिर जैसे ही नशामुक्त हुआ वह, अपने को नहीं रोक सकी मैं, ''तुम क्या बक रहे थे रात मेरे बारे में, खबरदार जो तुमने फिर मेरे बारे में यह सब कहा···! आज तक तुम्हें मुझ पर विश्वास नहीं हुआ···? मेरा त्याग, समर्पण और एकनिष्ठ प्रेम सब बेकार चला गया···! तुमने मुझे क्या समझा है ? कल से चलाओं यह अपना घर । छोड़ दूँगी नौकरी। मुझे दिन भर दफ्तर में खटना अच्छा नहीं लगता । लेकिन आइन्दा से फिर कभी मेरे ऊपर ऐसा झूठा आरोप लगाया तो स्वयं जल मरूँगी या तुम्हारे साथ ही अपने को जला दूँगी ।''

मेरी बात सुन जैसे वह सकते में आ गया । जैसे उसकी आँखों पर बँधी पट्टी किसी ने खोल दी । वह हक्का-बक्का अचम्भित बना अपने पूर्व के व्यवहार पर चौंकता-सा जान पड़ा । मुझे साफ़ लग गया, मेरे उग्र व्यवहार के चलते ही ऐसा नहीं हुआ था । उस उग्रता के भीतर की तल्ख सच्चाई ने भी उसके अन्दर अपनी प्रतीति करा दी थी । पिताजी ठीक ही कहते थे कि सच्चाई की आँच जब प्रखर ताप का रूप ले लेती है तो उसकी ऊष्मा से सामने वाला वंचित नहीं रह पाता है··· ।

लेकिन कुछ ही समय तक उस सच्चाई के प्रभाव में रह सका वह । बाद के दिनों में तो उसके मन की शुबहा फिर सिर चढ़कर बोलने लगी थी । हालाँकि उस दिन जैसा बेतरह पीकर नहीं आता था वह । कम ही पीता था, पर अपनी शुबहा छिपा भी नहीं पाता । उसके अवचेतन मन की बातें किसी न किसी रूप में निकल कर सामने आ ही जाती थीं । मैं जानती थी, मन के अन्दर एक बार जब गाँठ पड़ जाती है तो वह जल्द नहीं सुलझती । लेकिन इसमें मेरा दोष ही क्या था ! मेरे लिए विशेष चिन्ता का विषय भी यही था कि अनजाने में या भ्रमवश ही हमारे बीच खाई

पैदा हो गयी थी, जिसे चाहते हुए भी मैं पाट नहीं सकती थी···।

इस सम्बन्ध में बहुत सोच-विचार के बाद मुझे लगा कि शराब ही इसकी मुख्य जड़ है । उसी ने इसके विवेक को विचलित, भ्रमित और कुन्द किया है । मुझे जैसे हो, इसे शराब से मुक्त करना है और मैंने दाई माँ के कथनानुसार उसके हाथ पर पैसे देना और आवश्यक वस्तुओं की खरीददारी के लिए उसे भेजना बन्द कर दिया । जिस दिन मैंने इसकी शुरूआत की, उस दिन से दफ्तर से लौटते हुए आवश्यक चीज़ें मैं स्वयं लेती आती और उसे समझाते हुए कहा, "अब तुम जमकर प्रतियोगिता परीक्षाओं की तैयारी करो रूपेश···दफ्तर से लौटते हुए ज़रूरी चीज़ें मैं लेती आऊँगी।"

लेकिन मेरे इस कथन पर उसने जिस तरह प्रश्नवाचक दृष्टि से मुझे देखा, उससे मुझे साफ़ पता चल गया कि मेरी इस योजना का आशय समझते उसे देर नहीं लगी है । पर उसकी निगाहों का अर्थ जानते हुए भी मैं अनजान बनी रही । उस दिन शाम को उसके घूमने जाते हुए भी बराबर की तरह उसकी जेब में रुपये नहीं डाल सकी मैं । हालाँकि ऐसा करते हुए कटकर रह गयी मैं । अपने कलेजे पर पत्थर रखकर ही मैंने ऐसा किया । कारखाने की उसकी नौकरी छूटने के बाद आर्थिक अभाव उसके मन को अधिक विचलित न करे, इसके लिए घर से बाहर निकलते हुए उसकी जेब में कुछ रुपये डाल देने का नियम मेरी दिनचर्या का अविभाज्य अंग हो गया था । पर दाई माँ के अनुसार मेरे इस लाड़-प्यार ने ही उसे बिगाड़ा और शराबी बनाया था ।

मुझे यह देखकर बेहद खुशी हुई थी कि उस दिन बिना शराब पिये ही वह बाहर से लौट आया था । यहाँ दाई माँ का नुस्खा मुझे कारगर जान पड़ा था । खुशी में उस रात मैं जी भरकर उसे प्यार करती रही थी । शायद मेरा रूपेश फिर मुझे वापस मिल जाए और लौट आये अपनी पहली भावभूमि पर । दूसरे दिन भी वह पीकर नहीं आया···। तीसरे दिन भी नहीं···। मेरी खुशी की तो सीमा नहीं । लेकिन चौथे दिन मेरी खुशी पर अचानक फिर वज्रपात हो गया । वैसे मैं यह अनुभव कर रही थी कि पहले दूसरे और तीसरे दिन भी रूपेश अन्दर से अन्यमनस्क बना हुआ है । ऐसा लगता था, जैसे उसका कुछ खोया हो । किसी चीज़ की तलाश में उद्विग्न और बेचैन हो वह । मुझे लगा, धीरे-धीरे उसकी यह बेचैनी और उद्विग्नता खत्म हो जाएगी। किसी लत को छोड़ने या किसी ज़ख्म को भरने के लिए समय व्यतीत होने से अधिक कारगर नुस्खा और कुछ हो भी तो नहीं सकता···। लेकिन चौथे दिन यह देखकर मेरे होश उड़ गये कि वह फिर पीकर आ गया था । मेरे इस कठोर निर्णय के बावजूद उसने नहीं छोड़ी शराब । लेकिन आखिर उसने ऐसा कैसे किया ? उसके पास तो पैसे नहीं···!

मैंने तत्क्षण अपने पर्स की तलाशी ली तो पाया कि उसमें से कुछ रुपये गायब हैं । तो चोरी भी करने लगा रूपेश ? शराब ने अपनी शुरूआती दुर्गुण चोरी से भी

उसे जोड़ दिया । अपना माथा पीटकर रह गयी मैं…। अपने दैनिक खर्च का पर्स मैं कभी बक्से में नहीं रखती थी । रूपेश नौकरी करता था तब भी नहीं और मैं नौकरी करती हूँ तब भी नहीं । अपनी ज़रूरत के अनुसार हम उसमें से निकालते रहते थे और वेतन मिलने पर उसमें रख देते थे । आखिर हम किससे छिपाकर रखें और किसके लिए रखें ? हम तो एक-दूसरे से इस तरह अभिन्न और एकाकार थे कि कुछ भी अलग रखने और करने के बारे में सोच ही नहीं सकते थे । पर न चाहते हुए भी अब मुझे ऐसा ही करना पड़ रहा था । एक छत के नीचे और एक कमरे में एक जान बनकर रहते रूपेश के साथ मुझे रुपये-पैसों के मामले में दूरी बनाकर जीना था। सचमुच इस निर्णय से उस दिन मुझे काफ़ी आन्तरिक कष्ट और दुःख हुआ । अपने इस स्वयं के निर्णय से आहत हो गयी मैं । लेकिन यह निर्णय लेने के लिए अब मैं विवश थी ।

उस दिन रूपेश बहुत अधिक पीकर तो नहीं आया था, लेकिन इतना अवश्य पिया था कि उसकी आँखें लाल हो गयी थीं तथा उसकी आवाज़ और व्यवहार की सहजता बेरुखी में बदल गयी थी । उसने आते ही मुझे डराते हुए कहा, "आज आरा के कुछ लोगों ने फिर देख लिया है मुझे…चाह कर भी उनसे बच नहीं सका मैं…उनमें से दो तो पिताजी के परिचित ही थे । वे जल्द ही आरा जाकर खबर करेंगे । फिर पिताजी यहाँ आकर मुझे बिना ले जाये नहीं मानेंगे…।"

उसकी यह बात सुन मुझे लगा, शराब ने अपने दूसरे दुर्गुण झूठ से भी उसे जोड़ दिया है । उसके कहने के लहजे और अन्दाज़ से मुझे साफ़ लग गया कि वह झूठ बोल रहा है । इससे पहले भी कई बार मुझसे नाराज़ होने पर या अपनी बात मुझे मनवाने के लिए वह मुझे धमका चुका था कि आरा के लोगों ने देख लिया है उसे, अचानक एक मोड़ पर उनसे आमना-सामना हो गया उसका, उस पर नज़र पड़ते ही चौंक उठे वे…। लेकिन इस बार उसके धमकाने का लहजा ज़्यादा सख्त और कटु था । अगर उसने शराब न पी होती तो शायद मैं उसे कुछ कहती भी । शराब के नशे में उसे प्रपंच करते और भाँजते हुए जान मैं पूर्वतः मौन बनी रही ।

अगले दिन पर्स छिपा होने के चलते पैसे नहीं पा सका वह और इसीलिए पी भी नहीं सका । लेकिन मेरे प्रति गुस्से में बेरुखा और अनमना बना क्रुद्ध नज़रों से मुझे घूरता रहा । शायद यह सोचने के स्थान पर कि उसे शराब न पीने देने के लिए ही मैं ऐसा कर रही हूँ, वह यह सोच रहा था कि अपनी कमाई के पैसे मैं उसे नहीं देना चाहती । अन्ततः हार-थक कर जब उसने नेशनल लाइब्रेरी जाने के बहाने कुछ पैसों की माँग की तो यह कहते हुए मैंने उसकी जेब में कुछ पैसे डाल दिये, "शराब न पीना, रूपेश । तुम्हें मेरी और हमारे प्यार की सौगन्ध ।"

हालाँकि इस सौगन्ध के दायरों को कई बार उलाँघ चुका था वह । लेकिन हर बार की तरह इन दायरों के बीच फिर उसे घेरने की कोशिश में लग जाती थी मैं ।

मेरी यह बात सुन जैसे तुनक गया था वह । अपनी जेब से उन पैसों को निकाल फेंक दिया था बिस्तरे पर, "रखो अपने पैसे···मुझे नहीं ज़रूरत तुम्हारे पैसों की—तुम्हारी इस चेतावनी के साथ हरगिज़ नहीं लूँगा पैसे···।" मैं उसका आशय समझ गयी थी । मैंने प्यार से उसे समझाते हुए पुनः उन पैसों को उसकी जेब में डाल दिया था। दाई माँ ने मुझे बताया था कि एकाएक शराब नहीं छोड़ पाता पीनेवाला । धीरे-धीरे ही रास्ते पर आता है···। उस दिन मैंने पैसे भी उसे उतने ही दिये थे, जितने में वह शराब न पी सके ।

उस शाम लाइब्रेरी से लौटने पर उसने फिर मुझे धमकाया था कि आरा के लोगों से आज फिर देखा-देखी हो गयी है उसकी कि अब वे देर तक छिपने और बचने वाले नहीं···। मैं समझ गयी थी, कम पैसों की वजह से शराब न पीने की अपनी नाराज़गी व्यक्त कर रहा था वह । इस पर मैंने मज़बूती के साथ उसे समझाया था, "आरा के लोगों से बहुत डरने की आवश्यकता नहीं । हम कोई चोर-उचक्के नहीं, पति-पत्नी हैं और यहाँ क़ायदे से रह रहे हैं, और नाबालिग भी नहीं हैं···! हम अपने परिवार-जनों का लिहाज करते हुए छिपकर रह रहे हैं कि बीतते समय के अनुसार हमारे ऊपर से अपनी माँग वे हटा लेंगे !··· हमारी स्थिति को स्वीकार कर लेंगे । समय के अन्तराल में यह सब बखूबी हो जाता है । लेकिन तुम तो ऐसे घबरा रहे हो जैसे हम कल भाग कर आये हों ! कोई ज़ुर्म कर रखा हो हमने !"

यह सुन प्रश्न करते हुए उसने कहा था, "तो क्या पिताजी के यहाँ पहुँचने और उनकी पकड़ में आने पर भी हम यहाँ से नहीं जाएँगे ?"

मैंने उसी सख्ती से जवाब दिया था, "कदापि नहीं । हम जाने के लिए ही सब कुछ छोड़कर यहाँ नहीं आये हैं, एक-दूसरे के साथ बसने आये हैं···।"

उसने फिर पूछा था, "तो क्या हम अपने घर अब कभी नहीं लौट सकते ?"

मैंने उसी लहजे में जवाब दिया था, "लौट सकते हैं···लेकिन तब जब हमारे पैरों के नीचे ज़मीन हो और हमारे अभिभावकों के मन का ज़ख्म भर चुका हो···।"

मेरी यह बात सुन सकते में आ गया था वह और भौंचक हो मुझे देखने लगा था, जैसे मेरे इस निर्णय से पहली बार अवगत हो रहा हो !

इस बीच होली का आगमन शुरू हो गया था । होली की तैयारी में सभी खुश और मस्त जान पड़ने लगे थे । यह मौसम मुझे भी विशेष प्रिय था । जाड़े की समाप्ति और गर्मी के आगमन की सन्धि वेला का मौसम ! सचमुच बेहत खुशगवार, अनुपम और मनभावन होता है यह मौसम । पिताजी तो होली को युवा मौसम की त्योहार मानते हैं । उमंग और उत्साह से भरा मन तथा प्राकृतिक दृष्टि से स्वस्थ्य तन, यही इस मौसम की खास विशेषता होती है । कुछ भी खा लो पच जायेगा और कहीं भी पड़ जा `, नींद की खुमारी आ जाएगी । इस मौसम के आते ही मन की सोयी-मुरझायी कलियाँ जैसे खिल उठती हैं और वसन्त के स्वागत के लिए बाँहें

अँगड़ाइयाँ लेने लगती हैं । मन में एक अनजानी मिठास जाने कहा स आकर भर जाती है । अपने प्रिय को पाने और एक-दूसरे में खोने की चाह प्रबल हो जाती है···।

मैंने रूपेश को स्मरण दिलाया, "होली के इसी अवसर हम घर से भागे थे । जब होली में हमें मिलने नहीं दिया गया और मिलने की बेचैनी और आतुरता हम बर्दाश्त नहीं कर सके तो घर से भाग खड़े हुए थे । लेकिन अब हम एक-दूसरे से मिलने के लिए स्वतन्त्र हैं । कोई अवरोध नहीं । कोई विघ्न नहीं । हमारे लिए यह पहली होली चिर-स्मरणीय होगी । बाद के वर्षों में भी इसे याद करते रहेंगे हम···।"

दरअसल, ऐसा कह कर रूपेश के उखड़े हुए मन को मैं शान्त-सहज बनाना चाह रही थी तथा पूर्व प्रेम-प्रसंगों को याद दिलाकर उसके अन्दर ताज़गी का संचार कर रही थी । मुझे खुशी हुई थी कि उस अवसर पर हमारे पूर्व प्रेम-प्रसंग को वह भी याद करने और जीने लगा था । एक करिश्मा जैसा घटित होने लगा था । दफ्तर से मेरे लौटते ही मुझे बाँहों में भर लेता रूपेश और फिर रात कब बीत जाती, इसका पता भी न चलता । लेकिन आज मुझे साफ़ लग रहा है कि वह सब मौसम का प्रभाव था, वासन्ती मौसम के उन्माद-उफ़ान का । रूपेश की यथार्थ स्थिति वह नहीं थी । अगर मौसम का प्रभाव भर ही वह नहीं होता तो यथार्थ के एक हल्के झटके से ही इस तरह विमुख नहीं होता वह···। कल ऐन होली के दिन ही वह सब हो गया, जिसको लेकर मैं आशंकित थी और डरती थी तथा जिससे बचने के लिए लगातार प्रयत्नशील और संघर्षरत थी । लेकिन चाहते हुए भी उसे नहीं रोक सकी । शायद मेरे भाग्य की यही विडम्बना थी ।

सुबह सब कुछ ठीक-ठाक ही था । मिट्टी-पानी और कच्चा रंग लोगों ने शुरू कर दिया था । अपनी योजना के अनुसार हमने अन्दर से दरवाज़ा बन्द कर लिया था । मिट्टी-पानी और कच्चा रंग हमें पसन्द नहीं । आरा में भी कच्चे रंग के वक़्त पिताजी दरवाज़ा बन्द कर लिया करते थे । दोपहर के बाद जब स्नान कर, नये कपड़े पहन होली-मिलन का अबीर-गुलाली समय आता था, तब हमारा दरवाज़ा खुलता था।

अपनी खिड़की से हम देख रहे थे, मिट्टी-पानी, पोटिन और अन्य गन्दे रंगों में सने लोग एक-दूसरों को सराबोर कर रहे थे । वे हमारे आस-पड़ोस के ही थे, लेकिन अपना हुलिया उन्होंने ऐसा बना लिया था कि वे पहचान में ही नहीं आते थे कि वही हमारे परिचित हैं । रूपेश को ढूँढ़ते हुए वे हमारे दरवाज़े भी आये । उनके आते ही रूपेश को मैंने कोने में छिपा दिया और उन लोगों से कह दिया, "उनकी तबीयत ठीक नहीं ।"

वे मेरी इस बात पर भी जाने को तैयार नहीं थे । उन्हें लग रहा था कि मैंने बहाना किया है । सम्भवतः उनमें से किसी ने खिड़की से झाँकते रूपेश को देखा भी था । लेकिन मैंने भी ज़िद पर अड़ी रही । अन्ततः निराश होकर लौट गये वे । फिर महिलाओं का झुण्ड आया । इस बार मैं छिप गयी और रूपेश ने मेरे बारे में

उन्हें बताया, ''वे अस्वस्थ हैं···कच्चा रंग खेलने की स्थिति में नहीं···।''

पर वे भी मानने को तैयार नहीं हुईं । मेरे साथ के घरों की लड़कियों ने तो दरवाज़ा पीटना भी शुरू कर दिया । जवाब में खिड़की के समीप पहुँच मैंने अपनी हथेली खिड़की से बाहर निकाल दी, ''मेरी तबीयत सचमुच ठीक नहीं । आप लोग मेरी हथेली में रंग-मिट्‌टी लगा लें, दरवाज़ा खोलकर मुझे बाहर न बुलायें ।'' शायद मेरी इस बात का उनके ऊपर अच्छा असर हुआ । उन्होंने मेरी हथेली को रंगों से सराबोर कर मुझे छोड़ दिया । मेरी यह चतुरता रूपेश को भी अच्छी लगी । मुस्करा उठा था वह ।

उनके जाने के बाद होली-मिलन के लिए बनाये जा रहे पकवानों में मैं फिर आ भिड़ी । रूपेश फिर मेरे समीप आ बैठा । मैं बारी-बारी से निमकी, खजूर, पुआ, बारा और छोला बनाकर रूपेश को चखाती, स्वयं चखती तथा एक किनारे रखती जाती थी । मुझे यह सब बहुत अच्छा लग रहा था । मेरे मना करने पर भी रूपेश इस कार्य में मेरा सहयोग कर रहा था । इस तरह दोपहर तक का समय तो प्रेममय बना रहा कि उसके बीतने का एहसास तक नहीं हुआ मुझे । रूपेश को लेकर कोई गिला-शिकवा पैदा नहीं हुआ मेरे मन में । अब स्नान आदि कर नये-कपड़े पहन हमने बाहर का दरवाज़ा खोल दिया । कच्चे रंग का समय अब समाप्त हो गया था तथा होली-मिलन का अबीर-गुलाली समय आ गया था । अपने दफ्तर से फेस्टिवल एडवान्स ले अपने लिए एक साड़ी तथा रूपेश के लिए कुरता-पाज़ामा मैंने एक सप्ताह पहले ही खरीद लिया था । इस खरीददारी में रूपेश भी मेरे साथ गया था । मेरी साड़ी उसकी पसन्द की ही ली गयी थी और उसका कुरता-पाज़ामा मेरी पसन्द का । हालाँकि मैंने महसूस किया था कि हर बार की तरह मेरे खर्च पर की गयी यह खरीददारी भी उसे नागवार लगी थी । घर-खर्च से लेकर त्योहार आदि का खर्च भी मेरी आय पर ही निर्भर था, इस बात से जगह-जगह वह कुछ कुण्ठित और मायूस-सा जान पड़ता था। ऐसा लगता था जैसे किसी हीनता-बोध का शिकार हो गया हो वह । ऐसे वक़्त उसकी मनःस्थिति ताड़ उसे समझा-बुझा मैं शान्त-सहज बना देती । उस दिन भी मैंने ऐसा ही किया । लेकिन पता नहीं, अन्दर से वह शान्त-सहज बन सका भी या नहीं···? उसका अन्तर और बाहर अब पहले की तरह एकरूप तो रह नहीं गया था । ऊपर से कुछ दिखते हुए भी अन्दर से वह कुछ सोच सकता था और उसकी इसी परिवर्तित स्थिति के चलते मैं विशेष चिन्तित थी ।

इससे पहले कि मैं अपने कमरे को थोड़ा ठीक कर होली-मिलन के लिए आने वाले आगन्तुकों के बैठने की जगह बनाती और पकवानों को एक जगह लाकर रखती, अचानक इसी वक़्त रूपेश बाहर जाने के लिए उद्यत हो गया और मुझसे रुपयों की माँग की, ''मुझे कुछ रुपये चाहिए लिसा···मैं अभी थोड़ी देर में आ जाऊँगा···।'' उसके द्वारा इस वक़्त कहीं बाहर जाता देख और रुपयों की माँग सुन मैं चौंक उठी,

''अब क्या खरीदना शेष रह गया है रूपेश ? होली की सारी खरीददारी तो हमने पहले ही कर ली है, इस वक़्त तुम कहीं बाहर मत जाओ । होली-मिलन का समय हो गया है । आस-पड़ोस के लोग आते ही होंगे···।''

इस पर कुछ तुनकते हुए बोल उठा वह, ''मैं जल्द ही लौट आऊँगा, देर न करो, मुझे शीघ्र ही कुछ रुपये दे दो···।''

उसका इरादा भाँप मैं कुछ आशंकित हो उठी, ''आखिर मैं भी तो सुनूँ···क्या खरीदना है मेरे रूपेश को···?''

इस बार कुछ झल्लाते हुए बोल उठा वह, ''क्या हिसाब देना ज़रूरी है···मेरी अपनी कमाई होती तो तुम हिसाब माँगने वाली नहीं होतीं···। तुम्हारी कमाई पर रहने और पलने का ही परिणाम है यह···!''

उसकी यह बात तीर की तरह मेरे कलेजे में लगी । मैं आहत हो उठी । फिर भी विवेक से काम ले, उसके करीब पहुँच, उसके कन्धे पर हाथ रख, प्यार से समझाया उसे, तुम ऐसा सोच कैसे लेते हो रूपेश···? भगवान साक्षी है, मैंने तो सपने में भी अपनी और तुम्हारी कमाई को अलग-अलग करके नहीं जाना है···। मैं तो सिर्फ़ इसी बात से डरती हूँ कि कहीं तुम फिर शराब न पी लो···तुम्हें शराब से रोकने के लिए ही अपने कलेजे पर पत्थर रखकर मैं ऐसा करती हूँ···।''

''यह झूठ है···।'' उसकी आवाज़ गरम हो गयी थी, ''शराब से रोकना तुम्हारे लिए एक बहाना भर है । सच तो यह है कि अपनी कमाई मुझ पर खर्चते हुए तुम्हारा कलेजा निकल जाता है ।''

मेरे मर्म को बेध देनेवाले उसके इस कटु वचन ने एक क्षण के लिए मुझे विचलित-सा कर दिया । इच्छा हुई कि पर्स और बक्से में जो भी रुपये-पैसे बचे हैं, सब लाकर इसके ऊपर फेंक दूँ, ''ले जाओ, जो कुछ भी है । और कान खोलकर सुन लो, आज से अब एक पैसा भी अपने पास नहीं रखूँगी मैं । सब तुम्हारे पास ही रहेगा, जैसी इच्छा हो, खर्च करना···। लेकिन फिर कभी ऐसा आरोप न लगाना।'' लेकिन ऐन वक़्त पर दाई माँ की बात याद कर मैं ऐसा नहीं कर सकी । दाई माँ ने कहा था, ''शराब पीनेवाला शराब की तलब पर रुपयों के लिए गाली-गलौज़ करने से लेकर मार-पीट करने तक पर उतारू हो जाता है । पर इससे घबरा कर रुपये मत दे देना···फिर तो वह रोज़-रोज़ डरा-धमाककर लेता जाएगा और पीता जाएगा । इस तरह उसका पीना कभी नहीं छूट पाएगा ।''

अब मैंने अपने को सँभालते हुए कहा, ''आखिर तुम्हें यह बता देने में क्या आपत्ति है कि तुम क्या लेने जा रहे हो ? मैंने तो तुमसे कभी कुछ छिपाया नहीं । वह कौन-सी खरीददारी है जो तुम मुझसे गोपनीय रखना चाहते हो···?''

इस पर झल्लाते हुए बोल उठा वह, ''मान लो कि मैं शराब ही पीने जा रहा हूँ, तो क्या तुम नहीं दोगी रुपये ? होली के दिन सब पीते हैं, मैं भी पिऊँगा···!''

उसकी यह बात सुन जैसे मेरे तन-बदन में आग लग गयी । मैंने सख़्त आवाज़ में जवाब दिया, "इसके लिए नहीं दूँगी रुपये···।"

उसने गरजकर फिर पूछा, "नहीं दोगी···?"

मैंने उसी सख्ती के साथ जवाब दिया, "नहीं दूँगी ! शराब के लिए कभी नहीं दूँगी रुपये···।"

मेरी यह सख्ती देख हतप्रभ रह गया वह । शायद उसे अन्दाज़ नहीं था कि उसकी माँग पर इतना सख्त भी हो सकती हूँ मैं । सम्भवतः उसने सोचा होगा कि उसके नाराज होने पर दे दूँगी मैं रुपये । लेकिन उसका यह अस्त्र भी खाली चला गया था, इसीलिए क्षणभर के लिए हताश, निरुपाय और किंकर्तव्यविमूढ़-सा बन गया था वह । फिर बगल में रखी कुर्सी पर चुपचाप जा बैठा था । उसकी वह खामोशी मुझे भयावह और अनिष्टकारक लगी थी । उसके चेहरे पर उग आयी रेखाओं से उसके गहन सन्ताप और चिन्तित होने का पता चल रहा था । उससे पहले कि वह कोई प्रतिकूल निर्णय ले, मैं पुनः उसके समीप पहुँच गयी और उसके बालों में अँगुलियाँ फिराते हुए स्नेहसिक्त वाणी में बोल उठी, "मुझे माफ़ कर देना रूपेश···मेरे रोकने का आशय कुछ और नहीं, शराब से तुम्हें अलग रखना भर है···आज हमारी पहली होली है । साथ-साथ रहने की हमारी लगभग पहली वर्षगाँठ भी···। आज हम सारी रात जगेंगे और अपने पूर्व प्रेम को याद करेंगे···। आज तुम्हें शराब नहीं पीने दूँगी रूपेश···आज की रात बर्बाद नहीं होने दूँगी···प्लीज···रूपेश···मेरी बात को समझने की कोशिश करो···।" और मैं उसे दुलार-प्यार कर उसके मन को शान्त कर ही रही थी कि बगल वाले पाण्डेय जी की पत्नी आ गयी। बस, रूपेश को छोड़ मैं उनके समीप पहुँच गयी ।

उन्होंने मिलते ही मुझे गले से लगा लिया, "होली मुबारक हो ।" फिर कहा, "होली-मिलन के लिए मैं अपने मायके जा रही हूँ···वह मुहल्ला यहाँ से दूर है । सम्भव है, लौटने में देर हो जाए, इसीलिए आपको खबर करने आ गयी कि वहाँ से लौटने के बाद हम आपके यहाँ आएँगे और आप लोग भी नौ बजे के बाद ही हमारे यहाँ आइएगा···तब तक हम वहाँ से लौट आएँगे···।"

पाण्डेय जी की पत्नी यह सूचना देकर जाने लगीं । लेकिन शिष्टाचारवश मैंने उन्हें रोक लिया और उनके ना-ना कहने के बावजूद बारा और छोला उन्हें खिलाने लगी । अपने यहाँ पहुँचने पर वे बहुत मानती थीं हमें । इस बीच अचानक रूपेश जाने कब निकल गया ? पाण्डेय जी की पत्नी को विदा कर जब मैं रूपेश की ओर मुखातिब हुई तो पाया कि उसकी कुर्सी ख़ाली है । मुझे लगा, शायद वह बिस्तरे पर हो । लेकिन वहाँ भी वह नहीं था । किचन और बाथरूम में भी झाँक कर मैंने देख लिया । कहीं नहीं था वह । मेरा मन घबराने लगा । मुझे इस तरह उसके साथ सख्ती नहीं बरतनी चाहिए थी । जाने कहाँ गया वह ! ग़ुस्से में क्या कर ले···! लेकिन

उससे माफ़ी भी तो माँग चुकी हूँ···। अपने मन की बात से उसे अवगत भी करा चुकी हूँ···। मुझे इस कदर अधीर और कमज़ोर नहीं होना चाहिए···। लेकिन इसके बावजूद मेरा मन शान्त और सहज नहीं हो पाता था । रूपेश का इस तरह जाना मेरे अन्दर एक अनाम दहशत का संचार कर रहा था···।

इस बीच होली-मिलन के लिए पड़ोसियों का आना-जाना भी शुरू हो गया था । आने वाले हर दम्पती यह अवश्य पूछते, ''रूपेश जी नज़र नहीं आ रहे हैं···।''

उनकी यह बात मुझे काट कर रख देती । मैं कुछ विचलित-सी हो जाती । लेकिन तत्क्षण अपने को संयत कर कह उठती, ''अभी बाहर गये हैं···थोड़ी देर में आ जाएँगे ।''

यह कहने के अतिरिक्त और मैं कह ही क्या सकती थी···! जानती थी, अपनी व्यथा सुनाना सबकी नज़रों में गिरना और होली के इस अवसर पर सब को बोर करना था । उनमें से हर दम्पती जाते हुए यह अवश्य कहते, ''रूपेश जी के आने पर उन्हें लेकर अवश्य आइएगा···हम प्रतीक्षा करेंगे···।''

जब तक वे रहते, तब तक तो उनमें उलझी रहती लेकिन उनके जाते ही मेरा मन फिर विकल हो जाता । हालाँकि उनकी उपस्थिति में भी मैं अन्दर से खुशी का एहसास नहीं कर पाती । ऊपर से तो उनके साथ होली की बधाई लेती-देती रहती, पर अन्दर-ही-अन्दर बिखरती और बिसूरती होती···। उन क्षणों में मुझे अपनी माँ की एक लोककथा की याद बरबस आ गयी थी । एक भूखा नरभक्षी राक्षस एक गाँव के पास कहीं से आ जमा था । वह सभी ग्रामवासियों को एक ही साथ मार डालना चाहता था । लेकिन उसके आहार के रूप में प्रतिदिन एक ग्रामवासी को भेजने की शर्त गाँव-वालों ने स्वीकार कर ली थी । इस क्रम में एक बार एक ऐसे युवक की बारी आयी, जिसकी शादी होने जा रही थी । इस स्थिति में उसकी बूढ़ी माँ के अन्तर्मन का तूफ़ान कोई समझ नहीं पाता था । वह रोती भी थी और हँसती भी थी। आँगन में जाती थी तो अपने बेटे की शादी को याद कर उसके होठों पर अनायास ही मंगल और सगुन के गीत आ जाते थे और जब वह दरवाज़े पर आती थी तो उसकी आसन्न मृत्यु को स्मरण कर फूट-फूटकर रो उठती थी । मेरी स्थिति भी कुछ वैसी ही हो गयी थी । दीवाली की तरह मेरी होली भी ऐसी बीतेगी, मैंने कभी सोचा भी नहीं था···।

रूपेश की प्रतीक्षा में मैं आशंकित और बेचैन थी । उसके विलम्ब से मेरी बेचैनी और आशंका और बढ़ती ही जा रही थी । दरवाज़े पर जब भी किसी चीज़ की आहट होती, मुझे लगता वह आ गया···। आ ही रहा होगा···आ ही रहा होगा । लेकिन वह काफ़ी रात गये आया था और वह भी दीवाली की तरह ही शराब के नशे में लड़खड़ाता गिरता-पड़ता और बड़बड़ाता हुआ ।

उसे इस हालत में देख एक क्षण के लिए मेरा संचित धैर्य ग़ुस्से में बदल गया।

जिस बात से डर रही थी वह हो ही गयी । मेरी सारी सख़्ती बेकार चली गयी । इच्छा हुई कि घर के अन्दर न आने दूँ उसे । धक्के देकर दरवाज़े से बाहर कर दूँ···। लेकिन फिर मुझे लगा, यह मेरी समस्या का समाधान तो नहीं···।

मैं दुःखी, पीड़ित और व्यथित मन लिये उसका घर के अन्दर आना और बिस्तरे पर बेसुध की तरह गिरकर बड़बड़ाना देखती रही···। कुछ क्षण तक मैं यह समझ नहीं पा रही थी कि उसने पी कैसे ली ? पैसे तो मैंने उसे दिये नहीं थे । यहाँ कलकत्ता में कोई उधार देने वाला भी तो नहीं···। फिर उसकी ख़ाली कलाई देख अपनी जिज्ञासा का समाधान भी मुझे मिल गया । अपनी घड़ी बेच दी थी रूपेश ने । घड़ी बेच कर शराब पी है इसने···। इस सत्य की जानकारी के बाद मेरा मन और अधिक क्षुब्ध, तिक्त और आहत हो गया···।

इसी दौरान दास बाबू और सिन्हा बाबू जैसे मेरे शुभचिन्तक परिवार अपने यहाँ मुझे न आया जान मेरा कुशल-मंगल पूछने आ गये । लेकिन रूपेश की बड़बड़ाहट सुन बिना मुझसे पूछे ही वे सब कुछ जान गये । जाते हुए उन्होंने मुझे ढाढस भी दिया, "आज होली के दिन अधिकांश लोग पी लेते हैं, कोई बात नहीं···! रूपेश बाबू ने शायद कुछ ज़्यादा ही पी ली है । सुबह तक ठीक हो जाएँगे । आप लोगों का बाक़ी रहा···।"

मैं जानती थी, मेरा मन रखने के लिए ही कहा था उन्होंने । सच्चाई तो यह थी कि रूपेश का शराबी हो जाना अब उनसे छिपा नहीं था ।

उनके जाने के बाद दरवाज़ा बन्द कर अपना माथा पकड़ बैठ गयी मैं । समझ में नहीं आ रहा था कि क्या करूँ ? अबीर-गुलाल, पुआ-पकवान, सौंफ-इलायची सब इधर-उधर बिखरे पड़े थे । उन्हें समेटने की भी इच्छा जाती रही थी । जिसके लिए यह सब तैयारी की थी उसकी बेरुखी और हैवानियत से तो ये चीज़ें अब मुझे काटने दौड़ रही थीं । इनकी ओर ताकने की भी मेरी इच्छा नहीं हो रही थी···।

लोगों के आने-जाने की वज़ह से रूपेश की बड़बड़ाहट पर मेरा ध्यान नहीं जाता था । लोगों का आना-जाना खत्म हुआ और रूपेश की बड़बड़ाहट पर मेरा ध्यान केन्द्रित हुआ तो मेरा मन कड़वाहट और कसैलेपन से और दुःखी हो गया । लगा, जैसे किसी ने जहर घोल कर मुझे पिला दिया हो । वह लगातार मुझे दोष देते हुए अपने को कोसे जा रहा था, "मेहरी से पैसे माँगने गया था, रण्डी का भंडुवा बनने···धिक्कार है तुझे ! औरत की कमाई पर जीने वाला हिज़ड़ा ! भउगड़ा ! नामर्द! चुल्लू भर पानी में जा डूब मर ···।" इसके साथ ही मुझे गन्दी-गन्दी गालियाँ बकते हुए मेरे चरित्र पर भी कीचड़ उछालता जा रहा था, "झूठी, धोखेबाज़, प्रपंची, चालबाज़, सात घाट का पानी पीने वाली···"

उसकी बातें पिघले शीशे की तरह मेरे कानों में पड़ रही थीं । मेरे लिए अब और सुनना असह्य होता जा रहा था । क्षणभर बाद ही मुझे ऐसा लगा कि अब और

देर तक मैं बर्दाश्त नहीं कर पाऊँगी । मैं कुछ कर न बैठूँ, इसीलिए दोनों हाथों से अपना कान बन्द कर उससे दूर बरामदे के कोने में पड़ी चटाई पर जा गिरी और फूट-फूट कर रो उठी । मेरे सब्र का बाँध जैसे टूट गया था और अन्दर से रूलाई का सोता फूट चला था । मेरे मन का सारा तूफ़ान रुलाई के रूप में बाहर निकलने लगा था । मैं देरं तक रोती रही, जाने कब तक, मुझे पता तक नहीं चला ! इस बीच कब मेरी आँख लग गयी, मैं जान तक नहीं सकी । जब आँख खुली तो पाया, दिन चढ़ गया था । मेरे माथे के पास की चटाई आँसुओं से भींगी हुई थी । मैंने कमरे में आकर देखा, रूपेश का बिस्तरा खाली था । शायद वह बाथरूम में हो । लेकिन वह वहाँ भी नहीं था । बदहवास मैं इधर-उधर देखने लगी कि बिस्तरे पर पड़े उसके पत्र पर मेरी नज़र चली गयी ।मेरा मन तो ऐसे ही आशंकित और घबराया हुआ था । उसका पत्र देख मेरी घबराहट और बढ़ गयी । मैंने एक ही साँस में उसका वह पत्र पढ़ डाला—

'लिसा,

अब मैं वापस घर जा रहा हूँ । मैंने भरसक कोशिश की कि तुम भी घर वापसी के लिए राज़ी हो जाओ । लेकिन तुम राज़ी नहीं हुईं । या तो तुमने ही मुझे समझने में भूल की या मैं ही तुझे समझ नहीं सका…। खैर…! बस, यही समझ लो कि हमारा संग-साथ यहीं तक था…! तुम्हारी इच्छाओं के अनुकूल रहने की मैंने पूरी कोशिश की। सब कुछ सहता और झेलता रहा । लेकिन अपनी इच्छाओं के अनुकूल तुम्हें कभी नहीं पा सका…।

प्रेम में हम घर से भाग आये थे तो क्या हुआ ! फिर हम वापस क्यों नहीं जा सकते ? हमारे माँ-बाप फिर हमें मिलने नहीं देते, रोकने की कोशिश करते तो देखा जाता…! इतनी-सी बात के लिए इस महत्त्वपूर्ण ज़िन्दगी को अब और मैं नारक करने के लिए तैयार नहीं…! अब और सब कुछ सहना-झेलना भी मेरे वश में नहीं । मुझे माफ़ करना…।

—रूपेश

उसका यह पत्र पढ़कर तो जैसे मेरे होश उड़ गये । मेरे हृदय की धड़कनें एकाएक तेज़ हो गयीं । उसके पत्र को बार-बार पढ़ती रही मैं और उसके एक-एक शब्द का अर्थ ढूँढ़ती रही…। उन अर्थों के पार जाती रही…। तो सचमुच मुझे छोड़ कर भाग गया रूपेश ? अचानक यह सब क्या हो गया ? कैसे हो गया ? मुझे ऐसा लगा, जैसे मेरे पाँव के नीचे से ज़मीन खिसक गयी हो । मेरा माथा ज़ोर-ज़ोर से घूमने लगा । अगर माथा पकड़कर मैं बैठ न गयी होती तो शायद गिर जाती । असल में सब कुछ के बावजूद मेरे मन में यह विश्वास बना हुआ था कि ऐसा कठोर दण्ड वह मुझे कदापि नहीं देगा । ऐसा निर्णय अकेले वह ले ही नहीं सकता । लेकिन

उसने ऐसा ही कर दिया था । शायद इसीलिए अन्दर से एकदम टूटी हुई और खोखली महसूस करने लगी थी मैं । बिल्कुल अकेली, असहाय, अनाथ, निरुपाय और विवश-लाचार । अब यहाँ कलकत्ता में मेरा है ही कौन ! यहाँ अब मैं रहूँ या जिऊँ भी तो किस लिए, किसके लिए···? अब इस जीवन का अर्थ ही क्या ! यहाँ हठात् मेरे मन में यह विचार भी आया कि अभी और इसी समय अपने इस जीवन को समाप्त कर देना चाहिए मुझे । इस जीवन का इससे उपयुक्त अन्त और कुछ हो ही नहीं सकता···। लेकिन फिर मुझे अपनी माँ की वे बातें याद आ गयीं कि अकाल मृत्यु का व्यक्ति मरने के बाद भी अपनी समस्याओं और परेशानियों से निज़ात नहीं पाता है । जीवन का सहज-स्वाभाविक अन्त ही उसकी समस्याओं का वास्तविक विराम होता है ।

मैंने आत्महत्या नहीं की, सिर्फ़ घुटती रही । एक के बाद दूसरे और फिर तीसरे विचार आते रहे । यहाँ मैं जो जीवन जी रही थी, इस जीवन के बीच रूपेश की कोई अहम् भूमिका भी नहीं थी । फिर भी उसका अभाव जाने क्यों इस तरह साल रहा था, मुझे कि कलेज़े के अदर से हूक-सी उठती थी और मैं काँप-काँप जाती थी । मेरे अन्तर को उसकी याद रुलाती-कँपाती जा रही थी । उसकी उपस्थिति मात्र से ही जिस सम्बल, सुरक्षा और इत्मीनान का अनुभव मैं कर रही थी, वह सब जैसे एक झटके में ही तिरोहित हो गया था । किसी स्त्री का पुरुष चाहे कैसा ही क्यों न हो, उसकी उपस्थिति का महत्त्व अब मैं समझ रही थी । स्त्री के लिए पुरुष की अनिवार्यता की बात भी अब मुझे असन्दिग्ध जान पड़ने लगी थी । पुरुष प्रधान इस समाज का स्वामित्व और वर्चस्व भी अब मेरी समझ में आ रहा था···।

मैं सारा दिन विकल, अभिशप्त, उद्विग्न, बेचैन, बेहाल और व्यग्र बनी रोती-छटपटाती रही । न तो कुछ खा-पी सकी और न कोई काम ही कर सकी । लेकिन बीतते समय के अनुसार मुझे यथार्थ स्थिति का बोध होना शुरू हो गया । मेरा संस्कार मेरे अन्दर से जागने लगा । पिताजी ठीक ही कहते थे कि प्रतिकूल परिस्थितियों में ही किसी व्यक्ति का तेज़ उभरता है और उसके जीवन-मूल्य उस तेज़ के सहायक बनते हैं । उसके अनुसार विषम परिस्थितियों में वही टिक पाते हैं जो संस्कारवान होते हैं और जिनके पास कोई समर्थ जीवन-मूल्य होता है । वे तो बालू की भीत की तरह भहरा जाते हैं, जिनके पास न कोई संस्कार होता है और न कोई जीवन-दृष्टि···। दिन की समाप्ति और शाम के आगमन तक मेरा डाँवाडोल मन शान्त और स्थिर हो चला था । भ्रम और कुहरे के फटने जैसा अब सब कुछ मुझे साफ़-साफ़ और स्पष्ट दिखने लगा था । शायद मोहभंग का परिणाम हो यह ! शायद आशाओं के टूटने और यथार्थ की धरती पर खड़े होने का परिणाम । इस परिणाम से अवगत होने के बाद ही मैं डायरी लिखने के लिए उन्मुख हुई हूँ । अपनी डायरी में कुछ भी गोपनीय न रखने और सब कुछ उजागर कर देने के लिए मैं आ जुटी हूँ । अब मुझे

साफ़ लगने लगा है कि मेरा मोह-शोक और बेचैनी-परेशानी मेरे नारी-मन की प्रारम्भिक प्रतिक्रिया भर थी । सच तो यह है कि रूपेश के होने और न होने से मेरे लिए कोई खास फ़र्क़ नहीं पड़ा है । उसका होना सिर्फ़ भौतिक दृष्टि से उसकी उपस्थिति का बोध भर था, मेरी सुरक्षा और सम्बल का पर्याय नहीं । अपने अब तक के अनुभवों से मैं यह जान सकी हूँ कि जो स्त्री अपनी रक्षा स्वयं नहीं कर सकती उसे वास्तविक सुरक्षा कभी मिलती भी नहीं···।

रूपेश की हरकतों और गतिविधियों से तो मुझे पहले ही लग गया था कि एक-न-एक दिन वह मुझे छोड़ कर भागेगा । इस आगत संकट का अनुमान तो मुझे पहली ही से था और मन के धरातल पर इस यथार्थ को मैंने स्वीकार भी कर लिया था । फिर अचानक इस तरह विचलित कैसे हो गयी ? शायद नारी-जनित भावुकता की चपेट में आ गयी थी मैं···।

मुझे सुरक्षा देने और संग-साथ के निर्वाह की बात तो दूर, अब तो वह मेरे लिए नित नयी-नयी समस्याएँ पैदा करने और परेशानियों के बीच मुझे डालने का एक व्यक्ति-केन्द्रित उपक्रम भर रह गया था । उसके ऊपर मेरी निर्भरता ही मेरी सबसे बड़ी नासमझी थी । अपरिपक्व, अव्यवस्थित और अभिजात्य लड़के के ऊपर की गयी मेरी इस भावुक निर्भरता का ही यह तीखा परिणाम मुझे मिला था । अब पिताजी की वर्जनाओं का अर्थ मुझे साफ़-साफ़ समझ में आने लगा था । काश ! मैं इसे तब समझ गयी होती । खैर···। जो हुआ सो हुआ···। मैं अपने को फिर सँभाल लूँगी···। समेट लूँगी···। मैं कहीं से भी टूटी और पराजित नहीं हुई हूँ···। मेरे पैर के नीचे अभी भी ज़मीन शेष है···। यहाँ मेरी अपनी पहचान कायम है । मेरे घर-परिवार से कहीं अधिक मेरे परिचित और शुभ-चिन्तक हो गये हैं यहाँ । अकेलेपन का एहसास यहाँ मुझे कतई नहीं सताएगा । दाई माँ तो मुझे एक दिन के लिए भी अकेली नहीं छोड़ेंगी। ख़ाली समय मैं मुहल्ले के बच्चों को अपने घर बुलाकर पढ़ाने का नया सिलसिला मैं शुरू कर सकती हूँ···। मुहल्लावासियों की सहायता और सहयोग में अब पहले से ज़्यादा समय दे सकती हूँ ।

रूपेश के भागने की इस घटना का उल्लेख यहाँ मैं किसी से नहीं करूँगी । मुझे ऐसा करना भी नहीं चाहिए···। जानती हूँ, व्यथा के भागीदार कम, उसके व्याख्याकार ही अधिक होते हैं, जिन्हें बात का बतंगड़ बनाते देर नहीं लगती । उनके लिए किसी की परेशानी और समस्या उसके प्रति सहानुभूति का विषय नहीं, उसे लूटने और बर्बाद करने का खुला आमन्त्रण होता है । लेकिन अपनी वास्तविक शुभ-चिन्तक दाई माँ को मैं सब कुछ बता दूँगी । उन्हें अपनी सौगन्ध दे दूँगी कि इस बारे में वे किसी से कुछ न कहें । मैं जानती हूँ, वे किसी को इसकी भनक तक नहीं लगने देंगी···।

रात गहराती जा रही है मेरा मन है । कि डायरी लिखने से आज भर ही नहीं रहा है । दिन भर की उद्विग्नता और बेचैनी का एक-एक कारण और उसका निवारण

खोज रही हूँ अपनी डायरी में । इच्छा हो रही है कि आज इतना अधिक लिखूँ कि अपना सब कुछ उड़ेल दूँ डायरी के पन्नों पर···। मेरे मन, वचन और कर्म की साक्षी यह मेरी डायरी भी जान ले कि मैं कितना दोषी हूँ और कितना दोषरहित ? मैं रूपेश को भी दोष देना नहीं चाहती···। वह अचानक नहीं भागा है ! उसके भागने की तैयार होती पृष्ठभूमि से मैं अनभिज्ञ नहीं थी । लेकिन मैं चाह कर भी रोक नहीं सकी थी। परिस्थितियों के समक्ष मेरी एक नहीं चली थी । सब परिस्थितियों का खेल था । तब परिस्थितियाँ ही ऐसी पैदा हो गयी थीं कि वह मेरे साथ भाग आया था और अब परिस्थितियाँ ही ऐसी बन गयी थीं कि मुझे छोड़कर वह वापस हो गया था···। हाँ, मेरे मन में वह इस बात की कसक अवश्य छोड़ गया है कि परिस्थितियों की पूर्व समझ मेरे अन्दर पैदा क्यों नहीं हुई थी । और परिस्थितियों को प्रतिकूल दिशा में जाने से रोकने की क्षमता मेरे अन्दर क्यों नहीं आयी थी···? शायद मेरी उम्र के कच्चेपन और अनुभवहीनता का परिणाम हो यह···। जो हो, अपने मन की यह कसक शायद मैं जीवन भर कभी नहीं भूल सकूँ···।

उधर रूपेश अब तक आरा पहुँच गया होगा । मुझे इस तरह डायरी में लिप्त होकर आगत भविष्य से असावधान नहीं रहना चाहिए । यह सत्य है कि रूपेश के आरा पहुँचते ही मेरे उस छोटे शहर में सनसनी की तरह यह खबर फैल गयी होगी। अतीत बन चुका हमारा प्रेम-प्रसंग अचानक सबकी जुबान पर फिर ताज़ा हो गया होगा । मेरे पिताजी और सुनील यह खबर पाते ही रूपेश के यहाँ दौड़ पड़े होंगे कि वह अकेले ही क्यों आया और मुझको कहाँ छोड़ दिया ?

सम्भव है, रूपेश ने मेरे बारे में उन्हें उल्टा-सीधा बताया हो तथा मुझे बेवफ़ा-धूर्त और धोखेबाज़ साबित किया हो । फिर उनके बहुत आग्रह पर यहाँ का मेरा पता उन्हें दे दिया हो । सही सूचना के अभाव से मेरे घर में ग़म और उदासी का आलम कायम हो गया हो । सम्भव है, मेरी माँ रो भी रही हो । लेकिन मेरा पता पाने के बाद मेरे पिताजी तनिक भी विलम्ब करने वाले नहीं । या तो अकेले या सुनील को साथ वे चल पड़े होंगे । एक-दो रोज़ के अन्दर ही वे यहाँ पहुँच आएँगे । फिर उनके आत्मीय और स्नेहिल आग्रह पर उनके साथ जाने से शायद मैं अपने को रोक भी न सकूँ । लेकिन इस वक़्त वहाँ मेरा जाना कदापि उचित नहीं होगा ।

एक-दूसरे के साथ घर से भागने और एक वर्ष तक साथ-साथ रहने के बाद हम अलग-अलग अपने घरों में वापस हो जाएँ, मेरा छोटा ग्रामीण शहर शायद इस ख़बर को जल्द पचा भी न पाये । पुरुष होने के चलते रूपेश पर उनकी दृष्टि सम्भवतः उस रूप में नहीं जा पाये, लेकिन महिला होने की सज़ा मुझे दिये बगैर वे नहीं मानेंगे । मुझे और मेरे परिवार को तो वे लील ही जाएँगे । पिताजी का घर से निकलना मुश्किल हो जायेगा । हर तरफ़ इसी विषय पर चटखारें ले-लेकर लोग गप्पें लड़ाएँगे। माँ का उतरा और उदास चेहरा तथा छोटे भाई-बहनों की ग़मगीन सूरत मुझसे नहीं

सही जाएगी···। नहीं, मुझे वहाँ हरगिज़ नहीं जाना है···! अभी तो एकदम नहीं···! पिताजी के यहाँ पहुँचने से पहले ही इस निवास को छोड़ मुझे कहीं चले जाना चाहिए। फिलहाल आरा जाने से मुझे हर तरह से बचना चाहिए । मेरी अनुपस्थिति में वहाँ वह खबर विस्तार पाने और विवादास्पद होने से रह जाएगी । मज़बूत आधार न पा चर्चाएँ स्वतः समाप्त हो जाती हैं । मेरा परिवार आलोचनाओं की तबाही से बच जाएगा । हालाँकि ऐसी बात नहीं कि मैं कभी आरा लौटूँगी ही नहीं । लौटूँगी···! अवश्य लौटूँगी···! मेरा सारा संघर्ष और प्रयास मज़बूत तथा अनुकूल स्थिति में अपने शहर वापसी के लिए ही है । ऐसी वापसी के लिए, जो आलोचना का विषय नहीं, स्वस्थ चर्चा और अनुकरण का विषय हो । जिस वापसी पर मेरे पिताजी का सीना गर्व से फूल जाए और उनका माथा झुकने की बजाय और ऊपर उठ जाए ।

रात का तीसरा पहर भी बीत रहा है । अब मुझे डायरी रख आवश्यक सामान अपने ब्रीफ़केस में सहेज लेना चाहिए । सुबह होते ही यहाँ से मुझे कहीं चल देना है। यहाँ अब और रुकना पिताजी की पकड़ में आ जाना है···। बस, आज की डायरी यहीं तक । शेष फिर अगली बार···।

दीदी की डायरी में यहीं तक की उनकी कथा वर्णित है ।

आगे क्या होगा, मैं नहीं जानता । जैसा कि मैं पहले ही आपको बता चुका हूँ कि दीदी की डायरी पाने के बाद हम सब कुछ जान गये । अब किसी से कुछ भी पूछने की आवश्यकता हमें नहीं रही । पिताजी के निर्णय के अनुसार दीदी के दफ्तर भी हम नहीं जा सके । अब इसकी भी कोई ज़रूरत नहीं रह गयी थी । दफ्तर जाकर दीदी के बारे में पूछताछ करना उन्हें कठघरे में खड़ा करना था, जो उचित नहीं। मकान-मालिक और दीदी के आसपास के लोगों से भी अब इस विषय पर हमने कोई बातचीत नहीं की । हाँ, चलने से पूर्व हम दाई माँ से अवश्य मिले । दाई माँ की खोज़ में हम निकलने ही वाले थे कि संयोगवश वे स्वयं दीदी के निवास पर आ पहुँचीं । यहाँ पिताजी का यह कथन मुझे सत्य प्रतीत हुआ कि कभी-कभी अन्दर से हम जिसे चाहते हैं, वह खिंचा हुआ स्वयं हमारे पास चला आता है···। दाई माँ के आगमन से सचमुच हमें बहुत खुशी हुई । हालाँकि हम जान नहीं सके कि उनके आगमन का कारण क्या था ? शायद दीदी के घर की खोज़-खबर लेने आयी हों···। दीदी की परम विश्वासपात्र जो ठहरीं···। फिर यह जानते ही कि हम शकुन्तला के भाई-बाप हैं, उन्होंने दीदी की खूब तारीफ़ की और रूपेश को जीभर कर गालियाँ दीं। उन्होंने पिताजी पर यह आरोप भी लगाया कि ऐसी समझदार, सुघड़ और गुणवती

बेटी को रूपेश जैसे काहिल, आवारा और शराबी लड़के से उन्होंने क्यों ब्याहा ?

उनकी बात से हमें ऐसा लाग कि दीदी और रूपेश को वे पति-पत्नी बनकर आया समझती थीं, घर से भाग कर नहीं । हमने जवाब देकर रहस्योद्घाटन करना भी वाज़िब नहीं समझा । उनकी बात रखने के लिए पिताजी ने अपनी भूल भी स्वीकार कर ली, ''तब वह ऐसा लड़का नहीं था, शायद बाद में ऐसा बन गया हो । खैर···। अब तो जो होने वाला था वह हो गया ···।''

दाई माँ से बातचीत के दौरान हम जल्द ही लख गये थे कि रूपेश के यहाँ से भागने और उसके बाद दीदी के कहीं जाकर छिप रहने की घटना से भी वह भली-भाँति परिचित हैं । लेकिन बताने के पक्ष में एकदम नहीं । शायद दीदी ने उन्हें मना कर दिया हो । सम्भव है, दीदी ने ही इस वक़्त उन्हें टोह लेने के लिए यहाँ भेजा हो···। जो हो, उनसे ज़ोर देकर आग्रह करना या उन पर दबाव देना हमने कतई मुनासिब नहीं समझा । हाँ, दीदी के नाम एक पत्र लिख कर पिताजी ने उन्हें अवश्य दे दिया, इस निवेदन और हिदायत के साथ कि शकुन्तला के सिवाय इसे किसी और को न देना । दाई माँ को देने से पहले पिताजी ने अपना वह पत्र मुझे भी पढ़ा दिया था।

'प्रिय मोना,

अमित स्नेह !

तुम्हारी डायरी पढ़कर मेरे मन का सारा तूफ़ान शान्त हो गया और सारी आशंका खत्म हो गयी । वह कौन बाप होगा जिसे तुम-जैसी बेटी पर गर्व न हो ? मुझे चिन्ता थी कि मेरे विचारों और जीवन-मूल्यों का तुम्हारे ऊपर क्यों कोई प्रभाव नहीं ? मेरी वर्जनाओं को समझने की तुमने कोशिश क्यों नहीं की ? लेकिन तुम्हारी डायरी पढ़ने के बाद अब मैं आश्वस्त हो गया हूँ कि तुमने न सिर्फ़ मेरे विचारों और जीवन-मूल्यों को समझा है, बल्कि उसे कहीं गहरे तक आत्मसात् भी किया है···। विपरीत परिस्थितियों में जीने की राह बनाकर तथा मेरे विचारों और मूल्यों के अनुकूल अपने को ढाल कर तुमने मेरे प्रयास और मेरी अभिभावकीय भूमिका को सार्थक बना दिया है । मुझे हार्दिक खुशी हुई है ! मैं बहुत खुश हूँ···!

मैं तुम्हें यह बता देना चाहता हूँ कि अगर तुम यहाँ होतीं भी तो मैं तुम्हारी इच्छा के विरुद्ध तुम्हें आरा कभी नहीं ले जाता । तुम्हें अपना घर छोड़कर इस तरह से यहाँ से जाना और छिपना नहीं चाहिए था···। रह गयी आरा लौटने पर शहर की आलोचनाओं की बात, तो तुम्हारा बाप इतना कमज़ोर नहीं कि नासमझों की भीड़ की सतही, भ्रामक और अफ़वाहनुमा आलोचनाओं से वह विचलित हो जाए···। मैं अँधेरे में चिराग जलाना जानता हूँ और तिनकों के समूह के बीच माचिस की तीली बन जाना भी···। जिस आलोचना की पहुँच हमारे अन्तर्मन तक नहीं, उसका बाह्य प्रभाव हमें विचलित नहीं कर सकता···, खास कर मुझे तो एकदम नहीं···। आलोचनाओं से

घबराना और मुँह चुराना उन्हें बढ़ावा देना है । उनके बीच निर्भीकता बनाये रखना और बदन पर पड़ी धूल की तरह उन्हें बेफ़िक्री से झाड़-झटकार देना उनकी जड़ को नेस्तनाबूद कर देना होता है···। तुम तो अब खुद अनुभवों की आग में तप रही हो···। तुम्हें विस्तार से क्या बताना···। मैं तो सिर्फ़ यह कहना चाहूँगा कि आरा वापसी में आलोचनाओं को कभी आड़े न आने देना···।

रूपेश अपने घर पहुँच गया है । उसने हमसे कोई बातचीत नहीं की । हमें देखते ही घर के अन्दर छिप गया । हमारे आग्रह पर अपने नौकर के हाथों सिर्फ़ यहाँ का तुम्हारा पता भिजवा दिया···।

हम अब यहाँ से वापस जा रहे हैं । सम्भव हो तो मेरा पत्र पाते ही वापस आ जाना या फिर जब इच्छा हो तभी आना । लेकिन अब और अधिक जोखिम और संकट मोल न लेना । इस बात के प्रति मैं तुम्हें आश्वस्त कर देना चाहता हूँ कि तुम्हारे जीवनगत निर्णय के बीच अब मैं कोई हस्तक्षेप नहीं करूँगा ! इस जानकारी से मुझे अत्यधिक प्रसन्नता हुई है कि अपने बारे में निर्णय लेने और उस निर्णय के अनुसार जीने की क्षमता अब तुम्हारे अन्दर पैदा हो गयी है ।

घर पर सब लोग ठीक हैं और सब तुम्हें याद करते हैं । तुम्हारी चर्चा-प्रतीक्षा रोज़ ही होती है । पिता होने के नाते मैं पुनः तुम्हें आश्वस्त कर देना चाहता हूँ कि आरा का तुम्हारा घर तुम्हारे लिए सदा-सर्वदा खुला रहेगा । जब भी इच्छा हो, बेहिचक आ जाना···। हम पूरी तरह तुम्हारे साथ हैं ।

शेष मिलने पर ।

अशेष शुभकामनाओं के साथ—

सस्नेह,
जगदीश

दाई माँ को यह पत्र थमाकर हम आरा लौट आये । सम्भव है, पिताजी का वह पत्र पाकर दीदी वापस आ भी जाएँ । लेकिन यह भी सम्भव है कि अपने निर्णय के अनुसार ही वे आएँ । जो हो, हम तो अब रोज़ ही उनकी प्रतीक्षा करने लगे हैं। उनकी डायरी ने उनके प्रति हमारा आकर्षण बढ़ा दिया है···।

दीदी के साथ कभी ऐसा भी हो जाएगा, यह तो मैंने सपने में भी नहीं सोचा था। उनके साथ जो कुछ भी हुआ और जिन विकट परिस्थितियों में उन्होंने अपनी अस्मिता की रक्षा की, इसका अनुमान तो मैंने कभी किया ही नहीं था । रूपेश के साथ उनके भाग जाने के बाद तो मैं प्रेम की मंज़िल पर उन्हें पहुँच चुका समझता था तथा अपनी कल्पना में उन दोनों को प्रेम के उन्मुक्त गगन में उड़ान भरते हुए पाता था । उनके प्रेम का साक्षी और अनुसन्धानकर्ता मैं अपनी कल्पना में उनके साथ ही उड़ान भरा करता था । लेकिन उनकी डायरी से गुज़रने के बाद मेरी स्थिति सम्पाति

गीध की तरह हो गयी है, जो सूर्य तक पहुँचने की होड़ में, सूर्य के प्रचण्ड ताप से अपने डैने गँवा पहाड़ की एक कन्दरा में जा गिरा था…। इस स्थिति में दीदी के प्रेम के साथ प्रवाहित मेरी कल्पना की अजस्र और अविच्छिन्न धारा भी जैसे एकाएक सूख गयी है । शायद यथार्थ की चरम परिणति का परिणाम है यह…। यथार्थ की चरम परिणति के बाद कल्पना का अन्त उसकी नियति जो है…।

कलकत्ता से लौट आने के बाद अब प्रायः रोज़ ही हमारे घर में दीदी की प्रतीक्षा के साथ उनको लेकर नये सिरे से चर्चाएँ भी शुरू हो गयी हैं । इन चर्चाओं में हमारे घर-परिवार के साथ पड़ोस में रहने वाली दीदी की अन्तरंग सहेली अनुपमा एवं मेरे घनिष्ठ मित्र रहमान की भागीदारी भी अक्सर हो जाया करती है । शायद यह बताने की आवश्यकता नहीं कि अनुपमा और रहमान दीदी के प्रेम-प्रसंग से पूरी तरह अवगत हैं । उनकी सहानुभूति प्रारम्भ से ही हमारे परिवार एवं दीदी के प्रेम के प्रति रही है, इस दृष्टि से अपनी राय देने और हमारे घर की इस चर्चा में भाग लेने का उन्हें पूरा अधिकार है । पिताजी के आदेशानुसार दीदी की डायरी भी मैंने उन्हें पढ़ा दी है, क्योंकि वे दीदी के हमदर्द, उनके बारे में जिज्ञासु और उनके प्रेम के प्रति वास्तविक सहानुभूति रखने वाले हमारे निकटस्थ थे, जिन्हें वस्तुस्थिति से अवगत करा देना, पिताजी के अनुसार हमारी नैतिक जवाबदेही थी ।

मैं आपको बता देना चाहता हूँ कि दीदी को लेकर होनेवाली चर्चाओं में उनके भागने की घटना पर अब कोई विचार करना नहीं चाहता है । सबके विचारों का केन्द्र अब यह हो गया है कि रूपेश द्वारा उनका साथ छोड़ दिये जाने के बाद अब क्या होगा उनका ? क्या करेंगी वे ? कब और किस स्थिति में अब आरा लौटेंगी ? इस सम्बन्ध में माँ, रहमान एवं अनुपमा की राय एक-दूसरे से बिल्कुल भिन्न है । उन्होंने एकदम पृथक्-पृथक् सम्भावनाएँ व्यक्त की हैं । पिताजी ने तो इस विषय में कुछ भी कहने से साफ़ इनकार कर दिया है । उनके अनुसार वे भविष्यवाणी करने वाले ज्योतिषी नहीं । अब तक मेरी भी कोई राय नहीं बन सकी है । सम्पाति की तरह सीता की खोज में आये बन्दरों को राह बताने की स्थिति में भी मैं नहीं ।

इस बीच कलकत्ता से साथ लायी दीदी की डायरी मैं अनेक बार पढ़ चुका हूँ । हर बार उससे गुज़रते हुए दीदी के भविष्य का कोई मज़बूत सूत्र मैं उसमें पा जाना चाहता हूँ । लेकिन अभी तक वह सूत्र मुझे हाथ नहीं लगा है ।

माँ, रहमान एवं अनुपमा अपनी-अपनी सम्भावनाओं पर अड़े हुए हैं । अपनी सम्भावनाओं के पक्ष में पर्याप्त दलील हैं उनके पास और उस सम्बन्ध में वे घण्टों बोलने और बहस करने के लिए तैयार हैं । मैं उनसे बहस करना नहीं चाहता और आँख मूँद कर उनकी सम्भावनाओं को स्वीकार करना भी नहीं, इसीलिए एक-एक कर उन तीनों की सम्भावनाएँ आपंके समक्ष रख रहा हूँ ।

माँ के अनुसार उनकी बेटी मोना का प्रेम आग में तपाये सोने की तरह खरा है।

वह कभी धूमिल होने वाला नहीं । उसका प्रेम सच्चा है । अगर रूपेश से उसे प्रेम नहीं होता तो कॉलेज़ के अपने सभी सहपाठियों को छोड़कर अपने जीवन-साथी के लिए वह रूपेश का ही चयन नहीं करती । रूपेश में कोई सुर्खाब के पर तो नहीं लगे थे । मद्रास, बम्बई, दिल्ली और कलकत्ता जैसे शहरों में तमाम विपत्तियों और संकटों को झेलते हुए भी और रूपेश की नाज़ायज हरकतों को सहते हुए भी वह उसकी बाँह थामे नहीं रहती । यह तो उसके सच्चे प्रेम की निष्ठा थी । अगर वह चाहती तो यहाँ और बाहर कहीं भी रूपेश से अच्छा जीवन-साथी पा लेती । वह ऐसी है ही कि कौन उसे अपनी जीवन-संगिनी बनाना नहीं चाहता ! उस जैसी रूपवती और गुणवती लड़की इस पूरे शहर में नहीं । लेकिन वह तो सती लड़की है । एक बार जिसे स्वीकार कर लिया उसके साथ जीवन-पर्यन्त रहने का संकल्प । रूपेश की नाज़ायज आदतों से तंग आकर उससे अलग रहने की बात उसकी डायरी में कहीं नहीं आयी है । इस तरह की ओछी भावना का उदय उसके अन्दर हो ही नहीं सकता । उसका सारा प्रयास और संघर्ष तो रूपेश को खुश रखने और गन्दी आदतों से उसे मुक्त करने के लिए ही था । यह बात ही सबसे बड़ा प्रमाण है कि उसका प्रेम सच्चा है । उसने रूपेश को सिर्फ़ दिया ही दिया है, कभी कुछ लिया नहीं । उसे चाहा है तो अपनी उस चाह का निर्वाह भी किया है । अभागा और करमजला है रूपेश कि ऐसी देवी और सती लड़की को छोड़ कर भाग आया । अब कहीं उसे शान्ति नहीं मिलेगी । मोना का एकनिष्ठ प्यार उसे कहीं स्थिर नहीं रहने देगा । हो सकता है, रूपेश का बाप कहीं अन्यत्र उसकी शादी भी कर दे और उसे विदेश भी भेज दे, लेकिन जगह बदलने और सम्बन्ध बदलने से प्रेम की आग बुझती और मरती नहीं । मोना का सच्चा प्रेम बराबर उसे अपनी ओर खींचता रहेगा । पिता द्वारा की गयी शादी से कभी सुखी नहीं रह पाएगा वह । जब उसके मन पर चोटें पहुँचेंगी, जब सच्चे प्यार का अभाव उसे सताएगा, जब बड़े घर से आयी अपनी पत्नी के पूर्व सम्बन्धों का उसे पता चलेगा, जब उसके द्वारा अँगुली उठाने पर वह भी उसके पूर्व-प्रसंग पर अँगुली उठाएगी, जब उसके शराबी होने के चलते धिक्कारेगी, जब उसके कहने से पूर्व ही उससे सम्बन्ध-विच्छेद की वह माँग करेगी, तो वह दौड़ा हुआ मोना के पास पहुँचेगा और गिर पड़ेगा उसके चरणों में । उसकी प्रतीक्षा में अब तक जल-तप रही मोना, उसे पाते ही माफ़ कर देगी··· । तत्क्षण स्वीकार कर लेगी उसे··· । तब रूपेश को सच्चे प्रेम का महत्त्व समझ में आ जाएगा । तब मोना उसकी नज़र में देवी बन जाएगी । यह होकर रहेगा । सच्चाई की विजय होती ही है । मोना का सच्चा प्रेम कभी निष्फल नहीं जाएगा । वह रूपेश की प्रतीक्षा करेगी । भले ही उसे देर तक प्रतीक्षा करनी पड़े, लेकिन वह रूपेश को लेकर ही लौटेगी ।

माँ की इस सम्भावना और धारणा के बिल्कुल विपरीत रहमान का सोचना है । उसके अनुसार तेजस्विता और सूझ-बूझ से सम्पन्न दीदी भावुकता में आकर अपने

इस अमूल्य जीवन को अब और बर्बाद नहीं करेंगी । भावुकता का परिणाम देख लिया है उन्होंने । प्रेम के नाम पर घर से भागकर दर-दर की ठोकरें खाना उनकी भावुकता का परिणाम नहीं तो और क्या था ! घर से भागने के अपने निर्णय पर जगह-जगह उनके द्वारा पुनर्विचार करना तथा पिताजी की वर्ज़नाओं को उचित ठहराना, प्रेम के प्रति उनके मोह-भंग का सूचक नहीं तो और क्या है ! उनकी डायरी में व्यक्त पीड़ा प्रेम के नाम पर मकड़जाल में फँस जाने की अपनी पीड़ा ही तो है··· । यथार्थ से रू-ब-रू होने और दुनियादारी की समस्याओं के बीच आने पर प्रेम के टूटते तिलिस्म का कच्चा चिट्‌ठा है उनकी डायरी । रूपेश को पकड़े रहना और उसे रास्ते पर लाने का उनका प्रयास भी यथार्थ की माँग का ही प्रयास था, घर से भागी लड़की का परिवर्तित यथार्थ । इसे प्रेम की रोमानियत, आदर्शवादिता और भावुकता से जोड़कर देखना कतई मुनासिब नहीं । यथार्थ से भागते और मुँह चुराते हुए वे कहीं नज़र नहीं आती हैं । भले ही स्पष्ट रूप से उन्होंने कुछ नहीं लिखा है, लेकिन उनकी डायरी में अन्तर्निहित सत्य प्रेम के खोखलेपन के इनकार और यथार्थ के स्वीकार का ही सत्य है। उन जैसी पढ़ी-लिखी, तेज और अब तो अनुभवों से सम्पन्न लड़की की अनिवार्यता और आवश्यकता जीवन की नयी शुरूआत में होगी । 'जाके पैर न फटे बिवाई, सो क्या जाने पीर पराई' का मर्म उनसे अधिक कौन जान सकता है··· !

प्रेम का बाहरी और भीतरी रूप अब उनसे छिपा नहीं है । जिस चीज़ से वे आहत और लहूलुहान हुईं, उस चीज़ को बन्दरमूठ की तरह पकड़े रहनेवाली मूर्ख अब वे नहीं । उनकी बुद्धि की तीक्ष्णता और उनकी समयगत समझदारी का वास्तविक प्रमाण है उनकी डायरी । सेमल के फल से फूटती रुई देख उसकी प्रतीक्षा में बैठे पक्षी को उससे विमुख होते देर नहीं लगती, फिर दीदी तो विलक्षण बुद्धि और सर्वगुण सम्पन्न युवती हैं ।

उनकी डायरी के अन्त में जिस धैर्य और आत्मविश्वास की अभिव्यक्ति हुई है, निश्चित रूप से वह उनके भविष्य का सूचक है । रूपेश की वजह से चाहते हुए भी नया जीवन नहीं शुरू कर सकती थीं वे । लेकिन अब बिना समय गँवाये वे नये जीवन में प्रवेश कर जाएँगी, कुहरा छँटने के बाद दिन के आगमन की तरह । उनकी जैसी लड़की के लिए अनुकूल जीवन-साथी की प्राप्ति तो उनकी इच्छा जाग्रत होते ही हो जाएगी । दफ्तर से लेकर अपने आस-पड़ोस तक को जिसने अपने व्यक्तित्व की खुशबू से सुगन्धित कर दिया हो, भला कौन युवक उसका जीवन-साथी बनना नहीं चाहेगा ? उसके बाद साँप के छोड़े केंचुल की तरह अपने पिछले जीवन को बिल्कुल बिसार देंगी वे । 'वह तब की आवश्यकता थी' इस एक वाक्य से उस पूरे पिछले प्रकरण को खारिज़ कर सकती हैं वे और यह 'अब की आवश्यकता है' इस एक वाक्य से नयी ज़िन्दगी की बागडोर सँभाल सकती हैं । इस बार प्रेम के नाम पर नये जीवन-साथी के चयन में वे धोखा नहीं खाएँगी । दूध के जले द्वारा मठ्ठा फूँक-फूँक

कर पीने की तरह बेहद सँभालकर इस बार किसी सुयोग्य और अनुकूल युवक का वरण करेंगी वे । उन्हें पाकर वह युवक भी धन्य हो जाएगा ! जानते हुए भी उनके पूर्व प्रेम-प्रसंग को वह कभी आड़े नहीं आने देगा या इसका अवसर ही उसे कभी नहीं मिलेगा । दरअसल, इस बार दीदी द्वारा चयनित युवक प्रगतिशील विचारों और आधुनिक वैज्ञानिक जीवन में विश्वास करनेवाला युवक होगा । अतीत में लौटने और मीन-मेख निकालने वाला नहीं । उसके लिए वर्तमान जीवन का संग-साथ और विश्वास-समर्पण ही जीवन-साथी होने का पक्का प्रमाण होगा । अपने ऐसे ही पति को लेकर अपने जीवन में आयी मज़बूती, विश्वास और इत्मीनान के साथ लौटेंगी वे···। इसके अतिरिक्त दूसरा कुछ हो ही नहीं सकता । मुझे पक्का विश्वास है, अब इसी रूप में दीदी का लौटना होगा ।

लेकिन अनुपमा का विचार माँ की सम्भावना और रहमान की सोच से बिल्कुल पृथक् विचार है । उसके अनुसार उसकी सहेली मोना अब न तो रूपेश की प्रतीक्षा करेगी और न दूसरी शादी कर नयी ज़िन्दगी की शुरुआत ही करेगी । रूपेश की प्रतीक्षा और नयी ज़िन्दगी की शुरूआत से अलग वह प्रेम की वृहत्तर भूमिका में अपने को ले जाएगी । जो प्रेम के नाम पर अपनी हवस पूर्ति के लिए उससे जुड़ा रहा, दुनियादारी की समस्याओं से घिरते ही जिसका प्रेम काफ़ूर हो गया, जो सारी कसमों और वादों को तोड़कर उसे निपट अकेली छोड़ भाग आया, उसकी प्रतीक्षा करनेवाली अब वह नहीं···। वह इतनी परम्परावादी, कमज़ोर, धर्म-भीरु और मूर्ख भी नहीं । दूसरी शादी कर अपने इस जीवन को प्रयोग-स्थल और क्रीड़ास्थल बनानेवाली भी वह नहीं । उसके स्थान पर कोई और लड़की होती तो शायद वह ऐसा कर भी लेती, लेकिन मोना की विलक्षणता उसे ऐसा कदापि नहीं करने देगी । एक शादी से वह जो कुछ नहीं पा सकी, इसकी क्या गारण्टी कि दूसरी शादी से वह पा लेगी ? फिर अब शादी और प्रेम को लेकर उसके मन में कोई आकर्षण भी तो शेष नहीं । उसने प्रेम को भी जान लिया है और शादी को भी । प्रेमिका के रूप में भी रह चुकी है और पत्नी के रूप में भी । जिस प्रेम के नाम पर वह छली गयी और जिस पत्नी के रूप में वह छोड़ दी गयी, उस पीड़ा को भूलकर वह फिर नया घर बसा लेगी, उस जैसी लड़की के बारे में ऐसा सोचना, उसके साथ सरासर अन्याय करना है ।

यह ठीक है कि उसने प्रेम किया और उसका प्रेम सच्चा भी था । लेकिन प्रेम कोई मूर्त वस्तु तो नहीं, जिसका आना और जाना हम देख सकें और जिसे पकड़ सकें। प्रेम तो व्यक्ति के मन के भीतर की ऊर्जा है और विज्ञान ने यह साबित भी कर दिया है कि ऊर्जा का कभी नाश नहीं होता, सिर्फ़ उसका रूपान्तर होता रहता है। मेरे विचार से भी मोना के प्रेम का नाश नहीं, रूपान्तरण ही होगा, जिसका स्पष्ट संकेत उसकी डायरी में निहित है । प्रेम में सिर्फ़ देना होता है, पाना नहीं तथा सेवा, त्याग, परोपकार और सहायता-सदाशयता में ही प्रेम बसता है, इसे अब अच्छी तरह

जान लिया है मोना ने । कलकत्ता की एक दाई उसकी दाई माँ बन गयी और आस-पड़ोस के लोग उसके हितैषी एवं शुभ-चिन्तक, यह उसके व्यक्तिगत प्रेम का समाजगत रूपान्तरण ही तो है । नर-नारी के व्यक्तिगत और वासनात्मक प्रेम की क्षणिकता उसने देख ली है । अब दुबारा उसमें वह बँधने वाली नहीं । अब उसका प्रेम उस सीमित दायरे में टिक भी नहीं सकता । व्यापकता के एहसास और व्यापकता की सन्निकटता के बाद अब उसे पुनः संकीर्णता में नहीं लाया जा सकता ।

अपनी डायरी के अन्तिम भाग में बच्चों को पढ़ाने और ज़रूरतमन्दों को अपनी सहायता-सहयोग प्रदान करने का उसका संकल्प सिर्फ़ डायरी-लेखन की आवश्यकता का ही संकल्प नहीं है, प्रेम की वृहत्तर भूमिका में उसके प्रवेश का भी संकल्प है । मदर टेरेसा की तरह अपने मन के संचित प्यार को समाज में उड़ेल देने का मार्ग अब वह पा गयी है । यह कोई नयी और अनहोनी बात भी नहीं । जो गिरता है, धोखा खाता है, सहता-झेलता है, वही एक दिन प्रकाश-पुंज बन सबका मार्गदर्शन भी करता है ।

देश और समाज़ को प्रभावित और आलोकित करनेवाले महापुरुषों का इतिहास बूँद से समुद्र और राई से पर्वत का ही इतिहास होता है । वह अपनी स्थिति पर विचार करते हुए रूपेश को भी दोषी नहीं मानती, किसी और को भी नहीं, यह उसके प्रेम का विस्तार ही तो है—संकुचित प्रेम का असीम विस्तार । उसकी डायरी में ऐसे अनेक प्रमाण भरे हुए हैं, जहाँ प्रेम की व्यापक भूमिका में जाने के लिए उसका अन्तर्मन छटपटाता जान पड़ता है । अब जब कि रूपेश चला आया है, मैं दावे के साथ कह सकती हूँ कि प्रेम की उस व्यापक भूमिका में उसे जाने से कोई रोक नहीं सकता । वह जैसी लड़की है और जिस स्थिति में पहुँची है, वहाँ से प्रेम की वृहत्तर भूमिका में प्रवेश ही उसका मार्ग और मंज़िल दोनों है तथा वही उसके प्रेम का वास्तविक और उचित रूपान्तरण भी···। इस भूमिका में उसे अब कभी कुछ खोना, गँवाना और पछताना नहीं पड़ेगा ! वह धीरे-धीरे सबकी प्रिय हो जाएगी और अपना प्रेम सम्पूर्ण समाज में व्याप्त पाएगी । तब घर से भागी हुई वह लड़की सबकी श्रद्धेय देवी बन जाएगी । लोग उसके दर्शन और आशीर्वचन के आकांक्षी हो जाएँगे । उसी स्थिति में उसका आरा लौटना होगा···। ऐसा ही होगा मोना के साथ ! इसके अतिरिक्त अब कुछ दूसरा हो ही नहीं सकता उसके साथ···।

लेकिन मेरे साथ यह अजीब विडम्बना है कि माँ की सम्भावना, रहमान की सोच और अनुपमा का विचार सुनकर भी मैं किसी निष्कर्ष पर नहीं पहुँच पा रहा हूँ । एक-दूसरे से इस तरह पृथक्-पृथक् उनकी राय सुन मुझे तो अपने क्षेत्र की एक लोक-कथा की याद आ जाती है । उस लोककथा के अनुसार जेठ की चिलचिलाती धूप में एक घने वृक्ष के ऊपर बैठी एक चिड़िया लगातार बोले जा रही थी । उस वृक्ष के नीचे अलग-अलग दिशाओं से आये तीन राहगीर विश्राम कर रहे थे । चिड़िया

क्या बोल रही है, इसका अनुमान लगाना उन तीनों राहगीरों ने प्रारम्भ कर दिया था। उनमें से पहले राहगीर तिलकधारी बाबा का मानना था कि वह कह रही है, ''राम, लक्ष्मण, दशरथ'' । इस पर पहलवाननुमा दूसरे राहगीर का कहना था कि नहीं, वह कह रही है, ''दण्ड, मुगधर, कसरथ'' । यह सुन तीसरा राहगीर जो मसालों का व्यापारी था, कह उठा—नहीं, वह कह रही है, ''लहसुन, प्याज़, अदरख'' ।

मुझे लगता है, इसी तरह माँ, रहमान एवं अनुपमा ने भी अपनी प्रकृति और मान्यताओं के अनुरूप अपनी सम्भावना, सोच और विचार व्यक्त किया है । सम्भव है, इन तीनों में से ही कोई हो या यह भी सम्भव है कि इन तीनों के अतिरिक्त कुछ नया ही घटित हो जाए ? क्या होगा दीदी के साथ, निश्चित तौर पर मैं कुछ नहीं कह सकता । जब यहाँ तक उनकी कथा के साथ आप भी आये हैं, तो सोचिएगा, क्या होगा उनके साथ ? दीदी जहाँ पहुँची हैं और जिस स्थिति में हैं, वहाँ उनके साथ क्या होना समीचीन और सार्थक हो सकता है ? दीदी की प्रतीक्षा के साथ आपके जवाब की भी मुझे प्रतीक्षा रहेगी··· ।

□ □ □